主编　凌翔

当代作家精品·散文卷

草木诗心

张籍诗歌中的植物世界

徐斌　著

安徽省马鞍山市和县教育局重点课题研究成果

安徽省马鞍山市和县文化旅游体育局人文和州系列

安徽省马鞍山市教育科学规划 2021 年度立项课题《张籍诗歌中的植物课程资源开发研究》（课题编号 G21080）研究成果

天津出版传媒集团

天津人民出版社

图书在版编目（CIP）数据

草木诗心 : 张籍诗歌中的植物世界 / 徐斌著 . --
天津 : 天津人民出版社 , 2022.9
（当代作家精品 / 凌翔主编 . 散文卷）
ISBN 978-7-201-18755-6

Ⅰ . ①草… Ⅱ . ①徐… Ⅲ . ①散文集—中国—当代
Ⅳ . ① I267

中国版本图书馆 CIP 数据核字（2022）第 162489 号

草木诗心：张籍诗歌中的植物世界
CAOMU SHIXIN : ZHANGJI SHIGE ZHONG DE ZHIWU SHIJIE

出 版	天津人民出版社
出 版 人	刘 庆
地 址	天津市和平区西康路 35 号康岳大厦
邮政编码	300051
邮购电话	（022）23332469
电子信箱	reader@tjrmcbs.com

责任编辑	岳 勇
封面设计	陈 姝
主编邮箱	jfjb-lx2007@163.com

印 刷	三河市金元印装有限公司
经 销	新华书店
开 本	710 毫米 ×1000 毫米　1/16
印 张	24
字 数	320 千字
版次印次	2022 年 9 月第 1 版　2022 年 9 月第 1 次印刷
定 价	69.80 元

序一 让我们沉浸于张籍诗歌的植物世界

吴夏平（上海师范大学教授、中国刘禹锡研究会副会长）

植物和人类一样，具有自然和社会双重属性。诗歌中的植物，不仅有多识其名的博物学意义，更为重要的是其审美意义。植物进入诗歌的历史，与诗歌史同样古老。这是因为，植物是人类赖以生存和生活的重要基础，人类与植物是共生关系。《诗经》开篇即吟咏荇菜，水草和水鸟共同构成诗意空间。在这里，采摘荇菜成为审美对象，象征对爱情的不懈追求。但也很显然，采荇是《关雎》产生时期的常见活动，荇菜本身的自然属性是其意象生发基础。《桃夭》以桃花比喻女子，显然也与桃花艳丽外形及结果之多的自然属性有关。《离骚》以香草比君子，以恶草喻小人，由此形成君子譬喻传统。值得注意的是，屈原所写植物产于楚地，是荆楚山水间常见之物。这就意味着，讨论诗中植物意象，要结合植物的自然属性。

唐诗是继《诗》《骚》之后的又一座诗歌高峰。唐代诗人对植物的钟爱超迈前贤。像李白诗中的荷、桃、梅、柳，杜甫笔下的菊、竹、橘、松、柏等，在继承诗歌意象传统基础上，又有新开辟。中唐诗人张籍，也非常热爱植物。据徐斌先生统计，张籍写到植物的诗歌约100篇，所写植物80余种。依据这个数据，"张籍诗歌中的植物世界"命题是完全成立的。那么该如何来理解和认识张诗中的植物呢？正如前文所述，植物在张籍诗中，也具有自然与社会双重意义。就其自然属性而言，徐先生以图像和文字，详解了各种植物的性质和功用。显然，这有助于读者直观认识诗中植物。但是植物的自然属性只是理解其意象生成的基础，要深入认识这些植物意象，还要深入诗歌创作的历史背景。诗人对植物的使用是多方面的，有时借其点明写作时间，有时又可作揭示写作地点之用。这是从时空层面来讲。

从历史记忆和文化意象角度看，张籍诗中的植物世界更为多姿多彩。张籍一生游历多方，从长江边上的故乡和州，到古都长安，再到任职各地，其所见识的植物也是多种多样的。在诗中记录这些植物，实际上保存了不同地域风物特色，植物意象是其社会阅历与人生经验在诗歌中的交汇和呈现。从文化意象角度看，不同植物承载着各自文化内涵，例如菊花象征坚贞，荷花象征高洁，梅花象征骨气，竹象征虚心，等等。张诗中的植物意象，一方面发扬了诗歌传统，另一方面也有新创造。例如"竹影冷疏涩，榆叶暗飘萧"，借助竹影营造清冷意境。这就打破常规，创造了竹的新意象。

依我的阅读习惯，拿到新书后不急于打开，而先看书名，想一想假如自己来做这个工作，该如何进行，然后再将自己的想法与作者的做法比较一番。这次也同样，徐先生把书稿发来，我并未急着去阅读，而是先看题目，设想如果我来写，该如何展开。先阅读张籍诗歌，依其所载植物意象来归类，从纵横两个方向切入，将其置于中国诗歌发展史中考察。这是看到书名后的初步思考。阅读书稿后，才发现徐先生研究方式与我设想不尽相同，其思路非常新奇。先按草本、木本、水生、藤本、菌类、竹类，将张籍涉及植物的诗歌分为六大类，每类之下选录植物若干种。如草本植物之下，有艾、白草、半夏、车前子、瓜、禾、葫芦、黄精、蕉、菊、款冬花、兰、麻、茅、蓬、莎、苔、席箕、苋、薤、萱、药、芋23种。每种植物各附图像，对其自然属性作了详细解说。每种植物之下再选录张籍诗歌，对选录作品作了精心校注。最有特色的是读诗札记，既有诗歌背景介绍，也有植物知识延展，涵摄了徐先生对这些植物文化意象的深度理解。这样一来，全书构建了一个新的知识谱系，与"草木诗心"正题恰相契合。从知识丰富程度看，该书兼具植物学、诗歌史、诗学史等多方面价值。从对张籍研究的开拓创新来看，该书还具有很高的学术史意义。

与徐先生相识，实在是一种缘分。2019 年 12 月，"刘禹锡在和州研讨会暨不染书房揭牌仪式"在安徽和县举行，本人受中国刘禹锡研究会委托参会。徐斌先生主持"刘禹锡在和州"研讨会，并发表了刘禹锡研究的会议论文。会后我们就将来在和县举办刘禹锡研究会年会事宜进行了讨论。这次会议，获赐先生新著《蔬菜月令：我的耕读笔记》。2020 年，又收到先生寄来刚出版的《张籍传》。徐先生以每年一部新书的速度不停地研究和写作，工作之勤奋，令人钦佩不已。

数日前，徐先生发信息说，希望能为其新著写一篇序文。我虽对唐代文学较感兴趣，但从未涉及张籍，故而诚惶诚恐。徐先生说张籍与刘禹锡同为中唐诗人，和州是张籍故乡，刘禹锡曾任和州刺史，二人友情深厚。这是事实。张籍在《寄和州刘使君》一诗中写道："别离已久犹为郡，闲向春风倒酒瓶。送客特过沙口堰，看花多上水心亭。晓来江气连城白，雨后山光满郭青。到此诗情应更远，醉中高咏有谁听。"张籍想象别后刘禹锡在和州的诗意生活。我想，徐先生此时或许也正在饮酒赏花，沉浸于张籍诗歌的植物世界吧！

2021 年 7 月 26 日

序二 植物也是风物，古贤原是乡贤

王永兵（安庆师范大学文学院教授，中国现当代文学专业硕士研究生导师）

徐斌曾是我的同事，这些年他在中学从事教书育人工作之余，坚持写作研究，并出版颇有学术含量和价值的《张籍传》，受到学术界的好评。最近笔耕不辍的徐斌对张籍笔下的植物世界产生了浓厚的兴趣，他对我说："张籍用他的笔，营造了一个美妙的植物世界，令后世读者流连忘返，击节称叹。梳理、研究张籍诗歌中的植物，受益颇多，其乐无穷。这也是我写作此书的缘由。"当然，兴趣只是探究事物的出发点，徐斌的主要目的在于通过张籍诗歌中植物的研究来了解张籍的为文与为人，由此来了解认识唐代社会生活状况。同时，徐斌是一个对家乡有着深厚感情的人，所谓一方水土养一方人，虽然与张籍所生活的时代相隔千年之久，但不管朝代如何变更，时光怎样流逝，那条阻断西楚霸王项羽逃路的乌江，与当年张籍读书吟诗的乌江，以及徐斌本人出生地的乌江却是同一条河流，"人生代代无穷已，江月年年望相似"，这种空间永恒性、时间无限性与人生短暂性所形成的巨大反差以及由此所生成的巨大心理张力，拉近了徐斌与张籍之间的距离。尽管生活在跨越千年的不同历史时代，但因为生长在同一方水土，不同时代的人总有一些感情上的共通之处。比如，那些生长于唐代的各种植物虽经历千年风霜雨雪但大都延续至今，"国破山河在，城春草木深"，古人眼中的草木与现代人眼中的草木几乎无异，由此引发的感情也大致相同。

张籍不仅作为一种历史文化符号，更是作为一个古贤和乡贤，让徐斌在自豪与崇拜之余，产生强烈的好奇心和责任感，他要将张籍诗歌美学价值发掘出来，让更多的当代人更加深入地了解他，进而了解唐代社会，了解我国古代诗歌高超的艺术表现技巧和不朽的历史文化价值。古典诗词所构建的生动、活泼、具体的生活图景，反映了古代社会丰富多彩的生活。诗人首先是一个时代最忠诚、最真诚、最热忱的观察者和记录者，从其诗歌作品中可以看出时代的缩影，小到个人的喜好大到民俗信仰，都可以从中窥见。比如唐传奇中的槐树拟人化和戏剧化，"（槐树）成了各种怪异事件发生的场所，是神秘世界的入口处或连接点"。唐人不喜白杨，而栽梧桐。因为"白杨多悲风，萧萧愁杀人"句意不好。唐人喜欢桑树，但不愿意栽在门前屋后，因为桑与"丧"谐音，不够吉利。再比如我们可以从唐人笔记中了解到唐代都市道路与驿道行道树的栽种情况，当时唐代的行道树以槐树为主，而辅以柳树、榆树等其他树种。《朝野佥载》："（开元二年）六月，大风拔树发屋，长安街中树连根出者十七八。长安城初建，隋将作大匠高颖所植槐树殆三百余年，至是拔出。"《唐国史补》："贞元中，度支欲斫取两京道中槐树造车，更栽小树。"有唐一代，营造园林成为社会风尚，寺院道观也不例外，栽植草木极多。而唐代诗人经常前往寺院游览风景、拜访僧友和宴集聚会，也曾在寺院读书，草木入诗的概率自然增多。另外，中唐以后，士风发生了根本性的转型，士大夫的心态渐由外倾返归内敛，由激昂沉于委顿，诗人的关注点由广阔天地转向身边凡人琐事，诗人与僧道交往更多，唱和应酬自然也多。张籍释褐入仕以后，这种题材作品也多。

探索植物对于人类尤其是诗人情感的影响，成为徐斌关注张籍诗歌的一个重要聚焦点。这其中不仅具有审美价值，而且还具有文化地理学价值。根据历史地理学相关研究成果来看，唐代有的植物现在基本都有，也有小的变化，如玉蕊花已经消失，茭白已经不能结籽，四川当时盛产荔枝，那时气温比现在高。研究表明，桑蚕、荔枝、芭蕉、龙眼等植物分布经历了一个从北向南推移、或从分布广阔向分布狭小甚至灭绝的过程。历史上中纬度地区气候变迁较多，呈波浪式推进。唐及北宋属于温暖期，时间为600—1000年左右，我国年均气温比现在高1摄氏度左右，唐高宗时有三年长安冬天无冰雪，长安种植梅树、柑橘能成活，柑橘还能结果；接着是南宋寒冷期，时间为1000—1200年左右，华北梅树不能生长，特别是1111年冰封太湖，湖中洞庭山柑橘全部冻死，长江上游荔枝在12世纪70年代受到毁灭性的打击。

由于我国绝大部分疆域位于北回归线以北，四季分明，一年之中不同季节因为气候变化而呈现出的不同景色，自然植物的萌生与枯荣，动物的蛰伏与迁徙，以及气象景观的时序变化，人们通过这些不仅能够轻易察觉到季节的变化，更能感受到时光的流逝，这其中最能够直观地指示季节变易的就是地面的植物风景。因此借助于张籍诗歌中的植物，我们可以清楚地了解到诗人的行踪，同时还能了解到他结交过哪些朋友，他个人对于植物品种的喜好以及个人的审美趣味，等等。张籍诗中涉及竹、柳、松、藤、菖蒲、莎草、芙蓉、禾黍、芍药、蕙兰等多种植物，这些植物及其所蕴含的丰富意象对于读者了解张籍其人、其事、其诗都有极大的帮助。比如《渔阳将》中"塞深沙草白"句，展示北方边塞深秋之景，给读者以荒凉之感；《送汀州元使君》中"山乡只有输蕉户""刺桐花发共谁看"两句，显示岭南风物；《成都曲》中"锦江近西烟水绿，新雨山头荔枝熟"句，不仅显示西部成都之景，并且说明唐时成都地区盛产荔枝，据说杨贵妃吃的荔枝就是从成都送去的；《送朱庆余及第归越》中"湖声莲叶雨，野气稻花风"两句则是东部故事，而且是夏季。《江村行》中借助于芦笋（芦芽）、莎草、桑树、秧苗等植物的描写，绘就一幅烟雨江南暮春时节的农村插秧图，从中也可以看出诗人对辛苦劳作的农民的深切同情。《城南》中的水藻、浮萍、水草、菖蒲、紫藤、茭白、菱角等植物展现了曲江美丽风景，也写出了游者对于自然风光与友情的赞美。因此，《草木诗心：张籍诗歌中的植物世界》无疑就是一部"张籍草木谱"，作者通过深入挖掘、汇总、梳理张籍作品中的花草树木，清晰展现了写作、生活中的张籍形象，体现出他敬畏生命，注重人与自然和谐依存的思想观念。

《草木诗心：张籍诗歌中的植物世界》同时也属于记忆研究，其中包括城市记忆与乡村记忆、个人记忆与集体记忆等多种形式与内涵。对张籍现存诗歌涉及的植物进行汇集、整理与解读，不仅可以从中生发出植物与人、植物与地域、植物与历史、植物与风俗、植物与社会等多重问题，其背后更是涉及中国民族悠久的历史和灿烂文明这些大课题。因此该著不仅是关于唐代社会的植物记忆研究，更是关于唐代社会的历史和文化记忆研究，从而具有物质文化遗产和非物质文化遗产双重价值。

2021 年 9 月 3 日于安庆师范大学双龙湖畔

目 录

草本植物

1. 艾

艾就是艾草，别名萧茅、冰台、遏草、香艾、蕲艾、艾萧、艾蒿、蓬藁、灸草、医草、黄草等。多年生草本或略成半灌木状，植株有浓烈香气。艾叶晒干捣碎得"艾绒"，制艾条供艾灸用，又可作"印泥"的原料。

诗选：送郑秀才归宁

桂楫彩为衣①，行当令节归②。夕潮迷浦远，昼雨见人稀③。
野艾到时熟④，江鸥泊处飞。离琴一奏罢⑤，山雨霭余晖⑥。

校注：①桂楫，桂木船桨。彩为衣，彩绘为饰。②令节，时令、节气。按：二句谓时当归宁时节，乘华舟而返乡也。③按：此代行者设想，写归宁途中，昼夜景象。④野艾，一作野芰。⑤离琴，谓离别时，鼓琴相送也。⑥霭，云气。按：二句点出送别之意。

读札：野艾到时熟

野艾是艾草的一种。艾草是老百姓的爱物。端午节那天，人们喜欢把艾草与蒲草捆扎一起，靠在门前或者阳台上，有时在门头上挂些蒜头，因为艾草与蒜头都有辛辣气味，而蒲草形状似剑，它们联合起来，颇有"三剑客"的感觉，可以驱邪消灾。大概类似门神的作用吧。

和县南乡白桥功桥一带，人们喜欢把艾草栽在桶里，置于大门前面三四米处，那就是全家的守护神了。五月天气渐热，蚊虫从草丛间飞入人家来了。艾草这种香味具有驱蚊虫的功效，所以在门前挂艾草，除了用于避邪，还可以用于赶走蚊虫。

等到艾草晾干，把它折断收藏。如果皮肤瘙痒，身上起痱子，关节"作天阴"等，用它泡热水，以热气熏，有很好的效果。我小时候，夏天，母亲经常用它帮我洗澡，所以一直以来，我都把它当作最亲密的朋友，每次看到它仿佛看到母亲的身影。

艾草与中国人的生活有着密切的关系。民谚说："清明插柳，端午插艾。"每至端午之际，人们总是将艾置于家中以"避邪"，产妇多用艾水洗澡或熏蒸。有年妻子住院，有人开胆结石刀，伤口久不愈合，医生叫她用艾条熏伤口，后来渐渐好了。

艾草性味苦、辛、温，入脾、肝、肾。《本草纲目》记载："艾以叶入药，性温、味苦、无毒、纯阳之性、通十二经，具回阳、理气血、逐湿寒、止血安胎等功效，亦常用于针灸。故又被称为'医草'。"我国台湾正流行的"药草浴"，大多就是选用艾草。关于艾叶的性能，《本草》载："艾叶能灸百病。"

艾草具有特殊的馨香味，做成艾草枕头，还有助睡眠解疲乏的功效。艾草叶熬汁，然后稀释兑水沐浴，可除身上长的小红疙瘩。此外还可以驱蚊蝇、灭菌消毒、预防疾病。艾草还用于针灸术的"灸"，"灸"就是拿艾草点燃之后去熏、烫穴道。用艾草泡脚有很多保健功效，据说在五月节这天，趁着露水采收的艾草，药效最好。

艾草可作"艾叶茶""艾叶汤""艾叶粥"等食谱，以增强人体对疾病的抵抗能力。艾草也是一种很好的食物，在中国南方传统食品中，有一种糍粑就是用艾草作为主要原料做成的。即用清明前后鲜嫩的艾草和糯米粉按一比二的比例和在一起，包上花生、芝麻及白糖等馅料（部分地区会加上绿豆蓉），再将之蒸熟即可。在广东东江流域，当地人在冬季和春季采摘鲜嫩的艾草叶子和芽作蔬菜食用。还有青团。我的学生有年从北京寄了来给我吃，碧绿的颜色，特殊的香糯，让我感动。

艾草还是生产印泥的原料。印泥的主要原料是朱砂、朱镖、艾绒、蓖麻油、麝香、冰片等。艾绒必须预先备制。取陈艾叶经过反复晒杵，筛选干净，除去杂质，令软细如绵，即成为艾绒，方可使用。细艾绒用放大镜一看好像一堆小毛毛虫，干干净净，没有一点杂质。我有印章印泥，读到艾绒此种功用，又感觉亲切了许多。

艾草也是诗人的爱物。《诗经·王风·采葛》曰：

彼采葛兮，一日不见，如三月兮。
彼采萧兮，一日不见，如三秋兮。
彼采艾兮，一日不见，如三岁兮。

《采葛》，共三章，每章三句，短小精悍，脍炙人口。现代人认为这首诗写的是一个男子对他情人的思念。一日不见，如隔三秋，用这种夸张之词形容他对情人的殷切思念，实是情至之语。成语"一日三秋"即源出此诗。本篇由于只是表现一种急切的相思情绪而没有具体内容，因此关于此诗的主题思想，旧说随意性很大。

白居易《问友》曰：

种兰不种艾，兰生艾亦生。根荄相交长，茎叶相附荣。
香茎与臭叶，日夜俱长大。锄艾恐伤兰，溉兰恐滋艾。
兰亦未能溉，艾亦未能除。沉吟意不决，问君合何如。

一直以来，总以为白居易就是一位抒情言志的诗人，直到发现这首

《问友》之诗，才知他还是一位哲学家。他将事物相生相克的矛盾描绘得淋漓尽致，用诗意的语言将事物之间的矛盾关系通俗易懂地表达了出来。

看来，艾草的生命力是太强了。张籍诗中以艾草点明夏季，表示送别的时间和对朋友的关心；与朋友张籍不同，白居易大概是把艾视为一种恶草，或者小人，想除去它，却又怕伤到兰草。估计这是元和十年被贬九江之后的作品，因为自从遭受莫须有的打击，他的激情有所消损，人生的矛盾之处经常显现出来。

2021 年 3 月 11 日

补记：

读到王安忆《比邻而居》。文章最后写道：

这一日，厨房里传出了艾草的熏烟。原来，端午又到了。艾草味里，所有的气味都安静下来，只由它弥漫，散开。一年之中的油垢，在这草本的芬芳中，一点点消除。渐渐的，连空气也变了颜色，有一种灰和白在其中洇染，洇染成青色的。明净的空气其实并不是透明，它有它的颜色。

从这里看，艾草不是一般的草，而是中国文化之草。

2021 年 3 月 22 日

2. 白草（沙草）

白草又名沙草、五龙、倒生草、中亚狼尾草，是多年生禾本科狼尾草属植物，干熟后变成白色。具横走根茎。秆直立，单生或丛生，株高可达1米左右。多生于沙地、山坡、田野和撂荒地等较干燥处。白草为优良牧草，全草可以入药。

诗选：渔阳将①

塞深沙草白②，都护领燕兵③。放火烧奚帐④，分旗筑汉城⑤。
下营看岭势，寻雪觉人行⑥。更向桑干北⑦，擒生问碛名⑧。

校注：①渔阳，唐县，属河北道蓟州。故治在今天津蓟州区。②塞深，谓城塞偏僻。岑参诗："北风吹沙卷白草。"③都护，汉军官名，掌西域军事。王勃赋："都护新封万里侯。"④奚帐，奚国之氉帐也。《旧唐书》："奚国，匈奴之别种也，所居亦鲜卑故地。"⑤分旗，分派令旗也。⑥四句写渔阳将领兵之状。⑦桑干，水名。桑干水，源出山西朔县南，东北流入河北境内，循今永定河至北京市西南，东出至武清区北入潞水（今北运河）。贾岛《渡桑干》："无端又渡桑干水，却望并州是故乡。"⑧擒生，谓生擒当地人。碛，砾石构成之荒漠。

读札：塞深沙草白

张籍有两首诗写到白草。一是《渔阳将》中"塞深沙草白"，二是《凉州词三首·其三》中"凤林关里水东流，白草黄榆六十秋"。我之所以以"塞深沙草白"为题，是因为这句写出了白草的生存环境、白草的生存过程，还有一点，我觉得，白草很像戍守边疆的人。比如《诗经·小雅·采薇》：

昔我往矣，杨柳依依。今我来思，雨雪霏霏。
行道迟迟，载渴载饥。我心伤悲，莫知我哀。

这是最后八句。全诗表现西周后期戍边战士的生活与情感。您看，这位风雪归人，少时从军，暮年来归，是不是顶着一头白发？

又如杜甫《兵车行》。此诗借征夫对老人的答话，倾诉了人民对战争的痛恨，揭露了唐玄宗长期以来的穷兵黩武，连年征战，给人民造成的巨大的灾难。中有八句：

牵衣顿足拦道哭，哭声直上干云霄。
道旁过者问行人，行人但云点行频。
或从十五北防河，便至四十西营田。
去时里正与裹头，归来头白还戍边。

15岁就当兵，当时还不会裹头，归来之时已经"头白"，像不像一根白草？

白草到底是什么样子的呢？我其实并未见过。在我的想象中，白草可能就像长江下游地区的茅草，春天发芽生长，那嫩芯子可以拔着吃的，经历一夏能达到 1 米高的样子，秋来开花，远看就像芦苇花。很多年前，我教岑参《白雪歌送武判官归京》，读到其中几句，至今印象深刻：

北风卷地白草折，胡天八月即飞雪。
忽如一夜春风来，千树万树梨花开。

白草为什么会折？一是茎细而高，二是大漠风急。这都是边塞之景，辽阔而又荒凉。这既是自然之景，也是社会之景。我大学毕业那年，有过援疆任务，我报名而未去成；我工作以后，关注援疆支教事，可因年岁不饶人及身体原因错过机会。我一直向往边塞风光。前年有过一次西北旅行，看过荒无人烟的茫茫戈壁，总算了却心愿。也体会到戍边将士的辛苦与豪情。这正是唐朝气象的表现。

张籍《渔阳将》和《凉州词三首》也是描写戍边之事。前者写于贞元十四年（798）秋，时张籍漫游蓟北。渔阳是郡名，就是今天天津市蓟州区，战国燕国始置，秦汉贯之，唐开元十八年置蓟州，天宝元年改为渔阳郡。史书记载，此地多沙卤，少田，多葭苇、柽柳、白草。渔阳将带领官兵在此修筑工事，安营扎寨，活捉敌人。当年四月，幽州刘济奏大破奚王（北方少数民族首领）啜剌等 6 万余众。

后者作于长庆三年（823）前后，乃有感于凉州失陷而朝廷长期不能收复而作。其三曰：

凤林关里水东流，白草黄榆六十秋。
边将皆承主恩泽，无人解道取凉州。

《水经·秦州记》记载："抱罕原北，名凤林川，川中则黄河东流也。"《太平寰宇记》："凤林县，属河州，凤林关在黄河侧。大历二年，吐蕃首领论泣陵入奏，请以凤林关为界。"可是将士们不思收复失地。清代黄叔灿《唐诗笺注》："此篇言边将安坐居奇，不以立功报主为念，自开元中，王君奂等先后突吐蕃取凉州，后复陷吐蕃，经今已六十年，边将空邀主恩，无人出力。言之深切著明。"可见张籍的济世情怀。

总体来说，唐朝诗人都有济世情怀，到了中唐时期，虽然有所谓的"元和中兴"，而实际上存在许多弊政，比如藩镇割据、牛李党争、宦官专权，比如匈奴南下、吐蕃东侵、南诏动荡，可谓内忧外患，因而诗人表现更为明显。元和、长庆之间，出现了韩愈、柳宗元、刘禹锡、元稹、白居易以及孟郊、贾岛、王建、李贺等人，他们使唐代诗坛再度繁盛。这一时期的诗坛的创作，充满着强烈的济世精神。张籍就是其中一员。

再看那些大片大片的白草，感觉它们既是将士，也是诗人，其中就有张籍。

2021 年 3 月 13 日

3. 半夏、地黄、栀子

半夏，又名地文、守田、蝎子草、麻芋果、三步跳等。《礼记·月令》："五月半夏生。盖当夏之半也，故名。"具有燥湿化痰，降逆止呕，生用消疖肿作用，兽医用以治锁喉癀。

地黄，多年生草本植物，高可达30厘米。因其地下块根为黄白色而得名地黄，其根部为传统中药，是"四大怀药"之一，有着久远的历史记载。初夏开花，花大数朵，淡红紫色，具有较好的观赏性。

栀子花，又名栀子，为常绿灌木，枝叶繁茂，叶色四季常绿，花芳香，为重要的庭院观赏植物。除观赏外，其花、果实、叶和根可入药，有泻火除烦，清热利尿，凉血解毒之功效。花可做茶之香料，果实可消炎祛热。

诗选：答鄱阳客药名诗①

江皋岁暮相逢地②，黄叶霜前半夏枝③。
子夜吟诗向松桂④，心中万事喜君知。

校注：①药名诗，始于梁元帝。皮日休文："梁元药名诗曰：'戍客恒山下，当思锦衣归。'药名由是兴焉。"②江皋，江岸也。江边傍水之处。地，意谓地黄，为药名。③半夏，草名。炮制之后，可入药。主化痰、降逆、止呕、散结。④松桂，谓松脂、桂枝。亦常用中药。

读札：黄叶霜前半夏枝

或是由于青年时代汲汲于功名而奔波劳累，张籍中年以后经常生病，最后当为病痛折磨而卒。他一生为贫穷和疾病束缚，他的诗作中直接提到"病"的约有三十处。他不仅曾害眼病多年，一度导致被罢官职，以致被孟郊戏称为"西明寺后穷瞎张太祝"，而且由于贫困交加，患上慢性疾病，身体常年羸弱。其晚年诗作《赠任道人》写道："长安多病无生计，药铺医人乱索钱。欲得定知身上事，凭君为算小行年。"他原本倡导儒学反对佛道，如今开始相信命运，晚境凄凉可见一斑。他有一首《答鄱阳客药名诗》，叙其经历，言其体会，所谓久病成良医。

药名诗就是将中药名称嵌进诗中，联缀成篇。诗与中药功效无关，而是另有所指，因其构思新颖，读来饶有趣味。现存最早的药名诗，当属南朝齐诗人王融的"药名诗"。诗曰：

重台信严敞，陵泽乃间荒。石蚕终未茧，垣衣不可裳。
秦芎留近咏，楚衡播远翔。韩原结神草，随庭衔夜光。

此诗共用8个药名，依次是：重台（重缕）、陵泽（别名甘遂）、石蚕（石蛾的幼虫）、垣衣（墙的苔藓）、秦芎（芎藭）、楚衡（杜蘅）、神草（别名人参）、夜光（萤火虫）。对仗工整，语意双关，道出诗人忧国忧民的心情。

张籍这首诗中有6个药名。除嵌入半夏、松桂（松脂、桂枝）以外，尚藏地黄、枝子（谐音栀子）、桂心（肉桂树皮的里层）三种。

每种药名都有故事，皆可扯上几句。比如半夏，又名地文、守田、蝎子草、麻芋果等等，具有燥湿化痰，消除疖肿作用。其名始见于《礼记·月令》："仲夏之月，鹿角解，蝉始鸣，半夏生，木堇荣……"即生于夏至前后，此时夏天过半，故名半夏。和县姥桥镇出产的半夏，被称为"姥半夏"，是和县特产之一，久负盛名。

在我看来，半夏很像少女的名字。传说很久以前，确有一位名叫白霞的少女，在田野里割草时，挖到某种植物的地下块茎，将其放在嘴里咀嚼，谁知吃完就吐。她赶紧嚼块生姜，不仅呕吐被止住了，久治不愈的咳嗽也治好了。于是，白霞就用这种药和生姜一起煮汤给乡亲们喝，治咳嗽病，效果甚好。不幸的是，白霞在河边清洗这种药的时候，不慎滑入河中丧命。当地人们为了纪念她，就把这种药命名为"白霞"。因受方言影响，后来被叫成了"半夏"。

比如栀子花，早就声名远播，有张籍挚友王建《雨过山村》为证：

雨里鸡鸣一两家，竹溪村路板桥斜。
妇姑相唤浴蚕去，闲看中庭栀子花。

我以前在乡下教书时，曾在门前栽过一株栀子花，枝叶茂盛，花繁香远，好像把所有的力量都用尽了，叫人心疼。而今，在城里花店，有卖栀子花盆景的，花繁却小，宛若敷衍。因其美丽，我觉得很像女子。世间的多数女子为美而生，温暖善良。

读药名诗，自然想到中医中药问题。新型冠状病毒感染肺炎疫情发生以来，在救治方法上，一个最重要的措施，是中药的普遍参与，并且取得极好效果。我在电视上，就看到过大批患者服用中药的画面。黄璐琦院士认为，相较于纯西医治疗，中西医结合治疗能明显缩短病程，他以出院病人为例，把纯中医治疗和中西医结合治疗的效果与纯西医治疗进行比对，发现前者核酸的转移时间显著降低。

又想到师兄谈正衡先生的专栏文章《我站队了吗？》。他借一位做过中医院院长的朋友之口，力倡中西医结合，谓其各有所长。我赞成这个观点。但又认为，就目前形势而言，应该多多介绍中医，研究中医，更广泛地发挥中医作用。因为从近代开始，中医就遭到围攻，既被捉不到蟋蟀的鲁迅先生抹黑（《呐喊·自序》《父亲的病》），也被《红楼梦》中薛宝钗的冷香丸搞蒙。

客观地说，中医源远流长，其疗效自不待言。我国古代没有西医，都是中医，名医就有扁鹊、华佗、张仲景、孙思邈等。张籍早年游学河北"鹊山漳水"，"鹊山"即以扁鹊的名字命名，据说扁鹊曾到过那里。专著也多。而且很多读书人精通中医，能够为病人开药方。一部《红楼梦》里，更是弥漫着中药味道。薛宝钗吃的冷香丸是太玄乎了。但林黛玉吃的人参养荣丸，倒是平常的药，现今药店有售。它主要由人参、白术、茯苓、炙黄芪、当归、熟地黄、白芍、陈皮、远志、肉桂、五味子、炙甘草配制而成，用于心脾不足，气血两亏，形瘦神疲，食少便溏，病后虚弱等病症，对林黛玉来说是对症下药。至于林黛玉香消玉殒，薛宝钗终至不治，那是作者曹雪芹的安排而已。在创作中，作者就像古代皇帝，有生杀予夺大权。

如果把中西医进行比较，西医借助 CT、X 片等现代科技，可使病人了解病情，做到心中有数；而中医讲究阴阳相克，望闻问切，病人难免糊涂，不明就里。所以中医若要发展，需要深入研究病理，不能但靠经验说事。也有些人非常相信"老中医"，可是老有老的局限，如张籍《咏怀》所言"眼昏书字大，耳重觉声高"，体力不济，精力不够。而且单凭经验之说，口耳相传，也增加了中医学人才培养时间成本。

从疗效说，总的来说，西医比中医方便，吃药或动手术，比如急性肠炎之类，来得快捷，有时立竿见影。比如林黛玉的"肺结核"，放到现在，用利福平、异烟肼，就很好治。但是这里切除，那里更换，后续维护时间很长，并且人还是那个人吗？中医强调治本，所谓"病来如山倒，病走如抽丝"，多数疾病见效较慢。可是患者求医心切，哪有耐性？人工种植的速成中药草也存在问题。但是西医化疗时间也长，"三高"终生不能离药，一个带状疱疹要治几个月，而中医在治疗跌打损伤方面有时见效也快，一些单方偏方作用奇特。

　　归根到底，应该中西结合，辩证施治。我想，张籍、林黛玉等人，如果生活在今天，在接受中医治疗的同时，绝对不会拒绝西医。

2020 年 3 月 25 日

4. 车前子

车前子,又名车前草、车轮草等。二年生或多年生草本。须根多数。根茎短,稍粗。叶基生呈莲座状,平卧、斜展或直立;叶片薄纸质或纸质,宽卵形至宽椭圆形。生于草地、沟边、河岸湿地、田边、路旁或村边空旷处。全草可药用,具有利尿、清热、明目、祛痰等功效。

诗选:答开州韦使君寄车前子①

开州午日车前子②,作药人皆道有神。
惭愧使君怜病眼③,三千余里寄闲人④。

校注:①吴汝煜、胡可先《全唐诗人名考》(以下简称"吴胡考"):"韦使君为韦处厚。"徐玑《草木疏》:"马舄,一名车前、一名当道。喜在牛迹中生,故曰车前、当道也。今药中车前子是。"罗联添《张籍年谱》系于宪宗元和十二年(817),时张籍在长安,任国子监助教。②《荆楚岁俗记》:"午日竞渡舟,救屈原也。"③按:苏轼《仇池笔记》谓:"熟地黄、麦门生、车前子相染,治内障眼有效。屡试信然。"韦处厚赠张籍车前子之用意,或即在此。④闲人,张籍自喻。

读札：开州午日车前子

今年春节以来，近两个月的时间，疫情防控形势严峻，似有"黑云压城城欲摧"之势。我响应政府"少出门"的号召，基本是居家读书、看历史剧，早晚在小区里面散散步，偶尔担任志愿者。看得较多的书是余恕诚、徐礼节先生校注的《张籍集系年校注》。书凡三册，收张籍诗443首。其中有首《赠贾岛》，涉及"野菜"。诗云：

> 篱落荒凉僮仆饥，乐游原上住多时。
>
> 寒驴放饱骑将出，秋卷装成寄与谁。
>
> 拄杖傍田寻野菜，封书乞米趁时炊。
>
> 姓名未上登科记，身屈惟应内史知。

此诗书写其忘年交贾岛的窘境。这位贾岛，与孟郊共称"郊寒岛瘦"，又被韩愈称为"苦吟诗人"，更因"推敲"传说为世人所知。可惜累次参加科举考试，每每落败，只得赁屋城郊，衣食维艰，竟至于寻"野菜"度日。名声虽响，命途多舛，颇像当时的很多诗人。

时隔千年，我们也吃野菜。但是意义完全不同于贾岛了。

野菜这个词，在我的家乡，也就是张籍故乡，有两个意思，广义是指野生的可食用的草本植物，狭义是指荠菜。张籍诗中"野菜"，盖泛指也。东方风来，满眼皆绿，有绿色的地方就有野菜，有野菜的地方就有居民采食。

你往野地里去，展眼四望，如果看到艳丽的黄花，亭亭玉立，像野菊花，那就是蒲公英了。花下有几片柳叶似的叶子，有白色浆，生吃、炒吃都行，且有消炎祛火功效。还可以洗净，切成寸断，烤干晒干，以作茶饮。这样不仅可以把春天无限延长，对时下极易急躁上火的人们还有抚慰作用。

在潮湿的地方，会有成片的车前子。四片绿叶，贴地伸展，状如蒲扇，中间儿茎细蕊，在春风中摇曳。此草又名车前草、车轮草等，盖多生路旁，而路上多车。全草可以入药，具有利尿、清热、明目、祛痰功效。张籍释褐入仕几年后，罹患严重眼疾，据现代人考证，估计是白内障，只能长期请假。而唐朝规定，请假超过百日，就算自动离职，结果他成了贾岛，衣食也成问题。很多朋友都关心他，施以援手。韩愈代为写信，想为他谋差事，韦处厚从千里之外的开州，给他寄来治疗眼疾的车前子。张籍因作《答开州韦使君寄车前子》以谢。

后来，张籍又作《和韦开州盛山十二首·绣衣石榻》，齿及"药草"：

山城无别味，药草兼鱼果。时到绣衣人，同来石上坐。

这里的"药草"，不是特指中药草，而是指具有食疗效果的草本植物，也算野菜。

春天里，除了具有药用价值的蒲公英和车前子以外，还有荠菜、芦蒿、苜蓿（地珠头）、马兰头、野芹菜、枸杞头、苦菜（老腊菜）等。荠菜、苜蓿、野芹菜可炒食。马兰头、枸杞头可氽汤，名曰"春汤"。有顺口溜道："春汤灌脏，洗涤肝肠。阖家老少，平安健康。"一年之计在于春，人们祈求的还是家宅安宁，身壮力健。特别是在病毒肆虐的今春，数以万计的人被感染，数以千计的人死亡，人们更加渴求健康平安。

张籍有《新桃行》。前四句是：

桃生叶婆娑，枝叶四向多。高未出墙颠，蒿莠相凌摩。

其中写到"蒿莠"，也是野菜。蒿就是芦蒿，把它连根挖起，剪成二寸长的样子，洗净泥土，置于篾筲箕里，用纱布盖住，每天清晨洒一遍水。过几天，你揭开纱布，那老根上已会长出新芽，洁白鲜嫩，散发着泥土的气息，加几丝红辣椒煸炒，色味俱佳，令人垂涎。苋呢，就是野苋菜，嫩苗可食，老了涩嘴。

至于苦菜，粗糙若麻，似雪里蕻，不烂不臭，腌渍最佳。它和油菜同步生长，叶子、花果、籽荚都似油菜。去年午季，割油菜籽的时候，我的朋友余兄开车到江滩割苦菜籽，就地铺块大塑料布，收了半塑料袋籽，榨了四五斤油。那油真香，有再多钱也买不到啊。

2020 年 3 月 20 日春分

5. 瓜（甘瓜）

瓜（甘瓜），就是甜瓜。甜瓜最适宜种植在土层深厚、通透性好、不易积水的沙壤土上。喜温、耐热、极不抗寒。植株生长温度以 25—30 摄氏度为宜，开花温度最适 25 摄氏度，果实成熟适温 30 摄氏度。

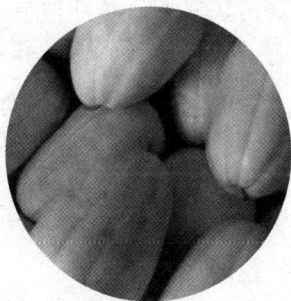

诗选：董公诗（节选）①

谁主东诸侯②？元臣陇西公③。旌节居汴水④，四方皆承风⑤。

在朝四十年，天下诵其功⑥。相我明天子，政成如太宗⑦。

东方有艰难，公乃出临戎⑧。单车入危城，慈惠安群凶⑨。

公谓其党言，汝材甚骁雄⑩。

……

校注： ①此诗作于德宗贞元十四年（798），时张籍在汴州。吴胡考卷上："董公为董晋。"陶敏《全唐诗人名考证》（以下简称"陶证"）："董晋，《旧书》本传："会汴州节度李万荣疾甚，其子乃为乱，以晋为检校左仆射、同平章事、兼汴州刺史、宣武军节度营田、汴宋观察使……贞元十五年二月，卒。"②诸侯，指节度使。东诸侯，汴州在东部，故云。③元臣，元老重臣，郡望陇西。《元和姓纂》："董有陇西、弘农、河东、范阳四望。董公盖出于陇西宗派也。"④《通志》："汴水，一名鸿沟。首受河水，自泛水县东南过颍阳、陈留、睢陵、符离，至泗水入淮。"⑤四方承风，谓四方承其教化。《家语》："舜之为君也，是以四海承风。"⑥

本传："至德初，肃宗自灵武幸彭原。晋上书谒见，授校书郎、翰林待制。"自至德至贞元十二年，有四十二年。⑦按：这两句的意思是，辅佐德宗，使他成就如同唐太宗贞观之治的伟业。⑧东方，谓汴州也。汴州自大历以来多兵事。汴州节度使李万荣死后，朝廷任命董晋为汴州节度使。⑨本传："晋既至郑州，宣武军迎候将吏无至者。晋曰：奉诏为汴州节度使，即合准敕赴官。未至汴州十数里，邓惟恭方来迎候。既入，乃委惟恭以军政。"是其事也。⑩骁雄，谓骁勇有雄才。

札记：甘瓜生场圃

这是一首颂诗。董晋为政，有口皆碑；张籍诗作，感情真挚。全诗六十句，凡三百字，句句有事，字字有情。

董晋何人？韩愈上司。董晋在唐玄宗后期中明经科，唐肃宗即位后，被任命为秘书省校书郎，供职翰林。担任过汾州司马、淮南节度使崔圆的判官，以及主客员外郎等职。唐德宗即位后，董晋先任京官太府卿、御史中丞，后外任华州刺史。贞元五年（789）三月，董晋为门下侍郎、同中书门下平章事（即宰相）。不久，宣武（今河南开封）节度使李万荣死，德宗授董晋为尚书左仆射、同中书门下平章事，兼宣武节度副大使。

按照唐制，节度使赴任之前，要有一套自己的人马班底，唐时称为幕府。节度使相当于现在的省部级大员，统领军政事务，这个班底相当于省委办公厅和省军区司令部合并的机构，所征人员，必须具备一定资质，还要申报中央批准。董晋曾经出任宰相，对韩愈的文名早有耳闻，并且由于韩愈是进士身份，于是就派人去征召韩愈，任命他为观察推官，相当于节度使手下的副官，副官是军人身份，为了能军地两用，朝廷又任命他为秘书省校书郎，属于正九品官衔。

韩愈自小失去父母，在哥嫂跟前长大。贞元二年（786），韩愈离开宣城，只身前往长安闯荡。贞元三年（787）秋，韩愈取得乡贡资格后再往长安参加省试，结果名落孙山，生活无所依靠。此后两年，韩愈连续两次参加科举考试，均以失败告终。贞元八年（792），韩愈第四次参加进士考试，终于登进士第。次年，参加吏部博学宏词科考试，铩羽而归。贞元十年（794），再度至长安参加博学宏词科考试，又失败。贞元十一年（795），第三次参加博学宏词科考试，仍失败。其间曾三次给宰相上书，均未得到回复。此时正处于困境之中。这样，29 岁的韩愈穿上军装，从此走上仕途。

而韩愈是张籍生命中的贵人。贞元十三年（797），孟郊得到韩愈引荐，至汴州（今开封市）依陆长源，随即将张籍引荐给韩愈。因此，同年十月，张籍北游至汴，与韩愈相识。韩愈虽然比张籍小两岁，但是他进士及第较早，成名也早。他发现他与张籍志趣相投，尤其在奉守儒家思想方面意见相合。他虽然很少创作乐府，但他重视乐府，因此读到张籍的乐府诗，大为称赞。于是"留"而"置城西馆"，相与宴谈酬唱，并教张籍古文。

汴州原称梁州，北周周宣帝（559—580）改为汴州。隋炀帝时期开凿的两千多公里长的大运河是沟通南北的大动脉。大运河的中段就是联通黄河与淮河的汴河。位于汴河要冲的开封，又是东都洛阳的重要门户，占尽天时地利，发展迅速。进入唐代之后，开封也是水陆便捷的大都会。看到汴州地区的安定形势，张籍作《董公诗》，称赞董晋功绩。其中写道：

翩翩者苍乌，来巢于林丛。甘瓜生场圃，一蒂实连中。
田有嘉谷陇，异亩穗亦同。贤人佐圣人，德与神明通。
感应我淳化，生瑞我地中。

苍乌是传说中的瑞鸟。《宋书·符瑞志中》曰："苍乌者，贤君修行孝慈于万姓，不好杀生则来。"苍乌翩翩来巢，示德宗之贤德。甘瓜一蒂，即并蒂，指两朵及两朵以上的花并排地长在同一根茎上，亦为瑞兆。田有嘉谷，谷生两穗，象征丰收。贤人指董晋，圣人指唐德宗。此谓淳然和气，感应化育，所以瑞兆纷呈。总之是说皇帝是圣人，德通神明；大臣有德行，辅佐有功。

那么甘瓜是什么呢？就是甜瓜，比其他的瓜甜，因此而得名。据文献所载，甜瓜起源于两千年以前，首先由埃及人开始栽植。中国人栽培甜瓜的历史也极悠久，《诗经·豳风·七月》中"七月食瓜，八月断壶"的瓜即为甜瓜。《汉书·地理志》谓"敦煌古瓜州地，有美瓜"，此处所谓美瓜，也是甜瓜。王维《老将行》诗中的"故侯瓜"还是甜瓜，典出《史记》："召平故秦东陵侯，秦灭后为布衣，种瓜长安城东。瓜有五色，甚美，世谓东陵瓜。"今天，我们和县的地理标志产品黄金瓜（以前叫香瓜，圆形）、我们经常吃的哈密瓜都属甜瓜系列。

古人种瓜是大事，必须依照季节时令栽植收获，有所谓"清明前后，种瓜种豆"的谚语，我曾种菜多年，都是遵照执行。因此，在古代，瓜的播种与收成均可用以记时，如《尔雅翼》就曾提到古人派遣兵卒是"瓜时而往"，换班时日也是"及瓜而代"，所以后世以"瓜代"表示期满易人接替。

在《董公诗》中，甘瓜自然是指甜瓜。但是如今，瓜的品种很多，除甜瓜外，还有西瓜、南瓜（北瓜）、黄瓜、冬瓜、菜瓜、苦瓜等等。如果追问一句，唐代有没有别的瓜呢？比如说西瓜？我认为有。拙著《张籍传》里有"青罗居"章节，就写到韩愈、李翱、孟郊、张籍四人吃西瓜的故事。

西瓜原产非洲，约在魏晋南北朝时引进中国，或曰唐代引入新疆、五代时期引入中土。西瓜是夏季的时令水果，有消暑沁凉的效果，古人称为"寒瓜"。柳宗元《同刘二十八院长述旧言怀感时书事》有"风枝散陈叶，霜蔓蜒寒瓜"句，李白《寻鲁城北范居士失道落苍耳中见范置酒摘苍耳作》有"酸枣垂北郭，寒瓜蔓东篱"句。

西瓜之名，有两种观点，或曰见于《新五代史》："（胡峤）居虏中七年，当周广顺三年亡归中国，略能道其所见，云自上京东去四十里，至真珠寨，始食菜，明日东行，地势渐高，西望平地，松林郁然，数十里遂入平川，多草木，始食西瓜。云契丹破回纥得此种，以牛粪覆棚而种，大如中国冬瓜而味甘。"或曰始于明代，相对于甜瓜而言，其为"西来之瓜"，故曰西瓜。明代徐渭《昙阳》诗曰："闻道居绵竹，看来幻落花。团团轮北斗，处处种西瓜。"

且不管它，能吃即吃。

2021 年 4 月 14 日

6.禾、黍、稷

禾是汉语常用字，此字始见于商代。禾的古字形像谷穗下垂的农作物，本义指谷子，即粟，后泛指一切粮食作物。有时专指稻子。禾是重要意符，从"禾"的字大致可分为两类，一类是表示谷类植物的，如：秧、稻、黍、穗等；另一类是表示与谷类有关行为的，如种、租、税、秀等。

黍，此字初文始见于商代甲骨文，其古字形像散开了穗的成熟的黍的形象。黍是一种粮食作物，与稻类相似，俗称黄米。

稷，是禾本科，黍属一年生栽培草本植物。秆粗壮，直立，高可达120厘米，7—10月开花结果。稷为人类最早的栽培谷物之一，谷粒富含淀粉，供食用或酿酒，秆叶可为牲畜饲料。由于长期栽培选育，品种繁多。

诗选：怀友

人生有行役，谁能如草木①？别离感中怀，乃为我桎梏②。
百年受命短，光景良不足。念我别离者，愿怀日月促③。
平地施道路，车马往不复④。空知为良田，秋望禾黍熟⑤。
端居无俦侣⑥，日夜祷耳目。立身难自觉，常恐忧与辱⑦。
穷贱无闲暇，疾痛多嗜欲⑧。我思携手人，逍遥任心腹⑨。

校注：①按：谓草木没有感情，而人是有感情的，不可能像草木一样。②按：谓别离之感，萦绕怀中，就像束缚住自己的脚镣和手铐，使自己不得自由。③促，催促也。④按：此谓平地虽设道路，而离人车马，往而不返也。⑤按：此谓时光流逝。《诗·唐风》："今我不乐，日月其迈"。⑥端居，平居。无俦侣，无友伴也。⑦忧与辱，谓遭忧受辱。《孟子》："终身忧辱。"⑧多嗜欲，谓心思烦乱。《淮南子》："神清者，嗜欲弗能乱。"⑨逍遥，自在之意。王褒书："何时把袂，共披心腹。"

札记：秋望禾黍熟

今天痛失两院士，一是袁隆平，享年 91 岁；二是吴孟超，享年 99 岁。这两个人物都是人中之龙，都为社会做出巨大贡献，都将永远活在人们的心中。

相对说来，袁隆平影响更大，因为他发明的杂交水稻喂养了中国乃至全世界人民。他今年春节在《人民日报》发文，说出了自己的两个梦，一是水稻亩产超过 3000 斤，一是实现禾下乘凉梦。这两个梦将激励后人奋勇前进。

粮食问题是古今中外的大问题。张籍诗歌中多次写到此事。他一般是将"禾黍"两种植物放在一起写，表示粮食作物。所以这节也将"禾黍"放在一起写。

禾其实是泛称，指禾本科植物，分为 620 多属，10000 多种。禾本科包括多种俗称"某某草"的植物，当然，不是所有的草都是禾本科植物；同样，也不是所有禾本科植物都是低矮的"草"，就如竹子，也可以高达十数米，连片成林。禾本科的植物有以下特征：一般有空心的秆子，隔一段有一实心的结。叶由叶片和叶鞘两部分组成。叶子从结两边轮流出来，同结的叶子生于一个面，叶脉平行。每一片叶子分为三部分，下部分包住秆子，上部分独立，两个中间有一层薄膜或一圈细毛。花很小，没有花瓣，靠风传粉。果实为颖果。几乎所有的粮食，除了荞麦以外，都是禾本科植物，如小麦、水稻、玉米、大麦、高粱、黍等。水稻已有专题读札，这里援引袁隆平先生的散文《妈妈，稻子熟了》中的几节文字，以示对老先生的悼念：

稻子熟了，妈妈，我来看您了。

妈妈，每当我的研究取得成果，每当我在国际讲坛上谈笑风生，每当我接过一座又一座奖杯，我总是对人说，这辈子对我影响最深的人就是妈妈您啊！无法想象，没有您的英语启蒙，在一片闭塞中，我怎么能够阅读世界上最先进的科学文献，用超越那个时代的视野，去寻访遗传学大师孟德尔和摩尔根？无法想象，在那个颠沛流离的岁月中，从北平到汉口，从桃源到重庆，没有您的执着和鼓励，我怎么能获得系统的现代教育，获得在大江大河中自由翱翔的胆识？无法想象，没有您在摇篮前跟我讲尼采，讲这位昂扬着生命力、意志力的伟大哲人，我怎么能够在千百次的失败中坚信，必然有一粒种子可以使万千民众告别饥饿？他们说，我用一粒种子改变了世界。我知道，这粒种子，是妈妈您在我幼年时种下的！

稻子熟了，妈妈，您能闻到吗？安江可好？那里的田埂是不是还留着熟悉的欢笑？隔着21年的时光，我依稀看见，小孙孙牵着您的手，走过稻浪的背影；我还要告诉您，一辈子没有耕种过的母亲，稻芒划过手掌，稻草在场上堆积成垛，谷子在阳光中毕剥作响，水田在西晒下泛出橙黄的味道。这都是儿子要跟您说的话，说不完的话啊……

妈妈，稻子熟了，我想您了！

下面专门说说"黍"。

黍，生长期短，耐旱耐瘠，最适合在干旱的中国西北地区栽植，是古代最重要的粮食作物之一。《诗经》中提到黍的篇章最多，共有十八篇，如《小雅·黄鸟》："黄鸟黄鸟！无集于栩，无啄我黍。"黍有许多品种，诗文出现最多的是"稷"，这是黍的不黏品种，而黍属于黏的品种；前者适合煮食，后者用于酿酒。两者并提时，泛指黍类植物，如《豳风·七月》："黍稷重穋，禾麻菽麦。"单提时则表示两者有所区分，如《王风·黍离》："彼黍离离，彼稷之穗。"另外，《大雅·生民》"维秬维秠"句中的"秬"和"秠"，则是黍的另类品种。

张籍的古风《怀友》写思念朋友的感情。开头写草木无情人有情，所以时常伤感：

平地施道路，车马往不复。空知为良田，秋望禾黍熟。

这四句是说，平地虽设道路，而离人车马，往而不返也，徒被困于田地之中。"禾黍"泛指粮食。

其《牧童词》有言：

远牧牛，绕村四面禾黍稠。

远牧，指至远处放牧。禾黍，也是泛指庄稼。稠，谓农作物之栽植稠密。按：二句谓村庄四周，种满作物，牧童乃更向远处牧牛。

其《陇头行》曰：

陇头路断人不行，胡骑已入凉州城。
汉兵处处格斗死，一朝尽没陇西地。
驱我边人胡中去，散放牛羊食禾黍。

去年中国养子孙，今着毡裘学胡语。

谁能更使李轻车，重取凉州几汉家。

　　此诗借言唐之边患。北方部落掳掠边邑之民，放牧唐地。郭茂倩《乐府诗集》："陇头，一曰陇头水。"《通典》："天水郡有大阪，名曰陇坻，亦曰陇山，即汉陇关也。"凉州，汉置州名，辖今甘肃、宁夏、青海湟水流域、内蒙古纳林河、穆林河流域。边邑之民，既为俘虏，居毡帐、服皮裘、习胡语，已成胡族矣。李轻车，谓汉朝轻车将军李广。重取，希望收复失地。"散放牛羊食禾黍"中，禾黍指庄稼草木。

　　其《废宅行》也是写北兵来犯。诗曰：

胡马崩腾满阡陌，都人避乱唯空宅。

宅边青桑垂宛宛，野蚕食叶还成茧。

黄雀衔草入燕窠，唶唶啾啾白日晚。

去时禾黍埋地中，饥兵掘土翻重重。

鸱枭养子庭树上，曲墙空屋多旋风。

乱定几人还本土？唯有官家重作主。

　　"去时禾黍埋地中"谓都人逃避兵灾之前，贮藏粮食；"饥兵掘土翻重重"谓都人流亡之后，唐兵乱翻寻找粮食。

　　又有《云童行》：

云童童，白龙之尾垂江中。

今年天旱不作雨，水足墙上有禾黍。

　　童童，云盛貌。白龙尾垂入江中，将雨之兆。水足则虽墙上亦能成长禾黍，眼前水不足，故有此想。

《山头鹿》曰：

山头鹿，双角芰芰尾促促。
贫儿多租输不足，夫死未葬儿在狱。
旱日熬熬蒸野冈，禾黍不熟无狱粮。
县家唯忧少军食，谁能令尔无死伤？

开篇借物起兴，以鹿之状喻贫儿，引起以下不恤民贫之咏。儿在狱，是指因租输不足而入狱也。夫死儿在狱，则此为寡妇。杜荀鹤《山中寡妇》："任是深山更深处，也应无计避征徭。"无狱粮，谓狱中儿亦无粮食。此妇虽自身难保，犹惦念狱中之儿，语尤沉痛。县家惟顾军需，不恤民食，死伤不免。出语径直，讽意甚深。连同以上几首作品，都反映了唐代中后期底层百姓的痛苦生活，显示出一位诗人的良心。"禾黍不熟无狱粮"中的禾黍也是泛指粮食。

最后说说"稷"。大和元年（827），曾经出使襄阳，遇到旧友殷山人，作《赠殷山人》。诗中写道："世业公侯籍，生涯黍稷田。"稷为禾黍类粮食作物。古代以稷为百谷之长，因此把它奉为谷神，比如社稷，社为土神，稷为谷神。由于古时的君主为了祈求国事太平，五谷丰登，每年都要到郊外祭祀土地和五谷神，即祭社稷，后来"社稷"就被用来借指国家。"社稷之忧""社稷之患""社稷之危""谨奉社稷而以从"都指的是"国家"的忧虑、隐患、安危。

走笔至此，就又想到袁隆平先生。他曾说过："人就像一粒种子。要做一粒好的种子，身体、精神、情感都要健康。种子健康了，我们每个人的事业才能根深叶茂，枝粗果硕。"他自己自然是粒好种子。"秋望禾黍熟，穷年忧黎元"，张籍心力笔力都在百姓，心忧社稷，何尝不是一粒好种子呢？

2021 年 5 月 22 日

7. 葫芦

葫芦，爬藤植物，一年生攀缘草本，有软毛，夏秋开白色花，雌雄同株。葫芦喜欢温暖、避风的环境，种植时需要很多地方。幼苗怕冻。新鲜的葫芦皮嫩绿，果肉白色，果实也被称为葫芦，可以在其未成熟的时候摘下来，收割作为蔬菜食用。古时候人们把葫芦晒干，掏空其内，做盛放东西的物件。

诗选：胡芦沼①

曲沼春流满②，新蒲映野鹅。闲斋朝饭后，拄杖绕行多。

校注：①胡芦，同"葫芦"，一年生草本植物。果实状如两个球连在一起，成熟后表面光滑，可作器皿，常用以盛酒。②春流满，谓此沼为活水池。春水来时，池水盈满。

札记：曲沼春流满

这是一篇看不出植物名称的读札。在张籍现存植物诗歌中，有两首诗，题目含有植物名称，而内容没有齿及。一首是《胡芦沼》，另一首是《和严给事闻唐昌观玉蕊花下有游仙》。

胡芦沼是池名，因形似葫芦而得名。《胡芦沼》是唱和诗，是和韦开州《和韦开州盛山十二首》之一。韦处厚是中晚唐时期政治家，最高做到宰相。因为曾经被贬谪开州，被白居易称为"韦开州"。韩愈认为将朝中重臣外放去守盛山是人才的浪费。韦处厚也是山水诗人。其《韦开州盛山十二首》是被贬谪开州时所作，脍炙人口，流传甚广。他从开州返京后，将这组诗送给京中友人看，多有唱和。张籍是其中之一。

张籍与韦处厚是同时期人，他比韦处厚年长7岁，早他6年考取进士。张籍性格如同大多的江南人一样温和，喜欢在春天去户外踏青赏花，创作诗文。从他与韦处厚的诗中，我们可以看到，两人的唱和如围棋行子布阵，似花丛中双花争艳，令人称绝。这里引用两首唱和。

韦处厚《韦开州盛山十二首·桃坞》曰：

喷日舒红景，通蹊茂绿阴。终期王母摘，不美武陵深。

桃坞是个好名字，美在桃花。扬州、苏州、开州有之，和州历阳也有。"坞"即地势周围高而中央凹的地方。在这样的地方栽满桃树，阳春三月，暖风渐吹，芳草鲜美，落英缤纷，实是绝美景致。张籍《和韦开州盛山十二首·桃坞》曰：

春坞桃花发，多将野客游。日西殊未散，看望酒缸头。

写这首诗时，张籍一定想起了故乡和州的桃花坞。桃花坞的具体位置在城西，是张籍读书处。贺铸《历阳十咏·桃花坞》："种树临溪流，开亭望城郭。当年孟张辈，载酒来行乐。斯人久埃灭，节物今犹昨。看取不言华，春风自相约。"题注："县西二里麻溪上。按县谱，张司业之别墅也。籍与孟郊载酒屡游焉。茂林修竹，尤占近郭之胜。"（《庆湖遗老诗集》卷三）清陈廷桂《历阳典录·古迹·桃花坞》（卷七）："州大西门外，唐张司业别墅。司业尝与孟东野载酒游此，今荡为寒烟矣。"

贞元十三年（797），张籍作《寄汉阳故人》：

知君汉阳住，烟树远重重。归使雨中发，寄书灯下封。
同时买江坞，今日别云松。欲问新移处，青萝最北峰。

此诗是写给南游途中结识的汉阳（县名，治今湖北武汉市汉阳）故人。江坞，即和州历阳桃花坞。别云松，如云松之相离也。青萝，即松萝，一种攀生于石崖、松柏的植物。北状写山中清幽之景。最北峰，当在和州。二句写张籍将移居"最北峰"。而"最北峰"其实是指历阳居所。

关于桃花坞的来历，在和州有个传说。说是元和十二年（817）冬，宰相裴度平淮南告捷，班师回朝。唐宪宗设宴太和宫，宴请满朝文武，以申功庆。席间，有人提议：凡叨恩人员，都要吟一句尾缀"红"字、与酒有关的七言律句，表示庆贺；出格、犯复者，罚以巨觥。张籍身为太祝，是个小官，当轮到他出句时，"红"字几乎已被前人用尽，且加上几分酒意，心不在焉信口吟出"柳絮轻斟玛瑙红"，以作搪塞。不料，一个专事诐媚取宠，以害人为能事的奸佞，突然离座，向宪宗跪奏道："我主洪福齐天，四海归附。今日盛宴，臣等均以'红'为喜，以表贺庆。柳絮色固白，哪来红意？白为丧，太祝吟句，意在诅咒圣上，罪该万死。"醉意朦胧的宪宗，闻听此言，龙颜大怒，喝道："小小太祝，竟敢诅咒寡人！将他推出去斩首示众！"几个武士一拥而上，将张籍向门外推去。文武大臣一时惊得目瞪口呆。韩愈是裴度麾下的行军司马，亦是平淮有功之臣，平时与张籍友情深厚，便不顾个人安危，起身谏道："启奏万岁：以臣之见，喜庆之时，不宜擅戮臣下。张太祝是个饱学之士，吟句绝非信口雌黄，当有来处，应当问个明白。如讲不出就里，再行治罪不迟。"裴度亦从旁力谏。宪宗见功臣保奏，便软下心来，将张籍赦回。

张籍惊慌得醉意全消，心中暗道："伴君如伴虎，一点不假。"他略微思索了一下，冷静地说道："今日喜庆，微臣早有祝词在胸。刚才所吟之句，只是一首绝句的末句。"宪宗说道："快将全诗句吟来！"好一个才思敏捷的张籍，他凭借自己的诗才，一面申辩，一面逆式成章，不慌不忙地吟出四句诗来：

四海升平承主恩，桃花柳絮醉春风。
桃花酿就胭脂色，柳絮轻斟玛瑙红。

吟罢，他略加解释道："臣少年攻读郡里桃花坞，坞里有千株桃树，万棵杨柳，每当春深，桃花怒放，艳红如霞；临风轻舞的柳絮，在桃花的映照下，灿如红色玛瑙，因而故有此吟。"众人听了，无不拍案叫绝，宪宗亦龙心大悦，赦张籍无罪，并破格擢为秘书郎。但是所谓桃花坞当时并无桃花，于是连夜写信，让家人栽植。——这个传说漏洞很多，但表现出了故乡人对张籍聪明睿智的敬佩之情。

韦处厚《韦开州盛山十二首·胡芦沼》曰：

疏凿徒为巧，圆洼自可澄。倒花纷错秀，鉴月静涵冰。

张籍作《和韦开州盛山十二首·胡芦沼》。

诗作于元和十三年（818），时张籍在广文博士任。闲斋，闲静的房舍，可见出诗人闲适之意，隐含着不被重用之意。

葫芦是世界上最古老的作物之一，我国考古人员在河姆渡遗址发现了7000年前的葫芦及种子，是目前世界上关于葫芦的最早发现。葫芦在我国古代有许多记载，同时关于其名称也有多种叫法，如"瓟""匏""壶""甘瓠""壶卢""蒲卢"等等。《诗经·豳风·七月》中"七月食瓜，八月断壶"，"壶"即葫芦。我国各地都有栽培，果实成熟后外壳木质化，中空，可作各种容器，剖开就是两只水瓢。小葫芦则为文玩。

在古人看来，葫芦嘴小肚大的外形，可以很好地吸收住宅之内的上佳气场，而对于不好的气场则可以进行有效的抑制、阻遏，从而营造一个适宜的家居环境。因此，古时候的豪门大族多在家中供养几枚天然葫芦，置于中堂之上，认为有化煞收邪、趋吉避凶之妙用。人们喜爱葫芦，还因为它爱生长，能蔓延，多果实。这一特色，恰恰与人类的原始母性崇拜和希望子孙繁衍的愿望相结合，从而衍生出许多相应的神话和吉祥福瑞故事。代代相传，葫芦就成了人们心目中值得信赖的增寿、降瑞、除邪、保福、佑子孙的吉祥物。故为画家爱物。

　　我也种过葫芦，嫩时可吃，老了可用。印象中，小时家里舀水用的水瓢，浇菜用的水瓢，喂猪用的猪食瓢都是用老葫芦剖开而成。少年读书，不知"合卺"，查了辞典，原来是指古代婚礼中的一种仪式：剖一瓠为两瓢，新婚夫妇各执一瓢，斟酒以饮。因此"合卺"代指成婚。于是幻想起将来的美好场景，讵料眨眼之间已是老夫老妻。张籍的葫芦沼边，当是树木繁茂，枝上挂着葫芦，郁郁青青，光滑洁净。皆如青春的容颜，乡村的爱情，令人流连，令人向往。

2021 年 5 月 5 日

8. 黄精

黄精，又名鸡头黄精、黄鸡菜、笔管菜、爪子参、老虎姜、鸡爪参。为黄精属植物。根茎横走，圆柱状，结节膨大；叶轮生，无柄。具有补脾、润肺生津的作用。

诗选：寄王侍御^①

爱君紫阁峰前好^②，新作书堂药灶成。
见欲移居相近住^③，有田多与种黄精^④。

校注：①吴胡考："王侍御为王建。"②紫阁，终南山峰名。李白《君子有所思行》："紫阁连终南，青冥天倪色。"此指王建山间别墅。③见欲，极思也。④黄精，百合科药草名，其根茎可入药。《博物志》："太阳之草名黄精，食之，可以长生。"

读札：有田多与种黄精

黄精是味中药，中国医药信息查询平台介绍：

黄精，中药名。为百合科黄精属植物黄精、多花黄精或滇黄精的干燥根茎。具有养阴润肺，补脾益气，滋肾填精的功效。主治阴虚劳嗽，肺燥咳嗽，脾虚乏力，食少口干，消渴；肾亏腰膝酸软，阳痿遗精，耳鸣目暗，须发早白，体虚羸瘦，风癞癣疾。

我第一次听到这个名称好像是在庐山。中午吃饭时，汤里漂了几片像生姜片似的东西，老板说，这是黄精，60多元一斤。那是20多年前吧。后来在黄山、九华山似也吃过，具体情况记不得了，反正是补品。

约10年前，为鸡笼山景区编制旅游手册，发现武则天时的武状元勤思齐居然生于鸡笼山，葬于鸡笼山，且于黄精有关。

勤思齐，唐高宗乾封年间（约666）生于鸡笼山麓，卒年不详。自幼从寺庙僧道老人习经文、练武艺，膂力过人，名闻一方。天授元年（690），女皇武则天招考文武人才，勤思齐经举荐进京，参加武举殿试，获女皇赏识，授游击将军，赐锦袍玉带，朝野羡慕。拜为横南将军，坚守边疆。他与当时朝中大臣结为十友。十人中包括担任过丞相的张说（667—730）、郭元振（656—713）。后隐居鸡笼山（武则天当时将鸡笼山封给勤家），终老故里。

上元二年（761）李白路经鸡笼山，曾拜谒勤将军故宅，并写下《历阳壮士勤将军名思齐歌并序》，开篇写道："历阳壮士勤将军，神力出于百夫。"

清朝董诰《全唐文》卷二百二十三有勤思齐的记载：

勤思齐曾封为游击将军，为从五品下。

《全唐文》卷二百二十三，有张说《举陈光乘等表》文。文中也有关于勤思齐的记载：

准，七月二十二日制，内外文武职事五品以上官，有奇材异略堪任将帅者，封状进内。今者塞北有屈强之胡，汉南屯不羁之马，使边郡忧患，朝廷盱食，此天下士君子饥待虏饐，渴待虏血，决命于匈奴之时也。

臣所举前件三人，光乘积学而善谋，求之古人，吴起、韩信敌也；师倩沈勇而能断，求之古人，彭越、吴汉类也；思齐忠壮而异材，求之古人，张飞、许褚等也：皆怀道藏器，仰望明时，羞自媒炫，莫能上达。

这段话说的是，开元九年（721），塞北有"屈强之胡"来犯，唐玄宗下诏，要求大臣推荐守边之人。宰相张说竭力举荐陈光乘、勤思齐、戴师倩三人镇守边疆，并说勤思齐"忠壮而异材"，有张飞（刘备手下大将）、许褚（曹操手下人将）之能。可见，勤思齐在当时的影响之大。

晚唐诗人许浑《题勤尊师历阳山居》诗曰：

二十知兵在羽林，中年潜识子房心。
苍鹰出塞胡尘灭，白鹤还乡楚水深。
春坼酒瓶浮药气，晚携棋局带松阴。
鸡笼山上云多处，自劚黄精不可寻。

这首诗说勤思齐二十岁就懂兵事，入羽林军（皇帝禁军），中年有张良（汉高祖刘邦的谋臣）的谋略，之后，镇守边疆。最后衣锦还乡，饮酒采药，早出暮归，过着隐居生活。原来这黄精确实是补药，具有养生功效。

近五年读张籍，第三次与黄精相遇。《寄王侍御》曰：

爱君紫阁峰前好，新作书堂药灶成。
见欲移居相近住，有田多与种黄精。

这位王侍御就是王建，他在终南山紫阁建了山间别墅。张籍很是羡慕，想搬去与他同住，一起种植黄精。这黄精，百合科药草名，其根茎可入药。《博物志》："太阳之草名黄精，食之，可以长生。"这就使我想起鲁迅《从百草园到三味书屋》里要求学生背诵的句子：

　　……何首乌藤和木莲藤缠络着，木莲有莲房一般的果实，何首乌有臃肿的根。有人说，何首乌根是有像人形的，吃了便可以成仙，我于是常常拔它起来，牵连不断地拔起来，也曾因此弄坏了泥墙，却从来没有见过有一块根像人样。如果不怕刺，还可以摘到覆盆子，像小珊瑚珠攒成的小球，又酸又甜，色味都比桑葚要好得远。

　　何首乌到处都有，藤状植物，叶片心形，泛白，叶脉明显；其块茎根好像山芋，比黄精要大许多。我在南京紫金山麓采过。不知道吃了是否成仙，只是听说吃了可以乌发，或是因为其名称中有个"乌"字。——中医中有吃啥补啥的理论，所以桑葚、黑豆、黑芝麻广受白发者青睐，身价陡增。我也是"多情应笑我，早生华发"者。我用它煮稀饭吃，吃得太多，导致腹泻，以后再没吃过。

　　张籍的偶像杜甫在《乾元中寓居同谷县作歌七首二》中也提到黄精，也可种植：

　　长镵长镵白木柄，我生托子以为命。
　　黄精无苗山雪盛，短衣数挽不掩胫。
　　此时与子空归来，男呻女吟四壁静。
　　呜呼二歌兮歌始放，邻里为我色惆怅。

　　一查资料，药效很多，可以降血糖、降血压、抗疲劳、抗病毒、延缓衰老等等。因其性味甘甜，食用爽口。其肉质根状茎肥厚，含有大量淀粉、糖分、脂肪、蛋白质、胡萝卜素、维生素和多种其他营养成分，生食、炖服既能充饥，又有健身之用，可令人气力倍增、肌肉充盈、骨髓坚强，对身体十分有益。黄精根状茎形状有如山芋，山区老百姓常把它当作蔬菜食用。

黄精可制成多种菜肴，有黄精炖猪肉、黄精鸡、黄精肉饭、黄精熟地脊骨汤等。我那次吃何首乌腹泻，专家说是因为吃得太多，而且应当九蒸九煮。估计老百姓一次吃的量都少吧。孔子说过犹不及，其实有时候过比不及副作用严重得多。个人、社会皆如此。

随着社会发展，黄精开发利用价值越来越大，除药用、食用价值外，还有观赏、美容价值。比如观赏价值：黄精具有发达的贮存养分的根状茎，易于林下和盆栽观赏。早春时节，植株破土而出，吐新纳绿；春末夏初，黄绿色花朵形似串串风铃，悬挂于叶腋间，在风中摇曳，甚是好看；其花期长，花谢果出，由绿色渐转至黑色、白色、紫色或红色，直至仲秋，满目芳华，别具魅力。从赏花到观果长达半载，是不可多得的观赏佳品。将其作为地被植物种植于疏林草地、林下溪旁及建筑物阴面的绿地花坛及草坪周围来美化环境，无不适宜。

有朋友说，在鸡笼山腰，见过一座土堆，周遭砌以石块，可能就是勤思齐的土坟。不知道自斫黄精满山跑的勤将军高寿，或是早已成仙。

2021 年 6 月 1 日

9. 蕉

芭蕉，为芭蕉科、芭蕉属多年生草本植物。原产琉球群岛，中国秦岭淮河以南可以露地栽培，多栽培于庭园及农舍附近。植株高2.5—4米。叶片长圆形，先端钝，基部圆形或不对称，叶面鲜绿色，有光泽；叶柄粗壮，长达30厘米。叶纤维为芭蕉布（称蕉葛）的原料，亦为造纸原料，假茎可以入药。

诗选：送李余及第后归蜀①

十年人咏好诗章，今日成名出举场②。
归去唯将新诰牒③，后来争取旧衣裳④。
山桥晓上蕉花暗⑤，水店晴看芋草黄⑥。
乡里亲情相见日，一时携酒贺高堂⑦。

校注：①罗谱系于穆宗长庆三年（823），时张籍在长安，任水部员外郎。《唐诗纪事》卷四六："余登长庆三年进士第。"②按：此谓李余十年间，以诗章知名，人皆咏之，今日果得高第，秀出举场。③将，持也。新诰牒，指皇帝颁赠新科进士及第之书状。④指应试者索取已及第者衣服穿，以求好运。⑤蕉花暗之"暗"字，当指山蕉花色之深。⑥按：此写归蜀途中山景物色。⑦按：末联写邻里乡亲，称觞祝贺。

读札：山桥晓上蕉花暗

我先后两次去过成都，都曾见过芭蕉。第一次是在一家宾馆门前，那又长又大的叶子吸引了我，竟有他乡遇故知的感觉——在和县桃花坞公园，植有数株芭蕉，叶片如扇，黄花明艳，煞是可爱。走近观赏，无意发现结有芭蕉，形状就像香蕉，体量略小，青色硬扎。后来在杜甫草堂、武侯祠、锦里等处也都见过。及至读到张籍《送李余及第后归蜀》，才知道芭蕉原是蜀地的名产。

芭蕉是一种重要的园林观赏植物，其种植历史可以追溯到西汉时期。中唐之后，芭蕉在园林中的种植逐渐普及，尤其宋元明清，芭蕉已经在园林中获得较高的地位，成为园林中重要的植物，并形成一定的园林种植规模和造景模式。亦可丛植于庭前屋后，或植于窗前院落，掩映成趣，更加彰显芭蕉清雅秀丽之逸姿。芭蕉还常与其他植物搭配种植，组合成景。蕉竹配植是最为常见的组合，二者生长习性、地域分布、物色神韵颇为相近，有"双清"之称。

徐波《中国古代芭蕉题材的文学与文化研究》指出："唐代芭蕉的分布局域较广，园林栽培较为普遍，为芭蕉审美欣赏提供了更多的契机。"唐诗中的蜀地芭蕉常见于私家园林，如岑参《东归留题太常徐卿草堂（在蜀）》诗中所说的"题诗芭蕉滑，对酒棕花香"，就是诗人在徐太常的住所见到的芭蕉。郑谷寓居蜀中时曾有诗句"展转敲孤枕，风帏信寂寥。涨江垂螺鍊，骤雨闹芭蕉"，描写了雨打芭蕉的场景。

与岑郑二人写到的芭蕉是人为栽植于住所不同，张籍《送李余及第后归蜀》中的"山桥晓上芭蕉暗"，则是野外蜀道边的芭蕉，或大片种植用于织布的芭蕉。

《送李余及第后归蜀》是一首送别诗。先言李余十年间，以诗章知名，人皆咏之，今日果得高第，秀出举场；再言进士及第后的荣耀，皇帝颁赠新科进士及第之书状，应举者争取他考试时穿的衣裳，以求好运；颈联"山桥晓上蕉花暗，水店晴看芋草黄"写其归蜀途中山景物色；末联写邻里乡亲，称觞祝贺。"蕉花暗"指芭蕉颜色之深。

又有《送汀州源使君》，也是送别诗，送源寂南归福建，五六句曰"山乡只有输蕉户，水镇应多养鸭栏"，输蕉户是指以蕉布纳税的农户，蕉指用蕉麻，即用芭蕉纤维制成的布。《后汉书·王符传》"葛中升越，筒中女布"注引沈怀远《南越志》："蕉布之品有三，有蕉布，有竹子布，又有葛焉。"清李调元《南越笔记》："蕉类不一，其可为布者曰蕉麻，山生或田种，以蕉身熟踏之，煮以纯灰水，漂澼令乾，乃绩为布。本蕉也，而曰蕉麻，以其为用如麻故。……广人颇重蕉布，出高要宝查广利等村者尤美。"

芭蕉还可当纸用。张籍《上国赠日南僧》"翻经依贝叶"句中，"依贝叶"亦作"上蕉叶"，意为用芭蕉叶书写的经书。也说得通。

芭蕉由于叶绿花明，用途广泛，经常成为文人墨客抒发情思的题材。丹青描绘芭蕉，情趣亦盎然。如齐白石的国画《芭蕉》，题为"芭蕉叶卷抱秋花"，如张大千等人的国画《芭蕉仕女图》，多是一女子侧身坐于芭蕉树下，举目远望，若有所思。如广东音乐《雨打芭蕉》，描写初夏时节，雨打芭蕉的淅沥之声，极富南国情趣。影视剧也有，如《孙悟空三借芭蕉扇》，把个妖精整得死去活来。

芭蕉可以吃，与香蕉的营养价值差不多。不同的是，香蕉味道浓甜，而芭蕉果肉细致油滑，回味中略带一些酸涩，更似人生滋味。

芭蕉中有种红蕉，其花艳丽鲜明，很讨蜀地人们的喜欢，文人墨客也乐于歌咏其风姿。不过，在唐代罗隐《中元甲子以辛丑驾幸蜀四首》中，红蕉像历经劫难的女子，面容憔悴，颇为凄凉。诗曰：

邪气奔屯瑞气移，清平过尽到艰危。

纵饶犬彘迷常理，不奈豺狼幸此时。

九庙有灵思李令，三川悲忆恨张仪。

可怜一曲还京乐，重对红蕉教蜀儿。

罗隐（833—909）是个书生，在科举路上，踉跄而行，命途多舛。在这一点上，与张籍相比，很是不幸。大中十三年（859）底至京师，应进士试，历七年不第。咸通八年（867）乃自编其文为《谗书》，益为统治阶级所憎恶，所以罗衮赠诗说："谗书虽胜一名休"。后来又断断续续考了几年，总共考了十多次，自称"十二三年就试期"，最终还是铩羽而归，史称"十上不第"。黄巢起义后，避乱隐居九华山，光启三年（887）,55 岁时归乡依吴越王钱镠，历任钱塘令、司勋郎中、给事中等职。《中元甲子以辛丑驾幸蜀四首》记录了黄巢起义、唐僖宗奔蜀的史事，描写战乱给国家和人民造成的巨大破坏，反映了诗人的忧国忧民之心。蜀人重对红蕉，该说些什么呢？

2021 年 5 月 7 日

10. 菊

菊花属菊科，别名寿客、金英、黄华、秋菊、陶菊等，是多年生草本植物。原产于我国。中国是世界菊花的起源中心，分布有较多的野生菊花。在中国古典文学中及文化中，梅、兰、菊、竹合称四君子。

诗选：闲游①

老身不计人间事，野寺秋晴每独过②。
病眼校来犹断酒③，却嫌行处菊花多④。

校注：①罗谱系于宪宗元和十一年（816），时张籍在长安，任国子监助教。②过，访也。③校，犹瘥也，即病愈。④陶潜诗："尘爵耻虚罍，寒花徒自荣。"此翻而用之。菊花多，则易起饮酒、赏花之想，故谓。

读札：却嫌行处菊花多

菊花，是人们普遍喜欢的花，也是人们喜欢得起的花。因为容易生长，用途广泛，品种又多，可以满足各种趣味。

在我看来，菊花深受欢迎的原因，第一就是好看。丰子恺说到人生三境界，物质境界，精神境界，灵魂境界。人只要日子还过得去，就会向往棋琴书画诗酒花，所谓"温饱思淫欲"，并非单指色情。可是张籍害了眼疾，断断续续治疗几年才好，作《闲游》诗。按照罗联添先生说法，此诗作于宪宗元和十一年（816），张籍才50周岁，也不算老，但因病魔缠身，对世事失了兴趣和激情，颇像时下自我标榜的"躺平族""佛系青年"。特别是由于眼疾作难，故而嗔怪菊花过多。为什么呢？菊花多，则易起饮酒、赏花之想，可眼睛不行。

其《病中寄白学士拾遗》有言：

梨晚渐红坠，菊寒无黄鲜。倦游寂寞日，感叹蹉跎年。

此诗也是病中所作，写在元和三年或四年，那时才40岁出头，目光所及，寒菊凋零，其实也是心情投射。现代人特别关注身体是很有道理的。

其《重阳日至峡道》诗曰：

无限青山行已尽，回看忽觉远离家。
逢高欲饮重阳酒，山菊今朝未有花。

罗谱系于穆宗长庆二年（822），时张籍在长安任水部员外郎，即出使途中作。待到重阳日，还来赏菊花，已是习俗；但诗人因为想家，结果无心赏花。这还是从菊花的观赏角度说的。

菊花受人欢迎的第二个原因，就是有用。

我国栽培菊花具有3000多年的历史，早在古籍《礼记》中就有"季秋之月，菊有黄花"的记载。汉代已将菊花作为药用植物栽培，晋魏时期开始大量栽培，以后逐步发展为观赏花卉。宋代是菊花发展的鼎盛时期，宋代刘蒙泉所著的《菊谱》收有菊花品种163个，这是中国最早的菊花专著。明代王象晋所著的《群芳谱》收录菊花品种270多个。

菊花有镇静、解热作用。对金黄色葡萄球菌、乙型链球菌、痢疾杆菌、伤寒杆菌、副伤寒杆菌、大肠杆菌、绿脓杆菌、人型结核菌及流感病毒均有抑制作用。能明显扩张冠状动脉，并增加血流量。可增强毛细血管抵抗力。菊贰有降压作用。我以前喝菊花茶，据说可以消暑、生津、祛风、润喉、养目、解酒；现在喝菊花决明子茶，说可以降血脂血压，感觉也还不错，反正就是有用。

民间有多种食疗方，如菊花粥，将菊花与粳米同煮制粥，濡糯清爽，能清心、除烦、悦目、去燥；菊花糕，把菊花拌在米浆里，蒸制成糕，或用绿豆粉与菊花制糕，具有清凉去火的食疗效果；菊花羹，将菊花与银耳或莲子煮或蒸成羹食，加入少许冰糖，可去烦热、利五脏、治头晕目眩等症；又有菊花枕，将菊花瓣阴干，收入枕中，对高血压、头晕、失眠、目赤有较好疗效；菊花护膝，将菊花、陈艾叶捣碎为粗末，装入纱布袋中，做成护膝，可祛风除湿、消肿止痛，治疗鹤膝风等关节炎。

其三，也是最被人看重的一点，菊花自然是有寄托的。周敦颐在《爱莲说》中写道："菊，花之隐逸者也。"这就是它的象征意义。它也因此跻身"梅、兰、竹、菊"四君子之列。

屈原以"朝饮木兰之坠露兮，夕餐秋菊之落英"的名句，歌颂菊花的高贵品质；以"春兰兮秋菊，长无绝兮终古"，表明了其洁身自好、永不与恶势力同流合污的品格。陶渊明对菊花有着特殊的好感，不仅写下"采菊东篱下，悠然见南山"的名句，而且自制菊花酒，既满足他的口腹之欲，也满足他的精神升华。白居易有《咏菊》："一夜新霜著瓦轻，芭蕉新折败荷倾。耐寒唯有东篱菊，金粟初开晓更清。"元稹有《菊花》："秋丛绕舍似陶家，遍绕篱边日渐斜。不是花中偏爱菊，此花开尽更无花。"《红楼梦》里菊花诗可谓一绝。

与好友白居易、元宗简相同，张籍也看重菊花的寓意。其《和左司元郎中秋居十首（其三）》曰：

闲来松菊地，未省有埃尘。直去多将药，朝回不访人。

见僧收酒器，迎客换纱巾。更恐登清要，难成自在身。

埃尘，即尘埃，喻尘俗之想也。直去，入直也，谓值班时。将药，手持丹药也。换纱巾，换头巾，更易为常服也。谓有客来访，则易其官服，幅巾相迎。清要，枢要之官也。自在身，兼心而言，谓身心之自由自在也。

《和左司元郎中秋居十首（其八）》曰：

菊地才通履，茶房不垒阶。凭医看蜀药，寄信觅吴鞋。

尽得仙家法，多随道客斋。本无荣辱意，不是学安排。

紧可通履，其地之狭仄可知。不垒阶，意谓平房也。凭医，求医。看，料理。仙家法，道教神仙修炼之法。斋，斋仪也。此谓本无荣辱之想，实非刻意有为也。元宗简与张籍身体都不好，无意于仕途，所以院内栽满菊花，也是暗示自己高洁的追求。

菊之所谓高洁，在于它与世无争与傲霜独立。自古以来，文人雅士和园艺家多用极富表现力的辞藻给各种菊花赋予形象贴切和意韵超凡的名字，也可说明众人对于菊花之爱。

或以花色命名，白色菊有："银丝串珠""空谷清泉""珠帘飞瀑""月涌江流"；黄色菊则有："飞黄腾达""黄莺出谷""泥金狮子""沉香托桂"；绿色菊有："绿阳春""绿柳垂荫""春水绿波"；白色微绿的称"玉蟹冰盘"，红色中加白的叫"枫叶芦花"；红白绿三色的名"三色牡丹""绿衣红裳"，等等。

或借诗词典故表示菊花的颜色，如红色的"红叶题诗"、黄色的"黄石公"、粉色的"人面桃花"，每个菊名之后伴有一段精彩动人的故事。

或以花瓣来辨其形："惊风芙蓉""飞龙舞爪""松林挂雪""香罗带""老翁发""金铃歌"等等。还有以花的造型来命名的："柔情万缕""长风万里""金线垂珠""墨荷""十丈珠帘""一坯雪""彩云爪"等，一语道破花的万种风情。

也有以历史人物和故事命名的，如"出师表""龙城飞将""龙图阁""木兰换装""嫦娥奔月""白西厢""湘妃鼓瑟"，等等，每一个名字的背后都蕴含一串动人故事，启发人们的想象。

尚有一种依据色、瓣、朵综合而成"韵"而命名的，如"醉荷"，取其似荷非荷，极似微醉之人，飘洒而无羁；又如"醉舞杨妃"，取其色粉红，瓣肥厚，极似历史故事中的杨贵妃带醉曼舞。仅从名字看来，就已令人遐思不已，领悟其美了。

另有两个故事，颇为有趣：

唐时的黄巢是最霸道的，干脆称它为"我花"。此君原是个落第秀

才，现有两首咏菊诗存世。其一名为《题不第诗》。诗曰："飒飒西风满院栽，蕊寒香冷蝶难来。他年我若为青帝，报与桃花一处开。"其中可见干云霸气吧！所幸此君终未称帝，不然，谁知道他会不会做出些类似的霸道事来。连秋菊的时令都能篡改，连自然规律都敢藐视，还指望他能善待他的臣民吗？后来，他写的另一首《题菊花》诗就更显霸气了："待到秋来九月八，我花开罢百花杀。冲天香阵透长安，满城尽带黄金甲。"胡涂诗文本为借物言志，不过，这志言得也太过宏大了吧！满城都是身穿黄金宝甲的兵士，老百姓都到哪里去了呢？

文苑里流传着这么一宗关于菊花的诗案，说的是宋朝大学者苏东坡有一天去拜访王荆公时，偶然看到王的书案上有两句墨迹未干的咏菊花诗，"昨夜西风过园林，吹落黄花满地金"。东坡就想了，那菊花本就是"宁可枝头抱香死"之物，哪里会有"吹落黄花满地金"的现象呢？乃提笔在诗句下批注曰："秋花不比春花落，说与诗人仔细吟。"后来，王荆公看到批注后，遂贬苏轼至黄州。却说苏东坡到了黄州后，转瞬秋至，有一日百无聊赖地漫步江边，但见一阵西风飒飒吹过，堤岸上的黄菊扑簌簌随风飘落，忽然想起曾批注过的王荆公的诗句来，不觉一怔，遂悟到："看来我真的是孤陋寡闻了，老相国把我贬到这黄州来，莫不是就是让我来看落菊的？"这宗诗案显然是后人为附庸名士风雅而巧妙杜撰，但也一扫"乌台诗案"的政治阴霾，让人不禁有莞尔之感。

2021 年 5 月 26 日

11. 款冬花

款冬是菊科款冬属植物。多年生草本。根状茎横生地下，褐色。款冬花蕾及叶入药，性辛、甘、温，有止咳、润肺、化痰之功效；也为蜜源植物；枝叶翡翠碧绿，头状花序，单一顶生，花形线条明快，花色丰富，宜作露地地被植物栽培，也可盆栽。

诗选：逢贾岛

僧房逢着款冬花[①]，出寺行吟日已斜。
十二街中春雪遍[②]，马蹄今去入谁家[③]?

校注：①傅咸《款冬花赋》："惟兹嘉卉，款冬而生。"款冬，到冬天。②十二街，在今陕西西安市。唐时长安皇城里有东西向五街，南北向七街，合称十二街，故也泛指长安街道。白居易诗："下视十二街，绿树间红尘。"③此问贾岛行踪也。

读札：僧房逢着款冬花

老实说，我不认识款冬花。它应该是一种多年生草本植物，性耐寒，严冬开花。

《本草纲目·草部·第十六卷·款冬花》"释名"：

按《述征记》云，洛水至岁末凝厉时，款冬生于草冰之中，则颗冻之，名以此而得。后人讹为款冬，乃款冻尔。款者至也，至冬而花也。宗奭曰：百草中，惟此罔顾冰雪，最先春也，故世谓之钻冻。虽在冰雪之下，至时亦生芽，春时人采以代蔬。入药须微见花者良。

从援引文字看，款冬应为款冻，"款"是至的意思，"冻"是指岁末时节，天寒地冻，而其生于草冰之中，以此得名。百草之中，唯其罔顾冰雪，最先迎春，故而世人称为钻冻。因其虽位于冰雪之下，然而至时亦生芽，故春季时节，人采其以代蔬菜食用。而入药取其要用，则须微见花者为良。

由此猜想，款冬花开时节类似于梅花，其形类似于蒲公英、野菊花、菊花脑，反正可作食蔬，可以入药。古代生产力水平低下，医药水平不高，遇到饥荒、生病，什么都拿来试试。张籍家境贫寒，一生体弱多病，后还因患眼疾而失明，当时就有"贫病诗人"称号，遇到感冒咳嗽，应该也曾服过其药。

宋代药学家苏颂的《图草本经》记载款冬花的一种特殊用法——疗久咳熏法。每日，取款冬花如鸡子许，稍用蜂蜜拌润，纳入一密闭铁铛内，铛上钻一小孔，插入一笔管，铛下着炭火，待烟从笔孔口出，以口含吸咽之，烟尽乃止，数日必效。单独用款冬花烟熏吸入以止咳，此法不能不说是一种颇有创意的发明，至今也值得借鉴研究。

王安忆在《人生漫长，我们都是自己的掘墓人》中写道：

这是个生产力格外发达的世纪，也是在经过漫长的起跑以后进入全速的状态。有时候，我特别想回到最初的写作的状态，那种慎重地拿起笔，铺开纸，字斟句酌，写着写着，忽然迷失了方向，再掉过头寻觅足迹，重新出发。工作是困难得多，劳动艰苦，可是到达目的地的快乐真是叫人心里踏实。这是一种自然的状态，就好像农人收割去年种下的庄稼。种的是麦子，收的就是麦子。

再说说贾岛。

元和五年（810）冬天，贾岛赴长安，冒雪谒韩愈、张籍，作《携新文诣张籍韩愈途中成》；次年秋天，居延寿坊，与"贫僻住延康"的张籍为邻。他小张籍十三岁，为忘年交。

贾岛曾经骑跛驴打着伞横穿大道。当时秋风正猛烈地吹着，树上掉下来的枯叶堆积可扫，于是吟道："落叶满长安。"正思索对句，茫然无所得，忽然想到用"秋风吹渭水"作对，高兴得不能自已，因此冒犯了京兆尹刘栖楚的车队，被关押了一夜，天亮时才获释。

贾岛后来又乘空闲骑着跛驴去李凝的隐居之处拜访，吟出诗句："鸟宿池边树，僧推月下门。"又想把"僧推"改为"僧敲"，用心琢磨这两个字还不能定夺，就有节奏地诵读着，并伸手做出推门和敲门的姿势，旁边的人看着都很惊讶。

当时韩愈任京兆尹，正好带着车队出来。贾岛不知不觉撞到车队，韩愈手下的人一拥而上，把贾岛拉到韩愈马前。贾岛把具体的情况如实地告诉韩愈，说自己无法确定"推"和"敲"哪个好，心思游于物象之外，不知道回避车队了。韩愈立马良久，说："敲字好。"于是与贾岛并骑而归，共同讨论作诗之法。韩愈与贾岛结成平民之交，于是将写作诗文的方法传授给贾岛。今人朱光潜在《咬文嚼字》中提到推敲这个典故，颇有新意，值得品味。

贾岛拜访张籍那天，献诗《携新文诣张籍韩愈途中成》曰：

袖有新成诗，欲见张韩老。青竹未生翼，一步万里道……

张籍听后，忙笑着说："张籍不肖不老，韩愈有才才老。"并口占一绝《逢贾岛》作答。

张籍辞世后，贾岛有诗《哭张籍》：

精灵归恍惚，石磬韵曾闻。即日是前古，谁人耕此坟。
旧游孤棹远，故域九江分。本欲蓬瀛去，餐芝御白云。

《汉书·地理志》："九江郡，户十五万五十二，口七十八万五百二十五，县十五：寿春邑、浚遒、成德、柘皋、阴陵、历阳、当涂、钟离、合肥、东城、博乡、曲阳、建阳、全椒、阜陆。"可见，贾岛所言"故域"，是指和州；这也就是无可所云"乡山"。罗联添明确指出："乡山指和州乌江。"纪作亮《张籍年谱》："约在本年或稍后卒。卒后归葬和州。"

2021 年 5 月 25 日

053

12. 兰

兰是多种植物的通称。原产于亚洲热带和亚热带地区，有数千个种类。花白色、淡黄色至绿色、棕红色或深青铜色。是常见的观赏花卉。蕙兰，别名中国兰、九华兰、九子兰、夏兰、九节兰、一茎九花，是我国栽培最久和最普及的兰花之一，古代常称为"蕙"，常与伞科类白芷合名为"蕙芷"。

诗选：送安法师

出郭见落日①，别君临古津②。远程无野寺，宿处问何人？
原色不分路③，锡声遥隔尘④。山阴到家节⑤，犹及蕙兰春⑥。

校注：①郭，外城曰郭。②古津，古渡头。③原色，谓阡陌之草色。④锡声，锡杖之声。按：中二联，为行者设想。⑤山阴，县名，今浙江绍兴。按：此安法师之故里。⑥兰蕙春，谓兰蕙盛开，春光明媚之时节。

读札：犹及蕙兰春

兰是花中君子，是千古流芳的植物。丛生，叶子细长，春季开花，气味清香，是我国著名的盆栽观赏植物。种类很多，常见的有草兰、建兰、墨兰、蕙兰等。可供观赏。《说文》曰："兰，香草也。"
蕙兰，别名中国兰、九华兰、九子兰、夏兰、九节兰、一茎九花，是我国栽培最久和最普及的兰花之一，古代常称为"蕙"，常与伞科类白芷合名为"蕙芷"。蕙兰花是我国珍稀物种，为国家二级重点保护野生物种。蕙兰原分布于秦岭以南、南岭以北及西南广大地区，是比较耐寒的兰花品种之一。

张籍作品中多次涉及。比如《送安法师》。这是一首送别安法师（指得道高僧）的诗。首联是说把他送出城外，到达古渡口旁，把酒叙旧，依依惜别。次联写出关切之意，路途漫漫，何处过夜？草木蔓发，侵占道路，锡声咚咚，清音隔尘。最后两句：

山阴到家节，犹及蕙兰春。

估计到家之时，正是蕙兰盛开，春光明媚。这里的山阴太有名气，可以当作历史名词看待。山阴是浙江绍兴市历史上的一个旧名。始设于秦代，得名于南部的会稽山，为秦汉时期会稽郡的尉治所在；东汉至六朝，为会稽郡的郡治尉治所在。南北朝时陈后主将山阴县的一部分分成会稽县。唐朝时山阴和会稽均属"越州"。南宋绍兴年间，越州改称绍兴，山阴和会稽成了绍兴的属县。

这里有流传千古的《兰亭集序》："永和九年，岁在癸丑，暮春之初，会于会稽山阴之兰亭，修禊事也。群贤毕至，少长咸集。此地有崇山峻岭，茂林修竹，又有清流激湍，映带左右，引以为流觞曲水，列坐其次。虽无丝竹管弦之盛，一觞一咏，亦足以畅叙幽情。是日也，天朗气清，惠风和畅。仰观宇宙之大，俯察品类之盛，所以游目骋怀，足以极视听之娱，信可乐也。"

这里有闻名中外的历史人物：勾践、西施、文种、范蠡、王充、贺知章、王羲之、陆游、朱买臣、王冕、马臻、虞世南、徐渭、陈洪绶、章学诚、王阳明、曹娥、元稹、蔡元培、周恩来、鲁迅、周作人、徐锡麟、秋瑾、竺可桢、许寿裳、夏丏尊、马寅初、柯灵、范文澜等等。每个人都是一本厚重的书。现在可以加上一个"安法师"。

其《和卢常侍寄华山郑隐者》曰：

独住三峰下，年深学炼丹。一间松叶屋，数片石花冠。
酒待山中饮，琴将洞口弹。开门移远竹，剪草出幽兰。
荒壁通泉架，晴崖晒药坛。宁知骑省客，长向白云闲。

诗写郑隐者的隐居生活与卢常侍对郑隐者的思念。卢常侍似指卢虔，常侍即散骑常侍，门下、中书两省官员。门下为左常侍，中书为右常侍。郑隐者独住山中炼丹，饮酒弹琴，好不自在。环境清幽：门前绿竹，院中幽兰，石壁能泉，高台晾药。他哪里知道，卢常侍时时牵挂自己呢。其实真正牵挂他的人应是诗人张籍，借他人之口说出而已。

这位卢虔，其夫人元氏也不简单，或戏称之曰"唐代的女教授"，是一株清香之兰。《卢虔神道碑》碑云"夫人河东薛氏，襄州司马之女也，勤俭持家"，又云"今合祔，从周礼也"。可知卢虔妻为河东薛氏，出身望族。生前勤俭贤良，可惜早逝，因碑漫漶，未详薛氏何年卒。林坤《诚斋杂记》记载："卢虔后妻元氏，升堂讲老子《道德经》。虔弟元明，隔纱帷听之。"则碑文所载薛氏当为卢虔前妻，前妻去世后卢虔再娶元氏。元氏才华出众，竟然能够"升堂"讲学。

此所谓"升堂"，是古代书院一类的学校的一种教学方式。据史料记载，朱熹根据自己的实践经验，采取三种教学组织形式，其中之一就是"升堂讲学"。如乾道三年，朱熹自闽来潭，访问张总，在长沙岳麓书院讲学，论《中庸》之义，听者甚多，有饮马池干涸之说。又如淳熙八年，朱熹请陆九渊到白鹿洞书院讲学，据《象山年谱》记载：先生讲"君子喻于义，小人喻于利"一章毕，即离席与朱熹言。可见，这种教学组织形式类似作报告或开讲座，是一位教师面对一定数量的学生讲课。卢虔后妻作为一介女流，能够面对众多学生开讲《道德经》，那学问一定了得，不然何以能引得小叔都来偷听！但碍于男女有别，叔嫂之嫌，小叔还是要隔纱帷听讲的。此不失为学林一段佳话。

但是他的儿子卢从史（？—810）不成器，唐朝藩镇割据时期任昭义节度使，因私通谋叛藩镇被贬死。

张籍《春日行》写出其人生的态度。诗曰：

> 春日融融池上暖，竹牙出土兰心短。
> 草堂晨起酒半醒，家童报我园花满。
> 头上皮冠未曾整，直入花间不寻径。
> 树树殷勤尽绕行，举枝未遍春日暝。
> 不用积金著青天，不用服药求神仙。
> 但愿园里花长好，一生饮酒花前老。

首句"春日融融池上暖，竹牙出土兰心短"中，"竹牙"指竹笋，"兰心"指兰草的嫩芽。接着就是不顾春寒料峭，在园子里闲逛，忽忽已晚，流连忘返，不想积金如山，不想长命百岁，只想饮酒赏花，过好当下。这种人生观对如今的人，特别是对像我这样即将退休或已经退休的人，尤其具有启发意义。

2021 年 5 月 22 日，杂交水稻之父袁隆平不幸离世，享年 91 岁

13. 麻

麻是一种茎皮纤维植物，也指麻类植物的总称。还可以指从各种麻类植物取得的纤维，包括一年生或多年生草本双子叶植物皮层的韧皮纤维和单子叶植物的叶纤维。韧皮纤维作物主要有苎麻、黄麻、青麻、大麻、亚麻、罗布麻和槿麻等。可作纺织原料。

诗选：沙堤行呈裴相公①

长安大道沙为堤②，早风无尘雨无泥③。
宫中玉漏下三刻④，朱衣导骑丞相来⑤。
路傍高楼息歌吹⑥，千车不行行者避⑦。
街官闾吏相传呼⑧，当前十里惟空衢⑨。
白麻诏下移相印，新堤未成旧堤尽⑩。

校注：①裴相公为裴度。李肇《唐国史补》："凡拜相礼，绝班行，府县载沙填路，自私第至子城东街，名曰沙堤。"此诗当是元和十年裴度拜相时作。《新唐书·宰相表》中："元和十六年乙丑，御史中丞裴度为中书侍郎、同中书门下平章事。"②按：唐代宰相出巡，京兆使人载沙填路，称为沙道。杜甫《遣兴》五首之三："府中罗旧尹，沙道尚依然。"又称"沙堤"。如白居易《新乐府·官牛》："一石沙，几斤重？朝载暮载将何用？载向五门官道西，绿槐阴下铺沙堤。昨日新拜右丞相，恐怕泥涂污马蹄。"系对新任宰相之礼遇。③早风，晨风。④玉漏，古代定时

058

器，皇家所用，以玉为饰，故谓之玉漏。古以铜漏计时，一刻约当十五分钟。《文选》李善注陆倕《新刻漏铭》引《五经要义》云："日出后漏三刻为昏，日出前三刻为明。"下三刻，为天明之前三刻。⑤朱衣，朱衣吏。唐制，两省出巡，得朱衣吏前导。唐代郑谷《献制诰杨舍人诗》："随行已有朱衣吏，伴值多召紫阁僧。"⑥息歌吹，停止演奏歌唱。⑦按：以上写宰相上朝之威仪。有朱衣前导，路旁歌吹停息，千车停驰，行人走避，威仪凛然。⑧街官间吏，地方小官。传呼，传告宰相出行。⑨按：此谓宰相行前十里，尽为空衢。⑩白麻诏，唐制凡赦书、德音、立后、建储、大诛、拜免三公宰相时并用白麻纸为诏书。移相印，谓裴度之新任宰相。新堤未成，喻新拜宰相，新沙堤犹未筑成；旧堤已尽，喻前任宰相业已罢官。

读札：白麻诏下移相印

麻是我熟悉的植物。小的时候，见过野生的麻，长在路边，约 1 米高，叶子圆形，叶面光滑，皮较细腻，略显白色，花记不得了，果实顶针大小；见过种植的麻，长在麻田，约 2 米高，茎秆挺直，皮色泛青，叶子如枫，叶面粗糙。皮剥下后，放水里沤七八天，沤得发黑，沤得满塘水臭，再捞上来，用棰棒捶打，反复漂洗，野麻白洁，种植的麻青色。

后来读书，知道麻的历史悠久，用途广泛。其在先秦时曾为五谷之一，在汉代仍是九谷、六谷之一，主要是用麻籽为粮食，用大麻籽榨油。但汉以后，麻类种植的主要用处是作为纺织品原料。汉魏以来中国北方大麻生产十分重要，北魏实行均田制，便分配有麻田。在南方，早在新石器时代就种植苎麻和葛。唐代开元时江南、淮南、剑南、岭南、山南等地区贡赋中普遍有苎布，其他葛类也比较多。宋代种麻仍然十分多，北宋中期河东输入朝廷的麻达 151 000 多匹，居全国第一位。明清时期由于棉花种植普遍，麻类生产相对萎缩，但苎麻在长江中下游地区仍有种植。

"麻"的种类很多，有大麻、苎麻、亚麻、黄麻、蕉麻、剑麻、红麻等，不一而足，可惜至今我也分辨不出，反正皆取其纤维或者油料，用于纺线、织布、搓绳、结网、造纸、做衣服、做麻袋、制纤维板等，在生活、生产中发挥着重要作用。

在读书过程中，经常与麻邂逅。《荀子·劝学》有言"蓬生麻中，不扶自直。白沙在涅，与之俱黑"，强调环境对于植物以及人们的巨大影响力。我估计说的就是种植的麻。孟浩然《过故人庄》有言"开轩面场圃，把酒话桑麻"，一是桑麻时常并用，二来说明桑麻在农村种植普遍，泛指庄稼。"话桑麻"就是闲谈农事。张籍《促促词》中"家家桑麻满地黑"，写得就是种麻情景，麻可用以交税。

唐代以前，麻的主要用途是做衣服。张籍《白纻歌》曰：

皎皎白纻白且鲜，将作春衫称少年。
裁缝长短不能定，自持刀尺向姑前。
复恐兰膏污纤指，常遣傍人收堕珥。
衣裳著时寒食下，还把玉鞭鞭白马。

白纻歌，原为源自晋朝之舞曲。此写少妇为夫君裁制春衣之恩爱。白纻就是用白苎麻所织的布料，少年谓己年少之夫君也。少妇为夫君裁制新衣，长短无法定夺，乃持刀尺向婆婆请教。担心兰膏污指，沾染白纻，乃遣人代为掇拾不慎落于布面之珥珰。想象夫君着衣，正当寒食之时，其着白衣骑白马，手持玉鞭，英姿飒爽。

唐代百姓的衣服大多是用葛麻制成。不可能是丝绸或绢织物，皇帝赏赐大臣几卷丝绸都是很荣幸的事，普通百姓不可能受用。也不是棉布。

棉花宋朝才引进。棉花的棉字，宋代才开始出现，元朝刚刚学会纺织棉布，明朝才开始大面积种植棉花。稍微有些家财的，可能会用木棉织布，但其产量不如棉花，保暖效果也差。唐朝时候人们主要生活在中原地区，北方是少数民族地区，有些人冬天靠皮革来保暖。

这里多说几句。关于中国早期棉业的历史，至今并不十分清楚。据目前所掌握的一些资料，如《后汉书·南蛮西南夷传》等记载，汉代似已存在棉花种植和棉布纺织；南北朝时期，高昌（今吐鲁番）亦可产棉织布。不管对这些资料有无争议，这些地区在当时大都属于边缘及少数民族地区，离中国文化的中心地带相当辽远，与当时的经济先进地区很少关联，更对中国传统经济结构不产生什么影响。大概直到唐代以前，中原地区对于棉布的原料"棉花"究为何物，还是不甚了解，或往往得自传闻，记载中也常将它与木棉树混为一谈。

古人在裁制寒衣前，要将葛麻之类衣料放在砧石上，用木杵捶捣，使其平整柔软，以便裁制衣服。葛麻织品最明显的缺陷点就是纤维太硬，穿着不舒服。捣衣的劳动，最易触发思妇怀远的感情，因此捣衣诗往往就是闺怨诗的异名。六朝这类诗甚多，谢惠连的《捣衣诗》有云："檐高砧响发，楹长杵声哀。微芳起两袖，轻汗染双额。"李白《子夜吴歌·秋歌》影响更大："长安一片月，万户捣衣声。秋风吹不尽，总是玉关情。何日平胡虏，良人罢远征。"诗中所说的捣衣，只是想把衣服捶至松软平整，可在家里进行，不必去河边，或因白天需要劳作，便在夜晚进行。由于旧时生活贫困，点灯油也是不小的开支，于是就着月光进行。将洗过头次的脏衣放在石板上用杵捶击，去掉浑水，反复清洗，使其洁净，也称"捣衣"。

张籍《宿临江驿》（一作宿江上，一作宿溪中驿）也有此说：

楚驿南渡口，夜深来客稀。月明见潮上，江静觉鸥飞。

旅宿今已远，此行殊未归。离家久无信，又听捣寒衣。

还有"捣练"，意为捣洗煮过的熟绢。唐代画家张萱的《捣练图》描绘了唐代城市妇女在捣练、络线、熨平、缝制劳动操作时的情景。画中人物动作凝神自然、细节刻画生动，使人看出扯绢时用力的微微后退后仰，表现出作者的观察入微。其线条工细遒劲，设色富丽，其"丰肥体"的人物造型，表现出唐代仕女画的典型风格。

麻纤维用于造纸，古已有之。唐朝皇帝下诏书起先是用白纸书写，后因白纸经常生蛀虫，改用黄麻纸书写诏书，故称"白麻诏"。如张籍《沙堤行呈裴相公》中曰：

白麻诏下移相印，新堤未成旧堤尽。

也有人说，唐制，凡赦书、德音、立后、建储、大诛、拜免三公宰相时并用白麻纸为诏书。移相印，谓裴度之新任宰相，所以用白麻诏。可是"新堤未成旧堤尽"，新沙堤犹未筑成，这位宰相业已罢官。此诗作于长庆二年（822）六月，时张籍在水部员外郎作。诗写裴度始复相又被罢免，流露出诗人的遗憾与不平。

张籍长期住在长安，由于身体不好，与世无争，仕途倒也顺畅。结交了很多朋友，这其中就有裴度。除这首诗外，张籍还写过《送裴相公赴镇太原》《谢裴司空寄马》，两位是终生朋友。

元和十年（815），淮西节度使吴元济谋反，宪宗让武元衡率军对淮西蔡州进行清剿。这一举动引起了与淮西勾结的成德节度使王承宗等割据势力的恐慌，他们决定刺杀武元衡等主战派的大臣。六月三日，晨鼓刚刚敲过，天色尚未明亮，宰相武元衡走出靖良坊的府第车门，沿着宽147米左右的道路左侧行进，赶赴大明宫去上早朝。刚出靖安坊东门，就被躲在暗处的刺客射灭灯笼，遇刺身亡。同时被刺伤的还有同样上朝的副手裴度。裴度当时戴了一顶厚帽，这顶厚帽帮他挡住利剑，使他得以保住性命。

淮西节度使吴元济、成德节度使王承宗等人的恐怖手段，虽然也曾使一些人动摇，但宪宗始终坚持用兵。元和十二年（817）七月，宪宗命自愿亲赴前线的裴度以宰相兼彰义节度使。裴度立即奔赴淮西，与隋唐邓三州节度使李愬等，大举进攻吴元济。九月，李愬军首先攻破蔡州，大败淮西军。吴元济没有料到李愬军快速异常，毫无防备地束手就擒。持续三年的淮西叛乱宣告结束了。

长庆元年（821），时张籍在长安，任国子监博士。裴度时镇太原，寄给张籍一匹良马。有唐一代，有骑马为荣，能骑名马更是荣耀。可以想象，张籍骑着裴度寄赠的好马，行走在朱雀大街时，内心何等幸福，故有赠诗。

麻有麻籽、麻油，也有用途。张籍《太白老人》中曰：

暗修黄箓无人见，深种胡麻共犬行。

诗写隐居泰山东南日观峰的大白老人生活。其密修金简，种植胡麻，据说服之不老。这种胡麻是亚麻的一种，是古老的韧皮纤维作物和油料作物。亚麻起源于近东、地中海沿岸。早在5000多年前的新石器时代，瑞士湖栖居民和古代埃及人，已经栽培亚麻并用其纤维纺织衣料，埃及各地的"木乃伊"也是用亚麻布包盖的。

在农村生活中有两件事，与麻关系密切。

一是妇女纳鞋底。女人们从孩子开始，到恋爱季，到变成母亲、祖母，为家人或恋人做鞋子是件大事。刘庆邦的小说《鞋》写的就是做鞋子的事。纳鞋底是费时耗工的事，都是忙里偷闲，见缝插针，鞋底越厚越难纳，用的就是细麻线，结实。女人左手拿着鞋底，右手戴着顶针，拿着特制的锥子和长针，先把锥子在头皮上磨几下，使之油滑不涩，从鞋底锥过去，再把针线穿过去，一只鞋底要纳个把月，一针一针都是爱。我曾经摸过母亲的手，像冬天一样地冷。

二是人死了，晚辈披麻戴孝。古代强调"百善孝为先"。孝的基本含义是"善事父母"，其包括"事生"和"事死"两个层面。"事死"也就是古人说的丧亲礼制。孔子说："生事之以礼，死葬之以礼，祭之以礼。"孟子亦强调送终丧礼的重要性："养生者不足以当大事，惟送死可以当大事。"曾子将丧亲之孝概括为"慎终追远"。"慎终"，是父母死亡的丧葬行为；"追远"，是父母死后的祭祀礼仪。古代父母长辈亡故之后，子女必须披麻戴孝，手拄柳木哭丧棍号啕大哭，随同抬棺扶灵的亲友一路送终至坟茔。这种风俗现在还保留着。

民间"披麻戴孝"习俗典出孔子。一天，孔子正在陈国（今河南淮阳）的弦歌台上向弟子们讲经，忽闻母亲病逝。孔子惊闻噩耗，当即昏迷过去。他醒来后，抓了块白麻布当头巾，穿了件白袍当外套，拿起一条捆书简的麻绳束在腰间，火速往家奔丧。到送葬的时候，孔子哭得嗓子嘶哑，腰疼腿软，家人只好给他找了根柳木棍当拐杖。柳木棍也叫哭丧棍，是表示父母死后，失去依靠，自己连行走都不方便了，只得拄棍子了。他的鞋后跟也没提上，是说父母的丧事是天下第一要紧的事，急得连鞋跟也顾不上提。我母亲去世时，我才 11 岁，应该是披麻戴孝了；时间已过去了 47 年，记不得了。

2021 年 4 月 26 日

14. 茅

又称茅草、茅针、茅根、白茅。多年生草本植物。春季先开花，后生叶，花穗上密生白毛。根茎可食，亦可入药。叶可编蓑衣，可盖屋顶，有茅庐、茅舍词。古代楚国军队行军时，前哨如遇敌情，则举茅草发出警报，后来以"名列前茅"表示成绩优异，名次排在前面。

诗选：太白老人

日观东峰幽客住①，竹巾藤带亦逢迎②。
暗修黄篆无人见③，深种胡麻共犬行④。
洞里仙家常独往，壶中灵药自为名⑤。
春泉四面绕茅屋，日日惟闻杵臼声⑥。

校注：①《后汉书·注》："泰山东南严，名日观。日观者，鸡一鸣时，见日始欲出，长三丈所。"元结诗："岂无日观峰，直下临沧溟。"幽客，指太白老人。②逢迎，往来。③暗修，密修。《三教洞经》："玉川黄篆者，帝之金简也。"④《抱朴子》："苣胜一名胡麻，服之不老。"⑤此写其与仙家往来，以灵药闻名。⑥此事全写道者之状，盖太白老人，亦道家者流也。

札记：晨鸡喔喔茅屋傍

读到题目中的这句诗，就想起温庭筠《商山早行》中的"鸡声茅店月，人迹板桥霜"，想起王安石《钟山即事》中的"茅檐相对坐终日，一鸟不鸣山更幽"，《书湖阴先生壁》中的"茅檐长扫净无苔，花木成畦手自栽"，想起陆游《鹊桥仙·夜闻杜鹃》中的"茅檐人静，蓬窗灯暗，春晚连江风雨"，想起辛弃疾《清平乐·村居》中的"茅檐低小，溪上青青草"，想起三顾茅庐的典故，想起小时候拔茅草芽吃的情景……

李时珍曰："茅叶如矛，故谓之茅。其根牵连，故谓之茹。易曰，拔茅连茹，是也。有数种：夏花者为茅，秋花者为菅。二物功用相近，而名谓不同。"茅细叶长而尖，花序白色，又名"白茅"。其"体顺理直，柔而洁白"，古代祭祀时常用来包裹祭品，或垫放在祭品底下以示洁净，表达出上崇神明的虔敬之情。古代招神也用白茅，如《周礼》之《春官·男巫》所载："男巫掌望祀、望衍、授号，旁招以茅"，明言男巫使用白茅来招请四方神明。看来茅草的身价曾经很高。

鲁迅的《从百草园到三味书屋》中有"厥土下上上错厥贡苞茅橘柚"句，其摘自《尚书》中的《禹贡》篇，原文不在一起，而是由"厥土惟涂泥"；"厥赋下上（上）错"；"厥贡……厥包橘、柚，锡贡"和"厥名包匦、青茅"诸句拼合而成。意思是"天下土地（共分九等），下上为下等里最上的一级，好坏交错；那进贡的物品里有茅草、橘柚等物品。"可以如下断句："厥土：下上、上错；厥贡：苞茅、橘柚。"但是孩子不懂，乱读一气；我初上讲台，其实也不懂，很不理解怎么要进贡茅草。不就是孩子们在田野拔的野草吗？

《诗经》中有《静女》篇："静女其姝，俟我于城隅。爱而不见，搔首踟蹰。静女其娈，贻我彤管。彤管有炜，说怿女美。自牧归荑，洵美且异。匪女之为美，美人之贻。"那个茅草是指初生草根，白色，味甘，古人常把它叼在嘴里慢慢嚼，也是男女约会时甜美的象征；送的彤管是用老芦苇管来做的乐器，音正，不变形，老芦苇一般都是苍红色（红而显得苍老），谓之彤管。不是茅草有多好，实在是那时生产力低，没有好东西；另外，恋人初见，无话可说，咬根茅草也不尴尬。

白茅的根很长且"白软如筋而有节"，俗称为"丝茅"，是重要的中药材。齐地割下之叶及鞘则称为茅草，相比于五节芒等草类不易腐烂，自古即被取用为搭盖屋顶的材料。从《诗经》以降，如《豳风·七月》之"昼尔于茅"（意为白天整理茅草），到唐朝杜甫《佳人》"牵萝补茅屋"、《茅屋为秋风所破歌》"茅飞渡江洒江郊"以及常建《宿王昌龄隐居》"茅亭宿花影"等提到的茅，都与盖屋有关。茅草从泥土里长出，用茅草盖的草屋讲述的是农村故事。以上所引的诗句写的是农村，张籍的两首诗《羁旅行》《山中秋夜》写的也是农村。

《羁旅行》（见第 126 页）是新题乐府，当写于张籍学成后游长安途中，即贞元八年（792）秋。"行路难"句谓旅途辛苦，世路艰难。"荒城无人"句写"千里无鸡鸣"的荒凉景象。"投田家"句写投宿田家，主人舂米造饭，殷勤接待。"晨鸡喔喔"句写鸡啼即起，告别主人也。"旧山"指旧家山，即旧居；"身计"指生计，指应举入仕的理想。"天门"喻帝皇宫门。"辛苦"指追逐身计之艰辛。

诗写诗人羁旅的孤寂、艰辛与"身计未成"的忧伤，写景中展现中原兵燹后的荒凉。所以明代周敬、周珽《唐诗选脉会通评林》转引顾璘的话说："旅穷至极。"周珽曰："沈思远韵，赋比曲至。旅人号咷，字字可怜。"清代邢昉《唐风定》："情景荒凉如画。"

其《山中秋夜》曰：

寂寂山景静，幽人归去迟。横琴当月下，压酒及花时。
冷露湿茆屋，暗泉冲竹篱。西峰采药伴，此夕恨无期。

幽人指隐士，隐于西峰，似终南山，过着弹琴、饮酒生活，一椽茅屋，半圈栅栏。其生活悠闲自在，令人神往。李怀民曰："全于言外想其静怀。"这首诗不知道何时所写。张籍一生多病，生活艰难，时常幻想遁入佛门道观落个清净，晚上希望与好友王建同隐洞庭，终未如愿。

在我的童年记忆里，茅又称茅针。每于夏初，小伙伴们满田埂跑，永兵啊、永香啊、孝保啊、增厚啊，拔那茅针，即茅草嫩芽，一拔一把，放嘴里哑，或送给好朋友吃，表示友好，增进友谊。我不知道那时可曾把茅针送给女同学吃，估计没送。那时没读过《静女》，没那小心思。

茅进入我的生活词典，有两个词：名列前茅、三顾茅庐。从小便知有学问好，有学问受人尊重，如今这个想法没有改变。前几天看到微信朋友圈推文《原来这才叫精神长相》，文章是不错的，但是当中有几句话有些故弄玄虚："一个人真正的资本，不是美貌，也不是金钱，更不是学问，而是自带的，不会随着岁月变迁而消失的精神长相。"我就不懂所谓"是自带的"，所谓"更不是学问"该如何理解。其实，人的精神不是来自血统，而来源于个人后天的修为；在这种修为中，学问是个重要元素。比如说张籍，其诗作之所以流传，其人品之所以受到称赞，不是因为他的出身，而是因为他的学问。

还有一点，我至今怀疑。我见到过的草房都是用稻草盖顶，它可以压得很实，隔绝雨水，隔断阳光直射；茅草太硬，堆不踏实，或会漏雨，盖顶的效果肯定会差很多。为何大多数人还用茅草呢？是不是因为当时稻草太少（特别是中原地区），又太精贵（稻草用处极广），或者习惯上写作"茅草"而其实用的是稻草？

2021 年 4 月 28 日

15. 蓬、蒿、沙蓬

　　蓬，多年生草本植物，花白色，中心黄色，叶似柳叶，子实有毛（亦称"飞蓬"）。蓬生麻中，喻在良好的生长环境里，自然会受到好的影响。蓬荜生辉，使得自家有了光彩，谦辞，用来称谢别人字画等物品的赠予或客人的来访。

　　蒿，二年生草本植物，叶如丝状，有特殊的气味，开黄绿色小花，可入药。亦称"青蒿""香蒿"。蒿莱，指杂草，喻草野百姓。

　　沙蓬是藜科沙蓬属植物。喜生长于沙丘或流动沙丘之背风坡上，为中国北部沙漠地区常见的沙生植物。沙蓬不仅是一种重要饲用植物，也是固沙先锋植物，在治沙上有一定意义。种子可作药用，主治感冒发烧、肾炎。

诗选：送从弟蒙赴饶州①

京城南去鄱阳远，风月悠悠别思劳②。
三领郡符新寄重③，再登科第旧名高④。
去程江上多看埭⑤，迎吏船中亦带刀⑥。
到日更行清静化⑦，春田应不见蓬蒿⑧。

校注：①从弟，《尔雅》："兄之子，弟之子，谓为从父昆弟。"陶证：

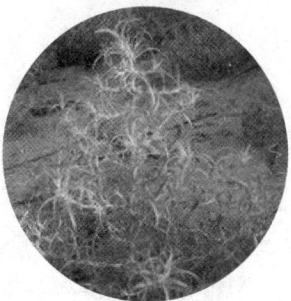

"章孝标同送诗题一作《送饶州张蒙使君赴任》,诗云:'三领郡符。'"《韶州府志》卷二七:"张蒙,元和中知韶州,历任四年,勤恤民隐,修广庠序。"饶州,唐江南道饶州,故治在今江西鄱阳县。②首联正写送别。③三领郡符,谓张蒙历韶州、滁州、饶州三州刺史。④再登科第,疑指进士第及博学鸿辞试。⑤堠,记里程之土堆。五里只堠,十里双堠。⑥迎吏,守望迎送之小吏。⑦清静化,长养休息、清静自然之教化也。⑧《礼记》:"孟春行秋令,焱风暴雨总至,藜莠与蓬蒿并兴。"此预想张蒙之政化。谓蒙将使饶州黎民,稼穑以时,安居乐业,蓬蒿不生也。

读札：春天应不见蓬蒿

蓬蒿是指蓬草和蒿草两种植物,但是常常连用,泛指草丛、草莽,或借指荒野偏僻之处。

蓬,多年生草本植物,花瓣白色,花蕊黄色,叶似柳叶,种子成熟后生白毛,呈团状,显得蓬乱,亦称"飞蓬"。与"蓬"相关的成语很多,例如蓬生麻中、蓬荜生辉。进入夏季,它就开花了,花期长达一两个月,由于此伏彼起,给人的感觉是一直都开花。我经常采摘,插花瓶里,很好看。我们这里又叫一年蓬、野葵花。未开花前,叶子较嫩,猪喜欢吃。我小时就经常薅它喂猪。

蒿亦称蒿子、青蒿、香蒿,有很多种。菜场有蒿子卖,有所区别。一般说来青蒿是人工种植的,香蒿是采摘野生蒿茎浇水加工出来的。就像同为养殖鱼,有的鱼是一直养在池子里,在池子里长大,有的鱼原是野生鱼,捕到以后放池子里饲养一段时间。蒿子有解河豚毒素的作用。苏轼《惠崇春江晚景》诗曰:"竹外桃花三两枝,春江水暖鸭先知。蒌蒿满地芦芽短,正是河豚欲上时。"蒌蒿,就是蒿子。河豚肉味鲜美,但是卵巢和肝脏有剧毒,吃它无异于探险、拼命,万一中毒,蒌蒿有缓解作用。苏轼真是全才，什么都懂。

青蒿还有一种，叶如丝状，有特殊的气味，开黄绿色小花，可入药。青蒿素主要是从青蒿中直接提取得到；或提取青蒿中含量较高的青蒿酸，然后半合成得到。除青蒿外，尚未发现含有青蒿素的其他天然植物资源。青蒿虽然系世界广布品种，但青蒿素含量随产地不同差异极大。据国家有关部门调查，在全球范围内，只有中国重庆酉阳地区武睦山脉生长的青蒿素才具有工业提炼价值。酉阳是世界上最主要的青蒿生产基地，其青蒿生产种植技术已通过了国家 GAP 认证，享有"世界青蒿之乡"的美誉，全球有 80% 的原料青蒿产自酉阳。对这种独有的药物资源，国家有关部委从 80 年代开始就明文规定对青蒿素的原植物（青蒿）、种子、干鲜全草及青蒿素原料药一律禁止出口。

青蒿成就了中国中医，成就了屠呦呦。屠呦呦 1972 年成功提取分子式为 $C_{15}H_{22}O_5$ 的无色结晶体，将其命名为青蒿素。她于 2015 年 10 月获得诺贝尔生理学或医学奖，理由是她发现了青蒿素，该药品可以有效降低疟疾患者的死亡率。她是第一位获诺贝尔科学奖项的中国本土科学家，诺贝尔科学奖项是中国医学界迄今为止获得的最高奖项，也是中医药成果获得的最高奖项。2017 年 1 月 9 日，屠呦呦获 2016 年国家最高科学技术奖。2020 年 3 月，屠呦呦入选《时代周刊》100 位最具影响力女性人物榜。

张籍《送从弟蒙赴饶州》是送别诗。多有勉励和挂念。尾联"到日更行清静化，春天应不见蓬蒿"句，是对张蒙的嘱托。清静化，指长养休息、清静自然之教化也；不见蓬蒿，就是不见杂草、荒地，是希望张蒙能够使饶州黎民，稼穑以时，衣食无忧，安居乐业。可见他对百姓的关心。

张籍一直关注民生。其《雀飞多》曰：

雀飞多，触网罗；

网罗高树颠，汝飞蓬蒿下，勿复投身网罗间。

粟积仓，禾在田，巢之雏，望其母来还。

　　前两句是说雀飞过高，有误触网罗之虞。中间三句是劝鸟雀低飞，在草丛间觅食，躲避罗网。《庄子》："翱翔蓬蒿之间，此亦飞之至也。"蓬蒿就是草丛。后三句谓幼雏殷望母归，不可不慎。是从另一角度提醒鸟雀当心。这显然是一首寓言诗，是对底层百姓的关心。所以明代周敬、周珽《唐诗选脉会通评林》曰：

　　诗以清远为佳，不以苦刻为贵，固矣。然情到真处，事到实处，音不得不衰，调不得不苦者。说者谓文昌、仲初乐府，瘖哑逼侧，每到悲惋，一如儿啼女哭，所为真际虽多，雅道尽丧，不知彼心口手眼各自有精灵不容磨灭光景。如病其欠厚，非善读二家者也。《诗镜》云："七古欲语语生情，自张、王始为此体，盛唐人只写得大意"，得矣。唐汝询曰：文昌乐府，就事直赋，意尽而止，绝不于题外立论。如《野老》之哀农，《别离》之感戍，《泗水》之趋利，《樵客》之崇实，《雀飞》之避祸，《乌栖》之微讽，《短歌》之忧生，各有一段微旨可想，语不奥古，实是汉魏乐府正裔。

　　这种关注民生的写作传统应该传承，这种关注民生的写作精神应为当代写作者学习。

　　这里一并说说沙蓬。

　　沙蓬是藜科沙蓬属植物。喜生长于沙丘或流动沙丘之背风坡上，为中国北部沙漠地区常见的沙生植物，看起来就像一团乱草。沙蓬不仅是一种重要饲用植物，也是固沙先锋植物，在治沙上有一定意义。沙区农牧民常采收其种子加工成粉，人畜均可食。张籍《送和蕃公主》曰：

> 塞上如今无战尘，汉家公主出和亲。
>
> 邑司犹属宗卿寺，册号还同虏帐人。
>
> 九姓旗幡先引路，一生衣服尽随身。
>
> 毡城南望无回日，空见沙蓬水柳春。

诗作于穆宗长庆元年（821），时张籍在长安，任国子监博士。吴胡考卷上："公主即太和公主，宪宗女，嫁回鹘崇德可汗。"《旧唐书·吐蕃传》："闻突厥及吐谷浑皆尚公主，乃遣使奉表，求婚，太宗许之，自是以来，多以公主妻吐蕃矣。"唐自贞观十五年以文成公主下嫁吐蕃首领松赞干布，中宗时以金城公主、穆宗时又以皇妹太和公主下嫁回鹘崇德可汗，此即所谓和蕃公主。和亲二句，言以公主和亲，故塞上无战尘也。宗卿寺，即宗正寺，掌皇族宗室祭祀之礼。虏帐人，《唐书·吐蕃传》："其俗有城郭庐舍，不肯处，联毳帐以居，即诗虏帐也。"九姓，唐时中亚胡国有所谓"昭武九姓"，此借称吐蕃各部落。毡城，谓吐蕃，此言送意，亦为凄绝矣。

沙蓬、水柳，并塞上之景。蓬草的根不发达，经大风一吹便拔根而起随风翻卷，故又称飞蓬、卷蓬、飘蓬、转蓬等。宋陆佃《坤雅》解释说："蓬蒿属，草之不理者也，其叶散生如蓬，末大于本，故遇风辄拔而旋。《说苑》曰：'秋蓬，恶于根本而美于枝叶，秋风一起，根且拔矣。'"

蓬草具有象征意义。逯钦立辑《汉诗·古八变歌》："翩翩飞蓬征，怆怆游子怀。故乡不可见，长望始此回。""这首诗就将飞蓬与游子联系了起来，以蓬的种子离开母株比喻游子离开故乡。曹操《却东西门行》"田中有转蓬，随风远飘扬。长与故根绝，万岁不相当。奈何此征夫，安得驱四方……冉冉老将至，何时反故乡"，以绝根的转蓬比喻远离故乡的征夫；曹植《杂诗》"转蓬离本根，飘飘随长风……类此游客子，捐躯远从戎"，用蓬草来比喻从军远行之人；魏明帝曹叡《燕歌行》也说"翩翩飞蓬常独征，有似游子不安宁"中，用飞蓬比喻离家远游、漂泊不定的人。经过曹氏父子等文士的歌咏，蓬草比喻漂泊游子的象征义逐渐固定下来，成了后世文人袭用的经典意象。

唐代以后，其象征义的使用已经极为熟练，甚至发展到知其然而不知其所以然的地步。南宋人陈长方在其笔记《步里客谈》中记道："古人多用'转蓬'，竟不知何物。外祖林公使辽，见蓬花枝叶相属，团栾在地，遇风即转。问之，云'转蓬'也。"可见蓬草之物，南宋人已不知其详，恰逢有人出使辽国到了北方才获知究竟。清杨同桂《沈故》卷二引陈长方《步里客谈》此条，并进一步解释道："蓬草到处有之，边地土浅风高，每狂风，辄拔草根出，随风旋转，故观者尤易兴感。"这不仅解释了蓬因何名"转"，也道出了蓬草进入文学的缘故，因为见到风吹转蓬景象的人特别容易兴发感慨。

这首诗里的和蕃公主也是此心理吧。

和亲，也叫作"和戎""和番"，是指中原王朝统治者与外族或者外国出于各种目的而达成的一种政治联姻。和亲作为历朝民族总政策的一个组成部分和一种民族关系的表现形态，贯穿于中国古代历史的发展过程中，对历史发展有着或隐或显的影响。和亲可以追溯到春秋战国时期，一直到清代，几乎所有的朝代都有次数不等、缘由各异的和亲。

近年来关于"和亲"议论较多，渐倾向于谴责。和亲是一定历史时期的产物，要以辩证唯物主义的态度来客观的评价它。无论统治者实行和亲时的主观愿望如何，多数中原王朝同北方民族之间的和亲都促成了中央政权和北方民族政权之间的和平交往的关系。在客观上也促进了各民族之间的经济文化交流，有利于民族融合。对北方少数民族来说，凡主动要求和亲者，通常都是对中原王朝的一种向往和钦慕，是对先进生产方式、生活方式和先进文化的趋同，这同时也是中华民族向心力和凝聚力的一种体现。

2021 年 6 月 7 日

16. 莎

莎草与蓑草读音相同，现今属于两种植物，但在张籍诗中，莎草即今蓑草。蓑草，别名为紫草、山草、龙须草、羊单、山茅草，适用于感冒、小儿肺炎等症状，具有清热解毒、凉血散瘀等功效。可包粽子、织蓑衣、盖屋顶、护土墙。

诗选：江南曲

江南人家多橘树，吴姬舟上织白苎①。
土地卑湿饶虫蛇，连木为牌入江住②。
江村亥日长为市③，落帆度桥来浦里。
清莎覆城竹为屋④，无井家家饮潮水。
长干午日沽春酒⑤，高高酒旗悬江口。
娼楼两岸临水栅，夜唱竹枝留北客⑥。
江南风土欢乐多，悠悠处处尽经过⑦。

校注：①吴姬，泛指吴中妇女。白苎，谓白苎麻，可作为衣料。②牌，编木为之，此写江南人民，编结木筏，搭建船屋，以为居所。③亥日长为市，此谓亥日常有市集。④清莎覆城，谓莎草披覆城中。⑤长干，古金陵（今南京市）之里巷名，去上元县五里。午日，谓端午也。⑥竹枝，即竹枝词。巴渝地区民歌。刘禹锡《竹枝词九首·并引》："岁正月，余来见建平，里中儿联歌《竹枝》，吹短笛，击鼓以赴节。歌者扬袂睢舞，以曲多贤。聆其音，中黄钟之羽。其卒章激讦如吴声，虽伧狞不可分，而含思宛转，有淇、濮之艳。"⑦悠悠处处闲经过，谓心情悠闲，四处游逛也。

读札：清莎覆城竹为屋

今天和妻子到河边割莎草。晒干之后，可以用它包粽子。它接近1米长，坚韧结实，而且有清香味，与粽叶是标配。

河边莎草很多，一丛丛，一片片，随风摇曳，绿意如浪。割的时候，需要弯腰把它理直，齐着根割。莎草与其他杂草共生共荣，所以割过之后，得把其他杂草剔除。但莎草好识别，其茎呈三角形，有五片叶，细如柳条，叶面正中有道凹痕，直通叶梢，像是用独轮车轧出的车辙。

莎草历史悠久，见惯秋月春风。《尔雅》注曰："莎，茎叶都似三棱，根若附子，周匝多毛，大者如枣，近道（靠近道路）者如杏仁许，谓之香附子。"《汉书·司马相如传》有曰："薜莎青薠。"潘岳《射雉赋》有句："青秋莎靡。"《淮南子·览冥》有言："田无立禾，路无莎薠。"《现代汉语词典》有"莎草"条："多年生草本植物，多生在潮湿地区或河边沙地上，茎三棱形，叶条形，有光泽，花穗褐色。地下块根黑褐色，叫香附子，可入药。"我曾试图拔出它的根块看看，可惜每次拔时，茎都齐根断了。

莎草适应性强，生命力强，古代可能遍地都是。因为在读古诗文时，会经常碰到与"莎"相关的词语。例如：莎池（周围长有莎草的水池）、莎岸（长着莎草的岸边）、莎洲（长有莎草的水洲）、莎香（莎草的香气）、莎庭（长满莎草的庭院）、莎径（长满莎草的小路）、莎阶（长满莎草的台阶）、莎台（长着莎草的楼台）、碧莎（碧绿的莎草）等。

莎草是长命的草，路过唐朝时，在张籍诗里留下倩影。我读《张籍集系年校注》，发现至少有七首诗提到它的芳名。其《和左司元郎中秋居十首（其五）》就提到"莎台"。诗曰：

闲堂新扫洒，称是早秋天。书客多呈帖，琴僧与合弦。
莎台乘晚上，竹院就凉眠。终日无忙事，还应似得仙。

此诗作于元和十二年（817）秋天。张籍时在国子助教或广文博士任，都是从六品上职位，任务就是教书。左司元郎中指元宗简（大历末—822），时任从五品上的官。上朝归来，走进闲静的厅堂，与爱好书法的友人读帖写字，与僧人合奏丝竹，晚上坐在长满莎草的亭台赏月，或在栽满竹子的院子里乘凉。莎草因为聆听诗人把酒夜话，成为经典意象。

其《题韦郎中新亭》里有"碧莎"。诗曰：

起得幽亭景复新，碧莎地上更无尘。
琴书著尽犹嫌少，松竹栽多亦称贫。
药酒欲开期好客，朝衣暂脱见闲身。
成名同日官连署，此处经过有几人。

此诗作于长庆二年（822），张籍时任水部员外郎。韦郎中名不详，是张籍同年进士，如今又同在工部任职。郎中是尚书省各司首长，从五品上。新亭估计是依水而建，所以莎草萋萋、绿意葱茏。院里另有松竹等等。韦郎中秩满候官，抚琴读书，饮酒养生，来访者少，俗事不多。诗写韦郎中新亭的幽静与韦郎中闲雅的生活。

其《酬孙洛阳》齿及"径莎"。诗曰：

家贫相远住，斋馆入时稀。独坐看书卷，闲行著褐衣。

早蝉庭笋老，新雨径莎肥。各离争名地，无人见是非。

此诗作于大和二年（828）夏天，张籍此时 63 岁，任职国子司业，过了两年溘然长逝。因此，也可以说，此诗作于生命的晚年。他一直身体不好，早就无意功名，到了这时，更是看淡名利。孙洛阳名孙革，时任洛阳县令，正五品上。唐朝县分七等，县令级别不同，洛阳是东都，因而县令级别也高。褐衣为粗布衣，贫贱者所服。争名地指官场紧要部分。张籍此时是从四品下职位，也是他为官的最高职位，但属闲职。闲职有闲职的好处，无人搬弄是非，少些麻烦。诗的中间四句，最能看出诗人的高情远致，淡泊心态。

不过，张籍诗中的莎草，多是作为有用的物品出现。即使到了大讲审美作用的今天，实用价值还是评价草木优劣的重要参数。这里的莎草不但可以包粽子，而且还是"建材"，还是"衣料"。其《和左司元郎中秋居十首（其五）》诗中的"莎台乘晚上"句，也可解释为坐在用莎草盖顶的亭台里乘凉。这与其《江村行》所写莎草用处相同。诗中写道：

田头刈莎结为屋，归来系牛还独宿。

这首诗为张籍早期漫游江南时作，主要写插秧情景。当时北方以种植粟麦为主，江南则以种植水稻为主。直到今天，虽然已经出现抛秧和直播技术，但是江南很多地区还是先育秧苗，再行移栽。其中"田头刈莎结为屋"句，就是写割莎草盖房。在我的印象中，直到 1978 年实行改革开放时，农村大多数人家都是土墙草房。就是用稻草盖住屋顶。

其乐府诗《江南曲》也是写于早期漫游时期，也写到莎草之用。诗中写道：

青莎覆城竹为屋，无井家家饮潮水。

"青莎覆城"是指以莎草覆盖草屋墙体，起防护作用。其《招周居士》诗写到"墙莎"，则是指覆盖土墙的莎草：

闭门秋雨湿墙莎，俗客来稀野思多。
已扫书斋安药灶，山人作意早经过。

我记得我家以前就是两间土墙草屋，屋顶用稻草覆盖，墙面贴着稻草遮雨。或许唐代稻草很珍贵，人们多用莎草代替。而《送严大夫之桂州》中，"莎城"则指以莎草覆盖墙体的城墙。

旌旆过湘潭，幽奇得遍探。莎城百越北，行路九疑南。
有地多生桂，无时不养蚕。听歌疑似曲，风俗自相谙。

这是一首送别诗，写于长庆二年（822）四月，张籍时任水部员外郎。桂州就是现在的广西桂林，青年张籍周游全国时，曾达到两广地区，熟悉那里的情况。所以他在诗中想象严大夫即将赴任的桂林，那用土夯实的墙城贴着莎草，倒是一种独特景象。

最后说说其诗《夜到渔家》。这也是早期漫游作品，诗中虽未出现"莎"字，但有莎草：

渔家在江口，潮水入柴扉。行客欲投宿，主人犹未归。
竹深村路远，月出钓船稀。遥见寻沙岸，春风动草衣。

张籍先后两次漫游全国，合起来的时间长达四年。作为一名穷学生，想住驿站资格不够，想住旅店经济条件也不允许，因而经常投宿农家渔家。这是春天，多雨时节，春水日涨，都淹到柴门了。直到月上中天，渔人才沿着沙滩回来，披在身上的草衣被风摇动。这草衣是什么呢，就是蓑衣，用莎草编织而成。这蓑衣一穿800年，直到40年前，人们在雨天还穿着它插秧捕鱼走路。之后才渐渐被雨衣替代。

　　我在写这篇文章时，对于"莎草"的写法颇为踌躇。查阅《辞源》《说文解字》《古代汉语词典》《现代汉语词典》等工具书，又查百度，最后确定"莎草"之"莎"。并明白"蓑衣"之"蓑"并非莎草，甚至不是名词，而是指用草编织防雨衣服的动作。回头想来，张籍诗中从来没有用过"蓑草"，或者"蓑径""蓑台"之类的词。查百度时，发现有"莎草又名三棱草"的说法。它们其实是两种不同的草。

　　就又想到"世界读书日"主旨宣言："希望散居在全球各地的人们，无论你是年老还是年轻，无论你是贫穷还是富有，无论你是患病还是健康，都能享受阅读带来的乐趣，都能尊重和感谢为人类文明做出巨大贡献的文学、文化、科学思想大师们，都能保护知识产权。"读张籍作品，我确实感到很快乐。

2020 年 5 月 5 日立夏

17. 苔

苔藓植物是一种小型的绿色植物，结构简
单，仅包含茎和叶两部分。苔藓植物喜欢阴暗
潮湿的环境，一般生长在裸露的石壁上，或潮
湿的森林和沼泽地。

诗选：酬李仆射晚春见寄①

戟户动初晨②，莺声雨后频。虚庭清气在，众药湿光新③。
鱼动芳池面，苔侵老竹身④。教铺尝酒处⑤，自问探花人⑥。
独此长多病，幽居欲过春。今朝听高韵⑦，忽觉离埃尘⑧。

校注：①吴胡考："李仆射即李绛。"②戟户，同戟门，门前立戟的
人家，指显贵之家。高适《同郭十题杨主簿新厅诗》云："向风扃戟户，
当署近棠阴。"③按：清气盈庭，药草濡湿，二句庭院雨后之景象。④芳
池，莲池也。按：鱼动莲池，苔侵老竹，亦雨后春景。⑤教铺，授教之
所也。⑥探花人，谓晏游赏春之人。⑦高韵，谓仆射见寄之作。⑧离埃
尘，超脱尘俗之感。

读札：苔侵老竹身

2018 年，在央视《经典咏流传》的首期节目中，一位曾经的支教老
师梁俊与他在乌蒙山里的孩子们一同咏唱袁枚的诗《苔》。这首孤独了
300 年的小诗，一夜之间走进了亿万中国人的心。

2013 年梁俊带着新婚的妻子，来到贵州省石门坎。两年的乡村教书时光，对他们而言是快乐的，因为认识了一群可爱的孩子们，而对于孩子们来说，遇见梁老师则是一种幸运。梁俊骨子里的文人风骨让他坚信：读古诗，是为了更好地做一个现代人。于是，他尝试唱着古诗弹着琴，一首一首把它们记录下来。就是在这样的背景下，清代袁枚的《苔》被谱写成歌曲，并唱红全国：

白日不到处，青春恰自来。苔花如米小，也学牡丹开。

梁俊老师就是想通过这首诗，告诉这群山里的孩子们："我们即使拥有的不是最多，但依然可以像牡丹花一样绽放，我们不要小看了自己。"

除了《苔》，梁老师在两年的支教生涯中，为孩子们带来了 100 多首诗词，其中 50 首谱成曲，在大山里回响。更让人意想不到的是，唱着诗歌的梁老师和孩子们，其实并没有音乐基础，却唱出最动人的旋律，让亿万中国人成为知音。

记得当时，我到和县濮集留守儿童之家，给孩子们上读写辅导课时，就播放了这首歌曲。我想告诉孩子们，生长于阴暗潮湿之处的苔藓，虽然照不到太阳，但也能凭自身的力量开花结果，就像我们每个人，虽然平凡，可是仍有自己的梦想，也会想像牡丹一样花开遍地。孩子们以热烈的掌声作为回应。

其实，苔藓植物是一群小型的多细胞的绿色植物，多适生于阴湿的环境中。最大的种类也只有数十厘米，简单的种类，与藻类相似，成扁平的叶状体。并不开花，只是形状像花。

苔藓虽然渺小，但有作用。

一是苔藓植物是自然界的拓荒者。许多苔藓植物都能够分泌一种液体，这种液体可以缓慢地溶解岩石表面，加速岩石的风化，促成土壤的形成，所以苔藓植物也是其他植物生长的开路先锋。

二是苔藓植物能够促使沼泽陆地化。泥炭藓、湿原藓等极耐水湿的苔藓植物，在湖泊和沼泽地带生长繁殖，它们的衰老的植物体或植物体的下部，逐渐死亡和腐烂，并沉降到水底，时间久了，植物遗体就会越积越多，从而使苔藓植物不断地向湖泊和沼泽的中心发展，湖泊和沼泽的净水面积不断地缩小，湖底逐渐抬高，最后，湖泊和沼泽就变成了陆地。

三是苔藓植物具有保持水土的作用。群集生长和垫状生长的苔藓植物，植株之间的空隙很多。因此，它们具有良好的保持土壤和贮蓄水分的作用。有些苔藓植物的本身，还有贮藏大量水分的功能，像泥炭藓叶中大型的贮水细胞，可以吸收高达本身重量20倍的水分。

四是用作肥料及燃料。泥炭藓可以用作肥料，可以增加沙土的吸水性，也可以晒干作为燃料，用来发电。还有药用价值。有些种类的泥炭藓还可做草药，能清热消肿，泥炭酚可治皮肤病。

就我们的生活来看，可以作花盆中的绿植，在假山石上，大文竹根部，放些青苔，可以起到美化作用。我到河边散步，看到柳树干上的厚厚的青苔，知道柳树的悠久历史；我在古城墙遗址上散步，透过石上厚密的青苔，仿佛看到古城过去的风云变幻。读张籍的诗《酬李仆射晚春见寄》，读到"鱼动芳池面，苔侵老竹身"句，犹如见到一双老朋友坐竹林边聊天的情景，他们时而翘首望天，时而俯瞰竹林，感慨白驹过隙，岁月无情……

张籍写过《古树》：

古树枝柯少，枯来复几春？露根堪系马，空腹恐藏人。
蠹节莓苔老，烧痕霹雳新。若当江浦上，行客祭为神。

这种古树我们外出旅游时时常见到，且有很多附会，或比张籍所见更老。堪系马，则露根之粗可知；空腹、藏人，又状其枯朽。五六句谓瘢节旧痕，莓苔亦老；雷劈不久，残痕仍黑。七八句谓古树倘在江边，恐为往来行旅，奉祀为神只矣。和县丰山有半枝梅，石杨有气象树，我校校园里有两株银杏树，得胜河边有三株柳树（10 年前尚有 5 株，我视之为五柳先生，现存 3 株）都有古意神意。我对于古树一直怀有敬意，我以为它们是民间哲学家，论其智慧，人难以与其比肩。

张籍《题李山人幽居》也写到苔。诗曰：

襄阳南郭外，茅屋一书生。无事焚香坐，有时寻竹行。
画苔藤杖细，踏石笋鞋轻。应笑风尘客，区区逐世名。

这位书生李山人，远避尘世，远离尘俗之人，脱然物外，不逐世名，真是难得。反观日下，世人似都明白此理，但有几人能够做到？很多人为金子、房子、车子、位子、女子意乱情迷，至死不醒。

2021 年 6 月 9 日

18. 席箕

禾本科密丛植物，亦称塞芦、芨芨草、枳
芨草、枳机草，可做牧草。茎直立，坚硬。
须根粗壮，入土深达 80—150 厘米，根幅在
160—200 厘米，其上有白色毛状外菌根。

诗选：送李骑曹灵州归觐①

翩翩出上京，几日到边城②？渐觉风沙起，还将弓箭行③。
席箕侵路暗④，野马见人惊⑤。军府知归庆，应教数骑迎。

校注：①李骑曹，疑为李琮。唐代著名战将李晟孙，李听子，官至
左牛卫将军。李听元和十五年六月至长庆二年二月为灵州大都督府长史、
朔方灵盐节度使，见《旧纪》。《新唐书·宰相世系表二上》"陇西李氏"
载，听子琢、璋、瑾、璩、琮、琼、璀。骑曹当即李琮，归灵州觐省。
《舆地广记》："灵州，唐关内道。"故址属宁夏省（今宁夏回族自治区）。
②上京，长安。边城，指灵州。③将，持也。④席箕，芦草名。一称塞
芦子，生长于北地，可取其茎叶，编织用具。⑤写边景如画。

读札：席箕侵路暗

张籍足迹遍布我国东部地区以及中部地区，北至今河北省北部，南
至今广东广西，东至海边，西至四川。他生平诗友很多，诸酬赠唱和者
有 140 余人。他见过很多植物，听过很多植物。这些植物进入诗中，成

为意象，点明了地域特点，丰富了诗歌内涵，增强了诗歌的感染力。

比如《渔阳将》中"塞深沙草白"句，展示北方边塞深秋之景，给读者以荒凉之感；《送汀州元使君》中"山乡只有输蕉户""刺桐花发共谁看"两句，显示岭南风物；《成都曲》中"锦江近西烟水绿，新雨山头荔枝熟"句，不仅显示西部成都之景，并且说明唐时成都地区盛产荔枝；《送朱庆余及第归越》中"湖声莲叶雨，野气稻花风"两句则是东部故事，而且是夏季；《送李骑曹灵州归觐》中，"席箕侵路暗"表现的则是今宁夏之景。

这是一首送别诗。诗作于元和十五年至长庆元年之间，张籍时任国子博士。送的是李骑曹，疑指李琮。唐代著名战将李晟孙，李听子，官到左牛卫将军。他自上京到灵州（故址今宁夏回族自治区）觐见父母，张籍写诗为他送行。首联是说李琮离开京城长安，前往灵州。颔联、颈联想像沿途风景，风沙渐起，类似沙尘暴吧，李琮挟带弓箭而行，一是点明身份，二是行路艰难；席箕茂密，遮蔽道路，野马见到来人，惊慌而逃。尾联想像李琮到达之日，李听派人来迎的盛况。

席箕是什么呢？唐代段成式《酉阳杂俎续集·支植下》："席箕，一名塞芦，生北胡地。古诗云：'千里蓆箕草。'"唐代顾非熊《出塞即事二首》："席箕草断城池外，护柳花开帐幕前。"看来是一种草。

唐诗中也常见。例如王建《咏席萁帘》："单于不向南牧马，席箕遍满天山下。"李贺《塞下曲》："秋静是旄头，沙远席箕愁。"高骈《边城听角》："席箕风起雁声秋，陇水边沙满目愁。"寻诗意，看来是一种牧草。

我到甘肃宁夏旅游时，在月牙泉边见过席箕，其形很像初生的芦苇，茎直而硬，须根粗壮，一米多高，叶片如剑。导游说，又叫芨芨草，可做牧草，但现在老了，马不食了。在银川市，看到清洁工人扫地，用的扫帚像用竹丝编成，但不是竹丝，而是芨芨草。芨芨草老了，根茎变硬，结实得很，也很经用，洁白如雪，看着清爽。

后来知道，它生于微碱性的草滩及砂土山坡上，入土深达 80—150 厘米，根幅在 160—200 厘米，其上有白色毛状外菌根。芨芨草为无性繁殖，也可用种子繁殖。芨芨草返青后，生长速度快，冬季枯枝保存良好，特别是根部可残留一年甚至几年，可使芨芨草草场一年四季牧用。从干旱草原区一直到荒漠区，均有芨芨草草甸分布。芨芨草可为牧区寻找水源，打井的指示植物。芨芨草滩在荒漠化草原和干旱草原区，为主要的冬春营地。

席箕在早春幼嫩时，为牲畜中等品质饲草，对于我国西部荒漠、半荒漠草原区，解决大牲畜冬春饲草具有一定作用，终年为各种牲畜所采食，但时间和程度不一。在春季，夏初嫩茎为牛、羊喜食，夏季茎叶粗老，骆驼喜食，马次之，牛、羊下食。芨芨草生长高大，为冬春季牲畜避风卧息的草丛地，当冬季矮草被雪覆盖，家畜缺少可饲牧草，芨芨草便是主要饲草。因此，牧民习惯以芨芨草多的地方作为冬营地或冬春营地。

其茎、根和种子都可以入药，主要治疗尿路感染和尿道炎。其秆叶坚韧，长而光滑，为极有用之纤维植物，供造纸及人造丝，又可编织筐、草帘、扫帚等；叶浸水后，韧性极大，可做草绳；又可改良碱地，保护渠道及保持水土。

作家芨芨草写过散文《芨芨草，我为什么要以你为名》，可以帮助我们了解芨芨草，摘录于此与朋友们分享：

芨芨草，一种生长在大北方草原上的植物；而我，一个出生在南海之滨的女子。这距离，虽说没有十万八千里，也隔着天南地北。

2008 这一年，我因缘际会来到内蒙古草原。那是我第一次踏上这片广袤的土地。在我惊叹之余，脚边的一株植物引起了我的注意。朋友见状，就告诉我这是"芨芨草"。

也许是写文的习惯，我问的第一句竟然是"它有什么特性"，而不是

"它有什么作用"。朋友告诉我，它的特性就是无论在怎么恶劣的情况下都能茁壮成长。内蒙古一到冬天就特别寒冷，草原会被厚厚的积雪所覆盖，只有芨芨草和镰针，在能这样严寒的大地里存活并且生长。

我顺着朋友的指引，找到了镰针。按我自己的审美，我其实觉得镰针比芨芨草好看。但是芨芨草这个名字又比镰针顺眼，而且我喜欢的是它们的特性，跟漂亮与丑其实也没有多大关系。

于是，我决定新的笔名用"芨芨草"，我也希望自己能够做一个和芨芨草具有一样特性的女子，无论生活多么艰难，也要努力生长，向着阳光奔跑。

2021 年 6 月 13 日

19. 苋

苋即苋菜，别名雁来红、老少年、老来少、三色苋等，苋科、苋属一年生草本，茎粗壮，绿色或红色，常分枝，幼时有毛或无毛。苋菜菜身软滑而菜味浓，入口甘香，有润肠胃、清热功效。亦称为凫葵、蟹菜、荇菜、莕菜。有些地方又名红蘑虎、云香菜、云天菜等。

诗选：新桃行

桃生叶婆娑①，枝叶四面多②。高未出墙颠，蒿苋相凌摩③。
植之三年余，今年初试花。秋来未成实，其阴良已嘉。
青蝉不来鸣，安得迅羽过④。常恐牵丝虫⑤，蒙幂成网罗⑥。
顾托戏儿童，勿折吾柔柯。明年结其实，磊磊充汝家⑦。

校注：①叶，《四库全书本》作"何"。婆娑，枝叶茂盛。②四面，谓枝叶纷披之状。③凌，侵凌也。摩，摩擦也。④迅羽，迅猛之禽鸟。⑤牵丝虫，谓蜘蛛。⑥蒙幂，层层蒙住。⑦磊磊，原指石众多貌，此借指结实累累。

读札：蒿苋相凌摩

得胜河老河道自花园村起，经和阳桥、文昌塔，至城东站止，全长约两公里，正在整治中，要不了多久，或将重现40年前划龙舟大赛的盛景。路上随手拍些图片，如金鸡菊、石榴花、意杨树、楝树花、蚕豆壳、茼蒿花、桑叶等。还采了几片桑叶，因为我养了几十只蚕，天天要喂。到家以后，清理蚕盒，用塑料夹子小心地把蚕从已经吃得只剩茎脉的叶子上，或虽未吃完但已干掉的叶子上揪下来——现在，蚕有两厘米长了，不用放大镜，不用鹅毛刷，就可以揪下来（从小就带着一缕细丝），再把蚕屎清理掉，换上新叶。

　　我想写两篇短文，一是《爱蚕如子》，二是《如鸟早起》。前者把蚕当作孩子，每出门就想到采几片桑叶回来，就像孩子小时，每出门必带食物或者玩具回家。——现在外孙女三周半大，你一进门，她就接过你的包看看可有她想要的东西。后者源于鸟鸣，凌晨四点开始鸣叫，之后四处觅食，薄暮时分栖息于树或别的什么地方，日出而作，日落而息，顺应时令，"天鸟合一"。

　　蚕屎漆黑、细粒，妻子说，像苋菜籽。确实如此！颜色、形状都对。这缘于我们种菜几年的经验。我曾写过短文《一抹胭脂》，发表后被多家报刊转载。此文写于 6 月 14 日，比现在迟约一个月，写的是老苋菜。再过几天就是母亲节，借以悼念母亲。

　　如果单以颜色来论，放眼菜地，最引人注目的菜非苋菜莫属。所有叶菜、瓜豆都是碧绿，唯有苋菜彤红，如同美丽的鸡冠花。假如您对苋菜茎有兴趣，就会发现它的红色也在变化。出生时淡红，少年时绯红，青年时艳红，到了老年，变成铁红、紫红，一副不管风吹浪打，胜似闲庭信步的样子。

　　苋菜别名很多，例如云天菜、老少年、三色苋、雁来红。所有的别名都指向苋的特点。比如"苋葵"，谓其种植历史悠久。就是现在，苋葵也多。与苋菜相比，茎略老些，叶片糙些，猪很爱吃。

　　人吃的苋菜约一揸长，嫩如豆腐。洗的时候，手脚稍微重些，菜汁就把水染红了。要是任其生长，一畦苋菜可以长成一片树林。茎秆与叶柄夹角处，生出毛茸茸的花，及纤细羞涩的花蕊，像金麦娘，一串串的，种子就藏在里面，又黑又亮，比油菜籽还小，如淡水虾的眼睛。我留过几株苋菜种，都长到半人高。所以叫它们"云天菜"并不夸张，称之"三色苋"，也很贴切。菜叶并不全红，而是绿边红心，像俏女子脸上涂的胭脂。

我最喜欢的别名，是"老少年"。苋菜到老都红，越老越红，像杨朔的香山红叶，像《感动中国》里的老科学家、老艺术家、老教育工作者、老医学工作者，"老骥伏枥，志在千里，烈士暮年，壮心不已"。特朗普70岁当总统不算什么，被誉为"中国肝胆外科之父"的吴孟超院士，90岁不离手术台；杨绛先生90多岁时，写出《我们仨》，满纸眼泪，洛阳纸贵。

要是让我给苋菜起名，我会叫它"一抹胭脂"。胭脂多和妆粉配套，涂抹于腮。那时的腮，恰如桃花盛开，鲜活，美丽。

我每次看到苋菜，心就走回少年。在那缺吃少穿的时代，最受孩子们青睐的，是韭菜、苋菜。韭菜味重，下饭；苋菜汁红，兼有蒜瓣鲜味，拌了饭吃，也很下饭。旧时孩子单纯，容易糊弄。我母亲那时才30几岁，独辫及腰，年轻、漂亮，她也照着老样糊弄仨孩子——现在想来，那时日子虽苦，却很温暖。

吃苋菜也是故乡风俗。每逢端午，故乡都有吃"四红""四绿"的习俗。"四红"指的是苋菜、黄鳝、虾子、咸鸭蛋。苋菜排在第一。其实，各地风俗中都看重红色。孩子出生穿红，鸡蛋染红；年轻人结婚穿红，铺盖全红；活到一把岁数，寿终正寝，丧家发给亲朋好友的祭品中，也有一段红布。至于春联、工程奠基或者落成，离红不成。有种老苋菜红，是种粉末颜料，畅销得很，当是搭了风俗的便车。

苋菜为什么这样红？自有说道。古时有位村妇，名叫"牛棚四娘"，专干坏事，危害乡邻。玉帝狠心惩罚了她，把她变成了狗。可她依然故我，破罐破摔。有天傍晚，她溜到菜地，见人家的苋菜青枝绿叶，生嫉妒心，咬断许多苋菜梗。她的儿子却是孝子，赶紧奔到菜地，咬破手指，用鲜血把断苋菜梗一根一根接了起来。

以上所言，都是红苋菜。但有人爱吃白苋菜。唐人孙元晏诗中就有"紫茄白苋以为珍，守任清真转更贫。不饮吴兴郡中水，古今能有几多人"几句。还有人爱吃老苋菜梗，在老卤中泡几天，亦臭亦香。但我从来没有吃过。

苋菜的原产地，或曰中国。谓甲骨文中已有"苋"字，宋代苏颂的《图经本草》中，也有提及。至于李时珍的《本草纲目》，有记载曰："苋并三月撒种，六月以后不堪食，老则抽茎如人长，开细花成穗，穗中细子扁而光黑，与青葙子鸡冠子无别，九月收之。"倒也详细。或曰印度，也有可能。四大文明古国中就有印度。印度的电影、诗歌、菩提、甘地，还有 IP，每样皆响遍乡间。

现在，苋菜已老，叶红果穗，铜干铁枝。几株老苋菜守着菜畦，就像已是知天命的我守在岁月里。犹记苋菜的一抹胭脂，那是少年的腮红，母亲的面影。

张籍《新桃行》中也写到苋菜，有"高未出墙颠，蒿苋相凌摩"句，看来也是历史悠久，是位资深美女。蒿苋原指野蒿和野菜，此处泛指杂草；凌指侵凌，摩指摩擦，合在一起，指桃树下面杂草横生，影响桃树生长。其实蒿苋也是生命，而且于人有益，只是生得不是地方。

2021 年 5 月 7 日

20. 薤

　　薤，别名藠头、薤头、小蒜、薤白头、野蒜、野韭，为多年生草本百合科植物的地下鳞茎，叶细长，开紫色小花，嫩叶也可食用。成熟的藠头个大肥厚，洁白晶莹，是烹调佐料和佐餐佳品。

诗选：北邙行[①]

　　洛阳北门北邙道，丧车辚辚入秋草[②]。
　　车前齐唱薤露歌[③]，高坟新起白峨峨。
　　朝朝暮暮人送葬，洛阳城中人更多。
　　千金立碑高百尺，终作谁家柱下石[④]。
　　山头松柏半无主，地下白骨多于土[⑤]。
　　寒食家家送纸钱，乌鸢作巢衔上树。
　　人居朝市未解愁，请君暂向北邙游[⑥]。

　　校注：①宋代郭茂倩《乐府诗集》谓："《北邙行》言人死葬北邙，与《梁甫吟》《泰山吟》《蒿里行》同意。"②辚辚，车声。按：北邙山为洛阳东北著名墓地，贵族之家，多葬于此。丧车往来频繁，故谓。③《薤露》，挽歌名。古代丧礼，执绋者挽枢而歌之。④柱下石，为墓柱、墓碑也。⑤按：此慨北邙多无主之坟。⑥按：此谓朝市之人，不知生死悲愁；暂登北邙，即可解悟。

读杞：车前齐唱薤露歌

《薤露》为西汉李延年改编的挽歌诗。诗曰：

薤上露，何易晞。
露晞明朝更复落，人死一去何时归。

意思是，薤上零落的露水，是何等容易干枯。露水干枯了明天还会再落下，人的生命一旦逝去，又何时才能归来？我读朱自清散文《匆匆》，开头几句颇为此意："燕子去了，有再来的时候；杨柳枯了，有再青的时候；桃花谢了，有再开的时候。但是，聪明的，你告诉我，我们的日子为什么一去不复返呢？"

《薤露》源出田横门人。汉初，高祖召田横，其不愿臣服，自杀，门人伤之，为作悲歌，言人命奄忽如薤上之露，易晞灭也。经李延年改编后，作为挽歌流传开来。唐裴铏《传奇·封陟》："逝波难驻，西日易颓，花木不停，薤露非久。"鲁迅《集外集·斯巴达之魂》："酸风夜鸣，薤露竞落，其窃告人生之脆者欤。"

李延年是西汉音乐家，前112年春天为武帝所用。李延年原本因犯法而受到腐刑，负责饲养宫中的狗，后因擅长音律，故颇得武帝宠爱。一日为武帝献歌："北方有佳人，绝世而独立，一顾倾人城，再顾倾人国。宁不知倾城与倾国，佳人难再得。"李延年的妹妹由此得幸，后来封为李夫人，汉武帝死后李夫人被追封为孝武皇后。"倾城倾国"的成语由此而来。

薤是什么呢？就是一种长在山脚、田埂的野蒜，有人称之野韭菜。是多年生草本百合科植物的地下鳞茎，叶细长，开紫色小花，嫩叶也可食用。成熟的薤根部肥厚，洁白晶莹，辛香嫩糯，是烹调佐料和佐餐佳品。我初认识它，是因为中学同学——一直交好的执华。他开车带我去鸡笼山玩，在山边挖这野蒜，回来腌吃，味如韭菜。现在这个味儿还在，可是他因病去世几年了。所以读到《薤露》，感觉它真是一首挽歌。

张籍《北邙行》开头写道：

洛阳北门北邙道，丧车辚辚入秋草。

车前齐唱薤露歌，高坟新起白峨峨。

这里的薤露歌也是挽歌。贞元二年（786），张籍、王建同游洛阳。洛阳有着数千年文明史、建城史和建都史，中国古代伏羲、女娲、黄帝、唐尧、虞舜、夏禹等神话多传于此。从夏朝开始先后有 13 个王朝在此定都，有 105 位帝王在洛阳指点江山。洛阳拥有 1500 多年建都史，与西安、南京、北京并列为中国四大古都。牡丹因洛阳而闻名于世，因此洛阳被世人誉为"千年帝都，牡丹花城"。

安史之乱期间，洛阳先后两次被叛军占领，又遭到唐军的同盟军回纥军的大肆烧杀抢掠。天宝十四年十一月初九（755 年 12 月 16 日），安禄山在范阳起兵叛乱，叛军很快攻占了河南河北大部分地区。十二月份，安禄山就攻占了东都洛阳。随后，天宝十五年（756）正月初一，安禄山在洛阳称帝，国号大燕。

至德二年（757）十月，唐军收复东都洛阳。洛阳在沦陷于叛军之手近两年后，重新回到唐朝朝廷手中。和唐军共同作战的回纥军打算抢掠洛阳，唐军名义统帅广平王李俶和领兵的回纥王子关系较好，洛阳父老又向回纥人献上大批财物，回纥人才没有大肆抢掠。乾元二年（759）三月，唐军九节度 20 万大军在相州被史思明大败，诸军皆溃。九月，史思明攻陷洛阳。洛阳在被唐军收复两年后，再一次被叛军攻占。宝应元年（762）十月，唐军再次收复洛阳。洛阳第二次沦陷于叛军之手，时间长达三年。唐军这次收复洛阳，依旧依靠了回纥人的帮助。回纥军随后在洛阳大肆烧杀抢掠，死者数万人，大火连续数十日不灭。

洛阳这座名城，安史之乱期间经历了太多浩劫。张籍、王建初次来到这座城市，看到千疮百痍的街道、店肆，不住叹息。张籍在城东旧区租了两间旧屋，留居一年，之后返回河北。

这一时期张籍写了很多诗，其中就有这首《北邙行》。诗言人死葬北邙。北邙山为洛阳东北著名墓地。贵族之家，多葬于此。执绋者挽柩而歌《薤露》。此谓朝市之人，不知生死悲愁；暂登北邙，即可解悟。这对于追名逐利，或者追求口腹之欲、醉生梦死的当代人也有启发意义。

由于蕺的产量少，食用价值高，蕺在国内一直被列入高档蔬菜之列，素有"菜中灵芝"之美称。古人更是把它当作重要药材、食疗佳品。

2021 年 6 月 27 日

21. 萱

萱草，属多年生宿根草本。萱草别名众多，有"金针""黄花菜""忘忧草""宜男草""疗愁""鹿箭"等名。花形则是于开花期会长出细长绿色的开花枝，花色橙黄，花柄很长，呈为像百合花一样的筒状。

诗选：奉和舍人叔直省时思琴①

蔼蔼紫微直②，秋意深无穷。滴沥仙阁漏③，肃穆禁池风④。
竹月泛凉影，萱露澹幽丛⑤。地清物态胜，宵闲琴思通⑥。
时属雅音际，迥凝虚抱中⑦。达人掌枢近，常与隐默同⑧。

校注：①陶证："舍人叔，张弘靖。"《旧书》本传："迁兵部郎中，知制诰，中书舍人。"②紫微，本星名，此代称中书舍人。直，谓值班。《唐书·百官志》："开元元年，改中书省曰紫微省，中书令为紫微令。"③按：此谓禁中滴漏。④禁池，凤凰池也。⑤以上写秋夜直省之境。⑥琴思通，谓心境与琴思相通。⑦四句写舍人思琴。虚抱，左手在下，右手在上，两手拇指微触。⑧末二句，奉和也。枢近，接近皇帝的中央政权的枢要职位。隐默，安静恬退之人。

读札：萱露澹幽丛

这是夏季写的诗。

是表现亲情的诗。

前几天早晨散步，至最美女英雄成本华广场，看到一种似兰似蒲叶子又长又宽的草，开着一朵星形的橙色的花朵，酷似百合，煞是动人。用"形色"查，原来就是萱草，又叫忘忧草。今天早晨散步，到得胜河对岸，看到黄花菜抽茎开花，也似百合，我知道它又名金针菜，没想到它还有一个名：萱草。经查，萱草为萱草属植物统称，主产中国。经园艺人员育种出新，现在品种超过上万种，成为重要的观赏花卉。

黄花菜花朵比较瘦长，花瓣较窄，花色嫩黄。观赏用萱草的花则接近一些漏斗状百合，花色一般呈橘黄色，有的甚至接近红色。新鲜黄花菜含有少量秋水仙碱，应该先制成干品，经过高温烹煮或炒制，才能食用。橘黄、橘红色的萱草含大量秋水仙碱，哪怕在热水里烫了又烫，也不能食用。如果不小心吃了，会刺激肠胃和呼吸系统，还会口干、腹泻、头晕。

因为花形相近，不少文献都混淆了萱草、黄花菜。如果文中说萱草能吃，它指的一定是菜地里的黄花菜，而不是花坛里的萱草花。

萱草在中国有几千年栽培历史，萱草又名谖草，"谖"就是"忘"的意思。最早文字记载见之于《诗经·卫风》："焉得谖草，言树之背。"朱熹注曰："谖草，令人忘忧；背，北堂也。"另一称号忘忧来自《博物志》中："萱草，食之令人好欢乐，忘忧思，故曰忘忧草。"《诗经疏》称："北堂幽暗，可以种萱"；北堂即代表母亲之意。古时候当游子要远行时，就会先在北堂种萱草，希望减轻母亲对孩子的思念，忘却烦忧。

萱草，自古以来就为历代诗人所吟咏。孟郊《游子诗》："萱草生堂阶，游子行天涯；慈母倚堂门，不见萱草花。"王冕《偶书》："今朝风日好，堂前萱草花。持杯为母寿，所喜无喧哗。"萱草又名"宜男草"，《风土记》云："妊妇佩其草则生男。"更重要的是，它是母爱的象征。早在康乃馨成为母爱的象征之前，已被喻为中国的母亲花。萱草花早开晚谢，橘红至橘黄色，对土壤要求低，抗病虫害能力强，在零下30摄氏度的环境里能自然越冬，是园林绿化中的优良品种。萱草有毒，即使是可以食用的黄花菜，也有一点点毒，也像母爱。母爱使人温暖，有时也会使人受到束缚。

在历史文献中，不仅留下许多名诗佳作，而且还有动听的传说。

相传，大泽乡起义前的陈胜，家境十分贫困，因为家中无米下锅，不得不出去讨饭度日，加之营养缺乏，他患了全身浮肿症，胀痛难忍。

有一天，陈胜讨饭到一户姓黄的母女家，黄婆婆是个软心肠，她见陈胜的可怜模样，让他进屋，给他蒸了三大碗萱草花让他吃。对当时的陈胜来说，能解决饥寒交迫的萱草花是那样香甜可口，不亚于山珍海味。只见他狼吞虎咽，不一会儿，三大碗萱草花全进肚子里去了。几天后，全身浮肿便消退了。陈胜十分感谢黄家母女，并表示今后会报答的。

大泽乡起义后，陈胜称王之时，他没有忘记黄家母女，为感谢黄家母女的恩情，便将她们请进宫里。每天摆酒设宴，那无数佳肴珍膳都引不起陈胜的食欲。突然，陈胜想起了当年萱草花的美味，便请黄婆婆再蒸一碗给他吃。黄婆婆又采了一些萱草花，亲自蒸好送给陈胜。陈胜端起饭碗，只尝一口，竟难以下咽，连说："怎么回事，味道不如当年了，这可太奇怪了。"黄婆婆说："实际没什么可奇怪的，这真是饥饿之时萱草香，吃惯酒肉萱草苦啊！"一席话，羞得陈胜跪倒在地连连下拜。黄婆婆连连说"使不得，使不得"，忙把陈胜扶起来。

从此，陈胜将黄家母女留在宫中，专门种植萱草，并时常吃它。同时，又给萱草另外取了二个名字，一名为"忘忧草"，一名为"黄花菜"。因为黄婆婆的女儿名叫金针，而且萱草叶的外形像针一样，所以人们又叫它"金针菜"。

消息一传开，人们就纷纷用萱草根来治疗浮肿病症，后来被郎中发现，经过反复实验成为一味常用中药。经过不断尝试，据说还有清热利尿，凉血止血的功效。用于腮腺炎、黄疸、膀胱炎、尿血、小便不利、乳汁缺乏、月经不调、衄血、便血。外用治乳腺炎。

萱草在现代化学染料出现之前，还是一种常用的染料。另外，萱草对氟十分敏感，当空气受到氟污染时，萱草叶子的尖端就变成红褐色，所以常被用来监测环境是否受到氟污染的指针植物。

张籍《奉和舍人叔直省时思琴》里，是把萱草当作亲情的象征的。《旧唐书·张弘靖传》："迁兵部郎中，知制诰，中书舍人。"孤身在外，仕途不易，秋意深深，寂寞来袭。他想到从叔张弘靖，这人既是他的榜样，也是他的心理后援。

竹月泛凉影，萱露澹幽丛。

这样的夜晚，这样的景物，确实令人起寂寞之思。我以前把"澹"理解成"淡"的繁体字，其实不对。这个字也读 dàn，意是指水波摇动的样子，也指恬静、安然的样子，还指水波纡缓的样子。当作姓时读 tán，如澹台明灭。

另一首诗《宿广德寺寄从舅》也写亲情。

古寺客堂空，开帘四面风。移床动栖鸽，停烛聚飞虫。
闲卧逐凉处，远愁生静中。林西微月色，思与宁家同。

从舅，母亲之叔伯兄弟称从舅。《尔雅·释亲》："母之昆弟为舅，母之从父兄弟为从舅。"

想到成语椿萱并茂。意思是指椿树和萱草都茂盛，现比喻父母都健康。语出《庄子·逍遥游》："上古有大椿者，以八千岁为春，八千岁为秋。"因大椿长寿，古人用以比喻父亲。前已说过，《诗经·卫风》："焉得谖草，言树之背。""谖"同"萱"，"萱草"为忘忧之草，古人用以比喻母亲。

又想到2021年新年热映的电影《你好，李焕英》，以一首《萱草花》为主题曲，张小斐轻柔温暖的哼唱，让人感动。银幕内外那些关于母亲的感动在旋律中一一袭来。世界上的爱大抵都是以相聚为最终目的，唯有母爱却是以分离为目的。在张小斐悠扬舒缓的歌声中，可感受到每一位母亲对孩子最深的爱与牵挂，温情脉脉，感人至深。歌声响起，唤醒了每个人心底最深的记忆：

高高的青山上萱草花开放
采一朵送给我小小的姑娘
把它别在你的发梢捧在我的心上
陪着你长大了再看你做新娘
……

写此篇读札时，思绪有些乱。我也想到母亲了，母亲早不在了。

2021年6月2日

22. 药

芍药，别名红药、没骨花、别离草、花中丞相等，属多年生草本。芍药被人们誉为"花仙"和"花相"，且被列为"十大名花"之一，又被称为"五月花神"，因自古就作为爱情之花，现已被尊为七夕节的代表花卉。

诗选：和李仆射西园①

遇午归闲处，西庭敞四檐。高眠着琴枕，散帙检书钤②。
印在休通客，山晴好卷帘。竹凉蝇少到，藤暗蝶争潜③。
晓鹊频惊喜，疏蝉不许拈④。石苔生紫点，栏药吐红尖⑤。
虚坐诗情远，幽探道侣兼⑥。所营尚胜地，虽俭复谁嫌⑦？

校注：①李仆射为李绛。②散帙，批览书帙也。③按：此写西园无蝇之扰，有蝶之聚。通客，接待客人。④按：此谓尚有喜鹊之啁，疏蝉之嘈。⑤药，芍药也。⑥按：此谓虚坐既富诗情，玄谈亦有道侣为伴。虚坐，谓非进餐时坐姿，相对于"食坐"而言。⑦按：末句叹美。

读札：竹院深深闭药房

芍药属多年生草本，花色艳丽，花瓣繁多，被奉为"五月花神"。张籍诗歌中多次写到"药"，多指草药灵药，有时亦指芍药，如《寻徐道士》：

寻师远到晖天观，竹院森森闭药房。

闻入静来经七日，仙童檐下独焚香。

　　诗人到晖天观寻找徐道士，只见竹院森森，药圃关闭。这里显然是指芍药，而非草药。徐道士哪里去了呢？正在闭关修炼。入静，道徒修炼之术也。道教所谓入静，与禅家入定稍异。道教入静者，静处一室，屏去左右，澄心凝虑，无私无营，以接天神也。只有随侍小童独自焚香。

　　《和李仆射西园》有言：

遇午归闲处，西庭敞四檐……

石苔生紫点，栏药吐红尖。

　　这里是说芍药初生也。

　　张籍、裴度、白居易、刘禹锡《西池落泉联句》也写到芍药：

东阁听泉落，能令野兴多 [行式]。

散时犹带沫，淙处即跳波 [裴度]。

偏洗磷磷石，还惊泛泛鹅 [张籍]。

色清尘不染，光白月相和 [居易]。

喷雪萦松竹，攒珠溅芰荷 [禹锡]。

对吟时合响，触树更摇柯 [张籍]。

照圃红分药，侵阶绿浸莎 [居易]。

日斜车马散，余韵逐鸣珂 [张籍]。

　　此诗作于文宗大和二年（828），当时张籍在长安，任国子司业。几位好友，夜至裴度西园听泉，泉如飞雪，跃入芰荷，水石明净，鹅鸣清脆。芍药如灯，把花园照得通红；莎草上阶，像是铺上了绿色地毯。白昼尽处，泉鸣有声，不输鸣珂也。诗中，芍药之美，透过联句，照耀古今。

《红楼梦》第 62 回"憨湘云醉眠芍药裀，呆香菱情解石榴裙"，更使芍药家喻户晓：

话说宝玉、宝琴、平儿、岫烟同一天生日，适逢贾母、王夫人不在，姐妹们便自己张罗祝贺，齐聚芍药栏红香圃，筵开玳瑁，褥设芙蓉，喝酒行令，肆意取乐。湘云性急，早和宝玉吆喝着划起拳来。只见满厅中红飞翠舞，玉动珠摇。起席时，倏然没了湘云。大家只当外出自便，谁知良久不回，便使人各处寻觅。一个丫鬟回话："姑娘们快瞧云姑娘去，吃醉了图凉快，在山子后头一块青板石凳上睡着了。"

众姐妹走来看时，果见湘云卧于山石僻处一个石磴子上，业经香梦沈酣。四面芍药花飞了一身，满头脸衣襟上皆是红香散乱。手中的扇子掉在地下，也半被落花埋了，一群蜂蝶闹嚷嚷地围着他。又用鲛帕包了一包芍药花瓣枕着。众人看了，又是爱，又是笑，忙上来推唤挽扶。湘云口内犹作睡语说酒令，嘟嘟嚷嚷道："泉香而酒冽，玉盏盛来琥珀光，直饮到梅梢月上，醉扶归，却为宜会亲友。"

此中芍药，当指芍药花的花瓣，关键是这个"裀"字，在古文中本义指夹衣，引申通"茵"，即褥子或床垫。汉司马相如《美人赋》中就有"裀褥重陈"的描述，宋张镃《如梦令》中也有"帘卷，帘卷，飞上绣裀不见"之句。合"芍药"与"裀"，就是指史湘云醉眠时把飘落的芍药花瓣当作了床垫。

湘云，金陵十二钗之一，金陵四大家族之史家千金。她是一个富有浪漫色彩、令人喜爱的豪爽女性。但她自幼父母双亡，由于史家经济拮据，也没有过上贵族小姐娇生惯养的生活；经其判词推测，她最后嫁了一位才貌俱佳的郎君，遗憾的是夫婿很快亡故，她只能孤寡生活。红楼梦，本就是红颜梦，在那个时代里，女人品性再好，能力再强，也敌不过命运。

芍药与牡丹相似，一般人难以区分。主要区别是：牡丹是能长到2米高的木本植物，芍药是不高于1米矮小的（宿根块茎）草本植物；牡丹比芍药花期早。牡丹一般在4月中下旬开花，而芍药则在5月上中旬开花，二者花期相差大约15天；牡丹叶片宽，正面绿色反面略呈黄色，而芍药叶片狭窄，正反面均为黑绿色；牡丹的花朵生于花枝顶端，多单生，而芍药的花多于枝顶簇生，有荷花型、菊花型、蔷薇型、金蕊型、托桂型、金环型、皇冠型、绣球型，各具特色。李时珍曰："昔人言洛阳牡丹、扬州芍药甲天下。今药中所用，亦多取扬州者。十月生芽，至春乃长，三月开花。其品凡三十余种，有千叶、单叶、楼子之异。"

芍药花可入药。传说牡丹、芍药都不是凡俗花种，是某年人间瘟疫，玉女或者花神为救世人盗了王母仙丹撒下人间变化而成。结果一些变成木本的牡丹，另一些变成草本的芍药，至今芍药还带着个"药"字。牡丹、芍药的花叶根茎确实可以入药，牡丹的丹皮是顶有名的，白芍更是滋阴补血的上品。

芍药可制花茶，也是食疗佳品，有芍药花粥、芍药花饼。清代德龄女士在《御香缥缈录》中曾叙述慈禧太后为了养颜益寿，特将芍药的花瓣与鸡蛋面粉混合后用油炸成薄饼食用的故事。此外，芍药花还可以制作芍药花羹、芍药花酒、芍药鲤鱼汤、芍药花煎等。制作方法简便，美味可口，功效颇佳。

2021 年 6 月 14 日

23. 芋

芋头又称芋、芋艿，天南星科植物的地下球茎。多年生块茎植物，常作一年生作物栽培。叶片盾形，叶柄长而肥大，绿色或紫红色；植株基部形成短缩茎，逐渐累积养分肥大成肉质球茎。

诗选：送闽僧

几夏京城住①，今朝独远归。修行四分律②，护净七条衣③。
溪寺黄橙熟，沙田紫芋肥④。九龙潭上路，同去客应稀⑤。

校注：①京城，谓长安也。②四分律，佛教戒律书。因全书共分四部，故名。从身、口、意三方面，规范出家人之戒律。③《翻译名义》："南山云：七条名巾价衣，按即中衣，断嗅口也。"④此写闽僧所居山寺景象，实为张籍想象之词。⑤首二句言送，三四写闽僧高行，下四句写闽中之境。

读札：沙田紫芋肥

《送闽僧》是送别诗。这位闽僧在京城住了几年，即将回乡。后两联曰：

溪寺黄橙熟，沙田紫芋肥。九龙潭上路，同去客应稀。

107

颈联想象，说他经过剡溪时，寺庙里黄橙甜熟，沙地田紫芋已经长大。清代李调元《南越笔记》（卷一五）"芋"条："广芋之美者，首黄芋，次白芋，次红芽芋，皆小，惟南芋大。南芋色紫，生沙，甚可食。"宋代高似孙《剡录·果·柂》（卷一〇）："张籍诗'山路黄柂熟，沙田紫芋肥'，真剡中风物也。"柂，就是橙。尾联"九龙潭"所指不详，当在闽境。"同去客应稀"照应首联"独远归"，表现出张籍对于闽僧的关心。

张籍《送李余及第后归蜀》后两联曰：

山桥晓上芭蕉暗，水店晴看芋草黄。
乡里亲情相见日，一时携酒贺高堂。

李余归蜀，有芭蕉，有芋草。由郑谷《蜀中》"村落人歌紫芋间"之句推测，芋草当指紫芋的茎叶。我种过芋头，其叶似荷，似茨菇，似滴水观音，只是后三种植物茎非圆形。更似盾牌，叶柄长而肥大，绿色或紫红色。我曾写过散文《留得芋头听雨声》，强调其叶片之大之硬。张籍的这两首诗，一写东南浙江，一写西南四川，皆有紫芋，可见其唐时栽植之广，利用之广。

卢纶《送盐铁裴判官入蜀》诗曰：

传诏收方贡，登车著赐衣。榷商蛮客富，税地芋田肥。
云白风雷歇，林清洞穴稀。炎凉君莫问，见即在忘归。

从"榷商蛮客富，税地芋田肥"可证，紫芋是蜀地重要的粮食作物和经济作物，蜀地的芋田和稻田、麦田一样，需要向国家缴纳赋税。由此推论，浙江芋田应该也是重要的农作物，收入也要交税。

紫芋当是芋头的一种。芋头，又称芋、芋芳，是天南星科植物的地下球茎，常作一年生作物栽培。每逢中秋节，都会焐些蘸糖吃。前几年妻子到浙江去玩，带回几个芋头，比铅球还大，比椰子还大，刨皮，切象眼块，与猪肉一起红烧，很面。后来我到外面去玩，也曾见过。

芋头属于薯类作物，其他如山药、红薯、马铃薯等。这类作物的产品器官是块根和块茎，生长在土壤中。薯类作物一生分为生长前期和块根（茎）膨大期。其在生长的前期对养分的需求较少，但是十分敏感，缺肥会严重影响茎叶生长和根系发育，从而影响块根（块茎）的形成。块根（茎）膨大期是地上、地下生长最旺盛的时期，需肥最多，也是施肥的关键时期。

《红楼梦》第十九回中写到一种"香芋"，是指散发香气的芋头，喻林黛玉。书中描述了宝玉恐黛玉饭后贪眠积食、有碍生养，因闻见黛玉袖口中有香味，于是故意哄她：扬州黛山林子洞里有耗子精，因熬腊八粥短少果品，遂吩咐众小耗子去山下庙里打劫些来。有接令去偷香芋的小耗子，自夸会变成香芋，滚入香芋堆中用分身法去搬运。众耗子不相信，要他现场表演看看，他竟摇身变出一个标致的黛玉来……

中秋节吃芋头是源远流长的一项习俗。秋收季节，看着一年艰苦劳动的收获，以为是土地神和自己的祖先暗中保佑自己。而且八月十五是土地神的生日，要好好地热闹一番，北方在八月十五祭神时，有一款贡品是芋头。将整个芋头煮熟装在碟上，或是米粉芋（加入芋头煮成的米粉汤）装在大碗里摆在供桌上，以此来祭谢土地神。

现在这种谢神仪式已不复存在了，但是中秋节吃芋头的习俗却保留了下来。南方人在中秋节祭月时食用芋头，据说是因为元末汉人杀鞑子（指元朝统治者鞑靼人）。当初汉人起义，推翻元朝蒙古人暴虐的统治，是在八月十五夜晚，汉人在杀鞑子起义后，便以其头祭月。后来当然不可能在每年中秋节用人头祭月，便用芋头来代替，至今还有些地方在中秋节吃芋头时把剥芋皮叫作"剥鬼皮"。

和县就有八月十五杀鸭子杀鞑子的传说。版本不同，但有联系。在元朝末年，老百姓不堪忍受官府的统治，在中秋季节，把写有"杀鞑子、灭元朝；八月十五家家齐动手"的字条藏在烙好的小圆饼内相互传递。到了八月十五日晚，家家户户齐动手，一举推翻了元朝统治。后来，每逢中秋节，都吃月饼来纪念这次历史性的胜利。

2021 年 6 月 16 日

木本植物·灌木 / 小乔木

24. 薜荔

薜荔又名木莲、凉粉果、冰粉子、鬼馒头、木馒头、壁澄霞等，桑科植物，攀缘或匍匐灌木攀缘或匍匐灌木。薜荔果可做凉粉，藤叶药用。

诗选：游襄阳山寺[①]

秋色江边路，烟霞若有期[②]。寺贫无利施[③]，僧老足慈悲[④]。
薜荔侵禅窟，虾蟆占浴池[⑤]。闲游殊未遍，即是下山时。

校注：①罗谱系于穆宗长庆二年（822），时张籍在长安及出使途中，任水部员外郎。②按：此谓秋江烟景，似相期也。③此谓寺贫，无利泽可以施之信众。④足，充足。此言寺中老僧，满怀慈悲。⑤按：此状山寺之荒落。

札记：薜荔侵禅窟

读《游襄阳山寺》，印象深的除了寺的荒凉，就是"薜荔侵禅窟，虾蟆占浴池"两句。

少年时读毛泽东诗《七律二首·送瘟神》，记住了"千村薜荔人遗矢"句，因为其后是"万户萧疏鬼唱歌"句，感觉薜荔可能就是野草、野藤之类，眼前一片荒凉之景。至于"遗矢"，只知道是屙屎，臭气冲天，肯定不好，但是不懂其意。长大以后才知道，典出《史记·廉颇蔺相如列传》，赵王派使者到楚国看廉颇，想召他抗秦。使者谎报，廉颇将军虽然老了，但是还是很能吃饭，但是坐了一会儿，就上了三次厕所。血吸虫病后期人常水泻，以前我读《安徽短篇小说选》，里面有篇小说写的就是这事。前不久，我到东龙山游玩，在周营村"乡村记忆"展馆，看到患血吸虫病的图片，那肚皮撑得发亮，比如今某些人炫耀的啤酒肚还要大。据说，现在长江边有虹螺，所以水不能随便喝。

虾蟆就是癞蛤蟆，伏在墙根阴暗处，看到蚊子飞过，舌头一卷，就把蚊子卷进肚里了。那舌头有一丈长，带着弯钩，像波斯菊细长而弯曲的花瓣。因为长相难看，人们很讨厌它。

现在，薜荔侵入禅门，即僧人聚集习禅之所，此寺自然少有人至，少有供养，故而荒凉。只是这薜荔到底是什么植物呢？

资料显示，其为桑科，常绿藤本，含乳汁。叶厚革质，椭圆形，下面有凸出的网络。茎、叶、果供药用，有祛风除湿、通血活络、消肿解毒、补肾、通乳作用。《国药的药理学》载："藤汁为激性药，有壮阳固精之效。"现在网络推销鹿鞭酒之类，不知是否忽悠，某些人如果读到此方，估计要大嚼其果大饮其汁了。

可以制作凉粉。薜荔果种子圆球形或近球形，表面黑色，少数红棕色，略有光泽，密布细小颗粒状突起。因为它能用来做凉果，所以人们俗称它为"凉粉果"。凉粉果做成的凉粉颜色通体透明，就像胶冻一样，口感很爽利脆嫩，在夏天吃既清凉又能够帮助清理肠胃，是一道很多人喜爱的夏天解暑美食。它在《救荒本草》中出现过，可以救命。

先把采摘下来的凉粉果削皮，切开，晾干。准备一个干净的布袋，做的时候将果实装到布袋里，浸入一锅清水或凉开水中，用手用力地反复地捏揉袋子里的凉粉果，把凉粉果中的胶质全部都挤出来。然后提出布袋，静置半小时，登登登！凉粉果中的胶质就自动地凝成晶莹剔透、凉爽滑嫩的天然凉粉啦！盛一些到碗里，加上一些糖水和蜂蜜，吃了之后清甜可口，顿时暑气全消。如想要凉粉更加冰凉宜人，放到冰箱里冰冻半小时之后再吃，这样吃起来感觉更好。

又有园林价值。由于薜荔的不定根发达，攀缘及生存适应能力强，在园林绿化方面可用于垂直绿化、护堤，既可保持水土，又具观赏价值。而在过去，由于薜荔喜欢攀爬古木、断壁残垣，在古诗文中，有荒凉破败的意象，延伸为苍凉、寂寞、感伤的意思。譬如柳宗元就有"惊风乱飐芙蓉水，密雨斜侵薜荔墙"之句。时过境迁，感受有异。

我就有过这个经历。前年，我曾到新安江古村落游玩。在一处断壁前，一棵薜荔爬到了壁上，如经络一样，布满了整个断壁，叶丛中点缀着一个个小拳头一样的果实。有的枝条还从门楣中纷披下来，如美女的刘海；果实像门帘的铃铛，晃悠着，似乎在炫耀什么。整个断壁仿佛是谁精心设计的一尊雕塑：废旧的门洞，披着一幅织锦，缀着颗颗宝石，有花香果熟的喜庆气象，有前尘旧梦的朦胧之美，只是完全看不到一丝荒凉。这截断壁不但不破败荒凉，反而布满了欣欣绿意，呈现出无限生机。一截破败的断壁，一株被定位为荒凉感伤的薜荔，经神奇搭配，共同创造了一道美妙的风景。这到底是组合的奇妙，还是大自然的匠心？

张籍曾两次出使襄阳，在那里有朋友，对襄阳有感情。故地重游，见此景象，心生感慨。这也是唐朝衰败的一个暗示吧。

回头再说说毛泽东的诗句。1956年初，毛泽东在最高国务会议上强调"全党动员，全民动员，消灭血吸虫病"。同年，中共中央成立了防治血吸虫病领导小组，派出大批医疗队到疫区进行血吸虫病防治工作。结果仅用了两年时间，就根绝了血吸虫病。毛泽东读到相关报道后十分欣慰，彻夜未眠，第二天早晨便写了这两首诗，并在诗题下用一段优美的文字描述了作诗时的喜悦心情。这也是一种家国情怀吧。

2021 年 3 月 26 日

114

25. 茶

茶，原指茶叶，泛指可用于泡茶的常绿灌木茶树的叶子，以及用这些叶子泡制的饮料，后来引申为所有用植物花叶果根泡制的草本茶，如"菊花茶"等，用各种药材泡制的"凉茶"等。茶叶源于中国，最早是被作为祭品使用的。但从春秋后期就被人们作为菜食，在西汉中期发展为药用，西汉后期才发展为宫廷高级饮料，西晋以后渐向民间普及，至唐为盛。2020 年 5 月 21 日，是联合国确定的首个"国际茶日"，该节日的设立是为了赞美茶叶对经济、社会和文化的价值，这是以中国为主的产茶国家首次成功推动设立的农业领域国际性节日。

诗选：夏日闲居

多病逢迎少①，闲居又一年。药看辰日合②，茶过卯时煎③。
草长晴来地，虫飞晚后天④。此时幽梦远，不觉到山边⑤。

校注：①逢迎，喻送往迎来，酬酢承奉之事。②辰日，时辰也。③二句写闲居之趣，卢仝茶诗："纱帽笼头自煎吃。"④按：中间两联写闲居时的日常生活。⑤李怀民曰："真得自然之妙。"幽梦，忧愁之梦。

读札：茶过卯时煎

茶源于我国。饮茶之风古已有之，唐时为盛。卢仝《走笔谢孟谏议寄新茶》、元稹《一字至七字茶诗》，还有张籍诗歌，都是佐证。最重要的标志是，在张籍出生的 6 年前，即公元 760 年，陆羽的专著《茶经》刊行。

唐代以降，此风绵延，于今为烈。景区多有茶道表演，街上茶楼茶叶店林立，微信朋友圈里类似"柴米油盐酱醋茶，棋琴书画诗酒花""为名忙为利忙忙里偷闲且喝杯茶去，劳心苦劳力苦苦中作乐快拿壶酒来"这样的劝诫语屡见不鲜。四时八节，女儿经常送我的礼物就是书和茶叶。

张籍现存诗作中，有六首涉及茶。其《寄友人》曰：

忆在江南日，同游三月时。采茶寻远涧，斗鸭向春池。
送客沙头宿，招僧竹里棋。如今各千里，无计得相随。

春天是美好的，像春天般的青春岁月更是令人难忘。张籍 18 岁以前，曾在郡望苏州度过几年时光。从这首诗看，烟花三月，他与好友出游，或于山涧采茶，或向春池斗鸭，有时同僧竹里下棋，有时留宿沙洲驿馆。体会"采茶寻远涧"句，连年轻人都想着采茶，唐时茶事之盛可想而知。

我少时家境贫寒，却也爱茶。我采的是野茶，俗称山里红，用镰刀割倒，用铡刀切成寸断，晒干贮存。有年家里盖房，请乡亲们帮忙，我每天用它泡半水缸茶招待他们。茶红褐色，凉透了喝，特别解渴消暑。我毕业出来教书时，分在石杨中学，后山有块废弃的茶园，残存二分地的茶树。每年清明前后，我与妻子早晚去采了嫩叶，在大锅里搓揉烘干，清香弥室，舍不得喝。后来，我把这段经历写成散文，竟被《扬子晚报》

采用，我感觉那些文字也含着茶香。

年轻人求上进，素有抱负的张籍更是如此。通过科举考试，接着守选几年，终于走进唐代公务员行列。可是他并不十分开心。其《夏日闲居》作于元和元年（806）以后，由首联"逢迎少""闲居又一年"句，可以窥见张籍病居闲寂。颔联中，看指选择；合，配制药物。古人以辰日调制药物为吉祥，诗人体质不好，当然会更关注药效。卯时，十二时辰之一，今早晨五至七点。煎指煎茶。煎茶这个词原先是指制茶方法，即用水煮嫩茶叶，喝煮沸后的茶汤。在隋唐出现炒青技术之后，煎茶就有了两种意思，一指泡茶技艺，二指茶的品种，即通过杀青工艺而制成的绿茶。诗人清早起来煎茶，说明他因为职位低下，或者眼疾请假，不用上朝，甚至不用上班。一个人，特别怀揣理想的人，如果太闲，也会无聊，何况还要解决生存问题。这与后来陆游的诗句"矮纸斜行闲作草，晴窗细乳戏分茶"异曲同工。

闲居也有好处，就是交游多了起来。张籍年轻时崇尚儒学，反对佛道，在汴州（今河南开封市）曾写两封信给韩愈，建议文坛明星韩愈著书立说，力倡儒学。这两封信对韩愈后来上《谏佛骨表》或许产生过影响。然而事过多年，张籍竟频繁与僧道交往。这固然由于僧道中不乏高人，却也透露出诗人的不得志。其《山中赠日南僧》曰：

独向双峰老，松门闭两崖。翻经上蕉叶，挂衲落藤花。
鳌石新开井，穿林自种茶。时逢海南客，蛮语问谁家。

诗题中，上国指京城，日南指近海之地，当是我国南方江浙赣湘、两广地区。首联双峰，系双峰山，在蕲州黄梅县（今湖北黄梅县），禅宗四祖道信、五祖弘忍在此传法。弘忍有弟子神秀，曾作偈云："身是菩提树，心如明镜台，时时勤拂拭，勿使惹尘埃。"又有惠能，亦作偈云："菩提本无树，明镜亦非台，本来无一物，何处惹尘埃。"弘忍觉得惠能境界略高，于是付法传衣，是为六祖。老指终老，谓度晚年。松门，指前置松树的屋门。两崖指破额山、冯茂山。这两句是说日南僧所居正对双峰。二三两联，翻经指翻译佛经。贝叶，原指用以写经的树叶，此指梵文佛经。甃石谓用石砌井壁。穿林指开垦山林，自己种茶。尾联写日南僧遇到来自南方的旅人，彼此用方言聊天。整首诗写日南僧即将在庐山开始的闲静修生活以赠别，从中可以看到种茶已由江南北渡。

其《送晊师》，也是赠诗，或作于同时，晊师也在庐山，诗的主题与前诗差似。诗曰：

九星台下煎茶别，五老峰头觅寺居。
作得新诗旋相寄，人来请莫达空书。

题目中，师是对僧人、道士的尊称。诗中，九星台又名九星坛，道教用以祭祀北斗的祭坛。五老峰，庐山峰名。《太平环宇记》曰："五老峰，在庐山东，悬崖突出，如五人相逐罗列之状。"空书，指无字的书信。唐代《封氏闻见记》有记载："古人亦饮茶耳，但不如今溺之甚，穷日尽夜，殆成风俗，始于中地，流于塞外。"凡名山，多是僧道俱存，由"煎茶别"推测，晊师可能是位僧人，因为僧人禁忌饮酒，也可看出饮茶在唐代交游中的影响。

实际上，唐代饮茶之风的盛行，与佛教有密切的关系。其时佛教禅宗派兴起，佛教徒更重视坐禅，而长时间的坐禅会使人产生疲倦，精神不易集中，再加上吃饭易眠，故必须减食，或不吃晚饭。为此，需要一种既符合佛教戒律，又可以消除坐禅产生的疲劳和作为不吃晚饭的补充物质。于是，茶叶这种具有提神醒脑、消除疲劳功效的饮品，便受到广大僧徒的欢迎，成为他们最理想的饮品。

宝历元年（825）秋天，诗人姚合以病辞官，过着闲居生活。张籍作《赠姚合少府》，诗曰：

病来辞赤县，案上有丹经。为客烧茶灶，教儿扫竹亭。
诗成添旧卷，酒尽卧空瓶。阙下今遗逸，谁瞻隐士星。

姚合（约779—约846），陕州（今河南陕县）人。元和十一年（816）进士，后入仕途。姚合时有盛名，与刘禹锡、李绅、张籍、王建、杨巨源等都有往来唱酬。与贾岛友善，世称姚贾。少府，唐时县尉别称。赤县，唐之最上等县。唐朝县分七等，曰赤、畿、望、紧、上、中、下。此时他任京兆府万年县尉。丹经，记载炼丹术的专著。茶灶指烹茶的小炉灶。阙下，指京城长安。遗逸，谓隐居。隐士星，指姚合。

张籍与姚合相差十几岁，姚合进士及第时，张籍任国子助教，是六品官；但因志趣相投，诗风相近，便成了忘年交。君子之交淡如水，谈天说地漫饮茶。饮茶有雅俗之分，品与解渴自然不同，读《红楼梦》感受最深。从雅的方面说，饮茶分为备茶、备炭、备水、煎茶四步，而煎茶最见技术、耐心、境界。怎么煎茶呢？先把水放在锅中烧开，加入少量的食用盐，在它沸腾如泉涌时，取出适量的水补入冷水，如是者三。最后才把茶叶倒入锅中，保持水的温度平衡，让茶叶均匀受热，等茶汤变色，闻到浓郁茶香时，把取出的开水倒回锅中，静等片刻，茶汤才能饮用。在饮茶中，两人的友谊更加深厚。

到了大和二年（828），张籍63岁时，迁国子司业，掌邦国儒学训导之政令。这是从四品下的职位，是张籍所任的最高职务。但他早已无意功名，心境淡泊如水，颇有"聊乘化以归尽，乐夫天命复奚疑"的意思。其《和陆司业习静寄所知》曰：

幽室独焚香，清晨下未央。山开登竹阁，僧到出茶床。

收拾新琴谱，封题旧药方。逍遥无别事，不似在班行。

习静就是坐禅。下未央谓早朝归来。未央，汉宫殿名，常为汉帝听朝处。山开谓山光大开。收拾谓收集、整理。封题意为保存。在班行，谓在衙门理事。班行，常参官朝参的行列。《唐六典·尚书吏部》曰："凡京师有常参官，谓五品以上职事官、八品以上供奉官、员外郎、监察御史、太常博士。"下朝了，焚香、抚琴、入茶堂、抄药方，人到晚年，以静为要。这对现在的老年人，是不是有启发意义呢？

2020 年 4 月 30 日

26. 芙蓉

芙蓉可指荷花，亦可指木芙蓉。此处指木芙蓉。木芙蓉喜光耐阴，适宜温暖湿润的气候，不耐严寒，喜肥沃湿润的沙壤土，生长适应性较强，生长快，花美丽，白色或粉红色，到夜间变深红色。

诗选：湖南曲

潇湘多别离，风起芙蓉洲①。江上人已远，夕阳满中流②。
鸳鸯东南飞，飞上青山头③。

校注：①芙蓉洲，长满芙蓉之沙洲。②中流，江水之中央。③鸳鸯是候鸟，会飞得又高又远。山头，指山顶。

读札：风起芙蓉洲

这篇札记有些借题发挥。就像苏轼应该知道赤壁大战的地点是湖北武昌的赤矶山，或湖北赤壁，而非自己所游黄州的赤鼻矶；但他还是写出《赤壁赋》《念奴娇·赤壁怀古》等篇，只是有话要说而已。

潘富俊先生在《草木情缘》如是写道："芙蓉原指荷花，即所谓'出水芙蓉'；有时也指木芙蓉。荷花是水生草本植物，盛夏开花；木芙蓉是木本植物，属落叶性灌木，秋天开花。"

他接着解释："由诗词字句前后的内容用词，可推断所称'芙蓉'所指为何。凡诗词内容所言，属夏季景观或水生植物，则所言之'芙蓉'当为荷花。"李商隐《无题》中的"飒飒东风细雨来，芙蓉塘外有轻雷"和杜荀鹤《春宫怨》中的"年年越溪女，相忆采芙蓉"，所指均为荷花。凡诗意可判断所描述为秋季景观、木本植物、生长在岸上，且和菊或桂同时出现者，所言之"芙蓉"当为木芙蓉，如柳宗元《芙蓉亭》："新亭俯朱槛，嘉木开芙蓉。"已言明此"芙蓉"为"嘉木"，指的是木芙蓉。而宋代刘兼《宣赐锦袍设上赠诸郡客》："十月芙蓉花满枝，天庭驿骑赐寒衣。"农历十月是深秋，芙蓉花自然是指木芙蓉的花。

以此比照张籍的三首"芙蓉诗"，感觉诗中"芙蓉"更像荷花，而非木芙蓉。其《湖南曲》曰：

潇湘多别离，风起芙蓉洲。江上人已远，夕阳满中流。

鸳鸯东南飞，飞上青山头。

"芙蓉洲"指长满芙蓉之沙洲，"中流"指江水之中央。以常理看，沙洲之上自然水多，而荷花就像女人，就像鱼儿，是需要水养着的，甚至以水为命，此芙蓉当指荷花。然而水边会不会有木芙蓉呢？我家门前是条穿城而过的小河，河边就有木芙蓉的，艳而不娇，就像村姑；南京秦淮河畔，有大片的木芙蓉，开花时节，形色繁复，颇似蜀葵。

其《吴宫怨》曰：

吴宫四面秋江水，江清露白芙蓉死。

吴王醉后欲更衣，座上美人娇不起。

宫中千门复万户，君恩反复谁能数……

此诗表面来看，是说宫女失宠。究其深意，明代周敬、周珽《唐诗选脉会通评林》评说："《吴宫怨》一首，寓言谗人恃宠，正士怀忧，意亦沉着。"开头"江清露白芙蓉死"句，芙蓉死可指芙蓉花之凋落，也可以指芙蓉之死亡，总之是以凄冷之境，映衬吴宫不复旧时热闹。但两种解释似都可以解释为木芙蓉。

至于《采莲曲》末尾几句：

> 船中未满度前洲，借问阿谁家住远。
> 归时共待暮潮上，自弄芙蓉还荡桨。

李冬生《张籍诗注》："芙蓉，荷花的别称。"并且援引例句屈原《离骚》"制芰荷以为衣兮，集芙蓉以为裳"，白居易《长恨歌》"归来池苑皆依旧，太液芙蓉未央柳"。这自然是对的，没有疑义。

写此札记，一则因为唐代已有木芙蓉这种植物，二则因为所引张籍诗句似可解释为木芙蓉，但最主要的原因是我第一次见到木芙蓉是在百草园，而那园子里的少年是我喜欢的人。这个人那时名叫豫才，到南京就读于江南水师学堂时改名树人，发表《狂人日记》时取了笔名鲁迅。

约10年前，我曾随同事们到绍兴鲁迅故居游览。在那"碧绿的菜畦，光滑的石井栏，高大的皂荚树，紫红的桑葚"旁边，在那"周围的短短的泥墙根一带"，我不仅看到"何首乌藤和木莲藤缠络着，木莲有莲房一般的果实，何首乌有臃肿的根"，还看到美丽的木芙蓉，有白色花，有粉红花，有大红花，热情似火，酷似牡丹，有黄色花，花芯暗紫，花硕重瓣，亦似牡丹，有醉芙蓉，听导游说，此花清晨白花，中午转为桃红，傍晚变成深红，百媚千娇。木芙蓉的这种变色，很像鲁迅在《〈呐喊〉自序》里的描述："我在年青时候也曾经做过许多梦……"

鲁迅于1898年到南京江南水师学堂肄业，第二年改入江南陆师学堂附设的矿务铁路学堂，梦想实业救国；1902年毕业后即由清政府派赴日本留学，1904 年进仙台的医学专门学校，想走医学救国的路；1906 年中止学医，回东京从事文艺运动，及至回到国内，一直教书、演讲、写作，希望能够借助文艺之力改变国民精神。此文写于 1922 年，距今约 100 年，其济世救民热情，像一盏永不熄的明灯，一直悬于我的生命之路，照亮我的生命历程。

我基本赞同当代著名作家李泽厚《关于中国现代诸作家》的观点（对于胡适评价，我持保留意见）：

我是顽固的挺鲁派，从初中到今日，始终如此。我最近特别高兴读到一些极不相同的人如吴冠中、周汝昌、徐梵澄、顾随等都从不同方面认同鲁迅而不认同周作人、胡适。这些人都是认真的艺术家和学问家，并非左翼作家和激进派，却都崇尚鲁迅，鲁迅不仅思想好、人品好，文章也最好。

木芙蓉晚秋开花，有诗赞曰："千林扫作一番黄，只有芙蓉独自芳。"其花期长，开花旺盛，可以孤植、丛植于墙边、路旁、厅前等处，是庭园栽植的佳品。特别宜于配植水滨，开花时波光花影，相映益妍，分外妖娆，所以《长物志》云："芙蓉宜植池岸，临水为佳。"因此有"照水芙蓉"之称。张籍的《湖南曲》并非明言春夏所作，《吴宫怨》则是秋景且为庭院，所以把那芙蓉当木芙蓉欣赏，似也可以。

木芙蓉有典故。五代后蜀皇帝孟昶，有妃子名"花蕊夫人"，她不但妩媚娇艳，还特爱花。有一年，她去逛花市，在百花中她看到一丛丛一树树的芙蓉花如天上彩云滚滚而来，尤其喜欢。孟昶为讨爱妃欢心，颁发诏令在成都"城头尽种芙蓉"。次年十月，孟昶携花蕊夫人一同登上城楼，相依相偎观赏红艳数十里，灿若朝霞的成都木芙蓉花。成都自此也就有了"芙蓉城"的美称。那花蕊夫人被尊为"芙蓉花神"。

或谓花神为宋真宗时的大学士石曼卿。说在虚无缥缈的仙乡，有一个开满红花的芙蓉城。据说在石曼卿死后，仍然有人遇到他，在这场恍然若梦的相遇中，石曼卿说他已经成为芙蓉城的城主。故有"芙蓉花神"之称。这位石曼卿与北宋文坛领袖欧阳修、和州诗人杜默是朋友。登仁宗天圣八年进士第、与欧阳修同榜的诗人石介《三豪诗送杜师雄并序》曰："近世作者，石曼卿之诗，欧阳永叔之文辞，杜师雄之歌篇，豪于一代矣。"

张籍《吴宫怨》影响较大。其去世后，刘禹锡有《和令狐相公言怀寄河中杨少尹》诗记之："章句慚非第一流，世间才子昔陪游。吴宫已叹芙蓉死，边月空悲芦管秋。"这"芙蓉死"指张籍离世。但我们至今还在读他的诗，从这个意义上，他没有死，他也是神，是芙蓉神。

风起芙蓉洲，往事越千年。漫言芙蓉神，今朝有几人？

2021 年 4 月 2 日

27. 荆、棘

荆棘现在被当作一种植物，它原来是指两种植物：荆和棘。荆：荆条，是马鞭草科的一种落叶灌木，无刺；棘，酸枣，棘是鼠李科的一种落叶灌木，有刺。两者常丛生为丛莽。也泛指丛生于山野间的带棘小灌木。荆棘丛生最易阻塞道路，又借喻作艰险处境或者纷乱局面，成语"披荆斩棘"和"荆天棘地"由此引申而来。

诗选：羁旅行

远客出门行路难，停车敛策在门端。
荒城无人霜满路，野火烧桥不得度。
寒虫入窟鸟归巢，僮仆问我谁家去？
行寻田头暝未息①，双毂长辕碍荆棘。
缘冈入涧投田家，主人春米为夜食②。
晨鸡喔喔茅屋傍，行人起扫车上霜③。
旧山已别行已远④，身计未成难复返⑤。
长安陌上相识稀，遥望天门白日晚⑥。
谁能听我辛苦行⑦？为向君前歌一声。

校注：①暝，暗色曰暝。按：此谓夜暗，急寻宿处。②此写投宿田家，主人春米造饭，殷勤接待。③此写鸡啼即起，告别主人也。④旧山，

126

旧家山也，指故乡。⑤按：身计未成，谓谋生之计，犹未成也。⑥按：天门，喻帝皇官门。⑦辛苦，指追逐身计之艰辛。

读札：双毂长辕碍荆棘

荆棘原来是指荆和棘，是两种植物；但是现在多放在一起用，如"荆棘丛生""披荆斩棘"，似乎变成了一个词。荆棘丛生最易阻塞道路，典故"筚路蓝缕，以启山林"，电视剧《西游记》插曲《敢问路在何方》"踏平坎坷成大道，斗罢艰险又出发"，都有此意；有篇记叙女排冲出重围夺取冠军的散文，题目就叫"光荣的荆棘路"。

荆这个字，最早为我所知，是由于负荆请罪的典故。廉颇光着上身，背了几根荆条，到蔺相如府上请求饶恕时，我感觉那荆条应该是有刺的，似乎那样才能见出他的诚心。有人称之是用荆条做的刑杖。但是所查资料多称其是马鞭草的一种，或曰今名黄荆，落叶灌木，无刺，以至于我有些怀疑资料的准确性。

荆古代又名楚，用来做刑杖，鞭打犯人。因此楚又称"荆楚"，受鞭打叫"受楚"。"受楚"是件痛苦的事，所以"楚"字又引申有"痛苦"的意思，如痛楚、苦楚。荆在古代还用来制作妇女的发钗，称为"荆钗"。后来还演变成谦称自己的妻子为"荆室""荆妻""拙荆""寒荆""老荆""荆人"，或简称为"荆"。不过这是古代习俗，放在如今断不可行，因为现在多是女人当家。

紫荆有"荆"，但此荆非彼荆，它属豆科植物，因"其木似黄荆而色紫，故名"。《本草纲目》俗名笋筐树，又叫紫珠。落叶灌木，叶有长柄，掌状分裂，开蓝紫色小花，枝条可编筐篮等。我们小区门前的河边就有紫荆，春天开米粒似的粉红的花，从树根开到树梢，像喜庆的焰火。之后长出圆圆的叶片，接着结出扁扁的豆荚似的果实，花、叶、果可以同时共赏。

又有"荆山之玉"之说。这里的荆指荆山，先是泛指古楚国境内的高山，继而泛指古荆州及襄阳郡地区，即今湖北省部分地区。荆山之玉，又可简称荆玉、荆山玉，即荆山产的美玉，比喻美质贤才。《韩非子·和氏》有言：

楚人和氏得璞于楚山中，奉而献之于厉王。厉王使玉人相之，玉人曰："石也。"王以和为诳，而刖其左足。及厉王薨，武王即位，和又奉其璞而献诸武王。武王使玉人相之，又曰："石也。"王又以和为诳而刖其右足。武王薨，文王即位，和乃抱其璞而哭于楚山之下，三日三夜，泣尽而继之以血。王闻之，使人问其故，曰："天下之刖者多矣，子奚哭之悲也？"和曰："吾非悲刖也，悲夫宝玉而题之以石，贞士而名之以诳，此吾所以悲也。"王乃使玉人理其璞而得宝玉也，遂命名曰"和氏璧"。

此例说明人才有时难以被人赏识、器重，反而受到打压、虐待。但是从长远看，人才的命运就是当权者的命运，就是国家的命运。今年3月出台的"十四五"规划和2035年远景目标纲要，都提到要重视人才、发挥人才作用，这是正道。

棘是"束""刺"的本字。两个"束"字并排立着，表示棘树多刺，是矮小而成丛莽的灌木。今名酸枣，是鼠李科的一种落叶灌木，它的枝条多刺，民间常用它作围篱。最早因拘奴隶也以棘丛围绕。以后"丛棘"也成了囚拘之所的代名词。在科举时代，为了防止考场上传递作弊，围墙上也满插棘枝，故考场也称"棘院"或"棘围"。今天以金属探测仪测夹带物品，道理一样，看来古今都有贪图捷径想以不公平手段取胜的人。

其实，荆棘两字，在张籍《羁旅行》中，已经并列使用。

据余恕诚、徐礼节《张籍集系年校注》，此诗当作于张籍学成后游长安时，即贞元八年（792）。诗写诗人羁旅的孤寂、艰辛与身计难成的悲伤，写景中展现中原兵燹后的荒凉。行路难，既是道路的艰难，更是科举之路的艰难、仕途的艰难、人生的艰难。秋霜载途，野火烧桥，虫鸟归家，人在奔波。荆棘绊住车轮，只能艰难向前。张籍的朋友孟郊亦有诗作《长安羁旅行》，为同题之作，说明这是一种普遍现象。

荆棘连用的例子，又有荆棘鸟（又称刺鸟、珍珠鸟或翡翠鸟）。传说这是南美的珍稀鸟类，因其擅长在荆棘灌木丛中觅食，且其羽毛像燃烧的火焰般鲜艳而得名。它一生只唱一次歌。从离开巢开始，便执着不停地寻找荆棘树。当它如愿以偿时，就把自己娇小的身体扎进一株最长、最尖的荆棘上，流着血泪放声歌唱——那凄美动人、婉转如霞的歌声使人间所有的声音刹那间黯然失色！一曲终了，荆棘鸟终于气竭命殒，以身殉歌——以一种惨烈的悲壮塑造了永恒的美丽，给人们留下一段悲怆的绝唱。

又有长篇小说《荆棘鸟》，是澳大利亚当代作家考琳·麦卡洛创作的。该作以女主人公梅吉和神父拉尔夫的爱情纠葛为主线，描写了克利里一家三代人的故事，时间跨度长达半个多世纪。拉尔夫一心向往教会的权力，却爱上了克利里家的美丽少女梅吉。为了他追求的"上帝"，他抛弃了世俗的爱情，然而内心又极度矛盾和痛苦。以此为中心，克利里家族十余名成员的悲欢离合也得以展现。该作有澳大利亚的《飘》之誉。

我还经常想起童话王子王尔德的唯美之作《夜莺与玫瑰》。寒冷的冬夜，一位年轻的穷学生要献上一朵红玫瑰与心上人共舞表达爱意，但花园里的玫瑰早已全部凋谢。一只美丽的夜莺用生命之血为穷学生培育出一朵玫瑰，希望成全并见证他们高贵而神秘的爱情。讵料他那心上人对那血色玫瑰不屑一顾，"大臣的侄子送我一些真正的珠宝，谁都知道珠宝比花贵多了"。这里的玫瑰，抑或爱情是不是也是荆棘？但我始终不能忘记，那只娇小又伟大的，在冬夜中为爱情歌唱的小夜莺。

2021 年 5 月 25 日

28. 牡丹

牡丹，是毛茛科、芍药属植物，为多年生落叶灌木。花色泽艳丽，玉笑珠香，风流潇洒，富丽堂皇，素有"花中之王"的美誉。牡丹花大而香，故又有"国色天香"之称。唐代刘禹锡有诗曰："庭前芍药妖无格，池上芙蕖净少情。唯有牡丹真国色，花开时节动京城。"

诗选：赋花①

白乐天分司东洛，朝贤悉会兴化亭送别，酒酣，各赋一字至七字诗，以题为韵。

花。

落早，开赊②。

对酒客，兴诗家。

能回游骑，每驻行车。

宛宛清风起③，茸茸丽日斜。

且愿相留欢洽④，惟愁虚弃光华⑤。

明年攀折知不远，对此谁更能叹嗟⑥？

校注：①罗谱系于文宗大和三年（829），时在长安，任国子司业。②赊，长也，久也。③宛宛，回旋屈曲之状。④欢洽，欢忻融洽。⑤光华，光景也。⑥《四库全书本》亦收此诗。注明一言至七言。

读札：且愿相留欢洽

我读张籍诗，越读越疑惑，怎么没有牡丹诗呢？虽然我知道，他的诗作"十不存一"，但是牡丹几乎就是唐朝国花，他应该写了很多首，起码会留下一两首。还好，读李冬生《张籍集注》，《赋花》注曰：

落早，开赊：凋谢得早，但开得很茂盛。指牡丹。赊，奢。此处引申为"茂盛"意。

这就对了。

好朋友白居易分司东都洛阳，朋友们全部会集兴化亭送别，酒酣之后，各赋一字至七字诗。这是一种诗体。有写茶，有写酒，张籍写花。罗谱系于文宗大和三年（829），时在长安，任国子司业。徐礼节认为是写于四月。这正是牡丹花的盛期，像位打扮齐整，准备上轿的新娘。

牡丹声名远扬，素有"花中之王"的美誉，又有"国色天香"之称。唐代刘禹锡有诗曰："庭前芍药妖无格，池上芙蕖净少情。唯有牡丹真国色，花开时节动京城。"中学课文周敦颐《爱莲说》中有"牡丹花之富贵者"句。现在很多地方、很多人家栽它。南京古林公园、和县林海生态园都有较大面积的种植。我的朋友刘老师种牡丹，画牡丹，以此送人，题名"花开富贵"，得其画者莫不眉开眼笑。

2021年2月25日全国脱贫攻坚总结表彰大会召开。习近平总书记庄严宣告：我国脱贫攻坚战取得了全面胜利，现行标准下9899万农村贫困人口全部脱贫，832个贫困县全部摘帽，12.8万个贫困村全部出列，区域性整体贫困得到解决，完成了消除绝对贫困的艰巨任务。如今，花开富贵不仅仅是祝愿，而且成为现实生活的真实描述。

牡丹别名很多。其中有"洛阳花"说。我给《洛阳晚报》副刊投稿，编辑回复，四月份专登牡丹文章。可见其在现代人心目中的影响之大。

牡丹最早是药材。在甘肃省武威县发掘的东汉早期墓葬中，发现医学简数十枚，其中有牡丹治疗血瘀病的记载。如今，中医仍以其根皮入药，称牡丹皮，又名丹皮、粉丹皮、刮丹皮等，系常用凉血祛瘀中药。牡丹作为观赏植物栽培，则始于南北朝。据唐代韦绚《刘宾客嘉话录》记载："北齐杨子华有画牡丹极分明。子华北齐人，则知牡丹久矣。"又据《太平御览》谢康乐说："南朝宋时，永嘉（今温州一带）水际竹间多牡丹。"

唐朝时，社会稳定，经济繁荣，唐都长安已出现了种植牡丹的花师。据柳宗元《龙城录》记载："洛人宋单父，善种牡丹，凡牡丹变易千种，红白斗色，人不能知其术，唐皇李隆基召至骊山，植牡丹万本，色样各不同。"从"植牡丹一万本（株），色样各不同"来看，此时牡丹的栽培技术已达到了一个相当高的水平。

作为唐代东京的洛阳，从初唐到五代十国的后唐，牡丹种植业都在不断的发展，其规模不亚于西京长安。据宋《清异录》记载："后唐庄宗在洛阳建临芳殿，殿前植牡丹千余本，有百药仙人、月宫花、小黄娇、雪夫人、粉奴香、蓬莱相公、卵心黄、御衣红、紫龙杯、三支紫等品种。"

当时，两京宫廷寺观、富豪家院以及民间种植牡丹十分普遍。《杜阳杂记》记载："高宗宴群臣赏双头牡丹。"《酉阳杂俎》记载："穆宗皇帝殿前种千叶牡丹，花始开香气袭人。"《剧谈录》记载："慈恩寺浴堂院有花两丛，每开五六百花，繁艳芬馥，绝少伦比。"花的价格昂贵。《唐国史补》载："人种以求利，本有值数万者。"

牡丹文化的起源，若从牡丹进入《诗经》算起，距今约3000年历史。秦汉时代以药用植物将牡丹记入《神农本草经》，牡丹已进入药物学。南北朝时，北齐杨子华画牡丹，牡丹已进入艺术领域。史书记载，隋炀帝在洛阳建西苑，诏天下进奇石花卉，易州进牡丹二十箱，植于西苑。自此，牡丹进入皇家园林，涉足园艺学。唐代，牡丹诗大量涌现，举不胜举。到了今天，牡丹是我国洛阳市、菏泽市、铜陵市、宁国市、牡丹江市的市花。

牡丹与名人之间的故事也多。

比如武则天与牡丹。在一个冰天雪地的日子，武则天在长安游后苑时，曾命百花同时开放，以助她的酒兴。下旨曰："明早游上苑，火速报春知，花须连夜发，莫待晓风吹。"谁都知道，各种花不仅开花的季节不同，就是开花的时刻也不一致。但是百花慑于武后的权势，都违时开放了，唯牡丹仍干枝枯叶，傲然挺立。武后大怒，便把牡丹贬至洛阳。牡丹一到了洛阳，立即昂首怒放，花繁色艳，锦绣成堆。这更气坏了武后，下令用火烧死牡丹，不料，牡丹经火一烧，反而开得更是盛。这是对这位强势女人的反抗吧。

比如杨贵妃与牡丹。唐朝开元年间，宫廷内开始重视牡丹，并在兴庆东沉香亭前、骊山行宫等处，栽植数色牡丹。花初开，杨贵妃带众宫女游赏花间，如醉如痴。五代王仁裕载："杨国忠初因贵妃专宠，上赐以木芍药（即牡丹）数本，植于家。"对于历史变故，过去有"红颜祸水"说，今人强调"女人无罪"。我觉得两种观点都过于绝对。唐代发生安史之乱，国家由盛转衰，杨贵妃真的不用负一点责任吗？

比如欧阳修与牡丹。他在洛阳作推官时，发现"洛阳之俗，大抵好花，春时，城中无贵贱皆插花，虽负担者亦然。花开时，士庶况为遨游"。他遍访民间，将洛阳牡丹的历史、栽培、品种以及风俗民情做了详尽的考察，写成了中国第一部牡丹专著《洛阳牡丹记》。

比如蒲松龄与牡丹。蒲松龄《聊斋志异》有言："常大用，洛人，癖好牡丹。闻曹州牡丹甲齐、鲁，心向往之。适以他事如曹，因假缙绅之园居焉。时方二月，牡丹未华，惟徘徊园中，目注勾萌，以望其拆……"并写下了葛巾、玉版的神话故事。

回看张籍《赋花并序》，花开得迟，却落得早，迎风起舞，风流倜傥，"且愿相留欢洽，惟愁虚弃光华"。对此，我完全能够理解。

2021 年 6 月 27 日

29. 蔷薇

蔷薇是蔷薇属部分植物的通称，主要指蔓藤蔷薇的变种及园艺品种。蔷薇花花盘环绕萼筒口部，有白色、黄色等多种颜色。花谢后萼片会脱落，果实为圆球体。

诗选：蔷薇花联句①—裴、白、刘、张

似锦如霞色②，连春接夏开 [禹锡]。

波红分影入③，风好带香来 [裴度]。

得地依东阁，当阶奉上台 [行式]。

浅深皆有态④，次第暗相催 [禹锡]⑤。

满地愁英落，缘堤惜棹回 [裴度]⑥。

芳浓濡雨露，明丽隔尘埃 [行式]⑦。

似着胭脂染，如经巧妇裁 [居易]⑧。

奈花无别计，只有酒残杯 [张籍]。

校注：①罗谱系于文宗大和二年（828），时张籍在长安，任国子司业。②似锦句，写花色似锦之鲜，如霞之红。③波红句，谓蔷薇花临近水边，微波泛出红影也。④有态，蔷薇之韵致也。⑤次第，花开之序也。⑥棹，船桨。借称舟。按：此接前"波红分影"句，故提水中之舟。⑦按：此谓蔷薇明丽出尘。⑧按：此写花形之妍，如经巧妇裁剪。

读札：似锦如霞色

本诗属于联句体裁。

联句是古代作诗的方式之一，即由两人或多人共作一诗，联结成篇。旧传联句始于汉武帝时《柏梁台诗》。据说汉武帝造了一座柏梁台（以香柏为梁），设宴于台上，倡议君臣共同作诗，能做出好诗的人方得上座。参加者共二十六人，做的是七言诗，每人一句，每句押韵。主题是各人歌咏自己的职务。武帝云："日月星辰和四时。"丞相云："总领天下诚难治。"大将军云："和抚四夷不易哉。"最后两个滑稽家，一个是武帝宠幸的倡优郭舍人，说的是"啮妃女唇甘如饴"，一个是有学问的东方朔，说的是"迫窘诘屈几穷哉"。

两晋南北朝时已不少人"联句"，今存陶渊明、鲍照、谢朓等人诗作中均有此种形式。唐代用联句作诗的更多。联句作诗初无定式，有一人一句一韵，两句一韵乃至两句以上者，依次而下，联成一篇；后来习惯于用一人出上句，继者须对成一联，再出上句，轮流相续，最后结篇。张籍与友人韩愈、白居易等人作过五首联句，分别是《会合联句》《春池泛舟联句》《首夏犹清和联句》《蔷薇花联句》《西池落泉联句》。

我在《张籍传》中写过"风雨故人"一节。我说，人生就是一段旅程。在这段旅程中，随时会遇到一些朋友，有的遇到得早，结伴的时间长，也有走着走着就离散了，如于鹄、孟郊、元宗简、胡十八、韩愈。到张籍的晚年，健在的朋友有王建、白居易、元稹、刘禹锡、贾岛、姚合、杨巨源，公卿名士裴度、令狐楚，后学朱庆余、项斯等。他们与张籍唱和、联句、互赠礼物、同行游玩，唱响动人的友谊之歌。

大和二年（828）夏天，张籍、白居易与裴度、刘禹锡、行式五人，多次在裴度西池联句，成《首夏犹清和联句》《蔷薇花联句》《西池落泉联句》。次年（829）四月，白居易以太子宾客分司东都，张籍、刘禹锡等又于裴度兴化池亭联句送别。《蔷薇花联句》为张籍与刘禹锡、行式、裴度联句，通篇写蔷薇花：

> 似锦如霞色，连春接夏开 [禹锡]。
> 波红分影入，风好带香来 [裴度]。
> 得地依东阁，当阶奉上台 [行式]。
> 浅深皆有态，次第暗相催 [禹锡]。
> 满地愁英落，缘堤惜棹回 [裴度]。
> 芳浓濡雨露，明丽隔尘埃 [行式]。
> 似着胭脂染，如经巧妇裁 [居易]。
> 奈花无别计，只有酒残杯 [张籍]。

文宗大和二年（828），时张籍在长安，任国子司业。"似锦"句，写花色似锦之鲜，如霞之红。"波红"句，谓蔷薇花临近水边，微波泛出红影也。"有态"句，蔷薇之韵致也。"次第"句，花开之序也。"满地"句，写担心花落也。"芳浓"句，写带雨之态也。"似着"句，写花形之妍也。张籍所写的最后两句，是指奈何花落，借酒浇愁，表现出惜花之情，也是感叹时光匆匆。

蔷薇是常见的花。大多是一类藤状爬篱笆的小花，是原产于中国的落叶灌木，变异性强。茎刺较大且一般有钩，叶缘有齿，叶片平展但有柔毛。花常族生，生于枝条顶部，挤在一起，有白色、黄色等多种颜色，像一群天真的少女。1985 年《中国植物志》第三十七卷问世，更清楚地描述了蔷薇的形态，俞德浚教授将它定名为"野蔷薇"。

今人所培育出的蔷薇品种已花色繁多，有粉红色的粉团蔷薇，有重瓣的荷花蔷薇，数朵簇生的叫七姐妹，花色洁白的是白玉堂，甚至还有黑色的花，谓之黑美人。蔷薇花朵虽不及姊妹花月季、玫瑰硕大，花色却较二花繁多。明代顾磷曾歌咏曰："百丈蔷薇枝，缭绕成洞房。蜜叶翠帷重，浓花红锦张。张著玉局棋，遣此朱夏长。香云落衣袂，一月留余香。"

蔷薇是民间的花，妇孺皆知。《蔷薇》歌词直截内心：

不知谁昨夜没有睡
叫醒了那一朵红蔷薇
短短的就在这一夜之间
全然盛开
是如此灿烂 如此绝对
难道它也在想念着谁
莫非它也能体会我的眼泪
想起你 我还会心碎
鲜红的好像我心中那道旧伤口流的血

野蔷薇喜生于路旁、田边或丘陵地的灌木丛中，一片一片的，很壮观。有一年夏初，我到陈桥洲参观，整个一个蔷薇花的世界，有白色、黄色、浅红色、深桃红色，姹紫嫣红。蔷薇花语内容丰赡，各有所指，如红蔷薇表示热恋，黄蔷薇表示永恒的微笑，到我这个年龄，已经看不懂了。

有电影《野蔷薇》。农家女蔷薇美貌活泼，与邻居青年南义从小一起长大，两人感情甚笃，但双方父母并不支持。后蔷薇说通了父亲，又用实际行动打动了南母，两人的婚事终于得到长辈首肯。但正在准备成婚时，抗日战争爆发。蔷薇与南义家中均遭大变，不得不背井离乡。两人在逃亡途中不幸失散，南义不得已沦为小偷，而蔷薇则被歹人卖进妓院，但始终不肯接客。后两人偶然重逢，蔷薇将受到警察追捕的南义带回，南义质问她为何沦为妓女，蔷薇向其解释，两人又重新和好。蔷薇早已参军的哥哥振华也来到了上海，蔷薇与南义经历了这些磨难，决定与哥哥一起投身于抗战大业。

茅盾有短篇小说集《野蔷薇》。由于受到当时国民党反动派的通缉、迫害，1928年7月，茅盾离开上海到东京避难，在日本生活了两年。这期间，他在创作《幻灭》《动摇》的间隙创作了一些短篇小说，结集《野蔷薇》，1929年由大江书铺出版。《野蔷薇》包括《创造》《自杀》《一个女性》《诗与散文》《昙》5个短篇，另有一篇《写在野蔷薇的前面》作为序。这部小说集初步显示了作者的现实主义风格特色。

还有《金蔷薇》。这是苏联作家康·帕乌斯托夫斯基创作的散文集，首次出版于1955年。《金蔷薇》每篇分别以诗情画意的笔触阐发一个或若干个有关文学创作的问题，并无情节上的依存性和连续性。然而人们却不觉得此书结构松散，内容庞杂。这是因为有一条红线似磁石一般贯穿全书，将所有章节凝聚成一个严密的整体。这条红线便是本书书名《金蔷薇》所象征的作家对文学事业、对祖国、对人民、对大自然、对生活的爱和对美的锲而不舍的追求。作者认为真正的文学作品无不是以此为出发点的。这是一部我喜欢的书。上大学时，在图书馆里抄录很多，后来买了作品集来，时常翻阅，似回望像蔷薇一样鲜艳美丽、热情奔放的青年时代。

歌德在《少年维特之烦恼》中写道："青年男子谁个不善钟情？妙龄女人谁个不善怀春？这是我们人性中的至神至圣。"1200年前的张籍也曾是这样的吧。

2021年6月7日高考第一天

30. 石楠

石楠，别名红树叶、千年红、扇骨木，陕西安康一带称"巴山女儿红"。属木本植物，喜温暖湿润的气候，耐修剪，对烟尘和有毒气体有一定的抗性。富有观赏价值，亦可作药用。

思江南旧游

江皋三月时①，花发石楠枝②。归客应无数，春山自不知。
独行愁道远，回信畏家移③。杨柳东西渡，茫茫欲问谁？

校注：①皋，水边地曰皋。②《平泉草木记》："己未岁，得天台之海石楠，又得东阳之牡桂紫石楠。"③李怀民曰："畏字与近乡情更怯，怯字同令人悚感。"

读札：花发石楠枝

最近两天连着下雨，淅淅沥沥。上下班时，走在路上，但见桃花落英缤纷，柳花纷纷坠落，樱花朵朵摇曳，石楠红叶如洗。就想起张籍的诗《雨中寄元宗简》《酬韩祭酒雨中见寄》《同锦州胡郎中清明日对雨西亭宴》等诗，题目中都有"雨"字，好像千年未绝。又想到《思江南旧游》，里面有花。诗曰：

江皋三月时，花发石楠枝。

归客应无数，春山自不知。

独行愁道远，回信畏家移。

杨柳东西渡，茫茫欲问谁。

首联就有石楠，尾联又有杨柳，都是眼前景物，眉目如画。据徐礼节先生考证，此诗作于贞元十二年（796）三月，当时张籍漫游蓟北（今河北北部），抒写其对江南故地与亲人的思念之情以及羁旅之愁。徐先生加了两条注释，一谓题目中的"江南"，当指苏州一带；二谓首联中的"石楠"，蔷薇科植物，花美丽可供观赏。对此我觉得可以说说。

张籍祖籍苏州，在和州乌江县（今安徽和县乌江镇）出生并度过童年时期，青少年时代居苏州，18岁时北上蓟北求学，与后来因写宫词百首而名声大噪的诗人王建同窗十年。奇特的是，这两个人同年出生，同年去世，一直相互支持，终生保持友谊。张籍31岁时举家迁至和州历阳县（今安徽和县历阳镇），后来在这里为父母养老送终。他一生写过很多思念故乡的诗，有思念苏州的，有思念和州的，有些诗作能够看出所思之处，有些诗作则看不出来。——其实也无须强加分辨，在张籍心目中，苏州、和州都是他的故乡。

2004年，全国高考语文试卷以张籍《秋思》为阅读材料，并指出他的诗歌风格是"看似寻常最奇崛，成如容易却艰辛"。这是张籍逝世近1200年后，国内对张籍及其诗歌最有影响力的推介。此后研究者渐多，至今已有多部研究专著出版，若干论文发表。《秋思》诗曰：

洛阳城里见秋风，欲作家书意万重。

复恐匆匆说不尽，行人临发又开封。

诗的意思好懂：洛阳城里刮起了秋风，诗人心中思绪翻涌，想写封家书问候平安，又担心时间匆忙，有什么没有写到之处，在送信之人即将出发前，再次打开信封检查。有争议的是这首诗的写作时间，或曰张籍早年与王建同游洛阳时所写，或曰张籍晚年卜居长安时所作。还有一点，这封"家书"的地址该是哪里呢?

至于徐礼节先生对石楠的解释，出乎我的意料，但他又是对的。"花发石楠枝"里，第一个字就是"花"，紧接着一个动词"发"。

我所知道的石楠，又叫红叶石楠，或者用于绿篱，或者成片栽植，或者修成球形，都是装饰;春天发出红色叶片，初如雀舌，继如胭脂，腊质泛光，挺括有型，之后渐渐变绿，变成老绿。但我从没见过它们开花，也不知道它们属于蔷薇科。上网一查，原来石楠与红叶石楠并非一物，各有所指。

石楠枝条棱角分明，并且常常带刺。叶片互生，边缘多有锯齿，多为常绿植物，少为落叶植物。夏季开花，果实为小型梨果，颜色鲜红，数量很多。其果实是某些鸟类的食物。石楠属植物全世界约有60余种，我国约产40余种，皆产自秦岭以南各省区，自然地处江南的苏州也有。石楠花虽然气味不雅，但是药用价值很大，可用于头风头痛、腰膝无力、风湿筋骨疼痛，早在汉末成书的《名医别录》中就有记载。——张籍所写的石楠，大概就是这种吧。而红叶石楠，则是近些年从国外引进的新品，也的确给园林景观增色不少。

说来也巧，下午去学校上班，路过水上公园时，居然看到了两株石楠。有打着花包的，有刚刚开花的，皆是洁白如玉。每个枝头有无数花蕾，每朵花上都是五片花瓣，整体看来像绣球，像琼花。这是我平生初次所见，也算是春天的美丽邂逅。正所谓踏破铁鞋无觅处，得来全不费功夫。只是因为下雨，未闻其味;至于是否结出红果，那要等到下回分解了。但是看到它们，犹如见到张籍化身，仿佛他的魂灵已经回到故乡的土地。

关于石楠，我还想补充一点。1983年，即我大学毕业那年，《画魂——张玉良传》出版，一时洛阳纸贵。此书作者名曰石楠，是安徽省著名女作家。她有段名言，这些年来，早已成为我的座右铭：

为什么人要到世界上来走一遭？人不是来享受的。来一次总得给这个世界留下一点东西。一个人，不管他所处的地位如何低下，环境如何不好，只要有理想并为之不断奋斗和努力，不放弃坚持，一定能得到他所要的东西，这就是人生的价值。这样才无愧于人生，没有白走一趟。

2020年3月26日海子祭日，全天大雨

补记：

写完本文，心里总觉得不够踏实，每次出门都要观察石楠。我发现，我们小区也有石楠，枝头开出点星星点点白花。到城南钓鱼，见路旁两三米高的红叶石楠也开花，花比米粒还小。至于在水上公园看到的两株白花如伞的树，据说不是石楠，而是琼花。我把花形与网上图片反复比对，感觉也是琼花。

2020年4月4日清明节，天气晴好无雨

31. 棠

海棠有两种，一是草本，一是木本。这里说的是木本海棠。它是蔷薇科的灌木或小乔木，为中国著名观赏树种，各地习见栽培。西府海棠、垂丝海棠、贴梗海棠和木瓜海棠，习称"海棠四品"。

诗选：襄国别友①

晓色荒城下②，相看秋草时③。独游无定计，不欲道来期④。
别处去家远，愁中驱马迟⑤。归人渡烟水，遥映野棠枝⑥。

校注：①襄国，县名，其地在今河北邢台县。春秋时为邢地。战国时为赵邑，赵歇为赵王时曾建都于此。秦置信都县，项羽改为襄国。隋初改龙冈县，为邢州治所。宋改为邢台县，地名沿用至今。②按：晓色、荒城，此别友时地。③按：此别友季节。④李怀民曰："真情只在眼前，而含蕴甚深。"⑤按：此别后落寞之感。⑥李怀民曰："情以景出，于此最妙。"

读札：遥映野棠枝

贞元八年（792），张籍学成。10年间，学习儒家经典、诗赋策论，兼以考察、入幕，胸怀抱负，踌躇满志。

贞元九年（793），28岁的张籍与王建、元结等人告别，离开河北，径赴长安，求人举荐，但是未能如愿。

临行作《襄国别友》。同学 10 年，当年是十七八岁的小伙子，现在已是二十七八。按照唐朝的法律和风俗，早到了成家立业的年龄。但是他们又是有抱负的人，书生意气，常怀天下，且将这些暂时放下。

于是"未还家"即"马蹄尽四方"。这个"尽"字，包括北方与南方。其南下足迹遍布南中国，最远到达中越边境，游历时间长达 4 年之久。长安是当时的国际大都市，但是一个无名小辈想求得一席之地也不容易。5 年前，贞元三年（787），16 岁的江南少年白居易来到京都长安，带着诗稿去拜会名士顾况。当顾况看到诗稿上"白居易"的名字，借"居易"之名打趣说："米价方贵，居亦弗易。"用今天话说就是："长安米价正贵，居住不容易啊！"不过那时，张籍与小他 6 岁的白居易还不认识。

"野棠"这种植物，徐礼节先生注为"棠梨"，俗称"野梨"。别名鹿梨、鸟梨、酱梨等。属蔷薇科梨属落叶乔木，原产于我国华东、华南各地至越南，有若干变种。常野生于温暖潮湿的山坡、沼地、杂木林中，可用作嫁接西洋梨等的砧木。根、叶有药用价值，可润肺止咳、清热解毒、治疗急性眼结膜炎；果实可健胃、止痢。

我一直以为"野棠"就是海棠，海棠又较常见，这里将错就错。

海棠有木本、草本之分。我原先知道的是草本，养在花盆里的，又叫四季海棠。四季海棠株姿秀美，叶色油绿光洁，花朵玲珑娇艳，为大众所喜闻乐见。四季海棠均作室内盆栽，温室及普遍房间均可生长。因其开花时美丽娇嫩，适于庭廊、案几、阳台、会议室台桌等处摆设点缀。

我调到二中上班以后，在老办公楼门前见到一株树，春天一树红花，蜂飞蝶舞，问了别人才知道，也叫海棠。就是"一树梨花压海棠"诗中的海棠，就是小说《洛丽塔》中的少女洛丽塔。这种海棠历史悠久，如李清照《如梦令》词：

> 昨夜雨疏风骤，浓睡不消残酒。
> 试问卷帘人，却道海棠依旧。
> 知否？知否？应是绿肥红瘦。

这首小令，有人物，有场景，还有对白，充分显示了宋词的语言表现力和词人的才华。小令借宿酒醒后询问花事的描写，曲折委婉地表达了词人的惜花伤春之情，更惜自己那逝去的青春年华，语言清新，词意隽永，令人玩味不已。

海棠品种繁多。海棠树姿优美，春花烂漫，入秋后金果满树，芳香袭人。宜孤植于庭院前后，对植于天门厅入口处，丛植于草坪角隅，或与其他花木相配植。也可矮化盆栽。常与玉兰、牡丹、桂花相配植，形成"玉棠富贵"的意境。花含蜜汁，是很好的蜜源植物。海棠果实可供食用、药用。

苏东坡为之倾倒，有名句"只恐夜深花睡去，故烧高烛照红妆"，因此海棠有雅号"解语花"。历史上以海棠为题材的名画也不胜枚举，譬如宋代佚名《海棠蛱蝶图》、现代张大千晚年画的《海棠春睡图》，等等。得胜河边多植垂丝海棠。花未开时，花蕾红艳，似胭脂点点，开后则渐变粉红，有如晓天明霞。人在花下，香风阵阵，不时有花瓣随风飘落，有如花雨，妙不可言。我特别比较过它与梅花的不同。梅花枝条斜伸，海棠枝条盘屈；梅花开花较早，海棠稍稍落后；梅花果实少而大如桃核，海棠果实多而圆如珍珠。

根据赵云双《唐宋海棠题材文学研究》一文的研究结论，唐代海棠题材文学的发展较为缓慢，歌咏海棠的诗作较少，原因是"海棠花这种物种出现较晚，在中唐以后才出现"，"海棠花的栽培范围小，主要以蜀地为中心"。故此唐诗中写到的海棠，往往是在蜀地的。如李频《蜀中逢友人》说："积迭山藏蜀，潺湲水绕巴。他年复何处，共说海棠花。"

晚唐诗人郑谷是描写蜀中海棠最多的唐代诗人，共有四首诗写及。他的《蜀中赏海棠》写"浓澹芳春满蜀乡，半随风雨断莺肠。浣花溪上堪惆怅，子美无心为发扬"，表露了郑谷对诗圣杜甫不作海棠诗的不解。他的另一首海棠诗题为《擢第后入蜀经罗村，路见海棠盛开偶有题咏》，说明郑谷是在通过蜀道时在路边看到的海棠。

2021 年 6 月 9 日

32. 玉蕊花

失传的植物。或曰琼花。唐代刘禹锡《和严给事闻唐昌观玉蕊花下有游仙二绝》之一："玉女来看玉蕊花，异香先引七香车。"

诗选：同严给事闻唐昌观玉蕊近有仙过，因成绝句二首①

其一

千枝花里玉尘飞，阿母宫中见亦稀②。
因共诸仙斗百草，独来偷折一枝归③。

校注：①吴胡考："严给事为严休复。"陶证："严给事，严休复。"②阿母宫，谓西王母宫中。③按：此谓女仙系专程下凡，采撷玉蕊花，裸与众仙斗草也。

其二

九色云中紫凤车①，寻仙来到洞仙家②。
飞轮回处无踪迹③，唯有斑斑满地花。

校注：①紫凤车，谓神仙车舆。②按：谓女仙至唐昌观。③按：谓女仙飙飞轮之车，其回处渺无踪迹。

149

读札：独来偷得一枝归

今天读到师兄谈正衡的散文《年年琼花》，他说眼下正是琼花绽放之时，我就自然地想起中唐诗人张籍的几首诗。

先看《唐昌观看花》。诗曰：

新红旧紫不相宜，看觉从前两月迟。
更向同来诗客道，明年到此莫过时。

这首诗作于唐宪宗李纯元和元年（806）以后，张籍在长安为官。所看的花当是玉蕊花。

唐昌观在长安安业坊南。以唐玄宗女唐昌公主而得名。观中有玉蕊花，传为公主手植，因而闻名京师，文人多有观赏吟咏。

再看《同严给事闻唐昌观玉蕊近有仙过，因成绝句二首》。

这两首诗作于唐文宗李昂大和二年（828）三月，也是写玉蕊花，张籍时任国子司业。

关于这两首诗的写作背景，唐代的康骈在《剧谈录》里记载：

上都安业坊唐昌观，旧有玉蕊花，甚繁。每发，若瑶林琼树。大和中，春物方盛，车马寻玩者相继。忽一日，有女子年可十七八，衣绣绿衣，乘马，峨髻双鬟，无簪珥之饰，容色婉约，迥出于众。从以二女冠、三女仆，仆者皆丱头黄衫，端丽无比。既下马，以白角扇障面，直造花所，异香芬馥，闻于数十步之外。观者以为出自宫掖，莫敢逼而视之。伫立良久，令小仆取花数枝而出。将乘马回，谓黄冠者曰："曩者玉峰之约，自此可以行矣。"时观者如堵，咸觉烟霏鹤唳，景物辉焕。举辔百余步，有轻风拥尘，随之而去。须臾尘灭，望之已在半空天，方悟神仙之游。余香不散者经月余日。时严给事休复、元相国、刘宾客、白醉吟，俱有《闻玉蕊院真人降》诗。

这段文字描写仙女下凡，引起轰动，万人空巷，作诗者众。严休复作《唐昌观玉蕊花折有仙人游怅然成二绝》，王建、杨巨源、元稹、刘禹锡、张籍等人纷纷唱和。张籍和诗附会当时传言，想象仙女因"斗百草""寻仙"而来唐昌观采玉蕊花。诗中玉尘即玉屑，喻花瓣；阿母，谓神话中女仙人西王母。

那么这传诵千年的玉蕊花到底是什么样子的呢？宋人周必大《玉蕊辨证》曰：

唐人甚重玉蕊，唐昌观有之，集贤院有之，翰林院亦有之。

予往因亲旧，自镇江招隐来，远致一本，条蔓如荼蘼，种之轩楹。冬凋春茂，拓叶紫茎，再岁始著花，久当成树。

花苞甚微，经日渐大，暮春方开。八出，须如冰丝金粟，花心复有碧筒，状类胆瓶。其中别抽一英出众须上，散为十余蕊，犹刻玉然。花名玉蕊，乃在于此，群芳所未有也。

读者或许会问，你读到《年年琼花》的散文，为何想起张籍的诗呢？

或曰：此玉蕊花，即今天的琼花。

宋熙宁（1068—1077）年间，刘敞作《移琼花》诗，诗注为："自淮南迁东平，移后土庙琼花植于灈缨亭，此花天下独一株尔，永叔（即欧阳修）为扬州知府，筑无双亭以赏之，彼土人别号八仙花，或云李卫公所赋玉蕊花即此是。"他以为琼花又名八仙花，即李德裕（唐代官员）所指的玉蕊花。

几年前的烟花三月，我去过扬州瘦西湖，第一次见到琼花。树树皆白，连接成片，如天上飘着的白云，如水中云的倒影，更兼芍药、郁金香齐放，分明一个花的世界。后来听说，隋炀帝杨广下令开挖大运河就是为了下扬州看琼花。扬州当地有所谓"维扬一枝花，四海无同类"之说，扬州市民还把它评为市花。

但我觉得有些牵强。因为我们现在看到的琼花，与《玉蕊辨证》介绍的玉蕊花并不相同。

我还想起从前看过的舞剧《红色娘子军》，故事发生在海南岛，女主角是贫农女儿吴琼花。一查资料，海南并无琼花，但有"玉蕊花"！据说它生长在火山岩地带，属于淡水红树林植物。花期在每年五六月份，夜间开花。盛开之时，像一串串葡萄一样，从树梢往下垂直生长。它有着流苏一般的淡粉色的花蕊，花团锦簇又富丽堂皇。这与扬州琼花不同，与唐朝长安的玉蕊花也不同，感觉倒像紫藤萝。

植物学家吴征镒认为，所谓玉蕊花，即指白檀，山矾属。或曰：玉蕊是俗名，其学名就叫西番莲，一种草质藤本花卉。而南宋词人葛立方早就在《韵语阳秋》中指出："玉蕊即玉蕊，非山矾，亦非琼花。"反正谁也说服不了谁。

有资料说玉蕊花早已失传，一切解释都是猜测。——这倒有可能。千年以来，消失的花木应该会有很多。从这个意义上说，张籍给我们提供了一个猜谜的机会。

2020 年 4 月 2 日晴天

附记：

时至谷雨，大家都在引用"开到荼蘼花事了"这句诗，谓之春尽。此句出自宋代诗人王淇的《春暮游小园》："一丛梅粉褪残妆，涂抹新红上海棠。开到荼蘼花事了，*丝丝天棘出莓墙*。"从此"荼蘼"风靡，占尽风流。

然而荼蘼是什么样子呢？众说纷纭，莫衷一是。多数人认为它属蔷薇科植物，《中国植物志》认为它可能是香水月季。又有人提出，荼蘼是由木香花与金樱子杂交而成，出现于唐宋之交，现已无存。这与玉蕊花情况相似。事实上，物种消亡是正常现象，古代许多植物如今都已成为记忆。

荼蘼花开，春去夏来，可是并非花尽，芍药、木槿、石榴、栀子、荷花、紫薇等将会次第开放，它们同样绚烂无比。

2020 年 4 月 19 日谷雨

木本植物·灌木/乔木

33. 柏

常绿乔木，高可达 20 米，直径可达 1 米。树皮平滑，灰褐色，枝条下垂。叶鳞片状，结球果，有"扁柏""侧柏""圆柏""罗汉柏"等多种。木质坚硬，纹理致密。可供建筑及制造器物之用。

诗选：哭胡十八遇①

早得声名年尚少，寻常志气出风尘②。
文场继续成三代③，家族辉华在一身④。
幼子见生才满月，选书知写未呈人⑤。
送君帐下衣裳白，数尺坟头柏树新。

校注：①罗谱系于穆宗长庆元年（821），时张籍在长安，任国子监博士。韩愈《胡珦神道碑》："其子遑、乃、巡、遇、述、迁、造与公婿广文博士张籍……请为公铭刻之墓碑于潮州刺史韩愈。"卒于元和十三年，碑十四年作。据碑，遇祖宰臣、父均进士及第，遇当亦进士及第，故诗云："文场继续成三代。"②寻常，素常也。风尘，喻尘世。按：诗谓"出风尘"，见其卓尔不群也。③意谓胡遇和其父、祖三代皆在科举中入选。④以上言胡遇才华。⑤选书，诠选书状。未呈人，谓遇未及上呈有司，即已溘逝。二句言胡遇之境。

读札：数尺坟头柏树新

张籍写到柏树，以及松树，多于坟地、墓地有关。以如今的情形看，坟地、墓地、安息堂、纪念堂确实松柏也多。所以柏树又称墓柏。

《哭胡十八遇》约作于长庆元年（821），时张籍在国子博士任。诗写内弟胡遇才志出众，科第光宗，却英年早逝。783年张籍北上河北，于"鹊山漳水"求学，所交朋友中有胡家兄弟，他们后来成为张籍内兄内弟。张籍《登楼寄胡家兄弟》云："独上西楼尽日闲，林烟演漾鸟蛮蛮。谢家兄弟重城里，不得同看雨后山。"陶敏《全唐诗人名考证》云："胡家兄弟，谓胡遇兄弟。"当时胡遇才几岁，自然玩不起来，但是后来，在胡家诸兄弟中接触最多。张籍成为胡珦东床之后，与胡家兄弟交往最密切的当是胡遇，二人的密切交往也当始于此时。元和初年，胡遇已二十几岁，正值涉足文坛、备迎举业之时，作为姻亲，张籍必然与其有诗文上的往来和切磋。张籍《哭胡十八遇》云："文场继续成三代，家族辉华在一身"，知七个内兄弟中，后来只有胡遇进士及第，以此推测，张籍与他会有更多的共同语言，因而交往也会更密切。"送君帐下衣裳白，数尺坟头柏树新"，穿白送葬，坟前植柏，是个纪念。

《拜丰陵》诗写拜祭丰陵的过程与主要活动。丰陵为顺宗皇帝陵寝。元和元年（806）顺宗死，新皇帝每岁春日，朝拜先帝墓园陵寝，官员们也排班祭拜。中间四句：

身逐陵官齐再拜，手持木铎叩三声。
寒更报点来山殿，晓炬分行照柏城。

木铎使我想起《诗经》里的采诗官，颇有古意。电视剧《芈月传》里，有个君王死了，出殡时其子以哭丧棒敲地三次，高喝三声，或许都是让鬼神让道之意。柏城就是陵墓，古代帝王死后，陵寝周围筑墙，环植柏树。

《弱柏院僧影堂》是题弱柏院寺庙：

弱柏倒垂如线蔓，檐头不见有枝柯。
影堂香火长相续，应得人来礼拜多。

弱柏是柏树一种，影堂指供奉神像的地方。张籍早年不信佛教，还建议韩愈写书抨击佛教，韩愈后来写《谏迎佛表》或许有他影响。但是早年他曾到寺庙求学（寺庙里有藏书，有高人，环境优雅，免费吃住，是读书的好地方），后来也到寺庙游玩过（唐代寺庙有俗讲、百戏，类似于现在的剧场），晚年因受疾病与贫困所累，也曾虔心向佛，有些佛家朋友。这首诗写的就是这个。

《樵客吟》写采樵者砍柴、运柴事。最后几句写道：

采樵客，莫采松与柏，
松柏生枝直且坚，
与君作屋成家宅。

有两种解释，一是认为托物为喻，寄寓讽意，如同现代人说"留着给你打棺材"，是咒骂之辞；二是认为松柏材质优良，可为栋梁。我认可第二种观点。张籍等唐代诸多诗人都是有大理想的，希望自己能够成为济世救民的栋梁之材，希望统治者爱惜人才，任用人才。事实上，我们现在看到的松、柏并不都是植于墓地，也并不都是墓柏。

《北邙行》作于张籍早年与王籍游寓洛阳期间（约786），写北邙山的葬俗及诗人由此发出的感慨。

北邙山在洛阳城北，贵族之家，多葬于此。新坟旧坟层层叠叠，如鲁迅《药》中所写："西关外靠着城根的地面，本是一块官地；中间歪歪斜斜一条细路，是贪走便道的人，用鞋底造成的，但却成了自然的界限。路的左边，都埋着死刑和瘐毙的人，右边是穷人的丛冢。两面都已埋到层层叠叠，宛然阔人家里祝寿时候的馒头。"鲁迅把坟墓比作"祝寿时候的馒头"，让人印象深刻，形象至极，"祝寿""馒头"多么喜庆，但文字背后显得异常凄凉。

最后两句"人居朝市未解愁，请君暂向北邙游"，是说朝市之人，只知追求眼前富贵，而不知终归空虚。是本诗立意所在。我曾写散文《人一生要去的三个地方》，即医院、殡仪馆、墓地，之后知道追名逐利的空虚和无意义。此文发表时，题目被编辑改为《民间哲学家》。其实这个道理世人都懂，就是做不到，因为名利带给人的短暂刺激太多。此所谓知易行难。

不过，人不能因为人生短暂、无常而虚度时光，应该只争朝夕，努力奔跑，赋能有限的生命，做些有益众生的事。电影《无问东西》有几句台词我很喜欢："爱你所爱，行你所行，听从你心，无问西东。"

最后思考一下以松柏植于墓地的原因，大致有以下几条。

一是植柏之处为阴曹地府所在地。《汉书·东方朔传》载："柏者，鬼之廷也。"颜师古注："言鬼神尚幽暗，故以松柏之树为廷府。"《孔雀东南飞》中的男女主人公死后，"两家求合葬，合葬华山傍，东西种松柏，左右种梧桐"。

二是柏树名称源自"贝"，"柏"字与"贝"字读音相近，"柏树"就是"贝树"，表示树冠像贝壳的一类树。由于柏树像贝壳，在远古时期，柏树也有一定的生殖崇拜意义，中国人在墓地种植柏树，有象征永生或转生、新生的含义。

三是松柏是长绿植物，象征万古长青，精神不死。松柏寿命极长，也代表了死者子孙绵延的好兆头。松柏也好管理，耐旱且耐寒，不怕蚊虫鼠蚁侵扰。和整个环境配套，显得肃穆庄严，幽静典雅。天坛、晋祠、孔府都有。

四是相传古代有一种恶兽，名叫魍魉，性喜盗食尸体，每到夜间，就出来挖掘坟墓取食尸体。此兽灵活，行迹神速，神出鬼没，令人防不胜防，但其性畏虎怕柏，所以古人为避这种恶兽，常在墓地立石虎、植柏树。

五是俗语说"坟前栽松柏，孝子到白头"，意思是，后辈人会一直对前辈尽孝道，会长期来给前辈上坟，就像松柏一样坚定；尽了孝道以后，就会获得福报，就可以长寿，白头的意思就是长寿。

六是人们为了便于找到自己亲人的坟墓而在其旁边种上树木，一待长大，数里之外便可看到自己要祭扫的地方。《金瓶梅词话》第四十八回《弄私情戏赠一枝桃，走捷径探归七件事》写西门庆"自从生了官哥，并做了千户，还没往坟上祭祖。教阴阳徐先生看了，重新立了一座坟门，砌的明堂神路，门首栽桃柳，周围种松柏，两边叠成坡峰"。清明节那天，西门庆一行浩浩荡荡"出南门，到五里外祖坟上，远远望见青松郁郁，翠柏森森"。

2021 年 3 月 12 日

补记：

我家祖坟原在宁和公路边上，我在母亲坟前栽过两棵柏树，父亲死后火化，也葬在祖坟里。后来整个行政村卖给明发集团开发，坟不在了，柏树自然也没了，捡了骨殖，装入骨灰盒，一起送安息堂了。我在那里还看到中小学时代的同学，她已死去很多年。

160

史铁生散文《玩具》是回忆母亲之作。当中说到记忆问题，有客观的存在，有感情的存在。这两种存在，那种更长久呢？史铁生认为是后者，我也认同。坟不在了，柏不在了，但是思念永远在。

2021 年 3 月 13 日

34. 贝叶

贝叶是棕榈科植物贝叶棕，古书上记载为贝多树，生长于热带亚热带地区。段成式《酉阳杂俎》记载说："贝多树出摩伽陀国，长六七丈，经冬不凋。此树有三种，……西域经书，用此三种皮叶。"古代印度人用以写经。亦借指佛经。

诗选：山中赠日南僧①

独向双峰老②，松门闭两崖。翻经依贝叶③，挂衲落藤花④。
甃石新开井⑤，穿林自种茶。时逢海南客⑥，蛮语问谁家⑦。

校注：①日南，唐欢州，治所在九德县，今属越南义安河荣县。②《旧唐书》："弘忍与道信，并往蕲州双峰山东山寺。"杜甫诗："身许双峰寺，门求七祖禅。"贾岛诗："一念双峰四祖心。"③依贝叶，有版本作"上蕉叶"。④翻经、挂衲，简写日南僧之修行与生活；依贝叶、落藤花，暗示精舍地境之高。⑤甃，井壁。甃石，以砖垒井，修井之环壁也。⑥海南客，岭南人也。⑦蛮语，谓岭南地区土语。

札记：翻经依贝叶

张籍写过很多酬唱诗，总量约占其所有作品的三分之一。他走上仕途后，基本都在长安，又有很高的名声，所以接触的人就多，迎来送往的作品也就较多。因为身体一直不好，医治似也没有什么效果，收入一般，甚至有时没钱就医买药，于是阅读佛经，交结僧侣，以求获得精神慰藉，兼以唐代寺庙功能很多，可谓求学之处、会友之处、俗讲之处、百戏之处，自然与和尚交往的诗占比较多。《山中赠日南僧》就是其中之一。

这首诗描述了日南僧的日常生活。独居蕲州双峰山某寺，翻阅贝叶经书，僧袍上落下藤花，——这应该是阳春时节吧。现在正是紫藤绽放的季节。自开新井，闲时种茶。估计这次是到长安来，遇到岭南人，便用方言问起故乡人事。日南，即唐欢州，治所在九德县，今属越南义安河荣县。和县有鸡笼山，我认识住持定昌师父，他的言行举止与俗人多有相通。

西安大慈恩寺中，有"国宝"贝叶经。这是玄奘大师从印度带回来的。玄奘《谢敕赉经序启》："遂使给园精舍，并入提封；贝叶灵文，咸归册府。"在玄奘大师前往印度之前，古印度人尚未掌握造纸术，他们只能将文字刻在经过特殊加工处理的贝多罗树叶上。当时的佛教经典，无一例外地全被刻写在贝多罗树叶上得以保存和传诵，因此称为贝叶经。

贝叶棕是原产热带的棕榈科植物，被尊为重要的佛树，贝叶棕很像棕榈树，但比棕榈树要大得多。叶片长达2米多，光滑而坚韧。佛教信徒采集贝叶，按一定的规格裁条，压平打捆，加酸角、柠檬入锅共煮，再洗净、晒干压平，用墨线弹成行，再用铁笔按行刻写。而后在写满字的贝叶上涂一次墨，用布抹擦，让墨水汁残留在刻痕内，形成清晰字迹，再装订成册保存。用贝叶刻写的贝叶经书，具有防潮、防蛀、防腐等特点，可保存百年而不烂。后来，佛经也称为贝叶经，材质未必就是贝叶了。

关于贝叶的名称，有个传说。一位妈妈生了个漂亮的女儿，她叫着"宝贝""贝贝"地哄着女儿，这时窗外飘落了一片树叶，于是她给女儿起了个名字，叫作贝叶。女儿后来慢慢长大了，长得很漂亮。有一天，村外来了一条恶龙，恶龙要吃人，好像村里人和恶龙达成了协议，每年每家出一个人来祭给恶龙。贝叶为了村子里的人，最终嫁给了恶龙，并且让恶龙不再吃人。恶龙听了贝叶的话，果真不再吃人。

这个开头，很像阿拉伯民间故事集《一千零一夜》。萨桑国国王山鲁亚尔生性残暴嫉妒，因王后行为不端，将其杀死，此后每日娶一少女，翌日晨即杀掉，以示报复。宰相的女儿山鲁佐德为拯救无辜的女子，自愿嫁给国王，用讲述故事的方法吸引国王，每夜讲到最精彩处，天刚好亮了，使国王爱不忍杀，允她下一夜继续讲。

贝叶和恶龙生了一对儿女，可是有一天，恶龙又开始吃人了，还告诉年幼的儿女说你们长大也要吃。贝叶很伤心，她趁恶龙睡着的时候，用簪子把恶龙身上的第七片鳞片撬开了，那是恶龙的死穴。最后恶龙被贝叶杀死。忽然两条小龙张牙舞爪地扑来，贝叶慌乱之中斩下了龙头，小龙变成了两个没有头的小娃娃，在肚脐眼里喊着妈妈；贝叶斩了一个鱼头一个虾头，给儿女安上，他们就从鱼嘴和虾嘴里喊妈妈。后来贝叶驾着船，带着长着鱼头和虾头的儿女，想回到村子里，人们一边喊着妖怪一边逃跑，贝叶叹息着说：我不能再回来了……

山鲁佐德的故事一直讲了一千零一夜，国王终于被感动，与她白首偕老。因其内容丰富，规模宏大，故被高尔基誉为世界民间文学史上"最壮丽的一座纪念碑"。而贝叶这个故事的结尾却令人伤感。

那么古印度人为什么用贝叶棕的叶片而不用别的树叶刻写文字呢？传说很久以前，有一个傣族小伙子为了寻找光明，辞别了他的未婚妻到远方，他们每天都要给对方写一封信，把字刻写在芭蕉叶上，并由一只鹦鹉为他们传递。随着小伙子的走远，芭蕉信尚未到达便枯萎了，字迹便不清楚了。有一天，小伙子在森林中见到一种棕榈的叶片，由于昆虫啃食叶肉而在叶片上留下清晰的纹路。受到启发，他把文字刻在那种棕榈的叶片上，虽经多天的传递，字迹也完好如初。这样，傣族先民们便发明了用贝叶棕的叶片刻写文字的方法，贝叶也就象征着"光明"与"爱情"。

唐代乃至现在，那些读佛经的人是否明白贝叶经的传说与意义呢?

2021 年 3 月 16 日

35. 刺桐

刺桐，别称山芙蓉、空桐树等。荚果呈念珠状，种子红色。树身高大挺拔，枝叶茂盛，每年花期时，花色鲜红，花形如辣椒，花序硕长，每一只花序就好似一串熟透了的火红的辣椒。

诗选：送汀州元使君①

曾成赵北归朝计②，因拜王门最好官③。
为郡暂辞双凤阙④，全家远过九龙滩⑤。
山乡只有输蕉户，水镇应多养鸭栏⑥。
地僻寻常来客少，刺桐花发共谁看⑦？

校注：①汀州，是座古城，位于福建长汀。陶证："源使君疑为源寂。"②赵北，指唐赵州之北。句谓源寂曾于宪宗时，策使河北三叛镇（魏博、成德、卢龙三镇），归顺朝廷。③按：据白居易《源寂可安王府长史制》，知源寂曾任安王府长史。④辞凤阙，谓其离帝都长安也。⑤九龙滩，《名胜志》："九龙潭，即龙溪之滩也。滩有九，长龙为最险。"其在福建清流县东南45千米，为全闽著名第一大滩。⑥二句言汀州风土。⑦《尔雅翼》："刺桐出泉州，花先叶后，则五谷熟。"以上言送意。

读札：刺桐花发共谁看

近日读到文友江媛的小诗《花朵的光》：

林子里有光
是花点燃的
它们一片片，一朵朵
令我忘记了时间的流逝
风吹着花香四处旅行
扑进每一个人的肺腑
这春的人间
我走过
我爱
我离去

我感觉用这首诗形容刺桐花很合适。

刺桐是高大的树，可以长到 20 米高，很像一个巨人；枝叶茂盛，每年 3 月开花——大约就是现在吧，花色鲜红，形如辣椒，果实亦红，如念珠状：像一个生命力很强的人；喜欢高温、强光，又像一个热情似火的人。如果树木也有气质，它一定属多血质；如果它伸着枝柯与你握手，它的手一定是温热的。

原产热带亚洲，我国福建、广东、海南、台湾、江苏等地均有栽培。张籍《送汀州元使君》里，汀州是座古城，位于福建长汀，如今是国家历史文化名城，地处武夷山脉南麓，南与广东省近邻，西与江西接壤，为闽粤赣三省的古道枢纽和边陲要冲，被称作"福建西大门"。元使君曾任汀州刺史，诗中"山乡只有输蕉户""刺桐花发共谁看"两句，皆可佐证。

据《临汀志》记载，"唐开元二十四年（736），始开福、抚二州山洞置汀州。"唐大历十二年（777），由于龙岩县与汀州没有水路相通，而北溪与漳州却有"从郡往来所便"，于是龙岩县改隶漳州。从此闽西便由汀、漳二州分治。柳宗元《登柳州城楼寄漳汀封连四州》，同时寄赠当年参与永贞革新，而今被贬于边荒之地的漳州刺史韩泰、汀州刺史韩晔、封州刺史陈谏、连州刺史刘禹锡，诗里即提及汀州、漳州。

《汀州府志》记载，樊晃为第一任刺史，陈剑、元自虚次之。樊晃，是位诗人。玄宗天宝年间，为汀州刺史。元自虚，就是张籍的朋友，原为京官，元和年间贬职汀州任刺史。元自虚赴任时，时任水部员外郎的张籍为之饯别并赋诗《送汀州元使君》。

九龙滩，系福建闽江支流燕江的河滩名，在清流境内，为溪水最险处，《临汀志》称"纲船过者，必遵陆空舟而行"。自北来汀的官员，一般由闽北入闽至延平（今南平），然后经由沙县坐船，溯沙溪和燕江，过九龙滩，到今清流县上岸，再陆行转赴汀州。无论是唐诗人樊晃，还是唐朝著名诗人张籍的朋友元自虚，他们的到任都使蛮荒之地、建置未久的汀州步入煌煌唐诗之列，这是汀州之幸事。

这位元使君，可能就是源寂，字自虚。白居易《源寂可安王府长史制》："敕：义成军节度使判官、检校兵部员外郎源寂，早膺慰荐，累有才谋。谋画有终，恭勤无怠……俾从宾佐，入补王官。"诗云"曾成赵北归朝计，因拜王门最好官"似即指此。《福建通志》职官一，汀州刺史："元自虚，元和间任，见《闽书》自虚刺汀，张籍有诗送之。"当即谓此诗。源寂曾于宪宗时，策使河北三叛镇（魏博、成德、卢龙三镇），归顺朝廷。曾任安王府长史。后离长安至汀州。接着诗人想象汀州风土物产，如蕉与刺桐，为之送行，情谊深厚，如花美丽。

刺桐又称海桐、空桐树、山芙蓉、木本象牙红。海桐在我们滨河大道就有，被修成球形，结黄豆大的果实，初为青绿，后为红色，只是并不高大。空桐树名我不知道。山芙蓉又称千面美人、妖精花，是灌木或小乔木，花期是夏秋季节。木本象牙红是大灌木或小乔木，花期为秋冬两季，在未开放时为白色，绽放后逐渐变成粉红或紫红色。看来是同名异类，或因花皆夺目，光彩照人，故昵称之。

长汀今存巍峨耸立的唐代城楼三元阁（三元阁原是唐代古城门，始建于大历年间，为汀州刺史陈剑迁州筑城时的南大门，原名鄞江门。明洪武四年，汀州卫指挥王圭改名为广储门，弘治十二年，汀州卫指挥建广储门楼。明崇祯年间加以扩修，始名三元阁。三元者，状元、会元、解元）、唐代大历四年（769）修建的古城墙、独特罕见的唐宋"双阴塔"，还有革命遗址福建省苏维埃政府旧址、中央红军医院旧址等。如有机会，可以去游玩，发思古之幽情，念革命之伟业。

2021 年 3 月 27 日

169

36. 枫

枫树，落叶乔木，春季开花，多为颗粒状，黄褐、红色。叶子掌状三裂，边缘有锯齿，秋季变成红色。枫树的木材用于建筑材料、器材材料、乐器材料、雕塑材料等，也可以作为观赏树木种植。

诗选：送闲师归江南①

遍住江南寺，随缘到上京②。多生修律业③，外学得诗名④。
讲殿偏追入，斋家别请行⑤。青枫乡路远，几日尽归程。

校注：①陶证："闲师，高闲。"高闲能书。②上京，谓长安。③多生，多世也。律业，律学也。④按：此谓闲师内修律学，外有诗名。⑤斋家，即施主也。按：二句谓闲师讲殿，时有追随者；此番江南之行，亦是施主延请也。

读札：青枫乡路远

枫是我们神交已久的文友。杜牧的《山行》，与李白的《静夜思》、孟浩然的《春晓》、李绅的《悯农》、王维的《相思》、韩愈的《早春呈水部张十八员外》等诗，就像拴在路旁树木上的红色茅草，把些少年引入神圣的唐诗殿堂。

远上寒山石径斜，白云生处有人家。

停车坐爱枫林晚，霜叶红于二月花。

虽然那时没见过枫林，但我时常浮想它的美丽，静若胭脂，动如云霞。晨昏时分，烟雾或浮或游，从树木深处，可能会走出一位少女，眉清目秀，袅袅婷婷，猫步无声，似笑似愁。那种专为枫林驻足的兴致，很像苏东坡《记承天寺夜游》中的那种闲适，也令人神往。

后来读到王实甫的《西厢记·长亭送别》中名句：

碧云天，黄花地，西风紧。北雁南飞。

晓来谁染霜林醉？总是离人泪。

作者借用萧瑟之景书写别情的凄苦，"晓来谁染霜林醉，总是离人泪"两句写出枫叶之红，挂着露水，湿漉漉的，那片片枫叶，便成了多情善感、叫人怜惜的小姐。我甚至可以想到她轻盈的步履，轻柔的声音，翘起的嘴角与丹凤眼，如春柳一样飞舞的长发。

读大学时，读到张若虚的《春江花月夜》，又有几句，又是忧愁：

白云一片去悠悠，青枫浦上不胜愁。

谁家今夜扁舟子？何处相思明月楼？

那枫虽是青色，却也写满愁怨。水驿为何栽满枫树，且以枫树命名？原来那是一处伤心之地，而枫树似为愁怨化育而成，简直就是游子或者思妇的化身。

现在读到张籍的诗，也是如此。

张籍有三首诗写到枫。

一是《送闲师归江南》：

青枫乡路远，几日尽归程。

诗写在元和、长庆年间。闲师指高闲师父，本乌程（今湖州市乌程县）人，与张籍祖籍吴郡相邻，也算是老乡吧。他是极有名望的和尚，讲经弘法，追随者众。又是著名草书家，宣宗时曾被征召入宫，御前草圣，遂赐紫衣。但他老思归乡，遂有离别。从诗句看，送别的地方，枫叶青青，应该是春天或夏天吧。野芳发而幽香，佳木秀而繁阴，朋友却要分别，只能掐算行程，叮咛再叮咛；春夏多雨，虽无离恨，却也不舍，或许那些枫叶之上挂着雨珠，恰如离人眼泪。

二是《柳杨送客》：

青枫江畔白蘋洲，楚客伤离不待秋。
君见隋朝更何事？柳杨南渡水悠悠。

所谓青枫江畔，或许也是驿站。设酒作食，依依惜别。白蘋，水中浮草名。即马屎花。柳恽《江南曲》："汀洲采白蘋，日暖江南春。"这种水草多次漂入张籍诗歌的池塘，时间久了，仿佛成为原著居民。此诗当与上诗相似，春夏离别，所以有"不待秋"之叹。为何不能再多相处一些时间呢？三四两句暗用隋炀帝筑堤以利南游事，点明送别地点：隋堤柳。徐礼节先生谓之李益诗。此处存疑。李益（约750—830），字君虞，唐代诗人。

三是《宿都亭有怀》：

雷雨湘江起卧龙，武陵樵客蹑仙踪。

十年楚水枫林下，今夜初闻长乐钟。

此用陶潜《桃花源记》的典故。钟指乐器，使人想起姑苏城外寒山寺的钟声。这倒不是送别，写诗人羁旅思乡。看到枫林，睹物伤神。徐礼节先生谓之李益诗。此处存疑。如果真是李益诗作，恰好说明在唐代，枫树乃引人愁思之树。

这是什么缘故呢？

枫树，叶片较大，与人的手掌大小相近，叶柄细长，使得叶片极易摇曳，稍有轻风，枫叶便会摇曳不定，互相摩擦，发出"哗啦哗啦"的响声，给人以招风的印象。所以，枫树得名于风。"枫"字与"风"字读音相同，"枫树"就是"风树"，表示招风应风的一类树。"袅袅兮秋风，洞庭波兮木叶下"之木叶，是不是就是指枫叶呢。

唐代以降，枫林茂盛。现在是品种繁多，全世界约有200种，多作为观赏之用，也有其他用途。比如，在北美还用来建房子、做家具、提炼成化学用品（如醋酸、甲烷）或制成枫糖（枫糖是用糖枫的树汁蒸熬成的糖浆）。据说很多年前，这是加拿大印第安人过冬不可少的食物。早期的印第安人因为冬天没有办法耕作，只能打猎吃肉，缺乏维生素、矿物质等营养素，死了很多人；后来由于逐渐学会制作和食用枫糖浆，从中获得丰富的营养素，种族得以繁衍下来。

或许因为这些原因，加拿大境内多枫树，并获得"枫叶之国"美誉。长期以来，加拿大人民对枫叶有着深厚的感情，把枫树当作国树，把枫叶嵌入国徽。20世纪80年代初期，南京新街口那里，孙中山铜像一侧，竖起一座36层高的酒店，叫六朝春。最高层有个自动旋转餐厅，一个小时转一圈，四周是玻璃墙，墙边摆着沙发，三块钱点杯橘子汁，可以坐看城市全景。我表妹在那里当服务员，有天带我去看风景，并送我一枚别针，是小小的金色枫叶，说是加拿大游客送给她的。岁月不居，时节如流，六朝春酒店早已改制，表妹已经改行做会计了。

由于枫树的花都是绿色或淡绿色，除非认真观察，否则一般人对它的花都视而不见，但是枫树的果实，从淡绿转为粉红时，便与绿色的叶子区隔出来，很容易被误以为是花，尤其它们成熟之后，更为显眼。闽南人称枫树为"枫仔"，称枫树的裂果为"蝶仔花"。任何一种枫，只要结成果，就会成为有翅的两半裂果，乍看之下，像极了停在树上的蝴蝶。我们小区楼前有枫树，花、果确实如此。

现在也有人把青枫与红枫当作两个品种。谓青枫属枫树科植物，果实为有翅状物的翅果，叶片每年12月至来年3月陆续落叶，落叶前由绿经黄变红。红枫又名紫红叶鸡爪，是戚树科戚树属鸡爪戚的园艺变种。新枝紫红色，成熟枝暗红色。早春发芽时，嫩叶艳红，密生白色软毛，叶片舒展后渐脱落，叶色亦由艳丽转淡紫色甚至泛暗绿色。我家楼前就有两种，春天里，一种发绿叶子，到秋天会红；一种发红叶子，到秋天还是红色，只是显得更红，估计这是现在培育的新品种。但张籍等人恐怕看得没有这么细。

还有许多人将枫香树误认为枫树，那是因为它的叶子长得跟某些枫叶有点像，尤其有时候还会变暖色，但仔细看就会发现，枫香是互生的，它只是长得有一点像"枫"，而且又有"香"味，所以才被叫作"枫香"。其实枫香就是枫香，是"金缕梅科"的家族成员，枫香的果实，圆圆胖胖，很像被裸雕过的梅子。

这些分类太细，知识太多也累人，如果张籍转世，可能俱以枫树称之，还是会以此表达送别之意或者思乡之情。

2021 年 4 月 1 日

174

37. 桂（桂花）

桂花是中国木犀属众多树木的习称，质坚皮薄，叶长椭圆形面端尖，对生，经冬不凋。花生叶腑间，花冠合瓣四裂，形小，其园艺品种繁多，最具代表性的有金桂、银桂、丹桂、月桂等。桂花是中国传统名花。以桂花做原料制作的桂花茶是中国特产茶，为大众所喜爱。

诗选：楚宫行①

章华宫中九月时②，桂花半落红橘垂。

江头骑火照辇道③，君王夜从云梦归④。

霓旌凤盖到双阙，台上重重歌吹发⑤。

千门万户开相当，烛笼左右列成行。

下辇更衣入洞房，洞房侍女尽焚香⑥。

玉阶罗帏微有霜，齐言此夕乐未央。

玉酒湛湛盈华觞⑦，丝竹次第鸣中堂。

巴姬起舞向君王，回身垂手结明珰⑧。

愿君千年万年寿，朝出射麋夜饮酒。

校注：①宋代《乐府诗集》收入第九十五卷《新乐府辞六》之中。②章华宫，即《左传·昭公七年》载："楚子成章华之台。"③骑火，谓侍骑举火，扈从楚王夜行也。④云梦，楚王夜游之地也。⑤按：二句写仪仗歌吹之盛。⑥按：二句谓楚王入洞房中，侍姬焚香以迎之。⑦湛湛，澄澈之状。华觞，华丽之酒觞也。⑧古乐府大垂手、小垂手、独摇手，皆舞名也。明珰，巴姬所佩戴之耳饰也。

札记：桂花半落红橘垂

桂花是最常见的树种，在我的感觉中，全国各地都有，中秋前后，各个城市、各条道路、各个小区、各个村庄，都笼罩在浓郁的香气之中；与日本的樱花相比，与加拿大的枫树相比，桂花在颜色鲜艳，夺人眼目特点之外，香气馥郁，沁人心脾。关于桂花、桂花树的诗文、传说、美食、主题活动举不胜举。

据文字记载，中国桂花树栽培历史达2500年以上。春秋战国时期的《山海经·南山经》中提到的招摇之山多桂，《山海经·西山经》提到皋涂之山多桂木。《西京杂记》中记载，汉武帝初修上林苑，群臣皆献异树奇花，其中有桂十株。武帝破南越后，在上林苑中兴建扶荔宫，广植奇花异木，有桂百株。《南部烟花记》记载，陈后主（583—589）为爱妃张丽华造"桂宫"于庭院中，植桂花树，置药杵臼，驯养白兔，谓之月宫。

唐代文人引种桂花十分普遍，吟桂蔚然成风。柳宗元自湖南衡阳移桂花10余株栽植零陵。白居易曾为杭州、苏州刺史，他将杭州天竺寺的桂子带到苏州城中种植。唐相李德裕在20年间收集了大量花木，先后引种到洛阳郊外他的别墅所在地，此时园苑寺院种植桂花，已较普遍。桂花的神话传说不断出现，尤其是唐代小说中的吴刚伐桂的故事，更在中国民间广泛流传。

我在种菜的几年里，常以桂花做伴。菜园里有一株金桂，丹如朱砂，让人想起深情款款的美人；三株银桂，黄如丝帕，也似顾盼生情的女子：不同的是，前者自有一种端庄，后者像是在跳肚皮舞，恍然之间，几株树都在摇动。每次进院，我都会做一次深呼吸，让花香入鼻；每次结束，我都会跟它们挥手作别，相约再见。坐在长椅上，抬头桂花，低头菜蔬，我也是一株秋风中的植物。桂花烤干，变成了茶。茶色有别，香味或浓或清。

在我现在供职的学校里，有棵约 5 米高的桂花树，树上挂满或青或黑形似腰鼓的果实。我颇为奇怪，一查资料，原来所有的桂花树品种都会结果。花期 9—10 月上旬，果期翌年 3 月。待到 4—5 月份，桂花果实成熟，当果皮由绿色变为紫黑色时即可采收。果实为紫黑色核果，俗称桂子。桂花种子有后熟作用，至少要有半年的砂藏时间，采收后洒水堆沤，清除果肉，置阴凉处使种子自然风干，混砂贮藏，可秋播或春播。

我还就王维《鸟鸣涧》中"人闲桂花落"句写过文章。有人说这是早桂、四季桂，等等，春天落花，我不敢苟同。我觉得它应该是指叶落。因为桂花是常绿树，但它总要落叶、长叶、新陈代谢，什么时候落叶呢，就是春天。张籍《楚宫行》说"章华宫中九月时，桂花半落红橘垂"，落下的才是桂花。

《楚宫行》作于贞元十年（794）秋张籍由岭南北上蓟北经荆州时，写楚王耽于田猎与酒色，借古讽今，抨击帝王荒淫。章华宫又称章华台，是楚灵王离宫，于公元前 535 年建成。《水经注》谓其"台高十丈，基广十五丈"。"下辇更衣入洞房，洞房侍女尽焚香"，谓楚王入洞房中，侍姬焚香以迎之。宫苑桂花飘香，洞房烟斜雾横，真是一个极乐世界。其《少年行》中"斩得名王献桂宫"句，桂宫是汉宫名，据《三辅黄图》载，武帝太初四年起，在未央宫之北。名之桂宫，大概也是因为桂花树多。

旧式庭园常用对植，古称"双桂当庭""双桂留芳"之意。在校园取"蟾宫折桂"之意，也大量的种植桂花。现在，有些小区，把玉兰、海棠、牡丹、桂花同植庭前，以取玉、堂、富、贵之谐音，吉祥之意。都属于古代遗留吧。

张籍《杂怨》系代言体，以"切切重切切，秋风桂枝折"起兴，以

"人当少年嫁，我当少年别""妾身甘独殁，高堂有舅姑"表现思妇孤凄的内心世界。"桂枝折"有版本为"桂花折"，似更有道理。

张籍《送蛮客》《送海南客归旧岛》《送严大夫之桂州》等诗，送别的是去岭南的人，也都写到桂花树。《送蛮客》中"柳叶瘴云湿，桂丛蛮鸟声"两句，"桂丛"亦作"桂林"，也有桂花树。《送海南客归旧岛》诗，是送海商回故乡海岛的诗。"竹船来桂府"句中，桂府亦作"桂浦"，反正是说桂花很多。《送严大夫之桂州》诗，送别的是严谟也。《舆地广记》："桂州，唐岭南道。"现在广西桂林的名称来源于"桂花成林"。早在夏、商、周时期，桂林属"百越"人的居住地；秦始皇三十三年（前214）统一岭南，"置桂林、南海、象郡，以谪徙民，与越杂处十三岁"。这是"桂林"名称的最早起源。估计已是遍地桂花香。

张籍《赠故人马子乔六首》诗，或曰鲍照（412？—466）所作。中有"淹留徒攀桂，延伫空结兰"句，攀桂、结兰，皆喻交游。所谓攀桂就是攀折桂枝。语本汉代淮南小山《招隐士》："攀援桂枝兮聊淹留。"唐代皎然《裴端公使君清席赋得青桂歌送徐长史》："昔年攀桂为留人，今朝攀桂送归客。秋风桃李摇落尽，为君青青伴松柏。"说明秋桂有送别留人之意。

桂花广泛种植的原因，除了香气馥郁，颜色好看，还在于它具有实用价值。如提取芳香油，制桂花浸膏，可制桂花糕、桂花糖，可酿桂花酒。古人认为桂为百药之长，所以用桂花酿制的酒能达到"饮之寿千岁"的功效。桂花味辛，以花、果实及根入药。做人也是如此，要想得到别人喜爱、尊重，最好是要对人有用。

2021 年 4 月 15 日

38. 槐

槐树原产于中国，又叫中华槐，国槐。槐树树型高大，是向阳性植物，根深，生长迅速。其羽状复叶和刺槐相似，但刺槐的叶略透明。槐树的花为白色，可烹调食用，也可作中药或染料。其荚果俗称"槐米"，也是一种中药。

诗选：送萧远弟①

街北槐花傍马垂，病身相送出门迟。
与君别后秋风夜，作得新诗说向谁②？

校注：①吴胡考："萧远为张萧远。"罗谱引《和州志补遗》云："张萧远，籍弟，元和年进士。"又引《唐诗纪事》卷四一云："张萧远，元和进士第，与舒元舆声价俱美。"罗谱又据《登科记考》卷十八，谓萧远以元和八年第进士。今存诗三首。②按：张为《诗人主客图》："瑰奇美丽主：武元衡……升堂四人：卢频……陈羽……许浑……张萧远……"知萧远亦善诗，故张籍有此语。

读札：街北槐花傍马垂

今天到马鞍山市图书馆听叶圣陶先生之孙、著名作家叶兆言文学讲座，路上见到槐花盛开，就想到30多年前的事。1981年7月，我从芜湖师专毕业，分配到石杨中学教初中语文。有年槐花盛开之时，我带同学们到学校后山观察槐花、写观察日记，后来多篇日记发表在《少年文史报》上。那些日记的开头写道"四月底五月初，春夏之交……"。所以现在看来，今年的夏天来得早一点儿。

不过那时看到的槐花、今天看到的槐花都是刺槐花，而非槐树花。槐树分为刺槐（又称洋槐）、槐树（又称国槐）两种。张籍诗中写到的槐花，都是国槐的花。唐代，槐树堪称国树，每到七月，从长安到全国各地，到处都是细碎、洁白、香远溢清的国槐花，令人陶醉。

张籍有个弟弟，叫张萧远。元和八年（813），张萧远进士及第。兄弟相拥，喜极而泣。张萧远有诗名，《全唐诗》录存其《履春冰》《观灯》和《送宫人入道》诗三首。其《履春冰》曰："一步一愁新，轻轻恐陷人。薄光全透日，残影半销春。蝉想行时翼，鱼惊蹋处鳞。底虚难驻足，岸阔怯回身。岂暇踟蹰久，宁辞顾盼频。愿将兢慎意，从此赴通津。"其《观灯》曰："十万人家火烛光，门门开处见红妆。歌钟喧夜更漏暗，罗绮满街尘土香。星宿别从天畔出，莲花不向水中芳。宝钗骤马多遗落，依旧明朝在路傍。"

张籍写给弟弟张萧远的诗有两首。其一《送萧远弟》，写于806年张籍在京为官以后。张籍把他送到路旁，久久不愿分离。"病身"一词，可能指患眼疾，也可能指不得志。越是此时，越觉亲情可贵。槐花正开，风景正好，却要离别，此悲何极。但是唐人是有理想的，所以最后还是依依惜别。

张籍写给朋友的两首诗，也散发着槐花的芬芳。例如《法雄寺东楼》：

汾阳旧宅今为寺，犹有当时歌舞楼。
四十年来绝车马，古槐深巷暮蝉愁。

此诗抒发昔盛今衰之感。《长安志》记载："皇城东第一街，次南亲仁坊，有尚父汾阳郡王郭子仪宅。"郭子仪旧宅，昔日门前车水马龙，今日为寺，门前冷落鞍马稀，槐已古老，暮蝉鸣愁。这种对比，令人伤怀。然而，不得不承认，兰亭已矣，梓泽丘墟，这也是人生的常态。

《和李仆射雨中寄卢严二给事》曰：

郊原飞雨至，城阙湿云埋。逆点时穿牖，浮沤欲上阶。
偏滋解箨竹，并洒落花槐。晚润生琴匣，新凉满药斋。
从容朝务退，放旷披曹乘。尽日无来客，闲吟感所怀。

李仆射为李绛，卢给事为卢元辅，严给事为严休复。前八句写春末夏初景，后四句抒发怀才不遇之情。"朝务退"句，谓从容处理朝务，事毕而退也。"披曹乘"句，此谓自披曹而归，则放旷游遨也。结句言仆射雨中寄诗，即和也。凄雨敲窗，槐花洒落，孤寂一声一声响起，忧郁一朵一朵落地，却又故作洒脱。凄凉意，有谁知？多年以前，我到过西安，每天早晨沿着朱雀大街散步，正是槐花盛开之时，树下一地落花。我捡起花朵，捧在掌心，当时的感觉，仿佛把长安捧在手里；现在回想起来，我手里捧着的，还是诗人破碎的心。

前面说过，槐花堪称唐代国花。这是为什么呢？

时有谚语"槐花黄，举子忙"。这是因为唐代举子进士试落第后，在七月槐花黄时，忙于向达官名士呈献新作诗文，以争取州府再荐，参加下届考试。这句谚语的意思是说槐花开放的时候，科举考试落第的举子忙着为下次考试做准备。

该谚语产生的现实原因是唐代京城长安广植槐树。国都长安是帝王、权势、功名的象征，是全国各地的士子们通过科举选官从而施展人生抱负的场所，由于长安城内种槐树极多，槐也成为代表长安的一种风物，在唐人的诗中，忆长安具体化为想念长安城里的槐花，"忆长安，七月时，槐花点散杲罳"。槐就这样与京城、权势、富贵等文化元素联系了起来。

槐与普通民众的关系也较为亲密，"青青高槐叶，采掇付中厨"，杜甫的《槐叶冷淘》诗说明了经济情况不佳的人可将槐充作食物，这是槐成为传说故事主角的"群众基础"。因此似乎可以这样说，有关槐树的神话传说产生的根本原因，是创造这类故事的人们在生活环境中与槐树的接触多，关系密切。

当时唐代的行道树以槐树为主，而辅以柳树、榆树等其他树种。《朝野金载》："（开元二年）六月，大风拔树发屋，长安街中树连根出者十七八。长安城初建，隋将作大匠高颍所植槐树殆三百余年，至是拔出。"《唐国史补》："贞元中，度支欲斫取两京道中槐树造车，更栽小树。"《三水小牍》："大风坏屋拔木……自长夏门之北，夹道古槐十拔去五六矣。"

因此，槐树移植于文学作品之中，并且具有了文化意义。《南柯太守传》中，有两个信息，一是槐树与科举功名相联系，二是槐乃"木鬼"，常与幽冥、怪异之事联系在一起。我小时候看过黄梅戏《天仙配》，里面的老槐树居然为人做媒，其实是"木鬼"的遗存。现在谈鬼色变，古代鬼不吓人，像《聊斋志异》所叙，只是一个民俗存在。

《宣室志》记载了一个普通民众的故事，谓礼泉县民吴偃的幼女失踪，吴偃的父亲托梦对他说是木神作祟，吴偃按照父亲的指示在一棵大槐树的根下找到了女儿，但是女儿沉睡不醒，于是又找来道士作法，沉睡的女儿忽然睁眼说："地东北有槐木，木有神，引某自树空腹入地下穴内，故某病。"后来吴偃将槐树砍倒，女儿的病就好了。

不少学者都研究过槐树的文化意义，认为槐树与鬼神关系密切。如日本学者冈本不二明考察槐树的文化史，认为槐树在先秦时被选为社树，且与三公之尊位相联系，因而具有神圣性和崇高性，唐传奇中的槐树拟人化和戏剧化，"（槐树）成了各种怪异事件发生的场所，是神秘世界的入口处或连接点"。

鲁迅在《呐喊自序》里写到过的槐树，也是一个证明：

S 会馆里有三间屋，相传是往昔曾在院子里的槐树上缢死过一个女人的，现在槐树已经高不可攀了，而这屋还没有人住；许多年，我便寓在这屋里钞古碑。客中少有人来，古碑中也遇不到什么问题和主义，而我的生命却居然暗暗的消去了，这也就是我惟一的愿望。夏夜，蚊子多了，便摇着蒲扇坐在槐树下，从密叶缝里看那一点一点的青天，晚出的槐蚕又每每冰冷的落在头颈上。

我小时候采过槐叶喂猪，打过槐籽卖给药材公司。

叶兆言先生在讲座中说，文学没有什么意义，但对作者自己有点意义，是一种记录，是一种痕迹。我对前半句持保留态度，对后半句举双手赞成。张籍如果不写诗，不写槐花，或许早已泯然众人，被人忘记。

在写此文时，无意中听到歌曲《一千零一个愿望》。词曰：

明天就像是盒子里的巧克力糖

什么滋味 / 充满想象

失望是偶尔拨不通的电话号码

多试几次 / 总会回答

心里有好多的梦想

未来正要开始闪闪发亮

就算天再高那又怎样

踮起脚尖 / 就更靠近阳光

失意中的张籍，看到槐花开时，会不会唱出类似的歌呢？应该说，他后来的情况，比 806 年时的情况好。

2021 年 4 月 17 日

39. 槿

又名木槿。落叶灌木，高三四米，小枝密被黄色星状绒毛。叶菱形至三角状卵形。花朵色彩有纯白、淡粉红、淡紫、紫红等，花形呈钟状，有单瓣、复瓣、重瓣几种。种子肾形，背部被黄白色长柔毛。可入药，称"朝天子"。木槿是一种很常见的庭院花木，是韩国和马来西亚的国花。

诗选：寄故人

静曲闲房病客居，蝉声满树槿花疏①。
故人只在蓝田县，强半年来未得书②。

校注：①曲，偏僻。闲房，张籍居所。疑指其长安西街延康坊寓所。白居易《寄张十八》："同病者张生，偏僻住延康。"张籍《酬韩庶子》："西街幽僻处，正与懒相宜。"②蓝田县，唐代县名，今属陕西省，距长安较近。强半，大半。强，超过。二句婉责友人音信不通。

读札：蝉声满树槿花疏

槿即木槿，落叶灌木，小区多见，我曾栽过。——用花盆栽的。这是 1999 年的事了。那时我调和县教书不久，恰逢房改，我在桃花坞小区买了一套八十几平方米的房子，跟别人家比是小，但跟我自己比，还是大了很多，好了很多。之后在街上买了两盆花，其中一盆就是木槿。就一根尺把高的独枝，没有叶子，更没有花。老板说它叫金桐花，指着图片告诉我，好活好养，浇水就行，开花好看，花期也长。后来还真发了些枝，开了些花，粉红色的，像快乐的心情。记得当时写了散文记叙此事，刊于《巢湖日报》。后来花不在了，《巢湖日报》也因区划调整而消失。老朋友倒有些联系，然而相比以往，那是大为减少。

不知道什么时候才知道木槿其名的。感觉这个名字好，像女孩子的名字；花也漂亮，像朴实的村姑。在张籍诗歌中邂逅木槿，就更起了兴趣，也更多了了解。比如木槿种子入药，称"朝天子"；木槿是韩国和马来西亚的国花，在北美洲又有沙漠玫瑰的别称。——原来还是国际明星。但它自己从来不说，遑论以收视率甚至情色故事炒作。

木槿对环境的适应性很强，尤喜光和温暖潮润的气候。稍耐阴，喜温暖、湿润气候，耐修剪、耐热又耐寒，但在北方地区栽培需保护越冬，好水湿而又耐旱，对土壤要求不严，在重黏土中也能生长。萌蘖性强。以播种、压条、扦插、分株方法皆可繁殖，但生产上主要运用扦插繁殖和分株繁殖。

据说木槿花的营养价值极高，含有蛋白质、脂肪、粗纤维，以及还原糖、维生素C、氨基酸、铁、钙、锌等，并含有黄酮类活性化合物。木槿花蕾，食之口感清脆；完全绽放的木槿花，食之滑爽。利用木槿花制成的木槿花汁，具有止渴醒脑的保健作用。高血压病患者常食素木槿花汤菜有良好的食疗作用。

木槿花，又名白槿花、大碗花。木槿花多色艳，非常美丽，花似锦葵，白色、粉紫色到紫色，基部一般深红色，某些品种有重瓣花。是作自由式生长的花篱的极佳植物。适宜布置道路两旁、公园、庭院等处，可孤植、列植或片植。

传说上古时期，有一历山。山脚下长着三株木槿，高若两丈，冠可盈亩。每至夏秋，花开满树，烂漫如锦。一年孟秋时节，号称"四凶"的"浑沌""穷奇""梼杌""饕餮"也前来历山观光。见此美景，他们顿生歹意，妄图移去据为己有，把三株木槿刨倒，想栽到自己的住处。说也奇怪，木槿树一倒便迅速枯萎，花殒叶落。"四凶"见此光景，料想亦难成活，扫兴离开。正在历山带领农夫耕作的虞舜闻讯赶来，他招呼农夫把三株木槿扶起，并汲水浇灌。奇迹出现了：三株木槿枝叶顿活，花开如初。虞舜笑了，农夫们乐了。——原来它们是花神。为报虞舜活命之恩，皆取虞舜之讳为姓，分别曰舜华、舜英、舜姬，以示纪念。虞舜连忙推辞，但是花神已去。这个传说，至少可以说明两点：一是但行好事，总有回报；二是木槿早已有之，历史悠久。

还是回到张籍作品。《寄故人》是首七绝，作于元和元年以后张籍居京为官时期，写自己的孤寂和对于友人的思念。张籍34岁进士及第，41岁释褐为官，在唐朝读书人中，仕途还算顺利。不过，一直做的是九品小官，收入不高，壮志难酬，加上害了眼疾，不要说看书，看花都不分明，甚至一度丢了职务，生活艰难。偏居街西延康坊，多与农工商者往来，听蝉嫌烦，看花花落。还生故人的气：你只在蓝田县，离长安也不远，为什么不来看我，连封信都不写？这个时候，人最脆弱，将心比心，我能理解。

不过，木槿之美令人难忘，小院西墙之下，花儿袅袅开放。所以《送郑尚书赴广州》又写到它：

圣朝选将持符节，内制宣时百辟听。

海北蛮夷来舞蹈，岭南封管送图经。

白鹏飞达迎官舫，红槿开当宴客亭。

此处莫言多瘴疬，天边看取老人星。

这首诗约写于穆宗长庆三年（823），时张籍在长安，任水部员外郎。这位郑尚书大为郑权，汴州开封人，贞元六年举进士。长庆三年四月，权岭南节度使，韩愈有《送郑尚书赴南海书》，又有《送郑尚书赴南海序》，盖郑以刑部尚书兼御史大夫，往践其任。持符节，谓郑权持节赴镇南海。内制即内使，内廷之使者。百辟，原指诸侯，此谓朝廷百官。

船行多日，一路颠簸，终于到了广州，受到热烈欢迎。来舞蹈，谓蛮夷之人，翩翩起舞，迎接到任官员。封管，管领封域之官员，即《通典》所谓岭南五府，有邕管、容管、桂管也。图经，谓附图之地理书志。白鹇，鸟名。官舫，官船也。郑权此行，可谓风光无限，宴席之上，木槿怒放。最后两句实为嘱咐：莫言瘴气肆虐，但要安定一方。老人星者，即南极星也，古人认为其象征君民长寿与天下安宁。这何尝不是张籍自己的理想呢。

宗璞写过散文《好一朵木槿花》，作者用生动的笔墨描绘了一株生长在钢筋砖块中的紫色的木槿花，环境的艰难扼制不了它的生机，它就那样倔强地挺立着。在这里，木槿花俨然已成为不屈不挠、勇敢面对一切困难的精神的化身。

近两年木槿在这小园中两度花发，不同凡响。

前年秋至，我家刚从死别的悲痛中缓过气来不久，又面临了少年人的生之困惑。我们不知道下一分钟会发生什么事，陷入极端惶恐中……忽然在绿草间，闪出一点紫色，亮亮的，轻轻的，在眼前转了几转。我忙拨开草丛走过去，见一朵紫色的花缀在不高的绿枝上……

去年，月圆过四五次后，几经洗劫的小园又一次遭受磨难。园旁小兴土木，盖一座大有用途的小楼。泥土、砖块、钢筋、木条全堆在园中，像是零乱地长出一座座小山，把植物全压在底下……没想到秋来时，一次走在这崎岖山路上，忽见土山一侧，透过砖块钢筋伸出几条绿枝，绿枝上，一朵紫色的花正在颤颤地开放！

这小园中的木槿花，给人安慰，使人坚强。身处逆境之中，能不自怨自艾，隐忍而坚韧，才能大有成就啊。作者宗璞自然是这样的人，其文意与《紫藤萝瀑布》相同。张籍也是这样的人，袁隆平也是这样的人！

2021 年 5 月 22 日袁隆平逝世，享年 91 岁

40. 橘、柑、橙

橘树是一种常绿乔木，枝多叶密，针刺极少。初夏开花，花是白色的；在深秋的时候结果，果实叫橘子，味甜酸，果实可以吃，果皮可入药。

柑为芸香科植物茶枝柑或瓯柑等多种柑类的成熟果实。果皮较厚，易剥离；果实比橘子大，橙黄色。中国是世界柑橘类果树的原产中心，自长江两岸到闽、浙、两广、云贵、台湾等省区都产柑橘，各有佳种问世。它的树与橘没有区别，只是刺少些。

橙，芸香科柑橘属常绿乔木。包括甜橙和酸橙两个基本种，麻橙是中国冰糖橙之乡培育的优质甜橙品种，袁隆平曾题词“中国冰糖橙之最”。果实含有大量维生素C，营养价值高。

诗选：送从弟戴玄往苏州①

杨柳阊门路②，悠悠水岸斜。乘舟向山寺③，着屐到渔家④。
夜月红柑树，秋风白藕花⑤。江天诗景好，回日莫令赊⑥。

校注：①《隋书·地理志》：“吴郡，陈置吴州，平陈，改曰苏州。”②阊门，指苏州城西门。③此谓山水相连，乘舟登岸，即往山寺。④着屐，穿木屐也。⑤二句写苏州风景，弥自遒丽。⑥赊，迟缓也。杜甫

《喜晴》："甘泽不犹愈，且耕今未赊。"

读札：夜月红柑树

张籍诗中，时有果树出现。在《楚宫行》里，他写到红橘：

章华宫中九月时，桂花半落红橘垂。

红橘就是橘子。有青皮橘，有红皮橘，或由青转红。

橘子给人温暖。朱自清散文《背影》中，有一段买橘子的描写，表现出极深沉的父爱，同时表现出那个时代读书人生活的艰难和内心的挣扎，我每次读到都是热泪盈眶：

我说道，"爸爸，你走吧。"他望车外看了看，说，"我买几个橘子去。你就在此地，不要走动。"我看那边月台的栅栏外有几个卖东西的等着顾客。走到那边月台，须穿过铁道，须跳下去又爬上去。父亲是一个胖子，走过去自然要费事些。我本来要去的，他不肯，只好让他去。我看见他戴着黑布小帽，穿着黑布大马褂，深青布棉袍，蹒跚地走到铁道边，慢慢探身下去，尚不大难。可是他穿过铁道，要爬上那边月台，就不容易了。他用两手攀着上面，两脚再向上缩；他肥胖的身子向左微倾，显出努力的样子。这时我看见他的背影，我的泪很快地流下来了。我赶紧拭干了泪，怕他看见，也怕别人看见。我再向外看时，他已抱了朱红的橘子望回走了。过铁道时，他先将橘子散放在地上，自己慢慢爬下，再抱起橘子走。到这边时，我赶紧去搀他。他和我走到车上，将橘子一股脑儿放在我的皮大衣上。于是扑扑衣上的泥土，心里很轻松似的，过一会说，"我走了；到那边来信！"我望着他走出去。他走了几步，回过头看见我，说，"进去吧，里边没人。"等他的背影混入来来往往的人里，再找不着了，我便进来坐下，我的眼泪又来了。

冰心散文《小橘灯》，通篇都是写橘子，也给人温暖。作者写自己遇到一位七八岁的小姑娘，她的爸爸是一位地下党员，不在家；妈妈因为遭到特务的殴打而吐血。于是买了几个大红橘子去看她。这小姑娘很受感动，她伸手拿过一个最大的橘子来，用小刀削去上面的一块皮，又用两只手把底下的一大半轻轻地揉捏着，慢慢地从橘皮里掏出一瓣一瓣的橘瓣来，放在她妈妈的枕头边；一面极其敏捷地拿过穿着麻线的大针，把那小橘碗四周相对地穿起来，像一个小筐似的，用一根小竹棍挑着，又从窗台上拿了一段短短的蜡头，放在里面点起来，递给我说："天黑了，路滑，这盏小橘灯照你上山吧！"

我是十几岁时读的这篇文章，至今难忘。我想到的不仅仅是小姑娘的乐观、勇敢和镇定，还有她的感恩之心；也想到了作者对孩子的关心体贴，那一枚枚橘子，就像她热烈跳动的心。冰心活到99岁，正应了《礼记·中庸》中"故大德，必得其位，必得其禄，必得其名，必得其寿"这句话。后人称赞她是母爱的化身，恰如其分。

橘树是一种常绿乔木，枝多叶密，针刺极少。叶互生，常椭圆形，先端渐尖，基部楔形。初夏开花，是白色的，在深秋的时候结果，果实叫橘子，味甜酸，果实可以吃，果皮可入药。

在《送从弟戴玄往苏州》里，他遥想故乡的柑树：

夜月红柑树，秋风白藕花。

柑是什么呢？柑为芸香科植物多种柑类的成熟果实，现在多称芦柑、柑橘。果皮较厚，容易剥离，果瓣硕大，橙黄颜色。芦柑是世界上最重要的水果之一。中国是世界芦柑类果树的原产中心，自长江两岸到闽、浙、两广、云贵、台湾等省区都产芦柑，各有佳种问世。据古籍《禹贡》记载，4000年前的夏朝，其已列为贡税之物。其中以潮州芦柑最为名。潮州与苏州相隔不远，想来苏州的芦柑也是特产。

柑橘常并称，但柑畏寒，橘稍耐寒，所以诗中说橘"经冬犹绿林"。橘的果皮较薄易剥且呈橙红色，因此称为丹橘，是古代重要的贡品。橘也是贞节的象征，屈原的《九章》中有《橘颂》，说橘"深固难徙，壹其志兮"，称颂其贞节之坚、品德之高均可与伯夷相比。成语"橘化为枳"则用以喻良种（橘）易地则变劣（枳棘，多刺的恶木）。出处大约出自《晏子使楚》"橘生淮南则为橘，生于淮北则为枳"。枳也是此类果木，其实味涩，难以入口。

种橘也是古代发财致富的一种途径，有如畜养成群奴仆以供役使、创造财富，因此又称"橘奴"或"木奴"。自汉代起，大多设有专职的橘官，负责橘品上贡，有些地方甚至规定，凡未上贡就先行贩卖者处以死刑，可见其重视程度。

至于柑，杜甫《树间》诗曰："岑寂双柑树，婆娑一院香。交柯低几杖，垂实碍衣裳。满岁如松碧，同时待菊黄。几回沾叶露，乘月坐胡床。"其中，"婆娑一院香""同时待菊黄"都写出了它的特点。

明代刘基《卖柑者言》写道："杭有卖果者，善藏柑，涉寒暑不溃。出之烨然，玉质而金色。置于市，贾十倍，人争鬻之。予贸得其一，剖之，如有烟扑口鼻，视其中，则干若败絮……"此文借题发挥，有所寄托。然而"出之烨然，玉质而金色"乃其外形特征；"剖之，如有烟扑口鼻，视其中，则干若败絮"则说明其不易保存。

现在市场中有种橙子，又名甜橙，果实呈圆形或长圆形，表皮光滑，包囊紧密，不易剥离，富有香气。跟柑橘相比体大光滑，香味浓郁，有点酸，但是剥皮费事，果汁滴得到处都是。我一般是用刀切成八瓣，像吃西瓜似的吃它，倒也方便。我看这三种水果，橘子就像村姑，朴实坚忍；香橙就像小姐，心高气傲；芦柑就像大妈，待人诚恳。张籍《送闽僧》有言"溪寺黄橙熟，沙田紫芋肥"，橙子确实通体金黄，像暖暖的阳光。

回头再看《送从弟戴玄往苏州》。

张籍应该有不少堂兄弟。韩愈有诗《早春呈水部张十八员外二首》，张籍有诗《送从弟彻东归》《送从弟删东归》《送从弟濛赴饶州》《送从弟戴玄往苏州》，还有一位张复，当时与张彻同居符离，张彻居处与韩愈住宅相邻。屈指数来，张籍的堂兄弟少说有 20 人。一说，从弟是称同姓同辈而年少者，但也说明张姓是大家族。

亲情自有源，兄弟如手足。李白《春夜宴从弟桃花园序》"会桃花之芳园，序天伦之乐事"，贾岛《送于中丞使回纥册立》"调角寒城边色动，下霜秋碛雁行疏"，远离祖籍地与出生地的张籍时时牵挂他的兄弟们，故写下多首送别诗。

2021 年 5 月 25 日

41. 梨

梨，通常品种是一种落叶乔木或灌木，极少数品种为常绿，属于被子植物门双子叶植物纲蔷薇科苹果亚科。叶片多呈卵形，大小因品种不同而各异。花为白色，或略带黄色、粉红色，有五瓣。果实形状有圆形的，也有基部较细尾部较粗的，即俗称的"梨形"。

诗选：病中寄白学士拾遗①

秋亭病客眠，庭树满枝蝉。凉风绕砌起，斜影入床前。
梨晚渐红坠②，菊寒无黄鲜。倦游寂寞日，感叹蹉跎年。
尘欢久消委，华念独迎延③。自寓城阙下，识君弟事焉④。
君为天子识⑤，我方沉病缠。无因会同语⑥，悄悄中怀煎⑦。

校注：①罗谱系于宪宗元和四年（809），时张籍在长安，任太常寺太祝。元和二年，白居易被召入翰林为学士，三年五月，拜左拾遗。②坠，《四库全书本》作："堕"。③《汉书·叙传》："迎延满堂。"④《礼记》："年长以倍，则父事之；十年以长，则兄事之。"此师其意者。⑤言宪宗召入为学士。⑥无因，无由也。会同，相聚。⑦悄悄，忧心貌；中怀，内心。

读札：梨晚渐红坠

梨既是一种著名果树，又是著名的观赏植物。自古以来就为我国人民所喜爱。

在文人眼里，梨花最宜月下或雨后观赏。白居易《长恨歌》中，"玉容寂寞泪阑干，梨花一枝春带雨"一句，把杨贵妃神情寂寞、泪水纵横的粉脸，比作带着春雨的梨花，可怜而又可嫌。其《江岸梨花》诗曰："梨花有思缘和叶，一树江头恼杀君。最似婵闺少年妇，白妆素袖碧纱裙。"也指美女。苏轼《一树梨花压海棠》中，以"一树梨花压海棠"句，调侃好友张先在 80 岁时迎娶 18 岁小妾。梨花白色，指白发的丈夫，海棠红色，指红颜的少妇，一个"压"道尽无数未说之语。

梨树群植而远观效果更好，梨树树形亭亭玉立，花色淡雅，叶柄细长，春风过时，临风叶动，响声悦耳。比如白居易《杭州春望》中，"红袖织绫夸柿蒂，青旗沽酒趁梨花"句，可见杭州梨花盛开的江南好时节。岑参《白雪歌送武判官归京》中，"忽如一夜春风来，千树万树梨花开"句，把边塞雪花飞舞的浩大场面，生动形象地表现出来。王建《宫词》中，"明日梨花园里见，先须逐得内家歌"句，"梨花园"里自然梨花如雪。

除梨花外，梨还是一种红叶树种，秋末霜叶鲜艳似染，为园林增添几分秋色；其果实更是美味。张籍《病中寄白学士拾遗》有言：

梨晚渐红坠，菊寒无黄鲜。倦游寂寞日，感叹蹉跎年。

此诗余恕诚、徐礼节系于宪宗元和五年（810），时张籍在长安，任太常寺太祝。元和五年五月五日，白居易由左拾遗改京兆府户曹参军，张籍诗题所谓拾遗当以旧官相称。罗联添《张籍年谱》系于元和四年。写深秋时节，诗人抱病，蝉声悠悠之时，思念好友白居易。这里"梨晚渐红坠"，似写梨叶，又似果实，总之是秋意浓郁，内心寂寞。诗人在写此诗时，想到白居易对于梨花之爱，会心一笑，如晤树下。

元和二年（807）秋天，张籍与白居易订交，开始了他们一生的友谊。那年秋天，长安的风扫落树叶，半月不曾见到太阳踪影。奇怪的是，每晚的月光却很明亮。这天晚上，长安酒肆里，这两位中唐文化名人，相见作揖。张籍称其"春风吹又生先生"，其称张籍"行人临发又开封先生"。卖酒的胡姬听到他俩如此称呼，捂着嘴笑。

两人订交不久，白居易即召入翰林，直至元和六年（811）丁母忧罢官居下邽，白居易因公务繁忙而少暇与张籍相聚。似乎是从这时开始，张籍时常拉肚子，面显颓色。《病中寄白学士拾遗》就是此时作品。

两人相差六岁，保持终生友谊。后来虽然地位悬殊，但是肝胆相照，同气相求。这有诸多因素：曾经同为下层官员，张籍还接替过白居易的校书郎职务；两人同住江南，都关心民间疾苦，诗歌风格相近；两人同门师兄弟，座主都是高郢，张籍799年进士及第，白居易800年进士及第；白居易第十五从兄逸，时任乌江（今安徽和县）主簿，后任乌江县令，是张籍老家的地方官；白居易与张籍从弟张彻友好。

不过，最主要的原因是，从一开始，他们两人都关注民生。元和四年（809），白居易始作新乐府；元和五年（810），白居易成《新乐府》五十首，《秦妇吟》十首，都是描述民间之疾苦；这些作品皆"为事而作"，目的是为了"下以风刺上"。张籍的乐府诗有90多首，更是反映了中唐社会各方面的情况，特别是为下层百姓代言，提出诉求。

两个人诗歌交流也很频繁。白居易系统阅读张籍作品，作《读张籍古乐府》。白居易给予张籍诗歌极高评价，同时阐述新乐府运动的理论主张：强调诗歌的社会功能和讽喻作用，主张诗歌要有社会内容，要反映民生疾苦和社会现实弊端，并且要求诗歌的形式与内容统一，为内容服务，表达直切顺畅。

张君何为者？业文三十春。尤工乐府诗，举代少其伦。

为诗意如何？六义互铺陈。风雅比兴外，未尝著空文。

元和十年（815）春，白作《重到城七绝句·张十八》，感慨张籍"十年不改旧官衔"。又作《寄张十八》，索张籍新诗并邀其同宿昭国里。六月，宰相武元衡被平卢节度使李师道派人刺死，裴度也被刺伤，白居易因上表急请严缉凶手，得罪权贵，贬为江州司马，后移忠州刺史。张籍曾作《寄白二十二舍人》，以为声援。

梨除可供生食外，还可酿酒、制梨膏、梨脯，以及药用。如梨果治热咳，切片贴之治火伤；捣汁内服，润肺凉心，解疮毒、酒毒。我咳嗽时，常以梨子煮水喝，效果挺好。

现在，梨更是一种极普遍的水果。全国梨栽培面积和产量仅次于苹果。其中，安徽、河北、山东、辽宁四省是中国梨的集中产区，栽培面积约占中国一半左右，产量超过60%。安徽省砀山及周围一带为酥梨产区。安徽砀山是世界上最大的连片梨园，约占全县耕地面积的百分之七十，素有"中国梨都"之称，是吉尼斯纪录认定的世界最大的连片果园产业区。

梨的品种也多。印象深的有鸭梨，果实呈倒卵形，顶部有鸭头状凸起；香梨，学名库尔勒香梨，果实较小，呈纺锤形或倒卵形，香味浓，价格略高；苹果梨，也叫黄冠梨，外观似苹果等。不知道张籍笔下的是哪一种梨。

2021 年 5 月 24 日

42.荔枝

荔枝，无患子科，荔枝属常绿乔木，高约10米。果皮有鳞斑状突起，鲜红，紫红。成熟时至鲜红色；种子全部被肉质假种皮包裹。花期春季，果期夏季。果肉产鲜时半透明凝脂状，味香美，但不耐储藏。荔枝木材坚实，纹理雅致，耐腐，历来为上等名材。

诗选：成都曲①

锦江近西烟水绿②，新雨山头荔枝熟。
万里桥边多酒家，游人爱向谁家宿？

校注：①《通典》："蜀郡，益州。今理成都、蜀二县，有锦江。"
②锦江，水名，在四川成都南，又名流江、汶江，俗名府河。传说蜀人织锦濯其中则锦色鲜艳，濯于他水则锦色暗淡，故名锦江。

读札：新雨山头荔枝熟

正是新鲜荔枝上市的时候，将其用冰块镇着，或放冷藏柜里，10多元一斤。

关于荔枝的特征，有两条谜语可作说明。一是：红关公，白刘备，黑张飞，三结义。二是：脱了红袍子，是个白胖子，去了白胖子，剩个黑丸子。即红的壳，白的肉，黑的种子。杜牧《过华清宫绝句》也能说明问题:"一骑红尘妃子笑,无人知是荔枝来。"据《新唐书·杨贵妃传》记载:"妃嗜荔枝,必欲生致之,乃置骑传送,走数千里,味未变,已至京师。"说明荔枝非长安物产,是时鲜水果。

我知荔枝之名始于40多年前读初中时。语文书中有杨朔散文《荔枝蜜》,文中说"荔枝也许是世上最鲜最美的水果",并引苏东坡诗句"日啖荔枝三百颗,不辞长作岭南人"以为证据。后来读过科普作家贾祖璋的作品《南州六月荔枝丹》,印象更深。当时供销社有荔枝干果卖,好像30元一斤;也有荔枝罐头卖,好几块钱一瓶。可我连饭都吃不饱,哪敢有那妄想。

女儿很小的时候,妻子听说吃荔枝对幼儿成长有帮助,咬牙买了几斤干果给她吃,结果吃得她流鼻血。20世纪90年代初期,女儿四五岁时,跟我到南京水西门买废铁皮,以便回来钉包装箱卖。我在那里第一次见到新鲜荔枝,13元一斤,我买了半斤给她吃。她说好吃,给我吃了一个,还说留几个带回家给妈妈吃,可是禁不住那美味的吸引,一会儿说尝尝,一会儿说尝尝,长途汽车未过长江大桥,就被她吃完了。——鲜荔枝占分量,说是半斤,大概也就十几个而已。现在条件好了,就是成箱子买荔枝也不成问题,但是那幸福的味道肯定不如从前。

荔枝原名离枝、丹荔。朱应《扶南记》云:"此木结实时,枝弱而蒂牢,不可摘取,必以刀斧取其枝,故以为名。"白居易《荔枝图序》云:"荔枝生巴、峡间。树形团团如帷盖,叶如冬青。花如橘而春荣,实如丹而夏熟。朵如蒲桃,核如枇杷。壳如红缯,膜如紫绡。瓤肉洁白如冰雪,浆液甘酸如醴酪。大略如彼,其实过之。若离本枝,一日而色变,二日而香变,三日而味变,四五日外,色香味尽去矣。"

从以上诗文可知,荔枝主要产于我国南方,至迟在唐朝就出现了。荔枝在果实约五成熟时,果实基部开始转红,进行果穗套袋既可防虫防病,又可防蝙蝠,保湿降温,防日暴晒伤果,减少蒸发,增加袋内温度,促进果实成熟。套袋前先喷防虫防病农药。采摘时果穗和果实袋一起摘下。我种过葡萄，也采用过套袋技术，效果确实好。荔枝树也是宝。木材坚实，深红褐色，纹理雅致，耐腐蚀，历来为上等木材，可以造船，做房屋梁柱，打制上等家具。

张籍的《成都曲》也是四川可种荔枝的佐证。

张籍应该是到过蜀地的，对唐玄宗故事及西逃之事应该了解。蜀地盛产荔枝，唐玄宗宠爱的杨贵妃喜食荔枝，皇帝为了满足妃子的口腹之欲，使新鲜的荔枝能够尽快运到宫中，还专门在众多蜀道中开辟了一条专运荔枝的驿道，后被称为荔枝道。据说当时唐玄宗下令在川北建荔枝园，以满足杨贵妃的需求。现在有些影视剧，以戏说之名美化帝王，实在是一种腐朽落后的深入血液和灵魂的遗民思想在作怪。

当时四川盛产荔枝。卢纶《送从舅成都县丞广归蜀》有言："褒谷通岷岭，青冥此路深。晚程椒瘴热，野饭荔枝阴。"卢纶在其他诗中还提到蜀地的风景"荔枝花发杜鹃鸣"。韩翃《送故人归蜀》有言："客衣筒布润，山舍荔枝繁。"李端《送何兆下第还蜀》有言："高木莎城小，残星栈道长。袅猿枫子落，过雨荔枝香。"但是后来，由于气温有所下降，逐渐衰落。

杨朔在《荔枝蜜》的最后写道：

我的心不禁一颤：多可爱的小生灵啊！对人无所求，给人的却是极好的东西。蜜蜂是在酿蜜，又是在酿造生活；不是为自己，而是在为人类酿造最甜的生活。蜜蜂是渺小的；蜜蜂却又多么高尚啊！

透过荔枝树林，我沉吟地望着远远的田野，那儿正有农民立在水田里，辛辛勤勤地分秧插秧。他们正用劳力建设自己的生活，实际也是在酿蜜——为自己，为别人，也为后世子孙酿造着生活的蜜。

他是借荔枝之名歌颂像蜜蜂一样勤劳的农民。在我看来，文章发表几十年了，依然很有意义。勤劳永不过时。我想到意大利作家伊塔洛·卡尔维诺的名言："我对文学的前途是有信心的，因为我知道世界上存在着只有文学才能以其特殊的手段给予我们的感受。"伊塔洛·卡尔维诺写过小说《树上的男爵》，是说 17 世纪意大利贵族少年科西莫男爵，因与专制的父亲发生冲突而爬上树，且之后再也没有回到地面，过了 50 多年的树栖生活。与"地上的生活"相对，小说中"树上的生活"象征理想、高尚和个性，极富感染力，富有启发性。

回看本文提到的诗词，回顾我们读过的文学作品，确实都曾给我们特殊的感受。所以阅读永不过时。

2021 年 6 月 2 日

43. 栗

栗，壳斗科栗属植物。其名最早见于《诗经》，在中国至少有 2500 余年的历史。高大乔木。栗子除富含淀粉外，尚含单糖与双糖、胡萝卜素、硫胺素、核黄素、烟酸、抗坏血酸、蛋白质、脂肪、无机盐类等营养物质。栗木的心材黄褐色，纹理直，结构粗，坚硬，耐水湿，属优质材。壳斗及树皮富含没食子类鞣质。叶可作蚕饲料。

诗选：山禽①

山禽毛如白练带②，栖我庭前栗树枝。
猕猴半夜来取栗③，一双中林向月飞。

校注：①山中禽鸟。②白练带，鸟名。尾上有白毛三五根，长二三尺，如白练带，故名。③猕猴，猴的一种。以野果、野菜等为食。

读札：猕猴半夜来取栗

张籍的《山禽》描绘了一幅山林夜景图。一种像白练带的山鸟，栖憩在庭前栗树枝上。有猕猴半夜来了，爬到树上摘栗子吃，一双鸟儿吃惊不小，飞入林中。

鸟儿吓飞了，栗树还在。随着张籍的诗歌生长，枝繁叶茂。

栗树在唐代已经普遍栽植。与张籍同时代的诗人也写过它。比如：李白有"熊咆龙吟殷岩泉，栗深林兮惊层巅""朝来果是沧洲逸，酤酒醍盘饭霜栗""何时到栗里，一见平生亲""危柯振石，骇胆栗魄，群呼而相号"等诗句。杜甫有"岁拾橡栗随狙公，天寒日暮山谷里""盘剥白鸦谷口栗，饭煮青泥坊底芹"等诗句。王维有"行随拾栗猿，归对巢松鹤"诗句。白居易有"青衫乍见曾惊否？红栗难赊得饱无"诗句。

栗树我见过，是经济林，是乔木。叶片革质，叶脉清晰，如龙舟上的无数支桨。果实球形，外有锐刺，有长有短，有疏有密，像鸡头果，像刺猬。大的叫板栗，小的叫毛栗。

我在石杨教书时，经常上山扒柴，到过一片栗树林，时常拾到落地的板栗。我看到人用竹竿往树上打，就是采收了。

后来，我参与编写《石杨志》，到过中山村先锋板栗林、陈家洼板栗林、高家洼板栗林，都是清朝栽植，距今约400年，所产果实香气逼人，在当地深受欢迎。20多年前，时任安徽省副省长的张润霞，在此搞过杜仲林基地，现存石碑。

鸡笼山山门外，有片栗林，高大如云，林密如屏。

栗实为坚果，营养丰富，含淀粉、蛋白质、脂肪、维生素等。既可生食、炒食和煮食，又能制成香甜的糕点、糖果等。街上有糖炒栗子卖，略开小口，透出黄瓤和香气，20块钱一斤。我自己烧过红烧栗子鸡、砂锅栗子鸡汤，也买过生栗子煮来吃，生栗子以果肉金黄色为好。我也在外地景区买过栗糕，看不出栗子形，但有栗子香。据说栗子还可以做栗子糊、栗子羹羹、栗子香菇、栗子白菜等。后两者都是素的，估计不怎么好吃。

栗子皮有用，是植物染色原料。染色用的栗子皮必须是从成熟后的栗子上脱落的。将外皮粉碎后，用开水煮，放入白毛纱，根据想要颜色的深浅来决定炮制的时间。古董地毯象牙白的颜色大多是用栗子皮来染制的。

唐代以降，关于栗的诗词很多，可见栗树种植的延续性。以宋朝为例，苏轼有"摇头却梨栗，似识非分耻""前年持节发仓廪，到处卖刀收茧栗"等诗句，王安石有"山下飞鸣黄栗留，溪边饮啄白符鸠"等诗句，陆游有"披衣出迎客，芋栗旋烹煮"等诗句。

含"栗"的成语也多，但除"火中取栗"保留栗的原始意义外，多演变成由于害怕而肢体颤动之意，如陆詟水栗、汗洽股栗、战战栗栗、栗栗危惧、股战而栗、呹訾栗斯，等等。这是怕什么呢？像鸟儿样的怕狝猴？还是其他什么？

外国也有栗树。除成语"火中取栗"提及栗外，短篇小说集《栗树下的晚餐》也提到栗。作品反映法国中上层阶级，尤其文人、艺术家圈子里的人情世故、人性真相。作者莫洛亚因此被评论家誉为"莫泊桑之后第一人"。

2021 年 6 月 2 日

44. 柳

柳树是一类植物的总称，种类繁多，具有很高的观赏价值。柳树因其顽强的生命力、适应能力和形象特点，被人们赞美和肯定，并赋予很深的寓意。

诗选：忆远

行人犹未有归期[①]，万里初程日暮时[②]。
唯爱门前双柳树，枝枝叶叶不相离[③]。

校注：①行人，行子也，远行在外之人。②初程，初离家门、初上征途。③比语确切，离思苍然矣。

读札：唯爱门前双柳树

柳树可能是离人心最近的树。"碧玉妆成一树高，万条垂下绿丝绦"，何其美哉；"纵使柳丝千万条，也难绾住行人脚"，"渭城朝雨浥轻尘，客舍青青柳色新"，多么深情。生离之时，折柳相送，以其轻柔纤细，表达缠绻之意；死别之后，每至清明，折柳挂白，以表达对亲人的思念。我母亲去世后，每年清明上坟，我会砍去坟堆上的杂树，在塌陷的地方培土，挖两个碗形的土块码上坟头，并在上面插上柳条。柳条摇曳，思念的风呜呜如泣。插柳风俗自纪念介子推始，我也以此纪念母亲。

据说重庆有门头插柳的传说：明朝末年，张献忠率领的农民起义军

205

攻近重庆时，一妇女抱长男而逃，丢幼男于不顾。张使人问其故，女答曰："长男为别人委托，幼男是我亲生，我不能为要自家儿子而丢掉人家儿子。"张听后备受感动，遂对她说："义军不杀百姓，不用逃跑、害怕。"并顺手折一柳枝交给她，让她通知乡亲们："门前插柳，说明不是贪官污吏，决不相害。"所以重庆家家插柳，沿袭至今，还有一条街叫"杨柳街"。

柳树也是生命力最强的树。砍断杈枝，插在地里，即能生根发芽；锯倒了，横在院里，也能长叶扬花。不择水土，不畏寒暑，虽遇火烧雷劈，也能屹立千年。另外，柳树几乎都是倒垂着柳枝，饱含着我们中华民族温柔、含蓄、有修养、有涵养、谦逊等伟大的品格；大多柳树都是立春前后发芽吐绿，预示万物生机勃勃，象征人们前程似锦、春光无限。

在我国诗歌王国里，柳树一直受到诗人的追捧。张籍现存诗歌中，涉及柳树的就有 21 首，占其"植物诗歌"总数的近 20%。这些诗歌，从内容看，大致可分三类。

第一类是写景。例如《江南春》："江南杨柳春，日暖地无尘。渡口过新雨，夜来生白苹。"这是写渡口之景。《雪溪西亭晚望》："雪水碧悠悠，西亭柳岸头。夕阴生远岫，斜照逐回流。"这是写西亭之景，表思乡之情。《酬白二十二舍人早春曲江见招》："曲江冰欲尽，风日已恬和。柳色看犹浅，泉声觉渐多。"写初春时节，与白居易同游曲江所见，曲江冰解，风日恬和，柳色犹浅，泉声渐多。《小院春望宫池柳色》："小苑春初至，皇衢日更清。遥瞻万条柳，迥出九重城。"写宫中美景，绿柳如云。《寒塘曲》："寒塘沉沉柳叶疏，水暗人语惊栖凫。舟中少年醉不起，持烛照水射游鱼。"写秋冬之时，少年持鱼叉射鱼也。《祭退之》："新池四平涨，中有蒲荇香。北台临稻畦，茂柳多阴凉。"回忆自己与韩愈夏日同游南郊的情景，老泪纵横，唏嘘不止。《无题》："桃蹊柳陌好经过，灯下妆成月下歌。为是襄王故宫地，至今犹有细腰多。"写道路柳多。唐代驿道

206

旁边，确实多植槐树、柳树、榆树等。

第二类是送别。有资料表明，《全唐诗》中，送别诗约占10%，张籍的送别诗也多。可以想见，古时的人多么重视感情。例如《送从弟戴玄往苏州》："杨柳阊门路，悠悠水岸斜。乘舟向山寺，着屐到渔家。"阊门指苏州城西门，是张籍祖籍之地，亲情乡情均在。《送友生游峡中》："风静杨柳垂，看花又别离。几年同在此，今日各驱驰。"峡中指长江三峡地区，依依不舍。《别客》："青山历历水悠悠，今日相逢明日秋。系马城边杨柳树，为君沽酒暂淹留。"这是置酒送别，就像王维"劝君更尽一杯酒"。《送远曲》："吴门向西流水长，水长柳暗烟茫茫。行人送客各惆怅，话离叙别倾清觞。"写原籍柳暗，心境凄凉。《杨柳枝二首》："炀帝行宫汴水滨，数株残柳不胜春……长安陌上无穷树，唯有垂杨管别离。"亦说刘禹锡作品。

第三类是思念，更多一些。例如《思远人》："出门看远道，无信向边城。杨柳别离处，秋蝉今复鸣。"《忆远》："行人犹未有归期，万里初程日暮时。唯爱门前双柳树，枝枝叶叶不相离。"《思江南旧游》："独行愁道远，回信畏家移。杨柳东西渡，茫茫欲问谁？"诗写于796年，全家搬迁和州历阳县事。《赠王秘书》："身屈只闻词客说，家贫多见野僧招。独从书阁归时晚，春水渠边看柳条。"王秘书即王建。嫖姚，霍嫖姚，泛指武将。王建贞元中历佐淄青、幽州、岭南节度幕。元和初复佐荆南、魏博幕，此即"佐嫖姚"也。《送和蕃公主》："九姓旗旛先引路，一生衣服尽随身。毡城南望无回日，空见沙蓬水柳春。"罗谱系于穆宗长庆元年（821），时张籍在长安，任国子监博士。公主即太和公主，宪宗女，嫁回鹘崇德可汗。《旧唐书·吐蕃传》："闻突厥及吐谷浑皆尚公主，乃遣使奉表，求婚，太宗许之，自是以来，多以公主妻吐蕃矣。"

《和裴司空酬满城杨少尹》："共惊向老多年别，更忆登科旧日同。谁不望归丞相府，江边杨柳又秋风。"罗谱系于敬宗宝历元年（825），时张籍在长安，任主客郎中，杨少尹即杨巨源，裴司空为裴度。《寄苏州白二十二使君》："阊门柳色烟中远，茂苑莺声雨后新。此处吟诗向山寺，知君忘却曲江春。"罗谱系于敬宗宝历二年（826），时张籍在长安，任主客郎中。白二十二使君为白居易。《旧唐书》本传谓："宝历中，复出为苏州刺史。"白居易在敬宗宝历元年三月四日除苏州刺史，二十九日发东都，过汴州，与令狐楚相会，渡淮水、经常州，五月五日到苏州任。

《寄孙洛阳格》："常思从省连归马，乍觉同班少旧人。遥望南桥秋日晚，雨边杨柳映天津。"孙格，即孙革。孙自刑部员外郎迁洛阳令，且与张籍同在尚书省为郎。唐制县有赤、畿、望、紧、上、中、下七等之差，凡县治设在京都之内者称赤县，京之旁邑称畿县。西京以长安、万年为赤县。东京以河南、洛阳为赤县。两人在尚书省为同僚。天津桥在河南县北，此写洛阳之景，盖寄也。《伤愚溪二首》："柳门竹巷依依在，野草青苔日日多。纵有邻人解吹笛，山阳旧侣更谁过？"愚溪，一名冉溪，元和五年，柳宗元易其名为愚溪。在湖南零陵县西南，东北流入潇水。山阳旧侣，指魏晋间，向秀与嵇康、吕安友善，二人被司马昭所害，秀经其山阳旧居，闻邻人笛声，感怀亡友，作《思旧赋》。后因之以"山阳笛"为怀念故友之典。玩诗意，此盖怀念柳宗元也。

柳树也叫杨柳。据古代传奇小说《开河记》记述，隋炀帝登基后，下令开凿通济渠，虞世基建议在堤岸种柳，隋炀帝认为这个建议不错，就下令在新开的大运河两岸种柳，并亲自种植，御书赐柳树姓杨，享受与帝王同姓之殊荣，从此柳树便有了"杨柳"之美称。

柳树是中国的原生树种，也是我国被记述的人工栽培最早、分布范围最广的植物之一，史前甲骨文已出现"柳"字。我到鸣沙山、月牙泉游玩时，看到数株老柳树，几个人都抱不过来。听导游说它们是左公柳，是左宗棠在用兵西北的过程中指挥官兵士民所植。他看到《资治通鉴》中记载的关陇一带昔日"畜牧为天下饶"的景象不再，河谷川区生态环境遭到非常明显的破坏，决定在大道沿途、宜林地带和近城道旁遍栽柳树、杨树和沙枣树，名曰道柳。其用意在于巩固路基、防风固沙、限戎马之足以及利行人遮凉。

身为将军统帅，以一己之力维护了国家的统一与领土完整，平定西北、收复新疆，功莫大焉；身为汉族人，没有通过科举而进入"名臣"之列是何等不易。与左宗棠并列的晚清中兴四大名臣曾国藩、李鸿章、张之洞哪个不是进士出身，然而他们都没有左宗棠会种树，在西部只要提起植树造林就会想到左宗棠，只要看到柳树就会想到左宗棠，这是左宗棠区别于其他文官武将的最显著的标志。——这似是题外话了。

我对于柳树刻骨铭心的记忆是 1974 年 9 月 29 日，在乌江驻马河口。这里是项羽的两过之地，是张籍出入之处，竟也是母亲罹难之地。当时我沿着江边奔跑，扶住老柳树哭泣，之后写过《柳树记得许多事》，写过《离也不离》。今年清明又至驻马河口，在老柳树下，从日中坐到日落，抚今追昔，思绪万千。

2021 年 5 月 25 日

45. 青萝

青萝又名松萝、女萝、松落、龙须草、金钱草、关公须、天蓬草、树挂、松毛、海风藤、金丝藤、云雾草、老君须、过山龙等，属地衣门，松萝科植物，生于深山的老树枝干或高山岩石上，成悬垂条丝状。有清肝、化痰、止血、解毒之用。

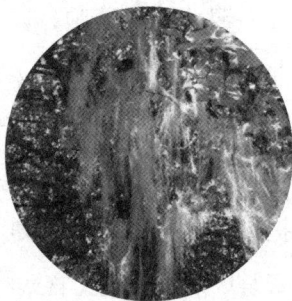

诗选：寄汉阳故人①

知君汉阳住，烟树远重重。归使雨中发，寄书灯下封②。
同时买江坞，今日别云松③。欲问新移处，青萝最北峰。

校注：①罗谱系于穆宗长庆二年（822），时张籍任水部员外郎。《唐书·地理志》："鄂州江夏郡，汉阳县。"汉阳，今址在湖北武汉市。②二句言寄故人也。字清意远。③别云松，如云松之相离也。

读札：青萝最北峰

《寄汉阳故人》写诗人寄书汉阳故人及对故人的思念。这首诗的写作时间，徐礼节先生认为是贞元十三年（797）张籍居和州时；罗联添张籍年谱系于穆宗长庆二年（822），时张籍任水部员外郎。对于"江坞"的解释也有差别。

同时买江坞，今日别云松。欲问新移处，青萝最北峰。

徐礼节解释为：临江的建筑。借指江边的别墅。坞，村落。北周瘐信《杏花诗》："依稀映村坞，烂漫开山城。"张籍"买江坞"当在贞元十二年迁居和州时。宋贺铸《历阳十咏·桃花坞》："种树临溪流，开亭望城郭。当年孟张辈，载酒来行乐。斯人久埃灭，节物今犹昨。看取不言花，春风自相约。"题注："县西二里麻溪上。按县谱，张司业之别墅也。籍与孟郊载酒屡游矣焉。茂林修竹，尤占近郭之胜。"（《庆湖遗老诗集》卷三）。籍所买江坞，或即桃花坞。籍另诗《书怀寄元郎中》："重作学官闲尽日，一离江坞病多年。"至于"欲问新移处，青萝最北峰"两句，写张籍将移居"最北峰"，当在和州。

罗联添解释：坞，土堡。此借指住宅。

比较起来，我觉得江坞就是桃花坞，而"最北峰"指近旁东华山，位于大西门开圣寺西侧。

青萝，诗中多见，就是松萝，一种依附在松柏或墙上的植物。李白诗《下山过斛斯山人酒》中"绿竹入幽径，青萝拂行衣"中青萝即是也。不称松萝而称青萝，盖有色彩之故，且去松类之嫌。

南朝梁代江淹《江上之山赋》："挂青萝兮万仞，竖丹石兮百重。"清代厉鹗《暮投偏福寺宿楚木禅师方丈》："烟中问路得樵叟，青萝一径穿颓垣。"李商隐《北青萝》：

残阳西入崦，茅屋访孤僧。落叶人何在，寒云路几层。
独敲初夜磬，闲倚一枝藤。世界微尘里，吾宁爱与憎。

诗人在暮色中去寻访一位山中孤僧，通过体味山中疏淡清丽的景色、孤僧恬静闲适的生活，诗人领悟到"大千世界，全在微尘"的佛家境界。张籍诗中的青萝，是借代用法，指长满青萝的山。

青萝又称龙须草、关公须、天蓬草、树挂、松毛、金丝藤、云雾草、老君须、金钱草等，成悬垂条丝状，从名称亦可看出其形态。一般初夏开花，家里温暖冬天也可以开花。

松萝是个说不清的东西，无根无枝，寄生松上。春荣秋枯，来去无踪。似草非草，似菌非菌，所以《中国植物志》里，居然就没有收录松萝。但在植物分类学里，仍然有它的芳名：松萝科、松萝属、松萝（女萝、接筋草）。实在不知道它是什么，就单给它立个科：松萝科。基本上划归在地衣类。

而地衣是什么呢？地衣是真菌和光合生物之间稳定而又互利的联合体，真菌是主要成员。另一种定义把地衣看作是一类专化性的特殊真菌，在菌丝的包围下，与以水为还原剂的低等光合生物共生，并不同程度地形成多种特殊的原始生物体。传统定义把地衣看作是真菌与藻类共生的特殊低等植物。1867 年，德国植物学家施文德纳得出了地衣是由两种截然不同的生物共生的结论。在这以前，地衣一直被误认为是一类特殊而单一的绿色植物。全世界已描述的地衣有 500 多属，26 000 多种。从两极至赤道，由高山到平原，从森林到荒漠，到处都有地衣生长。

——松萝就是真菌一类的原始生物体。

要说松萝，花鸟市场就有卖的，用麻袋装。价钱真不贵，买来做什么呢？养兰花。兰花是娇嫩的植物，要极端透气、要保湿、要干燥。又要保湿又要干燥，要求确实很高。好在世间有松萝一物，天生就像是为兰花而生的，扯一把晒干的松萝裹在兰花的根上，就可以起到保湿干燥的效果，长途运输也经受得起，摆在地摊上任人翻拣，也挨得住。买了回家，连着松萝一起放进高腰身有侧孔的专用兰花盆里，浇上水就可以了，没有山泥也不要紧。既不用担心浇多了烂根，也不用担心浇少了会干死。这晒干的松萝就有这么好用。

2021 年 6 月 1 日

46. 梅

梅花，小乔木，稀灌木。花香味浓，先于叶开放；果实近球形，黄色或绿白色。梅花原产中国南方，已有三千多年的栽培历史，无论作观赏还是果树均有许多品种。在中国传统文化中，梅以它的高洁、坚强、谦虚的品格，给人以立志奋发的激励。

诗选：送李司空赴镇襄阳①

中外兼权社稷臣②，千官齐出拜行尘③。
再调公鼎勋庸盛④，三受兵符宠命新⑤。
商路雪开旗旆远⑥，楚堤梅发驿亭春⑦。
襄阳风景由来好，重与江山作主人⑧。

校注：①罗谱系于敬宗宝历二年（826），时张籍在长安，任主客郎中。吴胡考："李司空为李逢吉。"陶证亦谓："李司空，李逢吉。"②中外，谓朝廷内外。社稷臣，谓安定社稷之臣也。③拜行尘，谓送行也。江淹《别赋》："见行尘之时起。"行尘，行走时扬起的尘埃，常用于形容远行者。④《北史·魏收传》："公鼎为己信。"调鼎谓为相。勋庸，功勋。⑤按：此言其三掌兵符，此为最新之任命也。⑥商路，指商州路。唐代自长安赴襄阳必须经过河南。河南商丘、安阳为商朝故都，因谓此一行程为商路。⑦二句写征途物色。⑧此言其重至襄阳。

读札：楚堤梅发驿亭春

今年公历一月初，我到得胜河散步，过桃花桥，到达南岸，忽见红花灼灼，烂若云霞。我拍给微信好友摄影师雅琴看，说垂丝海棠开了。她回复说：是梅花吧？

真是梅花。

梅花原产我国南方，已有3000多年的栽培历史，无论作为观赏还是果树，均有许多品种。许多类型不但露地栽培供观赏，还可以栽为盆花，制作梅桩。鲜花可提取香精，花、叶、根和种仁均可入药。果实可食，盐渍或干制，或熏制成乌梅入药，有止咳、止泻、生津、止渴之效。梅又能抗根线虫危害，可作核果类果树的砧木。

梅花在诗文中生长旺盛，葳蕤成景。只要是读过书的人，恐怕没有人不知道"驿外断桥边，寂寞开无主""俏也不争春，只把春来报""遥知不是雪，为有暗香来""不要人夸颜色好，只留清气满乾坤""疏影横斜水清浅，暗香浮动月黄昏"等等。它与兰花、竹子、菊花一起被列为四君子，与松、竹并称为"岁寒三友"。在中国传统文化中，梅以它的高洁、坚强、谦虚的品格，给人以立志奋发的激励。

在我读过的诗文中，印象最深的是龚自珍的《病梅馆记》，最受感动的是最后两段：

予购三百盆，皆病者，无一完者。既泣之三日，乃誓疗之：纵之顺之，毁其盆，悉埋于地，解其棕缚；以五年为期，必复之全之。予本非文人画士，甘受诟厉，辟病梅之馆以贮之。

呜呼！安得使予多暇日，又多闲田，以广贮江宁、杭州、苏州之病梅，穷予生之光阴以疗梅也哉！

214

这种爱惜人才、尊重人才的想法，在其《己亥杂诗·其二百二十》也有表现：

九州生气恃风雷，万马齐喑究可哀。

我劝天公重抖擞，不拘一格降人才。

世人都道人才重要。然而从古至今，又有多少人从内心里怜惜、尊重人才呢。

梅花寓意丰赡，耐人寻味。比如：

春落梅枝头。古人说，梅具四德，初生蕊为元，开花为亨，结子为利，成熟为贞。后人又有另一种说法：梅花五瓣，是五福的象征。一是快乐，二是幸福，三是长寿，四是顺利，五是我们最希望的和平。

梅常被民间作为传春报喜的吉祥象征，陈志岁微型诗《梅花》这样写道："为使与严寒搏斗之俦侪坚持下去，便把春消息透露给人。"梅花是岁寒三友之一，花中四君子之首。自古以来，人们都赞美它的傲雪精神，它的孤独的不与百花争春的高洁的美。

梅花是中华民族的精神象征，具有强大而普遍的感染力和推动力。梅花象征坚韧不拔、百折不挠、奋勇当先、自强不息的精神品质。民间传说别的花都是春天才开，它却不一样，愈是寒冷，愈是风欺雪压，花开得愈精神，愈秀气。

张籍现存诗歌中，有五首诗写到梅花。其中四首是送别诗，包括《送李司空赴镇襄阳》《送李评事游越》《送友人卢处士游吴越》《扬州送客》。在这些诗里，梅花既是点明季节，也是对朋友的赞扬。佛说，你看到什么，你就是什么。现代人加以演绎，你看到别人优秀，是因为你自己优秀。

李司空李逢吉赴镇襄阳，至商州路（唐代自长安赴襄阳必须经过河南商丘、安阳，此为商朝故都，故称商路），雪花飘飘，驿亭梅发，风景秀丽，迎迓重臣。李逢吉人品自然不差。

李评事李楘游越，畅游镜湖，遥望海山，行走梅市，踏访兰亭。这是秋天，但梅市是地名，由姓名梅福化出。《太平寰宇记越州会稽县》曰："汉梅福，遇王莽乱，独弃妻子，之会稽。人多依之，遂为村落井里也。"以梅为姓氏，以梅为地名，应是心仪梅品所致吧。

卢处士也游吴越。真可谓"人人尽说江南好，游人只合江南老"。作者"羡君东去见残梅，惟有王孙独未回"。见残梅，时当初春，春已渐落。王孙未回，慨叹游吴越之旧友未归也，兼致送行之意。

扬州送客，是送朋友归扬州了。《通典》："广陵郡，扬州。今理江都、扬二县。""闻道望乡听不得，梅花暗落岭头云。"岭头云，谓梅花暗落如云。这是以梅花写心情，有些忧伤。

另有《梅溪》：

自爱新梅好，行寻一径斜。不教人扫石，恐损落来花。

短短四句二十个字，把对梅花的喜爱之情都写出来了。不仅寻梅，连落下的花瓣都舍不得扫。

梅在唐代种植广泛，特别是在驿道、驿站及驿站附近的旅舍，触目皆梅，为唐代馆驿题材诗歌中的主要植物品种。

据有关资料，唐代馆驿题材诗歌涉及植物计35种，其中生长于水驿边的植物有莲、芦苇、菰、蒲、荻、苹、蓼、菱、芷、蒹葭10种，用作驿道的行道树的树种主要有杨柳、枫树、松树、槐树以及榆树、白杨树6种。其余的高大乔木有梅花、桃树、樱桃、桂树、橘枳树、柿子树等。通常是种植在驿馆、驿楼等旅舍建筑院内或周围的。驿馆内常常还种有一些常见的花卉植物，如菊花、蔷薇、海棠等，某些靠近池塘、湖泊等

水域的驿站还种有水生的植物如荷花、红菱等。这些植物意象的运用有着重要的诗学意义。

驿站驿道乃交通点线，唐代诗人们在需要出远门时就会经过驿站和驿道，就会写作馆驿题材的诗歌。唐代馆驿题材诗歌大致可分为两类，第一类是写给自己的，第二类是赠予他人的。第一类诗是诗人在羁旅过程中游行寄宿时的所见所感，也包括仕途上升迁或遭贬谪后赴新任所时的交通经过，如杜甫《宿白沙驿》、钱起《宿洞口馆》、白居易《再因公事到骆口驿》、韦镳《经望湖驿》、柳宗元《北还登汉阳北原题临川驿》、郑愔《贬降至汝州广城驿》等。

第二类是诗人去驿站、驿楼等处为友人饯行时酬赠的诗作，如窦庠《四皓驿昕琴送王师简归湖南使幕》、陈羽《小江驿送陆侍御归湖上山》、刘禹锡《秋日送客至潜水驿》、罗隐《商于驿与于蕴玉话别》等。另外还有很少的一类是奉和友人之作，如白居易《酬和元九东川路诗十一首，骆口驿旧题诗》、李商隐《寄和水部马郎中题兴德驿，时昭义已平》等。

馆驿植物是触动诗人愁绪的关键要素。馆驿植物所在的特殊位置使得它能够调动起诗人的羁旅愁情。古代中国是个农耕社会，农耕文化以固定为特征，加上数千年儒教的熏沐，我们民族的文化心理是崇尚和平、安宁、稳定的。唐人亦是如此，但凡有心出仕之人，都希望能够在京都长安大展宏图，在长安稳定下来。然而世事常难遂人愿，长安居，大不易，能够长久做京官的毕竟少数，很大一部分做官的诗人都难逃调任、贬降甚至流放的命运，驿站和驿道也就成了这种不稳定的人生的必经之路。来到驿站、行走在驿路上的诗人，内心深处其实是为奔波所苦的，这就使得他们在创作馆驿题材诗歌之先，已然隐含了某种愁绪，而馆驿地区的各种植物就成了诗人抒发情绪的起兴之物。

馆驿植物也是诗人怀思故乡的重要物象。通过写故乡的植物来表达想念故乡的情绪。驿站的各种花木，可能也是故乡土地上生长的风物，是行客即将离开不知何时才能再见到的事物，进入诗歌中，就成了故乡的代表与象征了。有些植物并非故乡所特有，而由于其自身的隐喻意义，触动了诗人的乡愁。读张籍的这几首诗，也会产生这种感觉。

说到梅花，要特别提到北宋诗人杜默。

杜默（1019—1081），字师雄，历阳丰山（今功桥镇丰山杜村）人，北宋诗人。他幼读经史，爱写诗文，20岁游学开封。1039—1042年，杜默师从徂徕先生，与诗人欧阳修、石曼卿相处甚密。其师石介作《三豪诗送杜默师雄》："曼卿豪于诗，社坛高数层。永叔豪于辞，举世绝俦朋。师雄歌亦豪，三人宜同称。"故有"歌豪"之称。

北宋康定元年（1046），杜默科举落第，离开京师，从此为逸民。他得到六株名贵的玉蝶梅，返乡后在宅边竹篱植下，精心护理，后来建造了一座规模可观的梅园。闲来无事，邀宴宾朋，对梅把盏，赏梅吟诗，大有王羲之当年兰亭雅集之胜。杜默曾作《植梅》诗三首，记述了植梅建园的过程及梅园的设计思想，表现了一种陶渊明式的闲适恬淡、怡然自得的乐趣。

半亩花阴半亩园，宽通一角始周全。

培根急取他山石，设槛须添杖上钱。

浅筑墙头防过酒，大开竹径为留贤。

不妨酒力兼诗思，好具藤床待昼眠。

手植名花浪得名，名花于我是门生。

幽香自足魁天下，清白由来效逸民。

铁干四垂阴射日，瑶华万点雪飞晴。

何当烂醉呼兄弟，异姓梅翁结杜陵。

何必寻梅向远方，阿家墙畔水之旁。

日营月结香蜂举，雪寒冰团蝶阵忙。

前日雨肥尤可爱，近因风瘦不曾伤。

游人为指幽奇处，不是罗浮是考塘。

　　这三首诗自然朴实，琅琅上口，表现了以梅为伴的村居生活情趣。第一首写植梅时以石培根，浅筑土墙，尔后邀贤会友，饮酒吟诗。第二首写梅花开于门前，自己仿佛成了避世隐居之人，并想象自己烂醉之后与梅花称兄道弟的情景。第三首写梅花就在墙畔水旁，雨肥风瘦，蜂举蝶忙，其幽奇之处，恍若蓬莱的罗浮。

　　玉蝶梅又称半枝梅。

　　现在丰山杜村尚有梅园，呈长方形，约一亩地。园的南面是一座六边形花台，中间梅树抗寒斗暑，傲然而立。靠北两根柱子间镶着石碑，上刻清代朱筼所撰《梅豪亭记》，字迹漫漶。园子当中还有些杂树，也有梅树，是一个上好的休闲场所。后世慕名来访梅豪亭者不在少数，留下诸多诗文。

2021 年 6 月 3 日

47. 木兰

木兰，别称木兰花、紫玉兰、辛夷、木笔等，是木兰目木兰科木兰属下的植物，为落叶乔木。木兰原产中国中部，现中国各省区均有栽培。

诗选：春水曲

鸭鸭，觜唼唼①。
青蒲生，春水狭，荡漾木兰船②。
中有双少年，少年醉，鸭不起③。

校注：①唼音煞，唼唼，拟声词。像水鸟或鱼食声。陆游《长歌行》："鸭鸭觜唼唼，朝浮杜若洲，暮宿芦花夹。"源于此句。②木兰船，以木兰树为建材所造之舟。据梁·任昉《述异记》："木兰洲在浔阳江中，多木兰树，昔吴王阖闾植木兰于此，用构宫殿也。七里洲中，有鲁般刻木兰为舟，舟至今在洲。诗家云木兰舟，出于此。"柳宗元《酬曹侍御过象县见寄》："破额山前碧玉流，骚人遥驻木兰舟。"③鸭子不肯上岸。

读札：那不长系木兰船

木兰名声很响，因为初中语文课本里，有首《木兰诗》，是背诵篇目；后来又有电影《花木兰》，小燕子赵薇主演，那双大眼睛迷倒了很多观众。给人的总体印象是英姿飒爽，不爱红装爱武装。

人名缘于树名。就像一个好看的女人会有很多昵称，木兰，又叫木兰花、紫玉兰、辛夷、玉兰、木笔等。它是落叶乔木，能长到几米甚至十几米高，确实高大英武，常作为广场树、行道树栽植。现代人比较看重它的观赏价值，因为初春时节，万物萌发，它已开出满树白色的花、紫色的花。它先于叶子绽放，又遮住所有的枝权，远看像一团白云，像一团红霞。它使出全部的力量，像一只母鸡一气生完所有的蛋，像一位母亲一气挤完所有的奶水，叫我感动，叫我心疼。花开之际，我每次散步，都会驻足观赏，致以敬意。花谢之后，结出的果实很特别，红红的，远看像是一串串红色的山楂，有的地方叫龙爪果。等果核成熟，它就炸开，果核落于树下的泥土之中，新的生命开始孕育。

不过，在古代，它是有大用处的，比如制作木兰船。木兰船，又称木兰舟，不仅仅是美称，有的船只真是用木兰树制造的。

南朝梁代刘孝威《采莲曲》："金桨木兰船，戏采江南莲。"

唐代贾岛《和韩吏部泛南溪》："木兰船共山人上，月映渡头零落云。"

《太平广记》卷四百零六《草木一·木·木兰树》：

七里洲中，有鲁班刻木兰为舟，舟至今在洲中，诗家所云木兰舟，出于此也。木兰洲在浔阳江中，多木兰树，吴王阖闾，植木兰于此，用构宫殿也。

《太平广记》是中国古代文言纪实小说的第一部总集。宋代李昉、扈蒙、李穆、徐铉、赵邻几、王克贞、宋白、吕文仲等 14 人奉宋太宗之命编纂。开始于太平兴国二年（977），次年（978）完成。因成书于宋太平兴国年间，和《太平御览》同时编纂，所以叫作《太平广记》。

张籍诗中，四次写到木兰及木兰船。如《春水曲》中："青蒲生，春水狭，荡漾木兰船。"《春别曲》中："江头橘树君自种，那不长系木兰船。"那不，奈不也。此伤别也。如《岸花》：

可怜岸边树，红蕊发青条。东风吹渡水，冲着木兰桡。

可怜，可怜惜、可爱也。桡，船桨。
如《寄远曲》：

美人来去春江暖，江头无人湘水满。
浣纱石上水禽栖，江南路长春日短。
兰舟桂楫常渡江，无因重寄双琼珰。

美人，喻怀念之人。湘水，即今湖南湘江。

辛夷，原指木兰的干燥花蕾，是中药材，现多指木兰树。木有香气，花初出枝头，苞长半寸，而尖锐俨如笔头因而俗称木笔。及开则似莲花而小如盏，紫苞红焰，作莲及兰花香，亦有白色者，人又呼为玉兰。

《楚辞·九歌·湘夫人》："桂栋兮兰橑，辛夷楣兮药房。"洪兴祖补注："《本草》云：辛夷，树大连合抱，高数仞。此花初发如笔，北人呼为木笔。其花最早，南人呼为迎春。"

传说，在江西庐山有两户人家，一户有个男孩叫阿木，一家有个女儿叫阿兰。这两户人家男耕女织，狩猎捕鱼，过着和和美美的日子。一天，城里王府老爷出来巡猎，看中了阿兰的姿色，便差人抢进府里。阿木闻知，偷偷溜进王府院，带着阿兰一起逃跑，不幸被王府发觉，被追赶。阿木和阿兰逃到浑江畔上的望江崖，被逼无奈，双双投身江底。他俩的父母把他们从江中打捞上来，葬在望江崖的丛林中。第二年春天，密林间长出了奇异的木本花树，雌雄同株，花香沁人，十里不绝。据说，这便是阿木和阿兰的化身。人们为纪念这对坚贞不屈的年轻人，给这棵花树起名为

222

"木兰花"。

2017 年 3 月 5 日，我参与编写《石杨镇志》。为搜集石杨镇辖区内名人贤达材料，我与高关中学退休教师周正读等同志，赴芜湖市区采访高关村周铁生先生三子周正言先生。在他家里，我看到当代草圣林散之先生赠给他父亲、黄浦第十三期学员、中国抗日远征军军官周铁生先生（1916—1991）的草书条屏《乌塘》。

1936 年，周铁生到南京补习，准备报考高中，继之国事日非，民生憔悴，莘莘学子纷纷弃文习武，救亡图存。周铁生每每慨叹："投笔从戎古有之，书生报图此其时。"遂放弃所学，报考国民政府陆军交通辎重兵学校第一期，即黄埔军校第十三期学习班，7 月 1 日入伍，接受军事训练，从此改弦易辙，转入军界。

在校期间，喜欢看新杂志，听过邹韬奋、沈钧儒等人的演讲，又与当代书画名家林散之及其朋友"种瓜诗叟"邵子退二先生交往，谦虚求教，深得他们嘉许，被他们称为性情中人。林散之为其绘工笔山水一幅，书草书中堂对联数帧，以后经专家鉴定均系精品，不易多得。周铁生在老病之年，终日面对珍品，怡然自得，郑重嘱咐：自己百年之后，山水画为长子存留，书法作品分别给予其他子女，务须珍藏，视为传家之宝，不得丢失、损毁甚至随意转让。

20 世纪 80 年代初，时任南京林业大学教授、林散之次子林昌庚到合肥出差，受其父之托特来看望周铁生。后来，为感谢林散之先生情谊，周铁生不顾家人劝阻，前往南京探望林散之先生。林先生见到多年不见的忘年交，很是高兴，提笔给他写了一副字，就是笔者在他三子周正言家看到的那幅草书条幅《乌塘》。

乌塘渺渺绿平堤，堤上行人各有携。
试问春风何处好，辛夷如雪柘冈西。

款识为"铁生世侄留念""王安石乌塘诗，七十八叟散耳"。推算起来，当写于 1977 年，其时周铁生 62 岁。

《乌塘》是北宋文学家王安石创作的七言绝句。这首诗咏江西乌塘柘冈春景。首句描写乌塘盈盈春水与堤岸平齐的美好风光。第二句写游人如云，各携餐具、酒器嬉游堤上的热闹情景，语言于平易中见凝练。后二句点出辛夷花盛开如雪的柘冈西边，是诗人最为喜爱的处所。全诗格调轻快，表现出诗人对自然、对生活的热爱。林散之把这首诗写给当时处于困厄之中的周铁生，应该是很有深意的。此篇友谊佳话，周铁生女儿周宁玲曾撰文回忆，文章刊登在《安徽日报》1994 年 12 月 24 日第六版上。

2021 年 6 月 6 日

48. 木棉

木棉又名红棉、英雄树、攀枝花、斑芝棉、斑芝树、攀枝，属木棉科，落叶大乔木，原产印度。木棉外观多变化：春天一树橙红，夏天绿叶成荫，秋天枝叶萧瑟，冬天秃枝寒树，四季展现不同的景象。木棉的花大而美，树姿巍峨，可植为园庭观赏树、行道树。

诗选：送蜀客①

蜀客南行祭碧鸡②，木绵花发锦江西③。
山桥日晚行人少，时见猩猩树上啼④。

校注：①蜀，自汉至隋，四川成都地区名为蜀郡。唐初改郡为州，遂为蜀郡。其后又改名益州。②《汉书·郊祀志》："或言益州有金马、碧鸡之神，可醮祭而致。"③锦江，江名，在成都。④上二句言赴蜀及其物色，下二句则写征途凄苦，亦即送意也。

读札：木绵花发锦江西

我一直分不清"木绵"与"木棉"的区别。读张籍《送蜀客》《昆仑儿》时，也是大费思量。《送蜀客》云：

蜀客南行祭碧鸡，木绵花发锦江西。

蜀客是指去成都地区的朋友。自汉至隋，四川成都地区名为蜀郡。唐初改郡为州，遂为蜀州。其后又改名益州。是富裕地区。自长安到成都，总体上看，自然是"南行"。祭指祭祀，《汉书·郊祀志》云："或言益州有金马、碧鸡之神，可醮祭而致。"锦江，是水的名称，在成都。在这里见到了木棉花，这一具有地方特征的景物。但是什么是木绵花呢？

《昆仑儿》云：

> 昆仑家住海中州，蛮客将来汉地游。
> 言语解教秦吉了，波涛初过郁林洲。
> 金环欲落曾穿耳，螺髻长拳不裹头。
> 自爱肌肤黑如漆，行时半脱木绵裘。

昆仑儿是指来自南方的人。《旧唐书·林邑国传》："自林邑以南，皆拳发黑身，通号为昆仑。"此处是说，昆仑儿远自海上，被蛮客携来中土。秦吉了，是鸟的名称，即鹦哥。似鸲而稍大，能言。此谓其言语闻之如鸟鸣。郁林洲，地名，治所在石南（今广西玉林市石南镇）。《唐书·南蛮传》："衣朝霞，耳金环。"《旧唐书·婆利国传》："其人皆黑色，穿耳附珰。"《古今注》："童子结发螺髻，言其形似螺壳。"穿的是什么呢？木绵裘。

查《现代汉语词典》，没有"木绵"词条，只有"绵"的解释，指丝绵、绵延，引申为薄弱、柔软；有"木棉"词条：

①落叶大乔木，高可达 40 米，掌状复叶，小叶椭圆形，花红色；蒴果卵圆形，内有白色纤维，质柔软，可用来装枕头、垫褥等。也叫红棉、攀枝花。②木棉果实内的纤维。

这就好懂了，原来"木绵"就是"木棉"。木棉果实内有纤维，可以装枕头、垫褥，自然也可以做衣服。因为那个时候，很少有现代意义上的棉花。

木棉最早以木棉树的意义出现在晋葛洪的《西京杂记》：西汉时，南越王赵佗向汉帝进贡木棉树，"高一丈二尺，一本三柯，至夜光景欲燃"。粤人以木棉为棉絮，做棉衣、棉被、枕垫，唐代诗人李琮有"衣裁木上棉"之句。宋郑熊《番禺杂记》载："木棉树高二三丈，切类桐木，二三月花既谢，芯为绵。彼人织之为毯，洁白如雪，温暖无比。"

元朝以前，中国古代所言木棉皆为木棉树果实内纤维，著名的禅宗信物"木棉袈裟"，其实就是指棉布袈裟。元朝司农司编撰，初稿完成于至元十年（1273）的《农桑辑要》中有栽木棉法一篇，详述了棉花种植技术，其中所记："近岁以来，苎麻艺于河南，木棉种于陕右，滋茂繁盛，与本土无异，二方之民，深荷其利。遂即已试之效，令所在种之。"元成宗时，木棉布开始列入正赋，其后古籍中，木棉和棉花混用。

木棉显得陌生，但攀枝花这个名称经常听到。特别是有个攀枝花市。据说是全国唯一以花命名的城市，享有"花是一座城，城是一朵花"的美誉。它是一座因国家三线建设而生的城市。当年，这里只有"七户人家一棵树"。20世纪60年代，党中央、国务院站在加快社会主义建设、调整全国工业布局、巩固国防后方的战略高度，实施了轰轰烈烈的大三线建设，在这里建成了中国西部首个大型钢铁企业攀钢。

它又被称为红棉树、英雄树。最早称木棉为"英雄"的是清人陈恭尹，他在《木棉花歌》中形容木棉花"浓须大面好英雄，壮气高冠何落落"。广州早在1930年代就曾定木棉花为市花，1982年再次选定它为市花。因为木棉开红花，所以在当地也叫红棉花。

木棉生长迅速，材质轻软，可供蒸笼、包装箱之用。木棉纤维短而细软，无拈曲，中空度高达86%以上，远超人工纤维（25%—40%）和其他任何天然材料，不易被水浸湿，且耐压性强，保暖性强，天然抗菌，不蛀不霉，可填充枕头、救生衣。木棉纤维被誉为"植物软黄金"，是目前天然纤维中较细、较轻、中空度较高、较保暖的纤维材料。

从古至今，西双版纳的傣族对木棉有着巧妙而充分的利用：在汉文古籍中曾多次提到傣族织锦，它取材于木棉的果絮，称为"桐锦"，闻名中原；用木棉的花絮或纤维作枕头、床褥的填充料，十分柔软舒适；在餐桌上，用木棉花瓣烹制而成的菜肴也时有出现；此外，在傣族情歌中，少女们常把自己心爱的小伙子夸作高大的木棉树。

2021 年 5 月 4 日

49. 楠木

楠木，又名楠树、桢楠，是樟科楠属和润楠属各树种的统称，有香楠、金丝楠、水楠等种类。属大乔木，成熟时可达 30 米，其木材坚硬，价格昂贵，多用于造船和宫殿。现存最大的楠木殿是明十三陵中长陵陵恩殿，殿内共有巨柱 60 根，均由整根金丝楠木制成。楠木极其珍贵，已经列入中国国家重点保护野生植物名录之中。

诗选：和左司元郎中秋居十首（其六）

醉倚班藤杖，闲眠瘿木床①。案头行气诀②，炉里降真香③。
尚俭经营少，居闲意思长④。秋茶莫夜饮，新自作松浆⑤。

校注：①瘿木，指有树瘤、未修饰之粗木。余恕诚、徐礼节《张籍集系年校注》：指楠树根。班，同"斑"。②行气诀，吐故纳新，修练气功。皮日休诗："环堵养龟看气诀。"意本此。③降真香，香名，传说能降神。④意思，意兴情思。刘禹锡诗："意思如有属。"⑤松浆，用松花或松脂酿成的酒浆，又称松醪。

读札：闲眠瘿木床

张籍《和左司元郎中秋居十首》（其六）作于元和十二年（817）秋。

时张籍在国子助教或广文博士任。写元宗简的闲静、高蹈的秋居生活和高雅的情致。开头两句：

醉倚班藤杖，闲眠瘿木床。

瘿，树瘤、树根也。"瘿木"亦称影木。"影木"之名系指木质纹理特征，并不专指某一种木材。瘿木不是某种树木的代名词，而是泛指所有长有结疤的树木。结疤也称为"瘿结"，生在树腰或树根处，是树木病态增生的结果，是一种天然的病态美。

瘿木根据木材的不同，可以分为楠木瘿、桦木瘿、花梨木瘿、榆木瘿、黄金樟瘿等，《博物要览》曰："影木产西川溪涧，树身及枝叶如楠。年历久远者，可合抱，木理多节，缩蹙成山水人物鸟兽之纹。"又云："亦有花纹成山水人物鸟兽者，名花梨影木焉。"

瘿木纹理奇特，具有特殊扭曲的花纹，有时包括多数小的节状生长物，使其具有极强的观赏价值。在《格古要论》中，"满架葡萄"便是用一串串葡萄来形容瘿木美丽的花纹。《新增格古要论》"满架葡萄"条记载："近岁产部员外叙州府何史训送桌面是满面葡萄尤妙。其纹脉无间处云是老树千年根也。"

不同树种的瘿木，呈现出不同的花纹：楠木瘿木纹呈山水、人物、花木、鸟兽状；桦木瘿，俗称桦木包，呈小而细的花纹，小巧多姿，奇丽可爱；花梨瘿木纹呈山水、人物、鸟兽状；柏木瘿呈粗而大的花纹；榆木瘿花纹又大又多；枫木瘿花纹盘曲，互为缠绕，奇特不凡。

在制作传统家具之时，瘿木是极其珍贵的装饰木材。由于瘿木大材少见，多被用于桌芯、椅背芯、柜门芯的加工制作上，橙黄的色纹与硬木的深沉巧妙的搭配起来，相映成辉，高雅华丽。据说，使用瘿木家具要经常擦摸。擦，是用布擦，或用棕老虎擦，使得家具表面的浮蜡去掉，渗入木纹里面的蜡保持住，木质亮而不燥，可呈现出古朴而又典雅的气质。

可能是由于楠木名贵，楠木瘿更好看，余恕诚、徐礼节《张籍诗系年校注》将其释为"楠木根"。本篇以此为据，说说楠木。

《博物要览》载："楠木有三种，一曰香楠，又名紫楠；二曰金丝楠；三曰水楠。南方者多香楠，木微紫而清香，纹美；金丝者出川涧中，木纹有金丝；楠木之至美者，向阳处或结成人物山水之纹，水河山色清而木质甚松，如水杨之类，惟可做桌凳之类。"

传说楠木水不能浸、蚁不能穴，南方人多用作棺木或牌匾。宫殿及重要建筑之栋梁必用楠木。据说现存最大的楠木殿是明十三陵中长陵陵恩殿，殿内共有巨柱 60 根，均由整根金丝楠木制成。如果以后有机会去北京，一定去那里看看。

楠木木材优良，具芳香气，硬度适中，弹性好易于加工，很少开裂和反挠，为建筑、家具等的珍贵用材。除做几案、桌椅之外，主要用作箱柜。现在民间有楠木棺材、楠木箱子、楠木床的说法。后两者都是传家宝，我在马鞍山古床博物馆见过楠木床，纹理细密，紫红色，确实好看。至于棺材，现代都实行火化政策，估计只能剖成佛珠之类的装饰品，倒能卖个好价钱。

楠木木材和枝叶含芳香油，蒸馏可得楠木油，是高级香料。该树种为高大乔木，树干通直，树叶终年不谢，为很好的绿化树种。

茅盾先生在《白杨礼赞》最后写道：

让那些看不起民众、贱视民众、顽固的倒退的人们去赞美那贵族化的楠木（那也是直挺秀颀的），去鄙视这极常见、极易生长的白杨树吧，我要高声赞美白杨树！

茅盾先生把楠木与白杨树放在对立的位置上。从中，可以看到楠木的特点：高大挺拔，不易生长，只有富贵之人才能享用。

几年前，我到芜湖市马仁奇峰国家级森林公园游玩。印象深刻的有两点，一是山上有座鲁迅峰，山峰右侧凸出的位置是头部，那微闭的双眼、鼻子，还有鲁迅先生最具代表性的一字胡，惟妙惟肖；左侧是胸、手、腿。所谓"山是一人，人是一山"。二是山上有面积达 150 多亩楠木林。导游介绍说，此为华东独有，是地球上纬度最高的原始楠木林。芜湖市位于安徽省东南部，地处长江下游，地理坐标介于东经 117°40′ 至 118°44′、北纬 30°19′ 至 31°34′ 之间，南倚皖南山系，北望江淮平原。据此看来，楠木当为位于长江以南的南方树种，应该是喜温怕寒，不如白杨抗寒。

2021 年 6 月 26 日

50. 肉桂

肉桂是樟科、樟属中等大乔木，树皮灰褐色。叶互生或近对生，长椭圆形至近披针形，边缘软骨质，叶柄粗壮。花白色，花被裂片。果椭圆形，成熟时黑紫色。喜温暖气候，喜湿润，忌积水，雨水过多会引起根腐叶烂。肉桂的树皮常被用作香料、烹饪材料及药材。其木材可供制造家具，该种也能作为园林绿化树种。

诗选：寄远曲[①]

美人来去春江暖[②]，江头无人湘水满[③]。
浣纱石上水禽栖[④]，江南路长春日短。
兰舟桂楫常渡江[⑤]，无因重寄双琼珰[⑥]。

校注：①按：此春日怀远之作。②美人，喻怀念之人。③湘水，即今湖南湘江。④栖，禽鸟止息也。⑤兰舟，木兰之舟。桂楫，桂木为楫。意指豪华之舟楫。⑥无因，无由也。琼，美玉。珰，耳珠。《古诗为焦仲卿作》："腰若流纨素，耳着明月珰。"双琼珰，指以美玉为质之耳珠。

札记：兰舟桂楫常渡江

读诗经常邂逅兰桂。如王勃《滕王阁序》："鹤汀凫渚，穷岛屿之萦

233

回；桂殿兰宫，即冈峦之体势。"如苏轼《赤壁赋》："桂棹兮兰桨，击空明兮溯流光。"桂殿是对殿宇的美称，因为庭院多植桂花。如明代归有光《项脊轩志》中"三五之夜，明月半墙，桂影斑驳，风移影动，珊珊可爱"句。如汉代班固《西都赋》："自未央而连桂宫，北弥明光而亘长乐。"如唐代冯贽《南部烟花记·桂宫》："陈后主为张贵妃丽华造桂宫于光昭殿后。"如唐代张籍《杂曲歌辞·少年行》："斩得名王献桂宫，封侯起第一日中。"

桂楫可指桂木船桨，或泛指桨。晋代王嘉《拾遗记·前汉下》："桂楫松舟，其犹重朴。"宋代陆游《蹋碛》诗："何日画船摇桂楫，西湖却赋探春诗。"还可以指华丽的船。如南朝吴均《采莲曲》："江风当夏清，桂楫逐流萦。"唐李世民《帝京篇》："桂楫满中川，弦歌振长屿。"

桂分两种，一是我们见到的桂花树，八月花开香气扑鼻；二是肉桂，是种乔木，能够高耸入云。虽然肉桂这种树木我们很少见到，但是桂皮、桂叶（称为香叶）倒是经常现身于我们的生活中。它是一种香料，它借助卤鸭、烤鸭、炸牛肉、炖牛肉，进入我们的胃，使我们肉体流香，灵魂洁净。将桂片置于酒中，这种香味独具的酒称为"桂酒"。现在风行全世界的可口可乐，也以肉桂为主要香料。古人相信桂皮"久服不老，面生光泽，媚好常如童子"。

肉桂又是药材，用途广泛。相传古代的西施抚琴吟唱自编的《梧叶落》时，忽感咽喉疼痛，遂用大量清热泻火之药，而后症状得以缓和，但是药停即发。后另请名医，药方竟为肉桂一斤。药店老板对西施之病略有所知，看罢处方，不禁冷笑："喉间肿痛溃烂，乃大热之症，岂能食辛温之肉桂？"西施道："此人医术高明，当无戏言。眼下别无他法，先用少量试之。"西施先嚼小块肉桂，感觉香甜可口，嚼完半斤，疼痛消失，进食无碍。药店老板闻讯，专程求教名医。名医答曰："西施之患，乃虚寒阴火之喉疾，非用引火归元之法不能治也。"张籍《答鄱阳客药名诗》诗中有"子夜吟诗向松桂，心中万事喜君知"句。松桂，谓松脂、桂枝，就是中药。

桂树既属香木，取其木材制作"桂棹"，其用意和意境与楚辞"兰棹"相同。李商隐《无题》中"月露谁教桂叶香"的"桂"，应指肉桂而非木犀科的桂花，因为肉桂叶的香气浓郁，而桂花的树叶却不带一丝香气。其木材可供制造家具和船桨。张籍的春日怀远之作《寄远曲》"兰舟桂楫常渡江，无因重寄双琼珰"句中，兰舟指木兰之舟，桂楫指桂木为楫。

我看过工人采剥桂皮的视频。用特制的钢刀先在树干基部横向环割一刀，深达木质部，把桂皮横断面切断。用剥刀作尺，向上量35厘米，再横向环割一刀，然后在两刀之间，自上往下纵割一刀，深达木质部，随即将刀凸口插入纵缝内上下左右掀动，即可将桂皮剥离。依次按每隔35厘米绕树干横向环割一刀，再纵割剥取桂皮，一般平均每株树可剥桂皮4—6段。剥下桂皮后放在晒场上晒干，如天气好，暴晒二天即干，晒干后的桂皮卷成圆筒状。肉桂被剥皮后，再砍去光滑的树干，留下约一米长的树桩，来年春天会发出新叶，几年之后长大又可剥皮。如此往复，直到失去再生长能力。

我感觉肉桂就像人，一个家庭的几代人，都在奉献。

2021 年 4 月 16 日

51. 桑

桑，落叶乔木或灌木，树体富含乳浆，树皮黄褐色。叶为桑蚕饲料。木材可制器具，枝条可编箩筐，桑皮可作造纸原料，桑葚可供食用、酿酒，叶、果和根皮可入药。

诗选：江村行

南塘水深芦笋齐①，下田种稻不作畦②。
耕场磷磷在水底③，短衣半染芦中泥④。
田头刈莎结为屋⑤，归来系牛还独宿。
水淹手足尽为疮，山虻绕衣飞扑扑⑥。
桑林椹黑蚕再眠，小姑采桑不饷田⑦。
江南热旱天气毒，雨中移秧颜色鲜⑧。
一年耕种长苦辛，田熟家家将赛神⑨。

校注：①芦笋，谓芦苇之嫩芽。齐，齐平也。此谓南塘之水深与芦笋同。②畦，《说文》："田五十亩曰畦。"又作田垄解。③磷磷，水石明净貌。④谢朓诗："淄田染素衣。"⑤刈莎，割莎也。⑥扑扑，遍满之貌。⑦《蚕书》："蚕生明日，桑或柘叶，风戾以食之。寸二十分，昼夜五食，九日不食，一日一夜，谓之初眠。又七日，再眠，如初，又七日，三眠。如再，又七日，谓之大眠。"小姑，谓少女。饷田，田间送饭也。⑧移秧，移植稻秧。陆游诗："雨余闲看稻移秧。"⑨赛神，迎神赛会。写江村农家耕桑之状，亦为清切。

读札：桑林椹黑蚕再眠

4月20日，谷雨登场，带来春季最后的节气。谷雨本意是"雨生百谷"。不过，这可能是老皇历，现在种的是杂交水稻，好像还没播种。我半月前网购的蚕卵，倒是孵出了四只蚕蚁，体形极像蚂蚁，颜色也像，只是没有细脚，没有蚂蚁爬得迅速。

我国古代将谷雨分为三候："第一候萍始生，第二候鸣鸠拂其羽，第三候为戴胜降于桑。"意思是说，谷雨之后，降雨增多，浮萍开始生长，接着布谷鸟叫，然后桑树上会有戴胜鸟。但是我采桑叶时，并没有见到戴胜鸟。据说它嘴形细长，头顶凤冠，或棕或粉，边缘部位或黑或白，平时呈折叠倒伏状，竖立之时则像一把打开的五彩折扇，煞是好看。它飞行时，一起一伏，呈波浪式前进，很像翩翩飞舞的花蝴蝶，故又称"花蒲扇"。

印象最深的是这天中午，我打开瓶盖似的白色圆盒时，发现捂了几天的蚕卵变身蚕蚁，一、二、三、四，贴在盒子底边，极细微地蠕动。我兴奋地去采桑叶。楼底下就有桑树苗，我摘下一片叶子，感觉叶面绒毛过多，茎也过粗，呈暗红色，便怀疑它的身份，怕伤到蚕蚁，结果扔掉。接着走到小区门口，那里有株桑树，然而叶子细小卷曲，我担心被打过除草剂，摘了两片，也扔掉了。跑到新桃花桥，那里有株大桑树，前两天还发现它结了青果。先采四片，四四如意；又采四片，八八如发。桑叶细嫩，像《诗经·氓》中"其叶沃若"的美女。

我找到一只白色食品盒，把桑叶铺在盒底，把蚕蚁拈起，放至叶面，手指之轻，如同三年多前，第一次给刚刚出生的外孙女剪指甲。之后，是一日看三遍，看得花也谢。再之后，又出了几只蚕蚁，又放进盒中，又采桑叶，且剪成丝，网上说这样便于蚕蚁取食，且可减少压死蚕蚁的危险。然而，剪碎的桑叶容易失去水分，变黑变硬，蜷缩如蚓，细小的蚕蚁搽入其间，用放大镜都看不见。于是还是放入整片叶子，让它们自己吃。

蚕蚁食量很小，可是我每次散步时，都会东张西望地找桑叶，平常没怎么在意，现在居然满眼都是。这就是对于生命的关注吧。我到学校上课，就喂它们路边的桑叶；我到河边散步，就喂它们水边的桑叶；我沿着古城墙遗址散步，就喂它们遗址上的桑叶，并想当然地认为两千年来桑叶绵延不绝；我到外地参加乡村振兴研讨会，也摘回几片桑叶，只是它们能否吃出诗味呢？

或许就是因为桑树生命力强，不择水土，所以栽植广泛，为养蚕提供了必要条件。丝绸之路上驼铃声声，壮大了汉代经济，提升了中国名声。采桑诗、养蚕诗比比皆是。张籍就有几首。其《江村行》中有言：

桑林椹黑蚕再眠，小姑采桑不饷田。

其《送严大夫之桂州》有言：

有地多生桂，无时不养蚕。

桑树是蚕的家园，桑叶是蚕的粮食。《蚕书》曰："蚕生明日，桑或柘叶，风戾以食之。寸二十分，昼夜五食，九日不食，一日一夜，谓之初眠。又七日，再眠，如初。又七日，三眠。如再，又七日，谓之大眠。"蚕食桑叶，几次蜕皮，作茧自缚，奉献自己。年轻时初读李商隐《无题》"春蚕到死丝方尽"感动得竟至彻夜难眠。后来读到同题说明文，谓"蚕的身体是一座小小的加工厂"，形象确实形象，叙述的也是事实，只是缺少感情，缺少对于蚕的最起码的敬意。及至读到"昨日入城市，归来泪满巾。遍身罗绮者，不是养蚕人"，读到茅盾的小说《春蚕》，又觉得蚕农太过辛苦，像蚕一样付出，而得到的极少，又同情起他们。

至于桑葚，要说的话很多。小时候日子苦，饥饿时时来袭，那些岁月，吃些桑葚充饥，手上嘴上都是乌黑，有时把衣服沾上颜色，免不了打。于今追忆，倒是甜蜜的忧伤。《从百草园到三味书屋》中的"不必说碧绿的菜畦，光滑的石井栏，高大的皂荚树，紫红的桑葚；也不必说鸣蝉在树叶里长吟，肥胖的黄蜂伏在菜花上，轻捷的叫天子（云雀）忽然从草间直窜向云霄里去了……"，如今读来依然诗意葱茏。

如今，有时会骑着电瓶车到城郊钓鱼。城南遍植蔬菜，一时缺不得水，所以沟渠纵横。沟渠被分成若干段，名花有主，不过有的主人好讲话，只嘱咐一声"钓到青鱼不要带走"，尽可以钓。钓者自然多，而鱼们练就一身反钓本领，只吃饵料，并不咬钩，任你是蚯蚓、红虫、白蛆，或者青豆、草芯、桑葚，绝不上当，急煞人也。城东也有沟渠，情形差似。城北嘛，不去，又盖房子又修路，塘坝填得水都不多了。桑葚鱼儿爱吃，鸡也爱吃，后果就是鱼儿上钩，鸡嘴乌黑。

漫游途中，张籍作《促促词》曰：

促促复促促，家贫夫妇欢不足。
今年为人送租船，去年捕鱼向江边。
家贫姑老子复小，自执吴绡输税钱。
家家桑麻满地黑，念君一身空努力。
愿教牛蹄团团羊角直，君身常在应不得。

张籍是个有良心的诗人。《江村行》写出插秧的苦，写事；这首诗写农家的苦，写人。男人去年捕鱼为业，由于捕不到鱼，今年改以运载为业，日子也难。女人种桑种麻，织成生丝，都交了税。"桑麻满地黑"，状桑麻成熟时田地浓暗之色。丰收又如何，反正是个苦。应该说安史之

239

乱前，农民的生活比较稳定，还有富裕家庭；然而经此一乱，每况愈下，"念君一身空努力"，是说全家人辛勤努力之成果，皆非己所能享有。最后两句，牛蹄非圆形，羊角亦不直，此愿不能实现可知也。其中蕴涵极深之怨情。期待夫君常在身边之愿望，想亦渺不可得，更见其怨情之深。读罢此诗，我是一声叹息。想到莫言曾经说过的话，大意是富人占用了太多的资源和财富，皆应赎罪，感觉有些道理了。

张籍常怀悲悯之心。其《赠项斯》写的是举子们的艰苦生活：

门连野水风长到，驴放秋原夜不归。

日暖剩收新落叶，天寒更着旧生衣。

项斯是成语"逢人说项"的主角。初筑草屋于朝阳峰前，与僧人交友。隐居山中凡三十余年。宝历、开成年间，有诗名，为杨敬之所知赏。敬之尝赠诗云："平生不解藏人善，到处逢人说项斯。"名益振。斯学诗于张籍，会昌四年登进士第，任丹徒县尉，卒于任所。张籍像他的师友韩愈一样，为提携人才而不遗余力，帮助过贾岛、朱庆余、项斯等后学。天气寒冷，以桑叶取暖，当是买不起木炭；穿破旧衣裳，当是置不起新衣。张籍在写此诗时，一定想到了过去的自己。

《寄韩愈》写的就是自己，那独居荒郊勤于举业的寂寞，那对韩愈的思念以及对于前途的顾虑，跃然纸上。其中写道：

过郭多园墟，桑果相接连。独游竟寂寞，如寄空云山。

《废居行》通过景物描写，表现废宅荒凉。"宅边青桑垂宛宛，野蚕食叶还成茧。"虽然桑树全身是宝，但在我国传统中，受谐音文化影响，即使是结最好吃的桑葚，其树也不会受到主人的青睐，就像清口爽心的

240

梨，其树也会拒之于前院、后院。为什么呢，是因为"桑"与"丧"，"梨"与"离"谐音罢了。时有俗语，"桑松柏梨槐，不进府王宅"，就是这个道理。现在桑树茂盛，恰恰反衬宅院破败。

在这里，我要特别说说妇女。我觉得桑树简直就是乡间所有荆钗布裙的化身。在唐代乃至整个封建社会，妇女一直是苦难的承重梁。从小到大，除了劳作，还有什么呢。正式步入婚姻之后，唐代男子的生活并无太大变化，读书的继续读书，经商的继续经商；而女子的生活几乎彻底改变。男人们在外求仕、游学、经商、服兵役徭役、参加战争，女人们就在家料理家务、侍奉公婆、抚养子女。而且，唐代女子并非坐等男子养家，她们亦利用女性独有的心灵手巧与唐代女性独有的坚毅刚强，积极为家庭创收。她们种田采桑，"墙下桑叶尽，春蚕半未老。城南路迢迢，今日起更早"，采桑需要早起以及赶很远的路程，女子不辞辛劳；她们纺纱织布，"窗下抛梭女，手织身无衣"，织的布料用于养家，自己却甚少好衣裳；她们砍柴负薪，"土风坐男使女立，应当门户女出入。十犹八九负薪归，卖薪得钱应供给"，某些地方的风俗就是男子不能干，女子主动扛起生活的重担，日复一日伐薪卖柴，换取一点微薄的生活费；她们到江边淘金，"日照澄洲江雾开，淘金女伴满江隈"，浪再大，水再急，她们也不怕；她们经营饮食店、旅店，"风吹柳花满店香，吴姬压酒唤客尝"，女子亦能利索地招揽客人、操持生意，谁说女子不如儿男？如果男人在家，苦活累活还有人略为分担；如果男人离家外出办事，女人就得独力撑起整个家庭大大小小的事务，这需要强大的体力与毅力。我可怜的母亲何尝不是这样走完她短暂的一生？

今天，外孙女来家了。我搬出纸箱，从里面拿出塑料盒，把已经干枯、满是洞眼的桑叶取出，用鹅毛把贴在上面的蚕蚁——有的蚕蚁已有5毫米长、身体发白，就像白白的米虫——轻轻扫落，放在新采摘的桑叶上面；有些紧贴叶脉扫不下来，就用塑料镊子轻轻夹住拽下。那些旧叶且放一边，怕有遗漏的蚕蚁，下午翻看旧叶，果然有几只爬出来了。我心里想，幸亏未扔，否则也是扼杀生命。养蚕如同养宠物、养孩子，不养便罢，养它就要善待它、尊重它。

晚上在朋友圈里读到几首"谷雨诗选"，甚是喜欢。有首题为"春风吹向一棵梨树的顶端"，但是在我眼里，梨树却是桑树：

多少年来，它就这样 / 吹向一棵梨树的顶端，
纯白之极，似雨声后落入眼里的一丝柔暖。
它就这样吹向梨树的顶端 / 让我沾上某种古典的美色……

还有一首《雨水》：

把这个时节想象成天气 / 让思绪铺天盖地
季节，会穿梭而过 / 途经的山长水远
都是些美丽的记忆……

古语说，"精神到处文章老，学问深时意气平。"这两首诗似有这个意思。古语还说，"众中少语，无事早归。"我正在朝这个方面努力。再过几年、十几年、二十几年，外孙女长大了，读到这些往事，会想些什么呢？

2021 年 4 月 25 日

242

52. 柿

柿树是柿树属植物的统称。果实称柿子，一般呈黄色。柿树树冠优美，可以作为防护林的绿化树种。秋季柿树叶子经霜变红，非常美观。

诗选：岳州晚景①

晚景寒鸦集，秋声远雁归②。水光浮日去，霞彩映江飞③。
洲白芦花吐，园红柿叶稀④。长沙卑湿地⑤，九月未成衣⑥。

校注：①岳州，隋开皇九年置，治所在巴陵，今湖南岳阳市。②远雁，旅雁也。③按：颔联写水光云影，清丽动人。④以上并写秋晚之景。⑤《旧唐书·地理志》："长沙，秦置长沙郡。武德复为潭州。"卑湿地，指低下潮湿的地方。⑥未成衣，犹未成冬衣也。《诗·豳风》："九月授衣。"长沙地境卑湿，九月犹未成冬衣，其生计之艰难可知矣。

读札：园红柿叶稀

柿树是高大落叶乔木，果实称柿子。柿树是喜庆的果树。秋季柿树叶子经霜变红，非常美观。成熟的果实为橙黄色，好像灯笼。入口绵甜，像一团绵。柿饼曾经是年少时的美食，现在是我们温暖的记忆。

柿树原产我国，栽培历史在 2500 年以上。北魏《齐民要术》中已有以君迁子为砧木，用嫁接方法繁殖柿的记载。自明代以来，柿产区多以柿饼代粮备荒。看来当时栽培极其普遍。

张籍自然是见过柿树，可能吃过柿子或柿饼子。读其《岳州晚景》可知。

岳州，隋开皇九年置，治所在巴陵，即今湖南岳阳市。张籍的偶像杜甫有《登岳阳楼》："昔闻洞庭水，今上岳阳楼。吴楚东南坼，乾坤日夜浮。亲朋无一字，老病有孤舟。戎马关山北，凭轩涕泗流。"宋代范仲淹有《岳阳楼记》："予观夫巴陵胜状，在洞庭一湖。衔远山，吞长江，浩浩汤汤，横无际涯；朝晖夕阴，气象万千……"都是名篇。岳阳因此成为中国最著名的文化城市之一。

所谓"晚景"，既是时日之晚，也是季节之晚。寒鸦聚集，大雁南飞，芦花雪白，柿红叶稀。遥望长沙，地境卑湿，冬日将至，冬衣未成。其生计之艰难可知矣。八句之中有六景，皆是动人的画面。

得胜河边多置柿树。叶子是椭圆形，像皮革似的硬实，散发光彩。已经结果，常常未至成熟，已给游人摘光。有朋友送给我青色的，刨皮可食，有点涩嘴。在蒂上点些盐水，放置几天，就会变红变软，口味很好。

据说，柿子含有丰富的胡萝卜素、维生素 C、葡萄糖、果糖和钙、磷、铁等矿物质，柿子与杂粮混合做成的炒面甜香可口，可以作为主食。柿树作为中药早已收录在《名医别录》等医学书籍之中，柿果中含的蔗糖、果糖可治喉痛、口舌生疮、肺热咳嗽等症。一年种，百年收，树龄可达 300 年，造福于后代，而且生长期间一般不需浇水、施肥，节省劳力。

写柿子的散文作品很多，兹录校友陈满意《留两个柿子看树》于后：

小时候，父亲是泥水匠，跟着村里的建筑队日日为生计忙碌。母亲一人担起了家中所有的农活，里里外外忙个不停。母亲不识字，但是在生活中处处教导我们节俭，摘柿子的时候不论大小都让我和弟弟摘下来。

244

挨着院墙有一排粗大的柿子树，黑黢黢的躯干，粗糙的树皮，一如历尽岁月沧桑的长者，安详、淡定。霜浓秋重的时候，柿树上果实累累，不甘寂寞的一片片柿叶，被秋染红，随风而动，远远望去好像一团火，柿叶摇摆着秋的火焰，像擎在半空中的火炬。那些饱满而丰润的柿子很快褪去了少女般的青涩，追寻着岁月的脚步由金黄圆润转身披上红彤彤的嫁衣，坠在枝头闪动着红色的亮光，特别诱人。

每到收获的季节，母亲总让我和弟弟爬到树上去，想方设法把柿子摘下来，甚至连树梢上带着青色斑点的小柿子也不放过。在母亲的监督下，所有的柿树都会被我们"扫荡"很多遍。母亲顶着一块蓝色的方巾在树下接着，更不忘叮嘱我们小心点，小心点。记得有一次，在母亲的指挥下，我爬到高高的树梢上摘柿子，大个的"红灯笼"尽收篮里，剩下的柿子青色还未褪尽，小小的如没开个的棉桃子，我嫌小没有摘。母亲却不以为然，她说："摘下来都是钱，放在树上一分钱换不到，挺可惜的，你的学费就是这些柿子换来的。"后来，母亲用竹竿做成的网套，还是把那个柿子套下来。乡下的人家底子薄，日子都算计着过，手指缝张大一点都是浪费。母亲说："一个柿子可以换来一碗茶，该节省的还是要节省。"

从那后我记住了母亲的话，每年都把树上的柿子摘得干干净净。

月滚着月，年滚着年。后来，我们兄妹都离开了家乡，回家的次数越来越少。上次回家，已是深秋，天高雾浓，落叶像断魂的金蝴蝶摇摆着生命最后的舞姿，遍地枯黄。一群群南飞的大雁从北方驮着初冬的寒气到来，光秃秃的柿树，尖尖的顶枝直刺着灰色而悠远的天空，如记忆一样悠远、渺茫。树枝在风中颤抖着，等待着冬去，树上只剩下孤独的红柿子。

我爬到树上把那些"红灯笼"一个个从树上摘下来，看到树梢上还剩下两个大而红的柿子，我沿着树枝向前挪动脚步，想把它们摘下来，而那一刻母亲却说："别摘了，留着吧。"我说："留着是浪费，摘下来吧。"母亲说："留两个柿子看树，树老了，一个柿子都没有也是很难过。"

2021 年 6 月 9 日

53. 松

松树，世界上的松树种类有 80 余种，不仅种类多，而且分布广，多数是我国荒山造林的主要树种。松树为轮状分枝，节间长，小枝比较细弱平直或略向下弯曲，针叶细长成束。其树冠看起来蓬松不紧凑，"松"字正是其树冠特征的形象描述。

诗选：送韩侍御归山①

闻君久卧在云间，为佐嫖姚未得还②。
新结茅庐招隐逸③，独骑骢马入深山④。
九灵洞口行应到⑤，五粒松枝醉亦攀⑥。
明日河声出城去⑦，家童不复扫柴关⑧。

校注：①侍御，侍御史。周有柱下史，秦改侍御史，掌天下图籍。西汉以后，成为御史台属官。唐以侍御史属台院，主纠察百官。归山，归隐山林。②佐嫖姚，犹佐戎幕也。未得还，未得还山也。③招，应接，如招待客人。④《后汉书·桓典传》："典为侍御史，执政无所回避，常骑骢马，京师畏惮，为之语曰：'行行且止，避骢马御史。'"以上叙归山。⑤九灵洞，九灵仙府也。王褒《灵坛碑》："九灵之府。"⑥五粒松，《五代史》："郑遨闻华山有五粒松，松脂入地，千年化为药，因徙居求之。"二句写归山踪迹。⑦河，《唐百名家诗本》《四库全书本》均作"珂"。珂声，即骑马鸣珂之声。⑧二句言送。柴关，柴门、寒舍。

读札：长啸每来松下坐

松树是常见常绿针叶乔木，各处都有栽植，用途极广。我在石杨教书时，经常上山扒松针、拾松果烧锅，有人用树皮、树枝和松针制作工艺品出售。松脂可以入药。松树也有观赏之用，它是中国很多风景区的重要景观，如辽宁千山、山东泰山、江西庐山都以松树景色而驰名。尤其是安徽的黄山，松、云、石号称"三绝"，其中以松为首。

孔子"岁寒，然后知松柏之后凋也"名句一出，松树便成为坚定、贞洁、长寿的象征。松、竹、梅世称"岁寒三友"，喻不畏逆境、战胜困难的坚韧精神。以松树为题材的诗画作品非常多，各地不少古松也与中国悠久的历史文化有密切联系。如北京北海团城有一株800年前生的古松，传说曾被清乾隆封为"遮阴侯"；泰山"五大夫松"传说是秦始皇登山在此避雨而被封以官爵的。

张籍诗中涉及80多种植物，有的植物出现多次，例如：竹，出现50次；柳，出现19次；松，出现18次；藤，出现12次；菖蒲，出现10次。此外，莎草出现8次，荷（芙蓉）出现8次，禾黍出现7次，茶出现6次，药（芍药）出现5次，兰（蕙兰）出现5次。这些反复提到的植物，暗示着张籍的生活阅历和审美趣味，可以帮助我们理解其人。

张籍写到松树的诗，大体可分四类：一是送别诗，二是唱和诗，三是写景诗（包括题壁诗），四是药名诗。

送别诗中，有《送扬州判官》，又名《赠茅山杨判官》：

应得烟霞出俗心，茅山道士共追寻。
闲怜鹤貌偏能画，暗辨桐声自作琴。
长啸每来松下坐，新诗堪向雪中吟。
征南幕里多宾客，君独相知最校深。

茅山在今江苏句容县东南。茅山道士，相传汉代茅盈与弟茅衷、茅固在此得道，世号三茅君，因名此山为茅山。这位杨判官爱鹤、善画鹤，善辨声、制琴，喜欢到松下长啸，向雪中吟诗。观其言察其行，可见其品。校，较也。最较深，此言彼此之相知最为深厚也。张籍写诗送其入幕，相信他能受到重用。

《送韩侍御归山》诗中，侍御即侍御史，是个职官。既是送别，又有羡慕之意。

另外四首送别诗，《送稽亭山寺僧》中，"山门十里松间入，泉涧三重洞里来"，十里松、三重泉，写景致之幽。《赠姚怘》中，"漏天日无光，泽土松不长"，漏天，即天漏，指多雨之时也。泽土，沼泽之土。多雨，泽土，不宜种松。以松喻耿直之人，处在如此环境，难以为人理解、施展抱负。《寄灵一上人初归云门寺》中，"竹径通城下，松门隔水西"，状写优美山境。《赠殷山人》中，"入洞题松过，看花选石眠"，谓山人之习性，安于清虚寂寞。

唱和诗皆出于《和左司元郎中秋居十首》。元郎中，元宗简。宗简行八，白居易有《答元八宗简同游曲江后明日见赠》等诗。《唐书·百官志》："尚书省有左司郎中、右司郎中。"元八多病，与张籍同病相怜，唱和较多。诗中"闲来松菊地，未省有尘埃"，尘埃，喻尘俗之想也。"就石安琴枕，穿松厌酒槽"句中，厌，《唐诗百名

家本》作"压"，指用松木作酒槽。"秋茶莫夜饮，新自作松浆"句，松浆指用松脂或松花、松子酿成的酒浆。另有《和卢常侍寄华山郑隐者》，"一间松叶屋，数片石花冠"，郑隐者居处，造境清逸。以上送别诗皆通过对松的描写营造出静谧、清幽的氛围。

写景诗有八首。《题韦郎中新亭》曰：

起得幽亭景最新，碧莎地上更无尘。

琴书著尽犹嫌少，松竹栽多亦称贫。

药酒欲开期好客，朝衣暂脱见闲身。

成名同日官连署，此处经过有几人？

新造一亭，碧莎覆地，松竹参天，称贫，谓不足也。中间四句赞韦郎中之清雅好客。成名同日，谓同榜及第，同日取得功名者。末句字面上是说有几人到过这里，其实是说有几人能如此清闲。《题故僧影堂》中"日暮松烟寒漠漠，秋风吹破纸莲花"句，《题清彻上人院》中"古寺临坛久，松间别起堂"句，其松皆写幽静之美。

《秋山》仅四句，真是世外之境：

秋山无云复无风，溪头看月出深松。

草堂不闭石床静，叶间坠露声重重。

近人刘永济《唐人绝句精华》："二十八字皆景语，而幽静之趣，即在其中。"另有《蛮州》，言蛮州所见，山民则多居竹屋。"一山海上无城郭，唯见松牌记象州"句，写当地特征。《别鹤》中，"空巢在松顶，折羽落红泥"写鹤所居之所。鹤如诗人，择木而栖。

《樵客吟》《北邙行》都是乐府诗。前者"采樵客，莫采松与柏，松柏生枝直且坚，与君作屋成家宅"句，以物喻人，寄寓讽意。后者"山头松柏半无主，地下白骨多于土"句，松柏并举，写坟地之景。人多于墓地植松柏，取万古长青，永垂不朽之意。

《答鄱阳客药名诗》前已引用。"子夜吟诗向松桂，心中万事喜君知"句，谓松脂可入药。中国古代医药中，万物皆药，就看是否对症。

2021 年 6 月 9 日

251

54. 桃

桃，是一种落叶乔木。在中国传统文化中，桃是一个多义的象征体系。桃花象征着春天、爱情、美颜与理想世界；枝木用于驱邪求吉，在民间巫术信仰中源自万物有灵观念；桃果融入了中国的仙话中，隐含着长寿、健康、生育的寓意。

诗选：无题

桃蹊柳陌好经过，灯下妆成月下歌。
为是襄王故宫地，至今犹有细腰多①。

校注：①《后汉书·马廖传》："楚王好细腰。"

读札：春坞桃花发

眼下本是桃花盛开的日子，可是连续几天风狂雨骤，气温直降，桃花落英缤纷，徒留疏影横斜，令人陡生"林花谢了春红，太匆匆，无奈朝来寒雨晚来风"的感慨。

不过，在我国文学中，桃花是个永久的存在。"桃之夭夭，灼灼其华，之子于归，宜其室家。"艳丽桃花之下，新娘款款而来，这是多么美好的画面。桃花树下也曾有过百感交集的故事，如崔护的《题都城南庄》，如孔尚任的《桃花扇》。桃花落尽，春天的色彩就会淡薄；没有桃花，文学的色彩也会黯然。

崔护是唐代诗人。与他同时代写桃花诗的诗人很多。比如张志和，其诗"西塞山前白鹭飞，桃花流水鳜鱼肥"家喻户晓；比如白居易，其诗"人间四月芳菲尽，山寺桃花始盛开"妇孺皆知；比如刘禹锡，其《游玄都观》《再游玄都观》两诗，曾把诗人推入仕途深渊；比如吾乡诗人张籍，现存两首桃花诗。这几位诗人中，张志和年龄略长，其他几位年龄相仿，多有交集。如今想来，那时的天空一定是粉红如霞。

先看张籍《桃坞》：

春坞桃花发，多将野客游。日西殊未散，看望酒缸头。

这是一首唱和诗。元和十三年（818），曾经给张籍寄过车前子药草的开州刺史韦处厚，在开州任上写下《盛山十二景诗》，应和者众。时任广文博士的张籍是和者之一。

桃坞就是桃花坞。坞中满植桃树，四周花木如屏，游人众多，薄暮不散。虽是和诗，在我看来，却是写的故乡和州历阳（今安徽和县历阳镇）胜景。千年以前，和州桃花坞上，也是东风浩荡，千桃花发，游客流连，吟赏烟霞。

事实上，直至今天，全国虽有多处桃花坞，但最负盛名者乃和州桃花坞。唐贞元十二年（796）春天，张籍全家由苏州迁至和州历阳县，并于城西桃花坞旁置读书堂。张籍两度与来访的诗人孟郊泛舟其上。如今，桃花坞遗迹尚存，桃花依旧，只是坞中水浅，不能泛舟。在和州，关于桃花坞的得名，有个"因祸得福"的传说，已在《葫芦》中写过，此处不再赘述。

张籍还有一首《新桃行》诗，前八句是：

桃生叶婆娑，枝叶四向多。高未出墙颠，蒿苋相凌摩。

植之三年余，今年初试花。秋来已成实，其阴良已嘉。

诗里自然也有桃花，是"初试花"。那新开的花是什么样子的呢？会不会像我们今天所看到的样子？张籍没说，留给读者想象。

最后说说《题都城南庄》后续。"人面桃花相映红"的绛娘见到心上人崔护，病就好了，"之子于归"。白日殷勤持家，孝顺公婆；夜来红袖添香，为夫伴读。唐德宗贞元十二年，也就是张籍迁居和州那年，崔护进士及第，接着外放为官，仕途一帆风顺，政绩卓著。但愿我们每个人都能邂逅自己的绛娘。

2020 年 3 年 30 日

55. 梧桐

梧桐即"中国梧桐",别名青桐、桐麻、国桐、苍桐等。属落叶大乔木,树干挺直,树皮绿色、平滑。为庭园绿化观赏树。我国人民历来把梧桐视为吉祥的象征,有"种得梧桐引凤凰"的传说。

诗选:送扬州判官①

应得烟霞出俗心②,茅山道士共追寻③。
闲怜鹤貌偏能画④,暗辨桐声自作琴⑤。
长啸每来松下坐⑥,新诗堪向雪中吟⑦。
征南幕里多宾客⑧,君独相知最校深⑨。

校注:①《舆地广记》:"扬州,唐淮南道。"②应,《唐诗百名家本》作:"旧。"③《唐书·地理志》:"润州,延陵县,有茅山。"即句曲山,为茅君得道处。茅山在今江苏句容县东南。茅山道士,相传汉代茅盈与弟茅衷、茅固在此得道,世号三茅君,因名此山为茅山。④怜,爱也。按:此言判官爱鹤,且善画鹤。⑤按:此又言判官善辨声、制琴。⑥按:此言判官能长啸。⑦按:此言判官能诗咏。⑧此送也。晋羊祜为征南大将军。此盖送其入幕也。⑨校,较也。最较深,此言彼此之相知最为深厚也。

读札：暗辨桐声自作琴

梧桐原指"中国梧桐"，别名青桐。现在有人错把它当成法国梧桐。法国梧桐即悬铃木，俗称"法桐"，原产东南欧、印度及美洲，因为树叶颇似梧桐，且由法国人把它带到上海，栽在霞飞路而得名。中国梧桐的花朵与法国梧桐的树叶各有特色：开着喇叭形状花的是中国梧桐，树叶似手掌形的则是法国梧桐；法国梧桐会生毛毛虫，而中国梧桐却不会。为了防止歧义，以下"梧桐"皆称青桐。

青桐高大魁梧，树干无节，向上直升，高擎着翡翠般的碧绿巨伞，气势昂扬。树皮平滑翠绿，树叶浓密，从干到枝，一片葱郁，显得清雅洁净极了，故称"青桐"。"一株青玉立，千叶绿云委"，这两句诗，把青桐的碧叶青干，桐荫婆娑的景趣写得淋漓尽致。

《诗经》里有关于青桐的记载："凤凰鸣矣，于彼高冈。梧桐生矣，于彼朝阳。菶菶萋萋，雍雍喈喈。"意思是，青桐生长的茂盛引得凤凰啼鸣。菶菶萋萋，是青桐的丰茂；雍雍喈喈，是凤鸣之声。

庄子的《秋水》，在说到庄子见惠子时说："南方有鸟，其名为鹓雏，子知之乎？夫鹓雏，发于南海而飞于北海，非梧桐不止……"此篇文章里也把青桐和凤凰联系在一起，这里的"鹓雏"就是凤凰的一种。他说凤凰从南海飞到北海，只有遇见青桐才降落到上面。可见青桐的高贵。

青桐也是一种优美的观赏植物，点缀于庭园、宅前，也种植作行道树。叶掌状，裂缺如花。夏季开花，雌雄同株，花小，淡黄绿色，圆锥花序，盛开时显得鲜艳而明亮。民间传说称，凤凰喜欢栖息在梧桐树上，李白也有"宁知鸾凤意，远托椅桐前"的诗句。实际上，这只是人们对美好生活的一种希望。

青桐叶片呈三角星状，树干一般不粗。秋天里，叶子变成淡黄色，很富诗意。叶子上有果实，像鸡头果，可炒食，喷香。我在石杨中学教书时，门前有排青桐，树干树叶树花都是绿的。秋天叶子飘落，我就拾那叶子，摘下果实炒给女儿吃。张籍诗歌《送扬州判官》中的"桐"就是这种青桐。

青桐还有有趣的一说。谓能"知闰""知秋"。说它每条枝上，平年生 12 叶，一边有 6 叶，而在闰年则生 13 叶。这是偶然巧合演绎出来的，实际没有这种自然规律。至于"知秋"却是一种物候和规律，"梧桐一叶落，天下皆知秋"，既富科学，又有诗意。

青桐树身很像白杨树，高大挺直，这也是用它来做古琴琴身的原因之一。唐朝才女姚月华随父寓扬子江时，曾与邻舟一书生杨达诗词唱和。其《楚妃怨》曰：

梧桐叶下黄金井，横架辘轳牵素绠。
美人初起天未明，手拂银瓶秋水冷。

相传她因梦月落妆台，觉而大悟，聪明过人，读书过目成诵，不久即能作文赋诗，是不可多得的才女。笔札之暇，时及丹青。花卉翎毛，世所鲜及。然聊复自娱，人不可得而见。尝为杨达画芙蓉匹鸟，约略浓淡，生动逼真。

古琴当中，焦尾琴最好。中国古代有"四大名琴"之说，即齐桓公的"号钟"、楚庄王的"绕梁"、司马相如的"绿绮"和蔡邕的"焦尾"。与其他三张琴相比，"焦尾"琴名直白无华，但其身世非同寻常，皆因此琴系东汉名人蔡邕所创制。《后汉书·蔡邕传》："吴人有烧桐以爨者，邕闻火烈之声。知其良木，因请而裁为琴，果有美音，而其尾犹焦，故时人名曰焦尾琴焉。"明代赵震元《为袁石寓复开封太府》："霞壮日暖，咏幼丝于曹碑；薇省风高，识焦尾于班管。"金庸的武侠小说中提到，郭襄曾在少室山林中聆听"昆仑三圣"何足道以弹焦尾琴作乐。

顺便说说烧尾宴。据《封氏闻见录》云，士人初登第或升了官级，同僚、朋友及亲友前来祝贺，主人要准备丰盛的酒馔和乐舞款待来宾，名为烧尾，并把这类筵宴成为"烧尾宴"。有三种说法：一说是兽可变人，但尾巴不能变没，只有烧掉尾巴；二说是新羊初入羊群，只有烧掉尾巴才能被接受；三说是鲤鱼跃龙门，必有天火把尾巴烧掉才能变成龙。反正都是发达。

"烧尾宴"的风习，是从唐中宗景龙（707—709）时期开始的，玄宗开元中停止，仅仅流行 20 年光景。据史料记载，唐中宗（705—710）时，韦巨源于景龙年间官拜尚书令，便在自己的家中设"烧尾宴"请唐中宗。这次宴会共上了 58 道菜：有冷盘，如吴兴连带鲊（生鱼片凉菜）；有热炒，如逡巡酱（鱼片、羊肉快炒）；有烧烤，如金铃炙、光明虾炙；此外，汤羹、甜品、面点也一应俱全。其中有些菜品的名称颇为引人遐思。如贵妃红，是精制的加味红酥点心；甜雪，即用蜜糖煎太例面；白龙，即鳜鱼丝；雪婴儿，是青蛙肉裹豆粉下火锅；御黄王母饭是肉、鸡蛋等做的盖浇饭。

太铺张，太浪费，与今天倡导的光盘行动严重不符。

张籍《夏日可畏》有"余晖卷夕梧"句，指的也是青桐。

赫赫温风扇，炎炎夏日徂。火威驰迥野，畏景铄遥途。
势矫翔阳翰，功分造化炉。禁城千品烛，黄道一轮孤。
落照频空簟，余晖卷夕梧。如何倦游子，中路独踟蹰。

这里的"夕梧"是个意象，营造凄凉之境。其实，在历代文人反复书写中，"梧桐"这一意象具有象征高洁、希望、爱情、凄凉、悲伤等丰富的审美意蕴。

比如我国古代有凤凰非梧桐不栖的说法，郑玄就说："凤凰之性，非梧桐不栖。"北宋陈翥在《桐谱斜源第一》中云："夫凤凰，仁瑞之禽也，不止强恶之木。梧桐柔弱之木也，皮理细腻而脆，枝杆扶疏而软，故凤凰非梧桐而不栖。"王昌龄《段宥厅孤桐》："槁叶零落尽，空柯苍翠残。虚心谁能见，直影非无端。"诗中的孤桐槁叶尽落、扶枝枯残，但其耿直高洁的本性却倍加突现。

又如，我国民间也以青桐来暗示忠贞爱情。古乐府《孔雀东南飞》："两家求合葬，合葬华山旁。东西植松柏，左右种梧桐。"在这神话般的凄美叙述中，以梧桐松柏的枝繁叶茂相互交通来象征男女主人公至死不渝的爱情，同时也寄托了人们对美好生活的期盼和追求。

再如，青桐常常成为离人传达离愁别绪的载体。王昌龄《长信宫词》："金井梧桐秋叶黄，珠帘不卷夜来霜。熏笼玉枕无颜色，卧听南宫清漏长。"这首闺怨诗写的是被帝王遗忘的少女，在桐叶飘落、寒霜侵帘的深宫里形影单只、卧听宫漏的寂寞情景。诗歌以金井梧桐起句，渲染了一个萧萧瑟瑟、寒夜漫长的氛围。少女的那种无边似海的离人之愁也就含蓄地流露出来了。

李煜《采桑子·辘轳金井梧桐晚》："辘轳金井梧桐晚，几树惊秋。"《乌夜啼·无言独上西楼》："无言独上西楼，月如钩，寂寞梧桐深院锁清秋。剪不断，理还乱，是离愁，别是一般滋味在心头。"张先《虞美人》："亭亭残照上梧桐，一时弹泪与东风，恨重重。"柳永《戚氏·晚秋天》："槛拘萧疏，井梧零乱，惹残烟。"周紫芝《鹧鸪天·一点残红欲尽时》："梧桐叶上三更雨，叶叶声声是别离。"朱淑真《菩萨蛮·秋》："秋声起梧叶落，蛩吟唧唧添萧索。"苏轼《卜算子·缺月挂疏桐》："缺月挂疏桐，漏断人初静，谁见幽人独往来，飘渺孤鸿影。"这些诗词都是通过"梧桐"这一传统意象来传达悲苦凄恻的离愁别绪。

最后说说泡桐，以避免与"青铜"混淆。其为落叶乔木。小枝粗壮。单叶对生，长卵形或卵形，较大，全缘，下面有密生细毛。先叶开花，圆锥花序顶生，花大型，唇形，白色。蒴果椭圆形，无毛。种子多数，小，周围有薄翅。喜光，生长甚快。木材轻软，小枝可制炭笔。另有紫花泡桐，亦称"紫花桐"，花淡紫色。我在石杨的门口也曾栽过，花如云霞，落英满地。我因怕它们被踩，天天都扫。

我曾参观焦裕禄的兰考县。简直就是泡桐的世界。有楸叶泡桐、兰花泡桐、毛泡桐、白花泡桐、川泡桐、兰考泡桐、紫花泡桐等 10 余种。看到它们，仿佛看到了焦裕禄。

2021 年 6 月 11 日

56. 橡

橡树，又称栎树或柞树，壳斗科植物的泛称。果实是坚果，一端毛茸茸的，另一头光溜溜的，好看，可食，是松鼠等动物的食物。

诗选：野老歌

老翁家贫在山住②，耕种山田三四亩③。
苗疏税多不得食④，输入官仓化为土⑤。
岁暮锄犁倚空室⑥，呼儿登山收橡实⑦。
西江贾客珠百斛⑧，船中养犬长食肉⑨。

校注：①按：全诗以老农之生活为例，描述中唐时期，朝廷为弥补税收之不足，横征暴敛，民不聊生；另一方面，富商巨贾却生活阔绰，家犬皆能食肉，社会极度贫富不均之景况。②此谓老农贫居山中，垦殖山田。③按：唐代前期采用均田法。天宝以后，法令弛缓，土地兼并成风，农民颇多无田可种，遂入山垦殖三四亩山田以维生，但仍在官家征敛之列。④苗疏，状山田之贫瘠；税多，写山农不得食之因由，对比十分强烈。⑤按：此又写官仓堆积所征民粮，腐烂成土。官宦之不恤民力，莫此为甚。⑥倚，《全唐诗》作："傍。"空室，空无一物之山舍。倚空室，谓其家无积粮以过冬。⑦橡实，栎树之果实，似栗而小，俗称橡子。古人饥荒绝粮之时，拾以充饥。皮日休《橡媪叹》："秋深橡子熟，散落榛芜岗。"⑧西江，水名，是珠江流域的主干流。两广多采珠商人。十斗为斛，一采百斛宝珠，可见其财富之雄。⑨按：此言采珠商贾所畜之犬，反能饱食肥美之物。相形之下，人真不如犬矣。

读札：呼儿登山收橡实

如果从文学史角度评估张籍作品的影响力，这首诗的影响可能最大。因为游国恩主编的《中国文学史》，章培恒、骆玉明主编的《中国文学史》都曾提到它，把它当作乐府诗的代表作品。

乐府，本是秦汉官署名称，负责制谱度曲、训练乐工、采辑诗歌民谣，以供朝廷祭祀宴享时演唱，并可观察风土人情，考见政治得失。魏晋六朝时，乐府由机关的名称变为一种能够配乐歌唱的新诗体。它不仅开拓了五言诗的新领域，而且对七言诗、歌行体以至律绝，都起了桥梁的作用。唐代指批判现实的讽刺诗，名为"新乐府"，即用新题写时事，不再以入乐与否作标准。始创于杜甫，为张籍、王建所继承、发展，又得到白居易、元稹大力提倡。"新乐府"一名是白居易提出的，《乐府诗集》分乐府为十二类，其最后一类标名为"新乐府辞"，即本于白居易，就是一种用新题写时事的乐府式的诗，不以入乐与否为衡量标准。

《野老歌》写的是山村老农遭受残酷的剥削和压迫，终年劳动而不得食的社会现实。老翁家贫住在山中，靠耕种三四亩山田为生。田亩少，赋税多，没有吃的。粮食送进官府的仓库，最后腐烂变质，化为泥土。一年到头，家中只剩下锄头、犁耙靠在空房子里面，只好叫儿子上山去拾橡子充饥。从长江西面来的富商的船中，成百上千的珠宝用斛来计量，就连船上养的狗也长年吃肉。此诗一是反映赋税之重，与柳宗元《捕蛇者说》异曲同工。虽然只道事实，语极平易，读来至为沉痛，字字饱含血泪。二是揭示出贫富悬殊的社会现象。所以白居易《读张籍古乐府》这样评价张籍："风雅比兴外，未尝著空文。"

颈联状写老农迫于生计不得不采野果充饥，直陈其事："岁暮锄犁傍空室，呼儿登山收橡实。"冬来农闲，农具尚可傍墙休息，人却要"收橡实"度饥。还要"呼儿登山"，暗示老农衰老羸弱。橡实乃橡树子，状似栗，可以充饥。写"呼儿登山收橡实"，又确有山居生活气息，使人想到杜甫"岁拾橡栗随狙公，天寒日暮深谷里"（《乾元中寓居同谷县作歌七首》）的名句，没有生活体验或对生活的深入观察，难以写出。

因为大学读过这首诗，所以特别关注橡树。发现张籍还有两首诗歌涉及它。其《董逃行》诗曰：

> 洛阳城头火瞳瞳，乱兵烧我天子宫。
> 宫城南面有深山，尽将老幼藏其间。
> 重岩为屋橡为食，丁男夜行候消息。
> 闻道官军犹掠人，旧里如今归未得。
> 董逃行，汉家几时重太平！

崔豹《古今注》曰："《董逃歌》，后汉游童所作也。终有董卓作乱，卒以逃亡。后人习之为歌章，乐府奏之以为警诫焉。"《后汉书·五行志》曰："灵帝中平中，京都歌曰："承乐事，董逃，游四郭，董逃。蒙天恩，董逃，带金紫，董逃。行谢恩，董逃，整车骑，董逃。垂欲发，董逃，与中辞，董逃。出西门，董逃，瞻宫殿，董逃。望京城，董逃，日夜绝，董逃。心摧伤，董逃。"董谓董卓也，言欲跋扈，纵有残暴，终归逃窜，至于灭族也。瞳瞳，原指日出渐明之貌，此谓火光明亮之状。乱兵杀掠，宫城已破。老幼逃藏深山，以避兵灾。迭石为屋，橡实为食，此写其生计之艰辛。候消息，谓打探时局也。结尾两句以汉代唐，写兵灾乱象。

《樵客吟》中的"栎林"即橡树林，树是烧炭的好材料，果实可食。前八句曰：

上山采樵选枯树，深处樵多出辛苦。

秋来野火烧栎林，枝柯已枯堪采取。

斧声坎坎在幽谷，采得齐梢青葛束。

日西待伴同下山，竹担弯弯向身曲……

我曾经吃过橡实豆腐，感觉滑腻。

使橡树名声大振的，是舒婷创作的新诗《致橡树》。作者通过木棉树对橡树的"告白"，来否定世俗的、不平等的爱情观，呼唤自由、平等独立、风雨同舟的爱情，喊出了爱情中男女平等、心心相印的口号，发出新时代女性的独立宣言，表达对爱情的憧憬与向往。其中写道：

我必须是你近旁的一株木棉，

作为树的形象和你站在一起。

根，紧握在地下；

叶，相触在云里……

这首诗写在 1977 年。可是如今，还有女学生认为学得好不如嫁得好，还有姑娘说"宁可坐在宝马车里哭，也不愿坐在自行车后面笑"，真是倒退。

葛亮的小说《书匠》里，有两节写到橡树，树形、橡碗都很特别：

这里是我所不熟悉的南京。萧瑟、空阔，人烟稀少，但是似乎充满了野趣。沿着水塘，生着许多高大的树。枝叶生长蔓延，彼此相接，树冠于是像伞一样张开来。我问，这是什么树？

老董抬着头，也静静地看着，说，橡树。

老董说，这么多年了，这是寿数长的树啊……

老董俯下身，从地上捡起一个东西，放在我手里。那东西浑身毛刺刺的，像个海胆。

老董说，收橡碗啊

我问，橡碗是什么呢？

老董用大拇指，在手里揉捏一下，说，你瞧，橡树结的橡子，熟透了，就掉到地上，壳也爆开了。这壳子就是橡碗。

这时候，忽然从树上跳下来个毛茸茸的东西。定睛一看，原来是一只松鼠。它落到了地上，竟像人一样站起了身，前爪紧紧擒着一颗橡子。看到我们，便慌慌张张地跑远了。

老董说，它也识得宝呢。

我问，橡碗有什么用呢？

老董这才回过神，说，捡回去洗洗干净，在锅里煮到咕嘟响，那汤就是好染料啊。哪朝哪代的旧书，可都补得赢喽。我们这些人啊，一年也盼中秋，不求分月饼吃螃蟹，就盼橡碗熟呢。

刘白羽的小说《东方》里，写到吃橡子面，这显然不是好东西，恰好可以证明《野老歌》中老百姓生活的艰难：

牟春光明白秦司令员指的是什么，他开怀一笑说："这有什么？就拿我说吧，当了十几年劳工，在兴安岭老黑林子里伐木，在鹤岗煤矿里挖炭，吃橡子面，披麻袋片。人嘛，就怕前思后想。将今比昔，兴旺多啦！再说，那时给人当牛做马，受苦，窝囊！现在是给穷人统一天下，遭点罪，痛快！"

2021 年 5 月 21 日小满

57. 杏

杏花，又称杏子，是杏属李亚科植物，其果肉、果仁均可食用。杏花单生，先叶开放，花瓣白色或稍带红晕，是中国著名的观赏树木。杏花是古老的花木，公元前数百年问世的《管子》中就有记载，在我国已有二三千年的栽培历史。

诗选：古苑杏花

废苑杏花在，行人愁到时①。独开新堑底，半露旧烧枝②。晚色连荒辙，低阴覆折碑③。茫茫古陵下④，春尽又谁知⑤？

校注：①行人，张籍自谓也。②按：玩句意，知此园林毁废于火灾。③按：荒辙，状其鲜有车马经行也。折碑，陵墓之荒落可知矣。④古陵，园林故主之陵墓也。⑤其感慨深矣。盖言地下不知春尽也。

读札：今朝始见杏花春

张籍在《春日行》中写道："不用积金着青天，不用服药求神仙。但愿园里花长好，一生饮酒花前老。"他说，如果能够赏花饮酒，他连富豪神仙都不想做。想想也是，在我们每个人的生命词典里，最有意义的追求莫过于快乐和自由，能够饮酒花前，夫复何求。

其实，在春天里，园里园外、城里城外，到处都是繁花似锦，乱花渐欲迷人眼。万物蛰伏一冬，像怀孕的女子，早就想着做母亲了；像今春困守围城里的居民，要伸胳膊踢腿，要呼吸新鲜空气。但看我的眼前，各种花儿如浪涌来，活色生香，有些花儿我实在叫不出它们的名字。

不过，张籍有这个辨别能力。读他的诗集，那是杂花生树，眉眼芬芳，山阴道上，应接不暇。他现存的 443 首诗里，涉及花木的接近 100 首，松啊竹啊菖蒲啊白苹啊，琳琅满目，清新雅致。他明确写到树名花名的诗有 80 多首，状写杏花的诗就有 3 首。其《古苑杏花》是青年张籍漫游时期所作。一株杏花在新掘的壕沟里独自怒放，如同燃烧的火焰，却使人生出烦忧。为什么呢？你看，古陵之下，天色已晚，荒辙冷落，少有车马，树荫下面，断碑漫漶，眼看春天行将远去，然而无人怜香惜玉。此诗表面咏杏，实则咏怀。他从小饱读诗书，游学南北，结交权贵，汲汲于功名，希望有所成就；可是世道险薄，岁月蹉跎，归来还是空空的行囊。这一切怎不令人悲伤？

其《送友人归山》写于元和元年（806）后居京为官期间，是送别友人归隐的诗，满纸都是羡慕之情。诗曰：

> 出山成白首，重去结茅庐。移石修废井，扫龛盛旧书。
> 开田留杏树，分洞与僧居。长在幽峰里，樵人见亦疏。

出山谓出仕，归山即归隐。洞原指山洞，借指友人归隐之所，分洞谓与僧人往来。经过多年努力，又得韩愈提携，贞元十五年（799），34 岁的张籍进士及第，元和元年（806），41 岁时释褐为仕，任太常寺太祝，正九品上，在朝廷祭礼时跪诵祭文。唐代官职等级凡三十级，他居二十七级。位低职闲，无所作为。几年之后，患了眼疾，几至失明，以至罢官。疾病容易使人丧志、丧失热情，张籍未能免俗。那时，唐朝正在走下坡路，社会矛盾丛生，一些有志之士心急如焚，试图力挽狂澜，扭转乾坤。他的朋友韩愈、白居易、刘禹锡等人因此被贬，他呢，一则远离政治中心，二则对政治也不上心，所以闲居长安，安贫守道，读书写字，煎茶调琴，与诗友唱和，与佛道为友。那"开田留杏树"，竟然成为曾经意气奋发的张籍的梦想。

其第三首杏花诗《同白侍郎杏园赠刘郎中》，作于大和二年（828）三月，赠刘禹锡。两年之后的杏花盛开的春天，张籍在长安郊外去世。诗曰：

一去潇湘头欲白，今朝始见杏花春。
从来迁客应无数，重到花前有几人。

诗中白侍郎指白居易，他比张籍小6岁，比张籍晚一年进士及第，他俩的座主都是高郢，用现在的话说，是同门师兄弟。但他比张籍出道早，仕途虽然稍有挫折，但是总体顺畅，职位很高。大和二年（828）二月，他由秘书监除刑部侍郎，十二月乞百日病假，次年三月末假满，罢刑部侍郎，以太子宾客分司东都。

刘郎中指刘禹锡。他郡望洛阳，少年得志，因参与永贞革新失败，被贬为朗州（今湖南常德市）司马，至元和十年（815）方召回，寻因《游玄都观》诗出为连州、夔州、和州刺史，前后共24年。他才高八斗，桀骜不驯，令张籍佩服；又曾任和州刺史，是张籍故乡的地方官，于是他俩更加亲近。他于大和二年三月入朝替张籍为主客郎中，张籍迁国子司业。

杏园为长安曲江著名游览胜地。杏花春，指重新入朝为官，步入仕途的春天。在这个春天，三五好友同游杏园，可谓美好与美好相遇，所有的人都是百感交集。总的来说，这是一首令人开心的诗。

三首诗分别写于三个时期，杏花成为张籍生命的见证，成为张籍生命河流中的诗意记忆。张籍身后，杏花常开不败，涌现出很多名句，如"深巷明朝卖杏花""一枝红杏出墙来""红杏枝头春意闹"等，但都不如"今朝始见杏花春"来得深情蕴藉。

　　杏花又成为许多女孩子喜爱的名字。如《红楼梦》中有个娇杏，本是甄士隐家婢女，因在人群中多看了穷书生贾雨村一眼，后来被发迹为官的贾雨村娶回府里，做了官太太。如此说来，这个杏花与"幸运"倒是蛮搭，只是三写杏花的张籍虽经桂林杏苑，无奈命蹇时乖。

2020 年 3 月 31 日小雨

58. 杨

杨即杨树，是杨柳科杨属植物落叶乔木的通称。木材用作民用建材，生产家具、火柴梗、锯材等，同时也是人造板及纤维板用材。叶是良好的饲料。杨树又是防护林和四旁绿化的主要树种。我国杨树栽培历史悠久。

诗选：野田

漠漠野田草，草中牛羊道。古墓无子孙，白杨不得老。

读札：白杨不得老

杨树是杨柳科杨属植物落叶乔木的通称。我国杨树栽培具有十分悠久的历史，可追溯至公元前 7 世纪。《诗经》中即有"东门之杨，其叶肺肺"之句，战国时期《惠子》一书也有杨树繁殖记载，1300 多年前《晋书》中《关陇之歌》有"长安大街，夹树杨槐"的描述，可见其开始栽培年代之早。

植物学上，杨树隶属杨柳科。本科有三个属，即杨属、柳属、钻天柳属。杨属中又分为五个派：胡杨派、白杨派、青杨派、黑杨派、大叶杨派。具体说来，有胡杨，以新疆塔里木河流域分布面积最大，也最出名；有白杨，其中的毛白杨是我国特有的品种，分布在黄河中下游地区，茅盾《白杨礼赞》使其闻名世界；另有黄杨、枫杨、意杨等等。

还有一些名称，虽然含有"杨"字，譬如垂杨、绿杨、杨柳，但都不是杨树，而是柳树。百步穿杨，词典解释是，在一百步远以外射中杨柳的叶子，形容箭法或枪法十分高明。杨花柳絮，实指柳絮。605 年，隋炀帝下令开凿运河，号召民众在河岸植柳，每种活一棵者，奖细绢一匹。于是百姓争植，岸柳成荫。隋炀帝为了显示他的威风，就举行了植柳的仪式，并挥御笔书赐柳树姓杨。于是以后柳树便被称为杨柳了。自然，柳絮也就成了杨花。杨花的轻柔多情，使得自己成为古往今来情愫满怀的迁客骚人、浪迹天涯的异乡游子们寄托感情和哀思的信物。

古代诗词中"杨柳"意象不是指杨树和柳树两种树，而是特指柳树，一般是指垂柳，这是一个词，不是杨和柳并列。折柳送别是古人的一个习俗，形成这个习俗大概是因为古代交通不方便，远行走水路居多，而水边多植柳树，折柳条最方便；而且柳者，留也，也更能表达送别者的依依惜别之情。

在植物学上，杨和柳是被严格区分的。首先，杨树的芽有许多芽鳞片层层包裹着，而柳树的芽只有一层鳞片。其次，柳树的叶片狭长如眉，杨树的叶片比较宽阔。再次，虽然杨树和柳树的花都是成串的柔荑花序，但仔细观察便可以发现，杨树的花都有一片苞片，苞片边缘分裂成尖尖的裂片，而柳树的花的苞片却没有裂口。此外，杨树的雄花内没有蜜腺，柳树的雄花内有蜜腺。我们常见的柳树品种有垂柳、旱柳和河柳等。

白杨，原产北半球，以叶在微风中摇摆、树干非常直而闻名。因分蘖快，多生长成林，罕见单株者，甚有益于自然景观。树皮灰绿平滑，分枝自然；绿叶茂密，转为鲜黄；雌雄异株，春天荑黄花序先叶开放。又名大叶杨、响杨、颤杨、冲天杨、眼睛树等。我到西北旅游时，经常看到它们，成片栽植，蔚为壮观。张籍《野田》，写出乡间荒凉、生灵凄凉。

诗中所写的内容是一种风俗，一种文化现象。中国自古即有堆土为坟、植树为饰的传统，即在先人墓地种植"封树"。王公贵族种的封树大都是松树或柏树，而一般平民百姓则栽植白杨。古人形容白杨："其种易成，叶尖圆如杏。枝颇劲，微风来则叶皆动，其声萧瑟，殊悲惨凄号。"乡间坟场的白杨鳞次栉比，远望萧萧森森，秋风一起，白杨叶变黄掉落，入冬后全株仿佛枯死，状至凄凉，称为"枯杨"，因此古诗有"白杨多悲风，萧萧愁杀人"的句子。

人常以白杨形容悲凄景物，或暗示死亡及坟地等意，如《古诗十九首》："驱车上东门，遥望郭北墓。白杨何萧萧？松柏夹广路。"白居易《过高将军墓》："门客空将感恩泪，白杨风里一沾巾。"章回小说描写坟场，也多以白杨点缀，如《水浒传》第四十六回的翠屏山有一段："漫漫青草，满目尽是荒坟；袅袅白杨，回首多应乱冢。"和前述词句的凄凉气氛相似。

黄杨叶革质，阔椭圆形、阔倒卵形、卵状椭圆形或长圆形，叶面光亮，多生山谷、溪边、林下。现在公园里多有栽植。黄杨生长速度极慢，但木材纹理细腻且质坚，是优良的雕刻用材，民间用以雕刻神像、艺术品，也用来刻制印章。黄杨木的香气很轻、很淡，雅致而不俗艳，是那种完全可以用清香来形容的味道，并且可以驱蚊。另外，黄杨木还有杀菌和消炎止血的功效，在黄杨木生长地的山民，就有采黄杨叶用作止血药和放置黄杨树枝来驱蚊蝇的习惯。

古人相信黄杨"岁长一寸，遇闰年则倒长一寸"。由于一般都认为闰年常发生旱灾虫害或其他祸事，为不祥之年，因此有"黄杨厄闰"的说法。诗文中常用黄杨来表示际遇困顿、时运不济，如杨万里《九月菊未花》："旧说黄杨厄闰年，今年并厄菊花天。"不但黄杨厄闰，九九重阳日菊花未开也被视为厄闰，一切都是闰年带来的恶兆。生长速度缓慢的黄杨有时也暗指诗文或功夫没有长进，如陆游《春晚村居》："身世已如风六鹢，文章仍似闰黄杨。"

意杨，落叶大乔木，树冠长卵形。树皮灰褐色，浅裂。叶片三角形，基部心形，类似椭圆，叶深绿色，质地较厚。原产意大利，我国 1958 年从民主德国引入，1965 年又从罗马尼亚引入，1972 年直接由意大利引进。其树生长快速，树干挺直。喜温暖环境和湿润、肥沃、深厚的沙质土，对杨树褐斑病和硫化物具有很强的抗性。江苏省泗阳农场的中国杨树博物馆内，有株"中国意杨王"，树高 46 米，胸径 1.16 米，是现存的全国最大的杨树。

意杨树干耸立、枝条开展、叶大荫浓，宜作防风林，用作绿荫树和行道树非常多。我骑行乡间，时常与它们相遇，好像亲密的朋友；或在行道路下穿行，享受它们的遮阳布荫。我应文友马云老师之邀，到陈桥洲游玩，看到意杨林，马老师告诉我说，意杨又叫"响树"，风来了，就像无数人在鼓掌。

枫杨，别名麻柳、蜈蚣柳、大叶柳等。它的枝条垂挂下来，远看确实很像垂柳。落叶乔木，高达 30 米，胸径达 1 米；幼树树皮平滑，老时则深纵裂。叶多为偶数或稀奇数羽状复叶。树冠宽广，枝叶茂密，生长迅速，是种常见的庭荫树和防护树种。我供职的二中校园里，有五株枫杨，与前排五层的教学楼等高，树干两个人都抱不过来，浑身布满苍绿苔痕。得胜河南岸人家的院外，有几株，春风来时，果荚似蝶，又像枫树的果实。

张籍《少年行》"少年从猎出长杨，禁中新拜羽林郎"名中的"长杨"，是指汉代的长杨宫，故址在今陕西省周至县东南。《三辅黄图·秦宫》："长杨宫在今周至县东南三十里，本秦旧宫，至汉修饰之以备行幸。宫中有垂杨数亩，因为宫名；门曰射熊馆。秦汉游猎之所。"垂杨，就是柳树。刘禹锡《杨柳枝词九首》曰：

炀帝行宫汴水滨，数株残柳不胜春。

晚来风起花如雪，飞入宫墙不见人。

城外春风吹酒旗，行人挥袂日西时。

长安陌上无穷树，唯有垂杨管别离。

题为"杨柳枝"，第二句"数株残柳不胜春"点明柳树，第三句"晚来风起花如雪"，就是描写柳絮，古人又有折柳送别习俗，垂杨当为柳树。汉代扬雄《长杨赋》："振师五柞，习马长杨。"唐代杜牧《杜秋娘》诗："长杨射熊罴，武帐弄哑咿。"《老残游记》第二回："到了济南府，进得城来，家家泉水，户户垂杨。"鲁迅《送增田涉君归国》诗："却折垂杨送归客，心随东棹忆华年。"垂杨也指杨柳。《文选·潘岳〈闲居赋〉》："长杨映沼，芳枳树篱。"刘良注："杨，柳树也。"故址曾因山清水秀、村社辏集、土地肥沃、物产丰富而享誉关中甲。

张籍《寒食》诗中"绿杨枝上五丝绳，枝弱春多欲不胜"，唐代寒食日，常在柳树上系五色丝绳，流为习俗。《杨柳送客》诗中"君见隋朝更何事？绿杨南渡水悠悠"，诗题就是"杨柳"。白居易《钱塘湖春行》"最爱湖东行不足，绿杨阴里白沙堤"，意思是最喜爱湖东的美景令人流连忘返，杨柳成排绿荫中穿过一条白沙堤，这是最典型的例证。我前年暑假到过西湖，看见白堤垂柳如线，直接水面，随风摇曳，与鱼相戏，遥想千年之前盛景与文人风采，心仪不已。

2021 年 6 月 14 日

59. 椰

椰，可指椰子树，常绿乔木，树干挺直。为热带喜光作物，在高温、多雨、阳光充足和海风吹拂的条件下生长发育良好。也可指椰子树的果实。由外层为纤维的壳组成的，提供椰子皮纤维和内含可食厚肉质的大坚果。果新鲜时有清澈的液体，叫作椰汁。

诗选：送蛮客

借问炎州客，天南几日行①？江连恶溪路②，山绕夜郎城③。
椰叶瘴云湿，桂丛蛮鸟声。知君却回日，记得海花名。

校注：①炎州，古谓南方瘴疠之地为炎州。刘长卿《送郭主簿赴岭南诗》："猿声不绝到炎州。"②恶溪，多猛兽，险恶之溪谷也。《唐书·韩愈传》："愈至潮州，问民疾苦。皆曰：恶溪有鳄鱼。"③夜郎，贞观十六年（642）建置夜郎县，治所在今贵州正安县西北。《汉书·西南夷传》："西夷君长以十数，夜郎最大。"

读札：椰叶瘴云湿

椰子树是常绿乔木，树干挺直，生于热带海滨，给人一枝独秀之感。很早以前，我在电影《红色娘子军》里见过。椰子果实又大又圆，像小篮球，又非常硬，像大铅球。改革开放以后，买过真的椰子果，凿个小洞，用吸管吸；商店里也有听装的椰子汁卖。

今天的人们用卫星云图和气象站监视台风动向。古代人们也有防台风的需要，他们利用长得特别高的树木来观察台风动向。每当看到椰树摇动，或听到椰果不寻常的碰撞声，就知道台风会很快来临了。

椰子为古老的栽培作物，原产地说法不一，有说产在南美洲，有说在亚洲热带岛屿，但大多数认为起源于马来群岛。现广泛分布于亚洲、非洲、大洋洲及美洲的热带滨海及内陆地区。我国种植椰子已有 2000 多年的历史，在我国，椰子树现主要集中分布于海南各地。台湾南部，广东雷州半岛，云南西双版纳、德宏、保山、河口等地也有少量分布，但主产于海南省，就是电影《红色娘子军》故事的诞生地。

椰子是热带地方之宝，脂肪和蛋白质含量特别高。随手摘来树上熟的椰子，已能提供一餐好营养。椰肉性温，能补阳火，且能强身健体，最适合身体虚弱、四肢乏力、容易倦怠的人享用。尤其是椰子糯米炖鸡，效力特佳，因为椰肉、糯米和鸡肉皆滋补，以炖汤方式处理，补益功效更加显著。

张籍《送蛮客》（指送别南方的朋友）里，炎州、恶溪、夜郎三个地点，显示友人前往之地。《唐书·韩愈传》："愈至潮州，问民疾苦。皆曰：恶溪有鳄鱼。"《汉书·西南夷传》："西夷君长以十数，夜郎最大。"潮州属今广东省，夜郎县治所在今贵州正安县，说明友人去的地方是南方或西南方。"椰叶瘴云湿，桂丛蛮鸟声。知君却回日，记得海花名"四句并写南夷之景，椰叶、桂丛、海花，都是地理标志。

下面说说与椰子树有关的老电影《红色娘子军》。

电影讲述的是 20 世纪 30 年代，海南岛五指山区，一支由劳动妇女组成的革命武装队伍红色娘子军的故事。

吴琼花是椰林寨大土豪南霸天的丫头，几次逃跑都被抓回，受尽折磨。南霸天命人将她活活打死，昏死在地的琼花在电闪雷鸣中惊醒过来，遇到了化装成华侨富商的红军干部洪常青和通信员小庞。

在洪常青的指引下，琼花决心走上革命道路，她与不愿做封建礼教牺牲品的红莲一起来到娘子军营地，要求参加娘子军队伍。洪常青认出琼花，连长批准琼花入伍，并发给她一支枪。在一次执行侦察任务时，琼花路遇南霸天，她心头怒火难以抑制，开枪打伤了南霸天。由于她违反了纪律，受到处分，娘子军的领导对她进行了严肃的批评教育。

红军决定解放椰林寨，洪常青带吴琼花再次化装进入椰林寨。不料，南霸天乘着夜色逃脱，吴琼花在追捕中受了重伤。国民党反动派出动军队进攻海南岛的红军，娘子军撤离椰林寨，南霸天卷土重来。在这严峻时刻，吴琼花加入中国共产党。洪常青带领娘子军在执行阻击任务时，为掩护娘子军撤退负重伤被捕，在敌人面前大义凛然，英勇就义。吴琼花继任娘子军党代表，率领娘子军解放了椰林寨，枪决了南霸天，带领娘子军踏上新的征程。电影插曲《娘子军连歌》，时时在我耳边响起：

向前进，向前进，
战士的责任重，妇女的冤仇深；
古有花木兰，替父去从军；
今有娘子军，扛枪为人民……

海南是我向往的地方，但没去过。总有一天，我会去看看张籍的椰子树，看看吴琼花的椰子树。

2021 年 6 月 14 日

60. 樱

樱桃，蔷薇科乔木。果实可以作为水果食用，外表色泽鲜艳，晶莹美丽，红如玛瑙，黄如凝脂，富含糖、蛋白质、维生素及钙、铁、磷、钾等多种元素。

诗选：和裴仆射看樱桃花[①]

昨日南园新雨后，樱桃花发旧枝柯。
天明不待人同看，绕树重重履迹多。

校注：①裴仆射为裴度。《旧唐书·穆宗纪》："长庆二年六月，司徒、平章事裴度守尚书右仆射。时籍为水部员外郎。"

读札：起向朱樱树下行

今天清明，是"全国哀悼日"。

为表达全国各族人民对抗击新冠肺炎疫情斗争牺牲烈士和逝世同胞的深切哀悼，今天我国举行全国性哀悼活动。早上做"学习强国"时，页面都是黑色，音乐栏目全部关闭；晚上收看《新闻联播》，见主持人都穿黑色衣服，表情严肃，声音低沉。

天气却是格外晴好，阳光普照，天朗气清，惠风和畅。河边绿地挤满各种花，其中樱花最是惊艳，花团锦簇，像棉花糖。我去城南钓鱼，路旁也是樱花盛开，远远看去，像一条樱花的河。便想起鲁迅《藤野先生》的开头："上野的樱花烂漫的时节，望去确也像绯红的轻云……"无意中听说现在的许多樱花品种，都是"樱花"与"樱桃"的杂交种，于是想起樱桃树来，眼下也都开花了吧。虽然我在城里至今没见过它的巧笑模样，但是我从张籍诗歌里，能够嗅到樱桃花初放的清新气息。

张籍写到樱桃树的诗，流传下来的有五首。他早年云游四海，北上河北，南下江浙、湘赣、两广，漫游求仕，多写见闻。其《吴楚歌词》曰：

庭前春鸟啄林声，红夹罗襦缝未成。
今朝社日停针线，起向朱樱树下行。

社日是古老的中国传统节日，分为春社和秋社。春社一般在农历二月初二前后（今天已是农历三月十二），秋社约在新谷登场的农历八月。诗中写到"春鸟"，写到缝制"红夹罗襦"，说明这是一首写春社情景的诗。你看，那些女子放下手中针线齐聚樱桃树下，仰望白的粉的花朵，双脸都是白里透红。她们双手合十，念念有词，祈求社神赐福、五谷丰登。就像今春疫情肆虐，但人们从未放弃斗争，放弃对美好生活的梦想。从那时起，樱桃树就栽种在年轻的张籍心田了。

元和元年（806），张籍终于跨进官宦门限，成为太常寺太祝。谁知数年之后害了眼疾，几至失明，至于罢官，在延康坊西明寺后租住房内养病。此间作《病中酬元宗简》诗。诗曰：

东风渐暖满城春，独占幽居养病身。
莫说樱桃花已发，今年不作看花人。

这位元宗简，洛阳人，排行第八，故被友人称为"元八"。贞元十九年（803）进士及第，历经宦海沉浮。长庆二年（822）去世。他曾送给张籍一顶纱帽，张籍极为珍视，作有《答元八遗纱帽》。元宗简素来羸弱，与张籍同病相怜，听说樱桃花发，约他赏花散心。张籍何尝不想去呢，可是偏偏病在眼上，像音乐家失聪，舞者伤了腿脚，叫人徒叹命运不公。

过了10年，即长庆三年（823），张籍又作《和裴仆射看樱桃花》。

裴仆射就是裴度（765—839），贞元五年（789）进士，比张籍进士及第早了整整10年。仕途也较顺利，是中唐时期的国家级干部。他支持宪宗削藩，因而与宰相武元衡均遇刺，武元衡遇害，他那天恰巧戴着很厚的帽子，所以只是头部受伤，大难不死。他曾自太原任上，给张籍寄过一匹马。由此可以看出他们很深厚的友谊。张籍五年前眼病已愈，如今迁居靖安坊，做了水部员外郎，各方面条件都有所改善。花入眼帘，妖冶怡情，悦目赏心，此乐何极。

樱桃花美，果实更诱人。等到四月，即春夏之交，那些白的粉的花朵，全都孕出橙黄的鲜果，如樊素口，似小糖球，惹得鸟儿纷纷来啄，热闹得像名人会所。明代李时珍曰："其颗如璎珠，故谓之樱。而许慎作莺桃，云莺所含食，故又曰含桃。"民间有"樱桃好吃树难栽"之说，这恐怕就是城里难觅樱桃踪影的原因。不过乡间是有的。去年初夏，我骑行褒禅山，看到樱桃林，满枝都是黄澄澄的樱桃，老远都能闻到醉人的甜香。

唐朝宫廷内园喜植樱桃。每当樱桃成熟之时，皇帝每每赏给百官品尝，以示皇恩浩荡。张籍长庆元年（821）任职国子博士，正五品上，始入朝班，为常参官；后转水部员外郎，从六品上，掌管全国水利；再转主客郎中，从五品上，掌二王后及诸蕃朝聘之事。他与韩愈、王建等老朋友常在朝班相见，分享皇帝的恩宠。有《朝日敕赐百官樱桃》为证：

仙果人间都未有，今朝忽见下天门。

捧盘小吏初宣敕，当殿群臣共拜恩。

日色遥分门下坐，露香才出禁中围。

每年重此先偏待，愿得千春奉至尊。

另有《宫词》，也写到樱桃，看上去祥和喜庆：

黄金捍拨紫檀槽，弦索初张调更高。

尽理昨来新上曲，内宫帘外送樱桃。

　　樱桃花儿艳、果儿甜，因而时常用来代表美好的事物，如特别有活力的女孩子。它不仅象征着爱情、幸福和甜蜜，更蕴含着珍惜这层含义。樱桃英文名 cherry，意思就是珍惜。南唐李煜的名句"樱桃落尽春归去，蝶翻金粉双飞"，南宋蒋捷的名句"流光容易把人抛，红了樱桃，绿了芭蕉"都是说的珍惜，个中滋味一言难尽。到了现当代，有日本作家太宰治作品《樱桃》，有中国台湾偶像剧《樱桃小丸子》，有亲情电影《樱桃》，有齐白石的小品画《樱桃》，等等。可以说，樱桃已经完全融入我们的生活和艺术之中，成为我们生命的一部分。如有樱桃相伴，就是苦难的日子，也会变得明亮一些。

　　如果张籍再世，会不会再写几首樱桃诗呢？我估计会。

2020 年 4 月 4 日清明

61. 榆

榆树，又名春榆、白榆等，素有"榆木疙瘩"之称，为榆科落叶乔木。幼树树皮平滑，灰褐色或浅灰色，大树之皮暗灰色，不规则深纵裂，粗糙。花先叶开放，在生枝的叶腋成簇生状。翅果为稀倒卵状圆形。

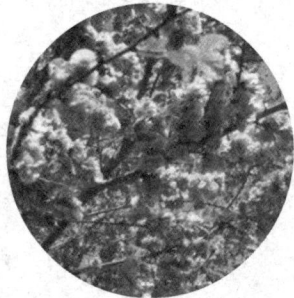

诗选：雨中寄元宗简

秋堂羸病起，盥漱风雨朝[①]。竹影冷疏涩，榆叶暗飘萧[②]。

街径多坠果，墙隅有蜕蜩[③]。延瞻游步阻[④]，独坐闲思饶[⑤]。

君居应如此，恨言相去遥。

校注：

①盥漱，盥栉漱洗也。②飘萧，飘动貌。杜甫《义鹘行》："飘萧觉素发，凛欲冲儒冠。"③蜕蜩，蝉壳。以上写雨中秋境。④延瞻，延颈毡望。游步阻，谓为雨所阻，不得往游也。《宋史·乐志》："比屋延瞻。"⑤饶，安逸。《淮南子》："夫瘠地之民多有心者，劳也；沃地之民多不才者，饶也。"

读札：榆叶暗飘萧

榆树是旧时代的救荒树，是老辈人的救命树。

我不知道明代《救荒本草》中是否收有该树，我知道刘绍棠写过《榆钱饭》，回忆小时候以榆钱儿当饭吃的贫困生活。

又听过程琳演唱的歌曲《采榆钱》：

东家妞，西家娃，采回了榆钱过家家。

一串串，一把把，童年时我也采过它。

那时采回了榆钱，不是看着那玩耍。

妈妈要做饭，让我去采它。

榆钱饭榆钱饭，尝一口永远不忘它……

榆钱树就是榆树，榆钱是榆树的果实，因为果实的外形很像硬币，所以也叫榆钱树。榆钱树通常是先开花再长叶子，它的树干呈灰褐色，树皮很光滑。

榆钱树的果实可以生吃，将其摘下来冲洗一下，加入调味料，口感很好。榆钱还可以用来煮粥、煲汤，加入榆钱煮的粥比普通的粥更香甜可口。将榆钱洗净包饺子、包包子都是可以的。

榆钱树的树皮和叶子都能作为药材入药，有改善睡眠、治疗神经衰弱的效果。榆钱树的树皮很坚韧，可以制作成绳索使用；它的树皮还能分泌出树胶，制作成脂肪油。我小时候总是看到树干"淌油"，黑乎乎的，黏手。上面有大毛牛，两根触须像孙悟空的辫子。

成语榆木疙瘩比喻思想顽固。出自葛洛《卫生组长》："人人都是封建迷信脑袋，像榆木疙瘩一样，三斧子五斧子劈不开。"或曰，所谓榆木疙瘩，不是榆树上生长的瘤状物，而是榆树的树桩，有些地方称树桩为木头疙瘩。树桩就是树干下端着生树根的部位，常被挖来劈做烧柴。树桩的纹理弯曲盘结，不易劈裂。榆树树桩更因为其坚硬并略有弹性，劈起来更加费劲。因此，被用来形容、讥讽顽固的人。

这个解释不准确。榆木疙瘩的"榆"谐音"愚蠢"的"愚"，即"愚木疙瘩"，"愚蠢之木做成的疙瘩"，其中的疙瘩比喻人脑袋。人脑袋上开有七窍以接受外界信息，用以理解外部世界，领会别人的话语。愚木疙瘩既愚又木，再加上没有开窍，自然就不可理喻了。在民间，人们习惯用木头形容某人愚笨不通事理。因为人们认为一个人理解世间万物、领会他人话语，是脑子转动的结果。而木头从外到里全都是木质，全都不能活动半点儿。

榆树其实并不愚蠢，反而相当聪明。比如分泌树胶，这是榆树特有的现象，就是聪明的标志。杨树、柳树、槐树等树木被虫蛀时，只见蛀孔赫然在目，极少见到其蛀孔流淌树液。榆树向蛀孔分泌黏稠树液其实是一种防御措施，它会降低蛀虫的活动能力，乃至完全遏制住体质较弱的蛀虫的活动。生长健壮的榆树上之所以较少见到蛀虫，原因就在这里。树势衰弱的榆树，生理活动也衰弱，分泌的树液量少，就难以抵御蛀干害虫的攻击了。

榆木木性坚韧，纹理通达清晰，硬度与强度适中，一般透雕浮雕均能适应，刨面光滑，弦面花纹美丽。有"鸡翅木"的花纹，可供家具、装修等用；榆木经烘干、整形、雕磨髹漆，可制作精美的雕漆工艺品。

榆木有黄榆和紫榆之分。黄榆多见，木料新剖开时呈淡黄，随年代久远颜色逐步加深；而紫榆天生黑紫，色重者近似老红木的颜色。早期的榆木家具以供奉家具为主，比如供桌供案，形制古拙，多陈设在寺庙、家祠等处，因而才能保留至今。有一榆木雕制的木盆，无漆无饰，经长久抚摸和空气氧化，包浆油亮夺目，木纹苍老遒劲。百年遗物，完整无缺，抚之心动如酥，仿佛抚摸岁月沧桑的容颜。

张籍《雨中寄元宗简》曰：

竹影冷疏涩，榆叶暗飘萧。

飘萧是飘动之意。榆叶之暗，当指深绿颜色，暗示灰暗的心情；榆叶飘动，比喻人的命运。很多时候，人就像一片树叶，是难以掌握自己的命运的。比如谁不想身康体健呢，可是他俩身体都不好；谁不想成就一番大事呢，然而张籍始终做个学官、冷官。虽然说教育很重要，但在那个动乱期，有多少学生能够潜心学习、研究学问呢？

榆树有故事。

吉林省农安县万顺乡光辉村四社庙西屯有株树龄450年的榆树，树高15米，胸径1.7米，树冠覆盖面积230平方米。主干低矮，三大主枝连生在一起。一枝向上，一枝平卧，错落有致，树姿十分优雅。传说很多年以前，这里有一个大财主，他有3个儿子。长大成人后，父亲要给他们分家立户，但3个儿子说什么也不同意。他们说只有团结在一起，齐心协力，日子才会兴旺发达。父亲听了十分高兴。后来，他们的日子果然越过越好。去世后他们葬在一起，然后长出了这棵连体树，表明三兄弟世代同心。

传说很久以前，松花江畔有个财主，看到能救荒的榆树，就想据为己有，结果被晃落下来的榆钱埋住，压死了。

这里有两个财主，故事不同。其实任何阶层，都有好人坏人。

2021年6月15日

62. 茱萸

茱萸，又名"越椒""艾子"，开小黄花，果实椭圆形，红色，味酸，可入药，具备杀虫消毒、逐寒祛风的功能。佩茱萸，中国岁时风俗之一。在九月九日重阳节时爬山登高，臂上佩带插着茱萸的布袋（古时称"茱萸囊"）。

诗选：吴宫怨[①]

吴宫四面秋江水，江清露白芙蓉死[②]。
吴王醉后欲更衣，座上美人娇不起。
宫中千门复万户，君恩反复谁能数[③]？
君心与妾既不同，徒向君前作歌舞[④]。
茱萸满宫红实垂，秋风袅袅生繁枝[⑤]。
姑苏台上夕燕罢[⑥]，它人侍寝还独归[⑦]。
白日在天光在地，君今那得长相弃[⑧]。

校注：①此言宫女不被宠也。②芙蓉死，谓芙蓉花之凋落也。此盖以凄冷之境，映衬吴宫不复旧时矣。③按：此谓宫中有千门、万户，何人承宠，难以预知，则君恩不可倚恃也。④徒，徒劳也。⑤袅袅，轻柔纤美之貌。⑥夕燕，晚宴。⑦它人，谓其他宫女。⑧按：此以白日为喻，谓己心昭然，若天光照于地，奈何不获明察也。

读札：茱萸满宫红实垂

茱萸名声之响，源于王维的诗《九月九日忆山东兄弟》：

独在异乡为异客，每逢佳节倍思亲。
遥知兄弟登高处，遍插茱萸少一人。

从诗中看，茱萸大概是一种植物。但它是什么样子呢，还是张籍《吴宫怨》里写得明确：

茱萸满宫红实垂，秋风袅袅生繁枝。

这是一首新题乐府。吴宫，吴王夫差的别宫。相传夫差专宠越王勾践所献二美女西施、郑旦，荒淫作乐，终为越所灭而自杀。他不知道美女有毒，导致身死国灭。怨，诗歌体裁之一种，与"歌""行"相似，但又有所不同。因为这个"怨"字，可以表达一种怨恨之情。

茱萸开小黄花，果实椭圆形，红色，香气辛烈。古俗中人们在重阳节佩茱萸以祛邪避恶。二句暗用汉高帝宫女贾佩兰得幸之典，写深秋时节，茱萸满宫，因无人取佩而繁枝摇曳、红实累累之景，烘托失宠宫女孤寂怀旧、无限凄凉的心境。晋葛洪辑《西京杂记》曰：

戚夫人侍儿贾佩兰，后出为扶风人段儒妻。说在宫内时，见戚夫人侍高帝，常以赵王如意为言，而高祖思之，几半日不言，叹息凄怆，而未知其术，辄使夫人击筑，高祖歌《大风诗》以和之……九月九日，佩茱萸，食蓬饵，饮菊花酒，令人长寿……戚夫人死，侍儿皆复出为民妻也。

在我看来，贾佩兰最后出宫，嫁为人妇，过上正常女人的生活，倒是一种安稳的幸福；可是这位失宠宫女心生怨气，耿耿于怀。自古以来，率土之滨莫非王臣，君叫臣死臣不得不死，很多人只能以泪洗面，曲意逢迎，她却吃醋使性，我不知道她的归宿会不会比贾佩兰好。

不过，张籍作此诗或有寄托。明代周敬、周珽《唐诗选脉会通评林》：

《吴宫怨》一首，寓言谗人恃宠，正士怀忧，意亦沉着。

这是对的。以男女之情喻君臣之义是我国古代诗歌传统。比如屈原的《湘夫人》、杜甫的《咏王昭君》，都是政治隐喻。男女是家庭里的君臣，君臣是国家中的男女，他们之间没有血缘关系，但具有高度一致的从属性质。正如屈原在《离骚》中就自比美人，向楚怀王发出"惟草木之零落兮，恐美人之迟暮"的感慨。这种以男女关系借代君臣关系的表现手法，后来扩大到以男女关系来表达一切难以言表的、不足为外人道的复杂关系。由此，就造成很多貌似柔情蜜意的情诗，其实质却是政治诗，无关风月，和男女情爱不沾边。

茱萸，又名"越椒""艾子"，是一种常绿带香的植物，具备杀虫消毒、逐寒祛风的功能。重阳节要把茱萸插在头上，或身上佩装有茱萸的布袋，这跟端午佩挂艾草、菖蒲的道理是一样的，为了驱病、防蚊、辟邪。所以无论是艾草、菖蒲，还是茱萸，都有特殊香味，这样才能达到除病辟邪的效果。九月初九，正值秋冬交替，九又是"至阳之数"，古人认为这天阳气太盛，阴阳失调，是凶日，佩戴气味浓烈的茱萸能御初寒也可辟邪气。

茱萸有很多种。如山茱萸、食茱萸、吴茱萸等。现在，大家已经没有在重阳节佩戴茱萸的习俗了，但很多地方会举办一些颇具特色的活动来欢度重阳节。比如爬山，可以登高远望美景。有些村庄保留了"晒秋"的习俗，即在屋前屋后挂晒农作物果实。有些地方举办菊花展。

重阳节与茱萸的关系，最早见于《续齐谐记》中的一则故事：汝南人桓景随费长房学道。一日，费长房对桓景说，九月九那天，你家将有大灾，其破解办法是叫家人各做一个彩色的袋子，里面装上茱萸，缠在臂上，登高山，饮菊酒。九月初九这天，桓景一家人照此而行，傍晚回家一看，果然家中的鸡犬牛羊都已死亡，但全家人因外出而安然无恙。于是茱萸"辟邪"便流传下来。

还有一个传说。春秋战国时期，弱小的吴国每年都得按时向强邻楚国进贡。有一年，吴国的使者将本国的特产"吴萸"药材献给楚王，却因礼轻而被赶走。楚王身边有位姓朱的大夫，与吴国使者交往甚密，忙将其接回家中，加以劝慰。吴国使者说，吴萸乃我国上等药材，有温中止痛、降逆止吐之功，善治胃寒腹痛、吐泻不止等症，因素闻楚王胃寒腹痛的痼疾，故而献之，想不到楚王竟然不分青红皂白……听罢，朱大夫派人送吴国使者回国，并将他带来的吴萸精心保管起来。

次年，楚王受寒旧病复发，腹痛如刀绞，群医束手无策。朱大夫见时机已到，急忙将吴萸煎熬，献给楚王服下，片刻止痛。楚王大喜，重赏朱大夫，并询问这是什么药，朱大夫便将吴国使者献药之事说出。楚王听后，命人广植吴萸。几年后，楚国瘟疫流行，腹痛的病人遍布各地，全靠吴萸挽救成千上万百姓的性命。楚国百姓为感谢朱大夫的救命之恩，便在吴萸的前面加上一个"朱"字，改称"吴朱萸"。后世的医学家又在朱字上加个草字头，正式取名为"吴茱萸"，并一直沿用至今。

茱萸在唐代咏重阳的诗词中经常现身，像它本身一样红艳。这些写到茱萸的诗词主要有四种内容，一是佩带茱萸囊于臂肘，二是插茱萸于发冠，三是饮茱萸酒，四是以茱萸节、茱萸会代替称重阳节。如王昌龄《九日登高》："茱萸插鬓花宜寿，翡翠横钗舞作愁。漫说陶潜篱下醉，何曾得见此风流。"如杜甫《九日五首》：

旧日重阳日，传杯不放杯。即今蓬鬓改，但愧菊花开。

北阙心长恋，西江首独回。茱萸赐朝士，难得一枝来。

"茱萸赐朝士，难得一枝来。"一到重阳节，朝廷按照惯例会御赐茱萸给朝廷大臣，可惜自己很难得到一枝。虽然作此诗时杜甫已经56岁，年老多病，但是仍然希望可以有为国家出力的机会，可惜无人重用，"难得一枝来"，岂不令人心酸？

2021 年 6 月 24 日

水生植物

63. 稻

稻，通称水稻，是禾本科一年生水生草本植物。水稻是人类重要的粮食作物之一，耕种与食用的历史都相当悠久。稻的总产量占世界粮食作物产量第三位，低于玉米和小麦，但能维持较多人口的生活，所以联合国将2004年定为"国际稻米年"。中国是世界上最早种植水稻的国家。

诗选：送朱庆余及第归越①

东南归路远，几日到乡中？有寺山皆遍②，无家水不通③。
湖声莲叶雨，野气稻花风④。州县知名久⑤，争邀与客同⑥。

校注：①朱庆余，名可久，越州（今浙江绍兴）人，入京赴试时，曾行卷与张籍，为张籍所赏，敬宗宝历二年登进士第，授秘书省校书郎。与当时著名诗人如贾岛、姚合、章孝标、顾非熊、张籍等多有唱和。②按：此谓越州山寺众多。③按：此谓越州为水乡，到处可以舟船相通。④以上四句写越中风土。⑤按：此谓州县地方人士，久闻朱庆余之名。⑥按：此谓朱庆余越中乡亲，将因朱之及第，争相邀请，奉为上宾。

读札：野气稻花风

稻子是与我们关系最亲密的植物。我们说起稻子，就像说起自己的家人和朋友。也可以说，我们都是水稻养大的孩子，水稻就像我们的母亲。

我国是世界上最早种植水稻的国家。2011 年，美国圣路易斯华盛顿大学与纽约大学合作开展了一项水稻 DNA 基因研究。研究表明，栽培水稻的起源时间大致在公元前 8500 年，地点在长江中下游一带。在这里，野生稻米被驯化为粳稻。

可以说，中国稻米的栽种史是一部经济和文明的发展史。作为稻米的故乡以及最大的稻米产区，中国的稻作技术和稻米文化影响了世界。中国稻米穿越崇山峻岭，漂洋过海，陆续传播到东南亚、西亚、欧洲等地。在过去的几千年里，稻米之路不仅为许多民族带去了食粮，更影响了这些国家人们的饮食习惯、生活习俗，在这个过程中，稻米将中国和整个亚洲连接到一起，最终塑造出独特的"稻米文化圈"。

张籍现存诗歌中，涉及水稻的有四首，巧合的是，这四首诗写出了水稻生长的过程。

漫游时期的作品《江村行》写插秧情景，我们看到的是秧苗：

南塘水深芦苇齐，下田种稻不作畦。
……
江南热旱天气毒，雨中移秧颜色鲜。
一年耕种长苦辛，田熟家家将赛神。

初夏时节，江南开始栽秧了。不作畦，是指种稻不似种麦有麦垄。畦，长条形田块。刘禹锡的《插田歌》写道："田塍望如线，白水光参差。农妇白纻裙，农夫绿蓑衣。"这就是没有畦的意思。移秧，移栽水田秧苗。先在小田育苗，后移栽到大田里，长得快。很多植物都有这个特点，好像一个小孩子，喜欢吃隔锅饭。栽秧是辛苦的活，从观赏者角度看，充满诗意，其实一趟秧栽下来，是腰酸背痛，有时腿肚里会钻进蚂蟥，只能咬着牙往外抠。至于划破了手、划破了脚，都是常事。栽秧也是技术活。特别是新媳妇嫁入某村，如果栽秧时手慢，常常被些老妇女堵在田中间，急得满脸通红。我在《尖叫的农具》里，对此有详细描述，有兴趣的朋友可以看看。

《新城甲仗楼》里写到禾苗：

> 睥睨斜光彻，阑干宿霭浮。芊芊粳稻色，脉脉苑溪流。

此诗作于贞元十二年（796）夏天，那时张籍由蓟北归苏州途经扬州。芊芊，植物茂盛貌。粳，稻的一种，米粒宽而厚，近圆形，米质黏性强，胀性小，好吃，但不经吃。"芊芊粳稻色"，指禾苗颜色。秧苗初栽的五六天，会微微泛黄。犹如婴儿初离母体，暂时失去营养而消瘦。这都不要紧。过个十天半月，秧苗就会返青，由黄变绿，由嫩绿到青绿到墨绿，同时分蘖，叶片增多且长高。微风吹起，禾苗的尖子叠在一起，颜色较别处深，像波浪向前滚动。我少年时放鸭，小鸭子钻进禾苗中，似在赛跑，那嘎嘎的叫声比什么音乐都好听。

秧苗长，秧苗底下的杂草也长。当秧苗长到叶片搭叶片，行距看不清的时候，底下的杂草也悄悄长密，开始跟秧苗争营养。况且杂草的胃口很大，如果不及时清除，秧苗的生长就会受到影响。过去也没有除草醚，要用乌斗推。乌斗是木制的，一头尖尖，尾部略宽，像一只小小船，不过船底下，长着寸把长的铁钉。尾部安着把，是根长长的竹竿，仿佛船上竹篙。农人赤脚站在田里，把乌斗插进行距里，左推几篙，右推几篙，仿佛穿梭一般；之后往前移动脚步，再左推右推。一直由这边田埂，滑到那边田埂，底下的杂草基本被推光。秧苗继续长高，杂草生出来。可是由于秧苗更密，它们完全得不到阳光，以及露水，已经难成气候。

《送朱庆余及第归越》写到稻花香：

湖声莲叶雨，野气稻花风。

此诗作于宝历二年（826）夏初，此时越州（今浙江绍兴）人朱庆余进士及第，衣锦荣归。其入京赴试时，曾行卷与张籍，题为《闺意献张水部》，诗曰"洞房昨夜停红烛"，张籍赠诗予以鼓励。稻花是一种小如蚂蚁的白花，很不显眼，但它是我们的最爱。每年夏天，看到稻花，我都会想"稻花香里说丰年，听取蛙声一片"，都会唱起"一条大河波浪宽，风吹稻花香两岸"。我喜欢稻花，敬佩稻花。我经常对学生说，人生最美好的事，不是长得好看，不是有权有势，甚至不是有多少学问，而是能够对社会有所贡献。

《祭退之》是张籍悼念好友韩愈的葬词，就像恩格斯《在马克思墓前的讲话》一样，叙述了深厚友情，表达了深切悼念。中间写到824年夏天陪同韩愈养病城南庄的事，那时稻子已经成熟：

北台临稻畴，茂柳多阴凉。……踏沙掇水蔬，树下烝新粳。

长庆四年（824）五月至七月，虽然还是夏天，但是新米已经成熟上市，可以吃了。新米洁白如玉，其香如花，真是令人难忘。其时张籍罢水部员外郎，转主客郎中，曾休官两月，陪同韩愈住城南庄。冬天里，一个大雪纷飞的夜晚，韩愈去世，他帮助料理后事。现在看来，也是一种临终关怀。

水稻黄了以后，就要开镰收割了。镰刀也不是现代的发明，早在新石器时代已有石制或蚌壳制的镰，金属出现后则有青铜和铁制的镰。几千年来，镰的形制基本上没有多大变化。可以割麦，也可以割稻。铁头，木炳，镰刀像个"七"字。它从稻田走过，倒下一排稻铺子，挑上场基，用脱粒机一打，摊开晾晒。这时候的稻田，一如生产后的产妇，敞胸露怀，在秋阳的光辉下面，一万分地自足。

割倒的稻把子，有时直接挑到稻场，用碌碡轧出谷子，有时就地用斛桶掼出谷子，挑到稻场去晒。斛桶像一只敞口盒子。可是这只盒子不小，约莫两米见方。更特别的是，这盒子的四面和底非常非常地厚，很重，又只能一人扛。一般人扛不动，因为过去农村田多，远的地方离村庄有十里地。水稻割倒以后，稻把子都是青的，挑稻把子太费劲。于是农人想出办法，就是把斛桶扛到稻田里，一把一把地，在斛桶壁上，把稻谷掼下来，挑到场基上晒干；剩下的稻草，铺在田里晒，等晒干后再挑回来，能省去很多力气。

扛斛桶和掼稻把子都需要力气，不同的是，扛斛桶尤其需要爆发力，掼稻把子特别需要耐力。稻把子是湿的，把稻谷从稻秆上掼下来并不容易。我曾经掼过半天，稻谷没有掼下多少，可是胳膊已经没有知觉，好像甩丢了一样。水稻打过之后，把草晒干，堆成垛。现在用收割机收稻，稻草丢下田里，自然晒干以后，一把火烧成灰烬。过去稻草可是个宝，可喂牛、可造纸、可烧锅、可铺床、可盖房。

韩愈就像一株水稻，走完他的一生；张籍也像一株水稻，给后人留下几百首诗，以及关心植物、关心百姓生活的精神营养。我能否也成为一株水稻呢？

我写过散文《水稻生命中的知己或者过客》。在开头和结尾，我充满深情地写道：

我们花样繁多的食物，多源自三种植物：水稻、小麦和大豆。每次吃饭的时候，我就会不自觉地想到，如果没有它们，没有它们的衍生品，我们贪得无厌的胃会不会起义，我们的生命还能不能存在和延续。

在这三种植物中，我最熟悉的是水稻。我吃着稻米长大；某一天里，我从河姆渡知道，早在万年之前，它已经出现在人类的陶碗里。它不仅是喂大了我，而且喂大了我们民族；不仅喂大了历史，而且喂大了文化。

我对水稻心存感激。无论何时，只要看到它，我都会脱下帽子，虔诚地向它致敬。这正像我对于人的态度。我敬重所有为人类作出贡献的人。他们像水稻一样，默默地生长，默默地付出，但是我纤细的心，能够感受到他们内心的大爱。

由稻种到稻草，水稻一生就结束了。——自在而安详的结束了。但是我的回味没有结束。我怀念水稻，很想像水稻一样生长；或者像与水稻有关的农具，做点有用的事。我还有点留念农耕时代，体力消耗很大，但很自在自乐。阳光纯粹如金，环佩叮当；稻香如诗如梦，相伴到老。

我还想到郑敏的诗《金黄的稻束》：

金黄的稻束站在割过的秋天的田里，
我想起无数个疲倦的母亲，
黄昏路上我看见那皱了的美丽的脸……

我还想到一个人，他叫袁隆平，他是水稻的儿子，又是水稻的父亲。把世间所有美好的形容词，做成一件衣裳，给他穿上，也不为过。

2021 年 3 月 29 日

64. 菰

多年生草本植物，生在浅水里，嫩茎称
"茭白""蒋"，可作蔬菜。果实称"菰米""雕
胡米"，可煮食。

诗选：重平驿作

茫茫菰草平如地①，渺渺长堤曲似城②。
日暮未知投宿处，逢人更问向前程。

校注：①菰草，即茭白，生于河边、陂泽。其实如米，谓之菰米。
②渺渺，一望无际貌。

读札：茫茫菰草平如地

重平驿是座驿站，位于今山东省安德县西北。或作"平望驿"，在今
江苏省吴江市平望镇。唐张祜有《题平望驿》："一派吴兴水，西来此驿
分。"这两个地方都留有张籍足迹，是他求学和漫游时的生活印记。

一二两句描写菰草之多之茂盛，平坦如地；河堤之长之曲折，宛如
城墙。三四两句叙述日暮投宿无着，见到路人就打听到投宿地还有多远，
显出一种落寞，一种孤寂。由诗意看，当为重平驿，一是远离家乡和祖
籍地，如果是在吴兴，那离张籍祖籍地很近，不会很不熟悉；二是菰草
茫茫，十分荒凉，不仅没有住户，也没有樵夫和渔民；三是这个驿站大
概相当于今天的汽车、列车临时停靠的站点，或水路上的小码头，因为

这里连投宿的地方都没有，说明这里经济落后或者很不太平。

　　菰草是什么呢？菰草就是茭白，茭白是种多年生宿根草本植物，长江以南低洼有水的地区种植较多。我们通常所说的"茭白"是它根部的嫩茎，可做成一道可口的菜。其实如米，谓之菰米、雕胡米，用它煮成的饭就是雕胡饭，是唐代颇具特色的米饭品种。在地处江湖之滨的安徽铜陵五松山，大诗人李白当年在山下荀老太家曾吃过一碗"雕胡饭"，而且印象颇深，还特写诗追忆"跪进雕胡饭，月光明素盘，令人惭漂母，三谢不能餐……"

　　雕胡饭是粗粮之类，但是来之不易。或舂（用杵捣击）或揄（从石臼中舀出来），或簸（扬去糠秕）或揉（壳未脱尽的，得用手揉搓），那操作可谓相当原始，极其繁重！荀大娘送上晚餐时，皎洁的月光不只是照亮了那亮晶晶的盘子盛着的亮晶晶的雕胡饭，也照亮了"田家秋作"的艰苦和"邻女夜舂"的辛劳。

　　会稽有个人叫顾翔，自幼丧父，侍奉母亲特别孝顺。由于母亲喜欢吃雕胡饭，于是顾翔就领着子女到处采集菰米。后来，因为采集非常困难，索性自己动手引水凿渠，亲自种植菰米供养母亲。顾翔的孝行震撼了家乡太湖周边的所有生灵，自此太湖长雕胡的地方杂草不生、虫鸟不侵，顾翔于是有充足的菰米供奉母亲。地方官员听说此事，还特意登门予以表彰。

　　在唐代以前，菰草被当作粮食作物栽培，它的种子叫菰米或雕胡，是"六谷"（稌、黍、稷、粱、麦、菰）之一。后来人们发现，有些菰因感染上黑粉菌而不抽穗，且植株毫无病象，茎部不断膨大，逐渐形成纺锤形的肉质茎，这就是我们现在食用的茭白。这样，人们就利用黑粉菌阻止菰草开花结果，繁殖这种有病在身的畸形植株作为蔬菜。现在，人们反而把那些健康的、会抽穗结果的菰草看作是退化、野生种了。现在网上能买到菰米，不知道是不是野生的。菰米呈圆柱形，两端渐尖，表面棕褐色，感觉油亮油亮的，折断面呈灰白色，比稻米的身形要修长地多。口感上比大米要更有嚼劲，又软又糯。

茭白外披绿色叶鞘，内呈圆柱状，色黄白或青黄。肉质肥嫩，纤维少，蛋白质含量高，是我国的特产蔬菜，与莼菜、鲈鱼并称为"江南三大名菜"。炒肉丝，下汤吃，味道都好。

有人写了一篇文章，题为《自从菰成了茭白，从此雕胡饭不再》。说在村民种着的茭白地里，居然有二株茭白开着淡色的小花，圆锥花序，高高挺在枝头，有点像水稻的花。因为菰开花，茎就不会膨大长成茭白，就会影响茭白的产量，所以农民是不愿见到菰开花的，一旦出现就会被处理掉。可怜的菰，开花本是它的正常现象，为了迎合人类的特殊口味，那些正常发育的菰却成了被嫌弃的对象。这倒有点"假作真时真亦假"的感觉。

《晋书·张翰传》记载，西晋文学家张翰为人纵任不拘，不愿卷入晋室八王之乱，借口秋风起，思念家乡吴中的菰菜、莼羹、鲈鱼脍，说："人生贵得适志，何能羁宦数千里以要名爵乎！"于是辞官回乡。后来"莼羹鲈脍"成为诗词常用的典故，形容不追求名利，凡事顺乎自然，以及表达对家乡的思念之情。然而莼菜却因为生态破坏严重，野生极为稀少，处于濒危状态，面临灭绝，被国家列入重点保护濒危植物名录。这都是植物变化的例子。

菰还有一个名字，叫"蒋"，张籍《城南》有言："卧蒋黑米吐，翻芰紫角稠。"

2021 年 4 月 13 日

300

65. 莲

莲，又称荷、荷花、莲花、芙蕖、芙蓉等，溪客、玉环是其雅称，未开的花蕾称菡萏，已开的花朵称鞭蕖。属多年生水生宿根草本植物。其地下茎称藕，能食用，叶入药，莲子为上乘补品，花可供观赏。

诗选：采莲曲

秋江岸边莲子多，采莲女儿凭船歌。
青房圆实齐戢戢①，争前竞折漾微波。
试牵绿茎下寻藕②，断处丝多刺伤手。
白练束腰袖半卷，不插玉钗妆梳浅③。
船中未满度前洲，借问阿谁家住远④。
归时共待暮潮上，自弄芙蓉还荡桨。

校注：①青房，青色的莲房；圆实，谓莲子多而饱满；齐戢戢，聚集貌。②绿茎，莲房下面的梗子，上有刺。③妆梳浅，谓梳妆简易。④借问，犹"询问"；阿谁，犹言"何人"。

读札：试牵绿茎下寻藕

莲，又称荷花、芙蕖、芙蓉等。莲以其亭亭玉立、出淤泥而不染的高洁品格，在中国文人心目中占有重要地位，被称为"花中君子"。

佛教读物把佛国称为"莲界"，把寺庙称为"莲舍"，把和尚的袈裟称为"莲服"，把和尚行法手印称为"莲华合掌"，至于和尚手中使用的"念珠"，也是用莲子串成。印度古典文学常以莲花比喻美丽的姑娘，如著名的史诗《罗摩衍那》说："悉多有位女郎长得仪容秀美，浑身却像涂上污泥的莲藕，闪光的美容从不显露。"佛祖释迦牟尼的母亲，"长着一双莲花般的大眼睛"。

　　一部中国文学史，与莲花有关的文学作品很多，在诗词歌赋、散文、小说等文学领域，都有莲的芳踪。仅《采莲曲》，就有很多诗篇。最早一篇朗朗上口，如同图画："江南可采莲，莲叶何田田。鱼戏莲叶间，鱼戏莲叶东，鱼戏莲叶西，鱼戏莲叶南，鱼戏莲叶北。"相比之下，张籍写的《采莲曲》，表现了采莲女子的辛苦。她们卷起衣袖，采摘莲蓬，下得小舟，寻茎采藕，一头汗水，满手伤口。但是她们赏花唱歌，精神饱满，乐天知命，享受生活。

　　张籍写有多首"莲诗"。从荷叶写到荷花、莲子、藕。如《春别曲》：

长江春水绿堪染，莲叶出水大如钱。
江头橘树君自种，那不长系木兰船。

如《送朱庆余及第归越》：

东南归路远，几日到乡中。有寺山皆遍，无家水不通。
湖声莲叶雨，野气稻花风。州县知名久，争邀与客同。

如《送从弟戴玄往苏州》：

杨柳阊门路，悠悠水岸斜。乘舟向山寺，着屐到渔家。

302

夜月红柑树，秋风白藕花。江天诗景好，回日莫令赊。

张籍还写到荷衣，如"雨里脱荷衣""空脱荷衣泥醉乡"，这是比喻。荷衣应该是指荷叶般的衣裳，因为人们应该不会用荷叶做衣裳，它不结实，不能缝纫，人们最多是把新鲜荷叶顶在头上，临时遮雨遮阳。事实上，自屈子写出"制芰荷以为衣兮，集芙蓉以为裳"（《离骚》）句后，后世常以"荷衣"指代隐者服装，"荷衣"也就具有隐者含义。

现代人写莲的作品也多。我印象最深的是朱自清的散文《荷塘月色》和季羡林的散文《塘荷清韵》，而且都是写清华园的荷塘，只是两者表达的感情有所不同。如《荷塘月色》：

曲曲折折的荷塘上面，弥望的是田田的叶子。叶子出水很高，像亭亭的舞女的裙。层层的叶子中间，零星地点缀着些白花，有袅娜地开着的，有羞涩地打着朵儿的；正如一粒粒的明珠，又如碧天里的星星，又如刚出浴的美人。微风过处，送来缕缕清香，仿佛远处高楼上渺茫的歌声似的。这时候叶子与花也有一丝的颤动，像闪电般，霎时传过荷塘的那边去了。叶子本是肩并肩密密地挨着，这便宛然有了一道凝碧的波痕。叶子底下是脉脉的流水，遮住了，不能见一些颜色；而叶子却更见风致了。

如《清塘荷韵》：

有人从湖北来，带来了洪湖的几颗莲子，外壳呈黑色，极硬。据说，如果埋在淤泥中，能够千年不烂。因此，我用铁锤在莲子上砸开了一条缝，让莲芽能够破壳而出，不至永远埋在泥中。这都是一些主观的愿望，莲芽能不能长出，都是极大的未知数。……到了第三年，在我投莲子的地方长出了几个圆圆的绿叶……

《清塘荷韵》最后写道：

天地萌生万物，对包括人在内的动、植物等有生命的东西，总是赋予一种极其惊人的求生存的力量和极其惊人的扩展蔓延的力量，这种力量大到无法抗御。

季先生的观点，用时尚的话说，就是"赋能"。莲有这种流传千古的能力，人也有这种能力。莲依靠的是种子，人依靠的是精神。对于张籍来说，他靠的是关注民生的心灵和关注生活的笔墨。

2021 年 4 月 29 日

66. 菱

　　菱，一年生水生草本植物，根细铁丝状，叶互生，聚生于主茎或分枝茎的顶端，叶片菱圆形或三角状菱圆形，表面深亮绿色，背面灰褐色或绿色。花单生于叶腋，白色。果实有硬壳，有角，称"菱"或"菱角"，可食。

诗选：酬朱庆余①

越女新妆出镜心②，自知明艳更沉吟③。
齐纨未是人间贵④，一曲菱歌敌万金⑤。

　　校注：①罗谱系于敬宗宝历二年（826），时张籍在长安，任主客郎中。朱庆余，宝历间进士，官至秘书校书郎。②出镜心，超出妆镜之意。③沉吟，犹沉思。④齐纨，谓齐地所产之纨素。⑤菱歌，采菱谣也。按：赞其歌之动听。

读札：一曲菱歌敌万金

　　近读李霁野先生早年写的散文《花鸟昆虫创造的奇境》，颇受启发。他说，翻读哈德生的《鸟与人》时，产生了"颇为愉快的回忆"。以前见过听过的翡翠鸟、黄鹂鸟、鸽哨、蝉鸣等物象，与妻子同看夜来香等场景，使他怀念，使他快乐："但我们只要一提起或想到这个花名，旧时的情景就会像一幅美妙画图呈现在我们眼前，人生难免的一些小小烦恼也就烟消云散了。"

如今，菜籽收花结荚了，早熟的已经开镰收割；麦穗都出齐了，麦芒上的露水反射着太阳的光；蚕豆鼓鼓囊囊，像要挣开豆荚；茼蒿开着金黄的花，一年蓬、野萝卜都开着白花的花；睡莲开花了，菖蒲开花了，菱叶浮在水面上。看到菱叶菱花菱角，都会想起亲爱的母亲，有怀念却没有快乐。虽然我知道忧伤没有意义，然而情不能已。

张籍多次写到菱，其《春堤曲》曰：

野塘鸡鹁飞树头，绿蒲紫菱盖碧流。
狂客谁家爱云水，日日独来城下游。

他说"绿蒲紫菱"是对的。菱新发的茎叶，确实是紫的，一段时间以后，那茎就会长粗，可能变成绿色，可能变成红色。菱是可以栽的，直接栽在泥里，其茎上会生出很多细茎，细茎顶上又生出很多菱叶，一两个月下来，这里一片，那里一片，最后连接成片，铺满水面。盛夏开花，单个地来，像白色的蜡笔头，放一起看，像碧空里的星星。那些花儿落了之后，就结菱角了。张籍《城南》有言：

漾漾南涧水，来作曲池流……卧蒋黑米吐，翻芰紫角稠。

"翻芰紫角稠"，就是翻开菱叶，菱角稠密，都是紫色。这里可能是虚字，以与上句"黑米"相对（张籍作诗十分注意颜色的搭配，诗中有各种颜色）。其实菱有多种颜色，青色较多，如果是红色的，意味着老了，会落到水里的。菱角大约半个月摘一次，从夏天至秋天，可以摘四五次，母亲说"摘四五水"。嫩些的，可以剥开生吃，或烧熟当菜吃；老些的，大锅烀熟，颜色至紫，挑到街上卖钱，打点酱油，秤斤把盐，买点火柴、煤油，买点牙膏、啥利油、雪花膏什么的。过去农村生活艰难，卖菱角也是一笔小小的收入。

张籍《送郑秀才归宁》诗中，"野艾到时熟"，也有版本写作"野芰到时熟"。李冬生《张籍集注》注释："芰，菱角，两角者为菱，四角者为芰。"也是一说。

在我的印象中，菱是很难缠的对手。那时每到快放暑假时，父亲总会捉60—100只鸭雏来家，给我和弟弟放。先是每晚上用竹竿绑只旧鞋底，满田埂打田鸡，或到水田边上，用斩钩斩黄鳝泥鳅，和麦粒同煨，煨得稀烂，撒在席子上喂鸭。等鸭子长大一些，秧苗也长到半尺高时，就把雏鸭赶进稻田里，任它们在稻田里穿行，吃田里的底草，吃螺丝泥鳅小鱼小虾，它们边吃边拉屎，正好肥田——这个时候只听到嘎嘎叫声，是看不见鸭子的。估计时候不早了，我就在田头"鸭喽喽鸭喽喽"地唤，连唤若干遍，——这是给鸭子喂食时的号令，像过去大户人家的钟鸣鼎食。多数情况下，它们是会自动跑出来的，有时也不听话，那就得下田，听声音去找去赶，然后过数。偶尔被遇到被黄鼠狼拖走的情况，回家少不得受到大人的批评。

赶着鸭子回家途中，如果遇到水沟水塘，鸭子会突然扑下去，在满塘的菱叶中间，嘎嘎嘎嘎地撒欢，死活不肯上岸。鸭子见水亲，就像孩子见到亲娘，婴儿见到奶水。这时候，叫唤没用，用泥土砸也没用，说不定不巧砸中某只鸭子的头，一命呜呼。怎么办呢？只好脱了衣服下水去赶。下水是很危险的，那些菱叶一茎多叶，一拽一大片，如果水性不好，会被它们缠住淹死。我幸好命大，结果不仅把鸭子赶回了家，现在还能回忆往事。

菱还是要人性命的对手。1974年中秋前夕，母亲摘了菱角，打了很多菱叶，就着微弱的煤油灯摘了大半夜菱叶，把那些茎留下腌渍当小菜吃。又烀菱角，困得直打呵欠。次日早晨，拔了一抱大青豆，拎着我和弟弟摸的螃蟹，送我和弟弟到驻马河口，准备乘船到南京舅舅家玩，——那时有班车到南京，每张车票 0.85 元，而船票是每张 0.3 元，小孩子还可以免票；同时挑了焯熟的菱角，放在乌江街上大妈家，请她代卖。谁承想发生了栈桥坍塌事故，母亲落水罹难。如果她那天不是很累，或许会爬上岸的。——以她的苦难经历来看，她应该是会水的吧。

张籍写的最有名的"菱诗"，还是与朱庆余的唱和。

朱庆余曾作《闺意献张水部》作为参加进士考试的"通榜"，增加中进士的机会。诗曰：

洞房昨夜停红烛，待晓堂前拜舅姑。

妆罢低声问夫婿，画眉深浅入时无。

这是一首在应进士科举前所作的呈现给张籍的行卷诗。前两句渲染典型新婚洞房环境并写新娘一丝不苟地梳妆打扮。后两句写新娘不知自己的打扮能否讨得公婆的欢心，担心地问丈夫她所画的眉毛是否合宜。此诗以新妇自比，以新郎比张籍，以公婆比主考官，借以征求张籍的意见。全诗选材新颖，视角独特，以"入时无"三字为灵魂，将自己能否踏上仕途与新妇紧张不安的心绪作比，寓意自明，令人惊叹。

朱庆余呈献的这首诗获得了张籍明确的回答，即《酬朱庆余》。由于朱的赠诗用比体写成，所以张的答诗也是如此。首句写这位姑娘的身份和容貌。她是越州的一位采菱姑娘。这时，她刚刚打扮好，出现在镜湖的湖心，边采菱边唱着歌。次句写她的心情。她当然知道自己长得美艳，光彩照人。因为底气不足，却又沉吟起来。后两句再次肯定她的才艺出众，说：虽然有许多其他姑娘，身上穿的是用齐地出产的贵重丝绸制成的衣服，可是那并不值得看重；反之，这位采菱姑娘唱的民歌，歌喉清亮婉转，可以抵得万金。在这首诗中，他将朱庆余比作一位采菱姑娘，相貌既美，歌喉又好，因此，必然受到人们的赞赏，暗示他不必为这次考试担心。

此典出于唐代范摅《云溪友议》。文曰："朱庆余，遇水部郎中张籍知音。索庆余新旧篇什数通吟改，只留二十六章，籍置于怀抱而推赞之。时人以籍重名，无不缮录讽咏，遂登科第。初，庆余尚为谦退，作《闺意》一篇以献张曰……籍酬之曰……由是朱之诗名流于四海内矣。"

末尾说下李霁野。李霁野（1904—1997），安徽霍邱人，是未名社成员，著名翻译家。他的译作和党的重要干部任国桢烈士的作品一起，被鲁迅列入《未名丛刊》出版。鲁迅曾通过他联系曹靖华先生翻译苏联革命文学作品《铁流》。

2021 年 4 月 29 日

67. 芦

芦苇，多年水生或湿生的高大禾草，生长在灌溉沟渠旁、河堤沼泽地等，世界各地均有生长。芦叶、芦花、芦茎、芦根、芦笋均可入药；芦茎、芦根还可以用于造纸行业，以及生物制剂；经过加工的芦茎还可以做成工艺品。

诗选：凉州词三首①

其一

边城暮雨雁飞低，芦笋初生渐欲齐②。

无数铃声遥过碛③，应驮白练到安西④。

校注：①《晋书·地理志》："汉改周之雍州为凉州，盖以地处西方，常寒凉也。"《舆地广记》："凉州，唐陇右道。"②芦笋，芦苇之幼枝，其形似笋，故谓之芦笋。③碛，《韵会》："虏中沙漠曰碛。"指砾石构成之砾漠，古代多用以表北方沙漠。④练，《说文》："练缯也。"指加工过之缯帛。

读札：白犊时向芦中鸣

这是张籍的诗句，芦苇摇曳，白犊在鸣，

前几天到郑蒲港钓鱼，在推土机新推出的河滩上，到处都是新生的一两尺高的芦苇，叶片或展开、或半卷、或呈笋状，然皆嫩绿细长，敷着浅浅的绒毛。我边钓鱼，边赏春色，游目骋怀，浮想联翩，真是应了所谓"钓胜于鱼"的老话。

法国哲学家帕斯卡尔说过，人是一根会思想的芦苇，人的全部尊严在于思想。他的意思是，人的身体似芦苇般脆弱，但是人有思想，因而伟大且有尊严。这次看到芦苇，我却突发奇想：芦苇真的没有思想吗？对这两句流传甚广的名言，我表示怀疑。

记得《诗经》中出现过几次芦苇，例如"蒹葭苍苍，白露为霜"，例如"谁谓河广，一苇杭之"，前者写爱情的不可骤得，后者写故乡的遥远难回。我读孙犁作品，也是芦苇萋萋，芦荡辽阔，那白洋淀的芦席，最贴近百姓的生活，那采蒲台的芦苇，依然记得"没有！没有！"的呼喊。再过月余，即端午节，妻子边钓鱼边说，到时候来掰些新鲜的粽叶包粽子吃，再扔几只到河里，纪念最受委屈的屈原。

刘亮程写过一篇散文，叫作"树会记得许多事"；我想，芦苇也会记得许多事，只是大音希声，就像老子博大精深的哲学，仅五千言，它偶尔借助风来传话，然而有多少人能够听得懂呢。如今，人们普遍认可草木有情的观点，在我看来，芦苇以及其他草木也有思想。如果说得再明白些，就是，人只是大地上的一种植物，与芦苇、野菜、竹子等植物是兄弟姐妹的关系，人这种植物的名称叫作人。

请你想啊，人是不是爱吃植物，野菜、其他蔬菜，甚至树叶、花朵都采来吃。粮食更不待言。但说野菜，我钓鱼时，掐地珠头、掐枸杞头，顺便带把铲子，挖荠菜、挖苦菜、挖蒲公英，又从朋友那里得到香椿头、马兰头，一个春天吃菜不愁，少进菜场又很符合居家隔离的要求。苦菜又叫老腊菜，叶茎都像雪里蕻，腌了当小菜吃，不烂不臭，色泽金黄，又无污染。还有茭白、水芹菜、马齿苋、菱角菜等，都可以吃，只是今年没到时候。如果往前无限延伸，我们的始祖，就是靠植物生存。植物养活人类，以及人类的思想。圣贤说过，你吃什么就变什么，那么吃了太多植物的人，也就变成植物。我曾到寺庙听师父说经，师父就说要多吃素，吃素的人心境平和，浑身清气。

我也喜欢吃鱼吃肉。从前的鱼吃水草长大，现在的野生鱼也是吃水草，我在钓鱼时，就能听到鱼吃草时"吧唧吧唧"的嗫喋之声，站在下风，能闻到浓浓的鱼腥味。从前的猪也是吃草长大，我小时候的重要任务就是挖猪菜，野葵花、地珠头、红花草、蒲公英猪都爱吃，浆汁越多猪越喜欢，哼唧哼唧，尾巴直摇。至于牛羊，都是野地放养，吃进去的是草，长出来的是筋。所以人吃鱼吃肉，等于间接吃草，还沉在自然里。而今水产、牲畜几乎都以精饲料养殖，它们早已远离植物，整天吞咽养殖食物的人就有些异化，甚至不像人了。

人也爱欣赏植物。很多人喜欢养花种草，花盆把阳台塞得下不了脚。每次旅行，目的地多是山水村寨，甚至穷乡僻壤，因为这些地方有草木可赏。就马鞍山市周边而言，就有濮塘的荷、含山的郁金香、和县王店的薰衣草和南义的"茗闻天下"绿茶等。俗语说，物以类聚，人以群分，如果植物有朋友圈，一定会拉人类进群。

人也爱写植物，爱画植物。今春为防控新冠肺炎，我闭门不出两月，把《诗经》《红楼梦》《张籍集系年校注》《瓦尔登湖》《查泰莱夫人的情人》都重读一遍。我发现，这些作品里面都有很多关于植物的描写。比如大观园里遍植竹子、芙蓉、牡丹、果树，湖里荷花盛开莲蓬朵朵。后两部外国作品呢，瓦尔登湖畔的豆田、池塘、贝克农场，各种植物郁郁葱葱，活色生香；薇碧山庄的树林里，最早绽放的蒲公英呆呆地像小太阳，最早绽放的雏菊洁白可爱，屈菜、樱草花、风信子、勿忘我、穗斗菜等都在风中招展，散发清香。至于画作，更是数不胜数，如果举办名画展览，植物题材的画作估计要占半壁江山。

但说张籍。张籍存诗443首，写到的植物有80多种，涉及芦苇的诗作有3首。其写于漫游时期的诗《牧童词》，通过描绘牧牛图反映社会现实，是典型的政治抒情诗。诗曰：

> 远牧牛，绕村四面禾黍稠。
> 陂中饥鸟啄牛背，令我不得戏垅头。
> 入陂草多牛散行，白犊时向芦中鸣。
> 隔堤吹叶应同伴，还鼓长鞭三四声：
> 牛牛食草莫相触，官家截尔头上角！

　　诗中写道，牧童到河边放牛。一头小白牛时而低头吃草，时而举头向芦苇丛长鸣，好像要找别的牛顶角争斗。牧童监视着正在吃草的牛，抖动几下手里的长鞭，并且警告牛不要打架，当心被官府把角截去，熬炼角脂，用来润滑车轮。全诗十句，最后两句寓尖锐讽刺于轻松调侃之中，用意十分明快而深刻。

　　我小时候也放过牛，读这首诗仿佛回到了童年，而且就是现在这个季节。河边上，春风吹拂，芦苇迎风招展，一派安静祥和；可是小牛好斗，两头牛刚刚还在低头吃草，转瞬之间就斗起来，以角相抵，一抵能抵半天，互不退让，斗红眼时，拉都拉不开，结果有时把牛角都抵断了。

　　其《凉州词》写在长庆年间，有感于凉州失陷而朝廷长期不能收复而作。唐德宗贞元六年（790）以后至九世纪中叶，安西和凉州边地尽入吐蕃手中，"丝绸之路"向西一段也为吐蕃所占。首句写边塞城镇荒凉萧瑟的气氛，阴沉抑郁，象征中唐西北边境并不安宁。次句写道，河边芦苇拔地而出，发芽似笋，其势穿空，富有朝气。这芦笋的蓬勃生机给边境带来春色，荒漠的大地上响起驼铃，可是骆驼商队再也不能到达安西。末两句以少胜多，寓虚于实，表现出张籍的深长忧思。

　　芦苇春发；初夏苇叶宽展而长，用它包出的粽子碧绿清香；至秋，芦秆泛黄、芦花飞白，成为别样风景。其《岳州晚景》曰：

晚景寒鸦集，秋声旅雁归。水光浮日去，霞彩映江飞。

洲白芦花吐，园红柿叶稀。长沙卑湿地，九月未成衣。

诗写秋日美景及羁旅的愁思。那芦花如云如雪、柿子红如灯笼的秋景令人赏心悦目，可是已是九月，冬衣未成。诗成于游学时期，少年志在四方，却也离愁四方。

还是回到本文中心，说人与植物的关系。我说人是植物，更为重要的理由则是人类生如植物，既有颜值担当，又有顽强韧性。比如芦苇、竹子以及各种草木，经历多少风雨，依然香火传承，生机盎然。就说眼前这些芦苇吧，每年被剥叶片，每年被割，等到东方风来，照样萌发、拔节、扬花。

人，就是一棵芦苇。人并不高于其他植物，更不高于其他动物，所谓"万物之灵长，宇宙之精华"之说，应该重新评估。总而言之，人如其他生物，于大地之上，诗意栖居，生生不息。让我们回归植物状态，融入自然之中，删除过度欲望，与自然共生共荣。

2020 年 4 月 12 日

68. 萍、苹

萍指浮萍。浮萍是浮萍科浮萍属飘浮植物。常与紫萍混生，形成密布水面的飘浮群落，通常在群落中占绝对优势。浮萍为良好的猪饲料、鸭饲料，也是草鱼的饵料。

苹指白苹，原为"白蘋"，简化成"白苹"。简划后的字，不好理解。亦称四叶菜、四叶苹、田字草，多年生浅水草木，蕨类植物。全草入药，初生可食，也可以作猪饲料。"萍""苹"等字容易混用。

诗选：江南春

江南杨柳春，日暖地无尘[①]。渡口过新雨，夜来生白苹[②]。
晴沙鸣乳燕，芳树醉游人。向晚青山下，谁家祭水神[③]？

校注：①杨柳春，杨柳迎春也。春光日暖，地气濡润，故无尘也。②苹，水草名。韦应物诗："微雨夜来过，不知春草生。"此用其意。③向晚，傍晚；祭水神，祭拜河伯也。

读札：夜来生白苹

今日谷雨。真的下了场雨，从昨晚下到现在。不过下的不是谷子，而是啪嗒啪嗒的水。得胜河水霎时涨起，河面陡然宽阔许多。

为什么这么注解"谷雨"呢？因为《淮南子·本经训》云："昔者仓颉作书而天雨粟，鬼夜哭。"意思是，仓颉首创文字，上天下一场谷子雨奖励人间。当然，这可能是先民的期盼。那时居民的生活常态当是食不果腹，衣不遮体，允许他们想入非非。

古书上说，谷雨有三候：一候，萍始生，即浮萍开始生长；二候，鸣鸠拂其羽，即布谷鸟鸣叫，提醒人们开始播种；三候，戴胜降于桑，即桑树上已经可以见到戴胜鸟。据我所知，此时物候还有很多，比如新茶上市，碧于春水；青蛙鼓腹，声震四野；青荇莕叶，风情万种；游鱼浮沉，唼喋有声。总之，风景如画，令人喜悦。

浮萍是草本植物，顾名思义，就是浮于水面的萍。我见过两种浮萍，一种小的，很像鱼鳞，紫或者绿，成片漂浮。我小时候，常常用竹罩篱捞了它们喂小鹅。现在却怕它们。因为钓鱼时，有时刚刚在白水处撒了窝子，它们却不知从哪里漂过来，把窝子遮挡得严实，赶都赶不走。一种大的，形状很像玫瑰，叶子斜生，如同花瓣，表面绿色，开白色花。叶下生出一团须根，约莫寸长，扎不住根，也随风飘。我小时候也捞过它们，把根洗净，连同叶子切碎，拌些米糠喂猪。猪低着头，吭哧吭哧地吃，肚子像吹气似的鼓起来。浮萍繁殖能力极强，漂到哪儿就在哪儿分蘖，蔚然成片，颇有道家一生二，二生三，三生万物之势。

浮萍估计自古就有。我国古代关于物候的记载，有《诗经》《夏小正》《淮南子》《逸周书》等，《逸周书》则完整记载七十二物候。《逸周书》原名《周书》，是我国古代历史文献汇编。旧说《逸周书》是孔子删定《尚书》后所剩，是为"周书"的逸篇，故得名。今人多以为此书主要篇章出自战国人之手。如此说来，浮萍的寿命至少有 2500 岁。

历代写浮萍的名句很多。到了唐代，最著名的可能要数王勃《滕王阁序》中的两句："关山难越，谁悲失路之人？萍水相逢，尽是他乡之客。""萍水相逢"原指浮萍随水漂泊，聚散不定；后来成了成语，比喻向来不认识的人偶然相遇。因这一遇，产生多少悲欢离合的故事，从古到今绵绵不绝。话剧《雷雨》中女主角叫"侍萍"，电视剧《情深深雨濛濛》中，一家几个姐妹名字中都有"萍"字，大概它最像女人的命运。

　　唐诗人中，假如以写浮萍的篇数众多而论，张籍可算一个。仅《张籍集系年校注》收录诗作之中，写到浮萍（或"苹"）的就有五篇之多。其早期漫游所作《江南春》，写江南美丽春色，颔联有"白苹"。估计是下雨之后，从上游漂来了浮萍，聚集于渡口不散，给人的感觉是夜里从水中生出，好像竹笋草芽破土而出。又为什么是白苹呢？浮萍明明是绿色的啊！或许这是一种感觉，抑或有雾，浮萍被雾笼罩，看上去像白的颜色；也可能是由于开白花，故有此名。张籍从18岁起北上河北游学，历经10年辛苦。学成之后，立志功名，于是漫游各地，寻求显贵推荐。从他的诗作中，我们可以看到他的足迹。其《霅溪西亭晚望》云：

　　霅水碧悠悠，西亭柳岸头。夕阴生远岫，斜照逐回流。
　　此地动归思，逢人方倦游。吴兴耆旧尽，空见白苹洲。

　　这首诗作于贞元十二年（796）夏秋，写湖州霅溪西亭之景。霅溪发源于天目山的东苕溪与西苕溪，分流至湖州市区后汇合，溪水湍急，霅然有声，往北注入太湖。霅，指水流激荡声或雷电交加的样子。白苹洲原指生满苹草的水边小洲，引申为古代水路送别之地的泛称，所以很多地方都有白苹洲，齿及白苹洲的诗作也多。张籍漫游多走水路，每座码头每座驿站既是终点又是起点，伴随他的是年轻的羁旅之愁。

　　到达湖南，作《湘江曲》。诗曰：

　　湘水无潮秋水阔，湘中月落行人发。
　　送人发，送人归，白苹茫茫鹧鸪飞。

湘水送人发，送人归，人如白萍，或如鹧鸪，居无定所，不知所终。然而那个时代的青年人怀揣梦想，百折不挠，用现在的话说，经历风雨见到彩虹。在我看来，那道美丽的彩虹，是他们自己画出来的。

贞元十二年，即公元796年，是张籍生命中的重要节点，出现很多重要事件。一是南下北上的漫游，二是全家由祖籍地江苏苏州迁居安徽和州（今安徽和县），三是写《游子吟》和《登科后》的朋友孟郊不远千里来访。他俩四年前在长安相识，一见如故。这年春天，上过四次考场的孟郊终于金榜题名，他的进士及第极大提振了张籍冲刺功名的信心。两人泛舟桃花坞，把酒话诗文。临别之时，张籍作《赠别孟郊》以为送别。全诗二十句，前四句曰：

历历天上星，沉沉水中萍。幸当清秋夜，流影及微形。

历历，清晰貌；天上星，喻孟郊。沉沉，茂盛貌；水中萍，喻张籍。流影，原指星光，喻孟郊来访；微形，微小之物，既指浮萍，又指张籍。这四句运用比兴手法，写出对孟郊来访的感激之情。次年，孟郊把张籍引荐给韩愈，张籍得到韩愈提携，先得汴州首荐，接着进士及第，终于拿到释褐为官的入场券。

元和元年（806），等待七年的张籍被授予太常寺太祝的官职。官位虽低，职务也闲，但是毕竟走进了官员行列，升迁的希望像星星挂在头顶。古诗《城南》书写秋游心情，天高云淡，心境蔚蓝。全诗二十四句，前八句曰：

漾漾南涧水，来作曲池流。言寻参差岛，晓榜轻盈舟。
万绕不再止，千寻尽孤幽。藻涩讶人重，萍分指鱼游。

318

张籍与朋友泛舟城南曲池，密密的浮萍被小船分开，形成一条水路，鱼儿浮到水面，像人在道路行走，鸟在空中飞翔。这里的萍已不再是前四首中浪迹天涯四海为家之萍，而是像花朵似的美景和愉快心情。读到这里，我终于看见了张籍的笑脸。

　　附记：

　　浮萍、苹原为两种水生植物，在古诗中，有时可明确区分，有时却难以分清。本文为叙述方便，均作"浮萍"处理。

2020 年 4 月 21 日

69. 蒲

　　菖蒲，多年生草木，根状茎粗壮。叶基生，剑形，中脉明显突出，基部叶鞘套折，有膜质边缘。生于沼泽地、溪流或水田边。菖蒲可以提取芳香油，有香气，是中国传统文化中可防疫驱邪的灵草。

诗选：白头吟①

请君膝上琴，弹我白头吟。

忆昔君前娇笑语，两情宛转如萦素②。

宫中为我起高楼，更开花池种芳树。

春天百草秋始衰，弃我不待白头时③。

罗襦玉珥色未暗，今朝已道不相宜④。

扬州青铜作明镜，暗中持照不见影⑤。

人心回互自无穷，眼前好恶那能定？

君恩已去若再返，菖蒲花开月长满。

　　校注：①《西京杂记》云："司马相如将聘茂陵人女为妾，卓文君作《白头吟》以自绝，相如乃止。"《乐府诗集》云："疾人相知，以新间旧，不能至于白首，故以为名。"②宛转，随顺也。萦素，旋曲之白绢也。按：此谓彼此情感和宛也。③按：此写见弃之速，如秋草之衰也。④按：此谓既已见弃，罗襦、玉珥，其色虽美，亦不获青睐矣。⑤按：此谓既已见弃，懒磨妆台之铜镜，故照之不见影也。

读札：菖蒲花开月长满

捧读张籍诗集，时闻草木气息，陆生水生皆有，菖蒲即是其一。

其《山中酬人》曰：

山中日暖春鸠鸣，逐水看花任意行。
向晚归来石窗下，菖蒲叶上见题名。

这首诗写于张籍求学鹊山漳水期间。那时张籍二十上下，雄姿英发，神采飞扬，隐居山中，待价而沽。友人来访不遇，菖蒲叶上题名，并有留言几句，置于石窗上面。张籍傍晚归来看见，殷勤作诗酬谢。隐居风俗自古就有，李唐更盛，诗人李白曾四次隐居，孟浩然则一直住在家乡鹿门山里。有的人是看不惯现实，避居山上，眼不见为净；有的人是以退为进，希望走终南捷径。张籍属于后者。

曾经听说过红叶题诗，那是个优美的爱情故事；这里的菖蒲题诗，则是友情绝唱。试想，把诗写在碧绿光滑的菖蒲叶上，是多么浪漫的事啊！春光明媚，鸟语花香，菖蒲随风舞动，友情散发着绿色的光芒和迷人气息。只是，我一直想不通，朋友是用什么样的笔把字写到叶子上去的呢？还有，这位友人会不会是胡家兄弟，即张籍后来的内兄，因为张籍曾写过《登楼寄胡家兄弟》，表达对他们的思念之情。

其《春水曲》《春堤曲》《春江曲》皆写于学成之后的漫游时期。《春水曲》曰：

鸭鸭，嘴唼唼。
青蒲生，春水狭。
荡漾木兰船，中有双少年。

少年醉，鸭不起。

　　此诗仿佛是张籍版的"春江水暖鸭先知"的故事。唼唼，象声词，形容鸭的吃食声。青蒲出水，占据大片水面，使得水面变窄。两个少年划着小船，醉于春景，鸭子贪恋水草、螺蛳、小鱼小虾，不肯上岸。似乎是从这时起，鸭子穿过丛丛青蒲，游进张籍诗歌，成为张籍诗歌世界的独特风景。

　　读之，便追溯到几十年前的夏天。那时，我也曾是个放鸭少年。快放暑假时，父亲捉了几十只鸭雏来家。那些鸭雏啊，浑身黄色绒毛，摇摇晃晃乱跑，嘎嘎叫个不停。我乘着月色打青蛙，捉黄鳝泥鳅，把它们与麦粒拌匀烀熟，喂小鸭子。约莫过了半个月，等小鸭翅膀长长变硬，就把它们赶到沟池里放，让它们自己寻找食物吃。它们乐于自食其力，漂在水里边吃边唱，害得我每每脱光衣服下水追赶。菖蒲青青，摘一片放嘴里，可以当哨子吹，那细吟吟的哨声青绿婉转。

　　《春堤曲》曰：

野塘鸂鶒飞树头，绿蒲紫菱盖碧流。
狂客谁家爱云水，日日独来城下游。

　　鸂鶒就是池鹭，即双翼白色、身体具褐色纵纹的鹭，以鱼类、青蛙、昆虫为食物。能飞能行，时常栖于树顶。绿蒲紫菱茂盛，在水面上铺展开来，婀婀娜娜，遮住了水。狂客指放荡不羁的人，他爱这片自然景物，每天都到城外游览，很像上首诗中的两个放鸭少年。

　　《春江曲》曰：

春江无云潮水平，蒲心出水兔雏鸣。

长干夫婿爱远行，自染春衣缝已成。

妾身生长金陵侧，去年随夫住江北。

春来未到父母家，舟小风多渡不得。

欲辞舅姑先问人，私向江头祭水神。

这首诗描述的也是春天的故事，只是少年已经长大婚嫁。首句让人想起"春江潮水连海平""一江春水向东流"等句，反正春雨潇潇，春江水满。蒲心是指菖蒲的嫩叶，《本草纲目》谓之："春初生，嫩叶出水时，红白色，茸茸然。"可是好景绊不住夫婿的脚，他要出门远行，可能是到"浮梁买茶去"，也可能是游学觅封侯。这少妇呢，打算回江南娘家去，她悄悄向人打听能否渡江，并且祭祀鬼神以求风平浪静。

经过不懈努力，张籍终于修成正果，脱掉布衣，穿上官服。但他依然关心广大妇女的命运，把一份牵挂一直保持到老。其《白头吟》是一首弃妇诗，多情女子，薄情儿郎，执手之手，哪有久长？《白头吟》系汉乐府古题，据《西京杂记》记载："司马相如将聘茂陵人女为妾，卓文君作《白头吟》以自绝，相如乃止。"题目都湿漉漉的，如多幕剧的序幕，已经铺垫了忧伤。个中故事，颇似《诗经·氓》，不同的是，《氓》中的女人公态度决绝，快刀斩断情丝；此诗中的女人却在祈祷夫婿浪子回头，重修于好。然而反复掂量，终是希望渺茫，于是发出"君恩已去若再返，菖蒲花开月长满"的感叹。古人认为菖蒲不开花，其实它是开花的，而且好看。只是这个负心汉能回头吗？

张籍在长安为官以后，还有几首诗也写到菖蒲。如《胡芦沼》，诗曰：

曲沼春流满，新蒲映野鹅。闲斋朝饭后，拄杖绕行多。

此诗写于元和十三年（818），张籍在广文博士任。胡芦沼系池名，因形似葫芦而得名。野鹅系野生鸟类，体型较大，类似雁鹅。闲斋指闲静的书斋。朝饭指早饭，唐人每天吃两顿饭，吃过早饭大约八九点钟，天气最佳，散步最好。又如《酬白二十二舍人早春曲江见招》，诗曰：

曲江冰欲尽，风日已恬和。柳色看犹浅，泉声觉渐多。
紫蒲生湿岸，青鸭戏新波。仙掖高情客，相招共一过。

这首诗作于长庆二年（822），张籍在国子博士任，官品正五品上，始登朝班，参与朝政。这是读书人梦寐以求的目标。诗写曲江早春胜景，酬白居易见召同游。紫蒲，除指颜色之外，可能还有吉祥富贵之气。青鸭系绿头鸭。又有《祭退之》，此诗颇长，中有四句：

黄子陂岸曲，地旷气色清。新池四平涨，中有蒲荇香。

张籍与好友韩愈同游曲江，风景绝佳，心旷神怡，小船漂浮水面，都能嗅蒲荇清新香气。这是韩愈生命中最后的春天，也是张籍温馨而又忧伤的记忆。

在这时期，还有《寄菖蒲》诗。人到暮年，身体羸弱，精神易生懈怠，转而追求安逸，希望延年益寿，所以对道家就多了一份亲近：

石上生菖蒲，一寸十二节。
仙人劝我食，令我头青面如雪。
逢人寄君一绛囊，书中不得传此方。
君能来作栖霞侣，与君同入丹玄乡。

菖蒲生于石碛而不沾土谓之石菖蒲，道家以为久服可以成仙。石菖蒲以节密者为佳,《水经注·伊水》云:"石上菖蒲,一寸九节,为药最妙,服久化仙。"一寸十二节意为节密,当为上品。栖霞侣指修道的伴侣,霞指云霞出没的山林。丹玄乡,指仙界。此时功名利禄皆如烟云,生命才是最宝贵的。大和四年(830)早春,张籍的生命时钟停摆,行年六十有五。

读张籍菖蒲诗,收获良多。

一知蒲有多种,历史悠久。我以前只知道,菖蒲是一种多年生水生草本,有清香,叶狭长,似剑形。每年端午节,常用来和艾叶扎束,挂在门前,据说可以驱邪。叶片割倒晒干,可以用于编织、造纸等。肉穗花序呈圆柱形,生在茎端,初夏开花,为淡黄色;果实如雪茄似的,用火点着可以驱逐蚊虫,故称水烛。蒲绒可作枕头的填充物。

现在知道,菖蒲品种繁多,还有陆生、石生,如《寄菖蒲》中提到的"石上生菖蒲"。菖蒲在我国已有两千多年的栽培史,《诗经》里即有它的身影:"彼泽之陂,有蒲与荷。"从战国到秦汉,由于神仙思想盛行,许多人以为菖蒲是能使人返老还童、长生不死的神草。《典术》称:"尧时天降精于庭为韭,感百阴之气为菖蒲。"《风俗通》曰:"菖蒲放花,人得食之,长年。"人们悬蒲剑,佩蒲人,饮蒲酒,谓可通血脉,久服耳目聪明。"这或许可以解释张籍如此关注菖蒲的原因。

二是可以领略张籍乐府诗的风采。以上所列诗歌多为乐府,或沿用古题,或自创新题。张籍一生留下来 400 多首诗歌,其中乐府诗约 90 首。其乐府诗在当时即已闻名,好友白居易曰:"张君何为者?业文三十春。尤工乐府诗,举代少其伦。为诗意如何?六义互铺陈。风雅比兴外,未尝著空文。"从此评论,也可看出乐府诗以及张籍乐府诗的特点。

乐府原是自秦代以来设立的配置乐曲、训练乐工和采集民歌的专门官署,后指由汉代乐府机关所采制的诗歌。乐府诗的特点是"感于哀乐,缘事而发",其对后世影响至深。到唐代中后期,人们大量写作乐府诗,形成轰轰烈烈的"新乐府运动"。张籍乐府诗的创作,是这个诗歌大潮中

的美丽浪花。唐代中后期，困扰唐朝皇帝及正直的大臣的主要有四件事：宦官专权、藩镇割据、吐蕃侵扰、牛李党争。张籍在游学中、在漫游中，对战争的残酷及给人民带来的苦难、对战乱给城乡造成的巨大破坏、对藩镇割据所带来的分裂局面深有感触，于是用乐府诗反映社会现实和人的命运，上面《春江曲》《白头吟》等诗就是明证。

2020 年 4 月 24 日

70. 荇

荇菜属浅水性植物。茎细长柔软而多分枝，匍匐生长，节上生根，漂浮于水面或生于泥土中。叶片形似睡莲，小巧别致。鲜黄色花朵挺出水面，花多且花期长，是庭院点缀水景的佳品。

诗选：远别离①

莲叶团团荇叶折，长江鲤鱼鬐鬣赤②。
念君少年弃亲戚，千里万里独为客。
谁言远别心不易？天星坠地能为石③。
几时断得城南陌，勿使居人有行役④。

校注：①咏别离之作源自《楚辞》："悲莫悲兮生别离。"②按：起首比兴之语也。鬐鬣，鱼之脊鳍曰鬐；鱼龙颔旁之小鬐曰鬣。③按：此以陨石为喻，谓行子远别，安知不如恒星化为陨石耶？④按：此谓苟能阻断南陌，或可不使居人行役他方。此呓想也。

读札：几多江燕荇花开

写下这个题目，就想到两个人。

一位是马云，不是阿里巴巴马云，是我的朋友马云，一位热情的诗人。几年前，油菜收花结荚的时候，我到位于长江中的他老家陈桥洲去玩。他指着汉沟里的水草告诉我，这是红蓼，那是荇菜，这是野蔷薇。怕我不明白，他又解释说，荇菜就是《诗经·关雎》里反复写的，"参差荇菜左右采之"的那种水草。他似乎忘记我也在农村长大，小时整天捞鱼摸虾打猪草，对于水草也很熟悉。

一位是执华，是我高中同学，也是热情的人。他读中学时喜欢画马，而且画得挺好。我们同住县城，往来频繁。在陈桥洲之行第二年初夏，他开车带我到城南他朋友承包的鱼塘钓鱼。那天天气奇好，天蓝水碧，风过无痕；景色也美，半塘荇菜正在开花，黄艳艳的。我俩都在鱼塘下沿撒了窝子，满怀希望地等待大收获，可惜那次只钓到几条小鱼，但我从此对荇菜的印象更深了。

那么，荇菜到底是一种什么样的植物呢？

荇菜属浅水性植物。生于池沼、湖泊、沟渠、稻田、河流或河口的平稳水域。其根生于底泥中，茎细长柔软而多分枝，悬于水中；叶片飘浮水面，形似睡莲；花朵明黄，挺出水面，花多且花期长。

荇菜应该是我国的土著居民，因为《诗经·关雎》中就有姑娘采摘荇菜的描写。她们为什么采荇菜呢？可能是食用，可能是喂猪，也可能是采着好玩，就像采摘鲜花。从诗的意境看，作者或以物候交代出男女热恋的时令，也以荇菜或左或右、漂浮不定比喻求爱的不易；还以赞颂的口吻勉励"君子"努力追求"淑女"。总之，在采荇菜的过程中，爱情成长起来，且延续到唐朝诗人张籍作品之中。

其实我小时候也采过荇菜。暮春时节，荇菜浮出水面，我卷起裤脚站在水塘沟渠边缘，用两根长竹竿夹住它的长茎，像裹篱笆绕子似的慢慢卷起，再用力向上提起扯断，挑回家切碎喂猪。荇菜滑溜溜的，叶片和茎都滑，须用竹筐来装，否则会撒一路。它的生长能力极强，过不了多久又会长出。现在想来，我虽然喂饱了猪，可是颇伤诗意。

张籍的诗《远别离》写到荇叶。

诗以思妇口吻，写其思夫之深切情感。一二两句起兴，写江边之所见。莲叶团团，寓意圆满；荇叶呢，由于顶端叶边折转，而似马蹄。"折"与"团团"相对，象征人事的不如意。三至六句写丈夫独自离家远行，引得这个少妇担心：天星坠地，尚且可能变成石头，丈夫久居异乡，会不会见异思迁呢？七八两句是说丈夫是因兵役、劳役或公务而出行，也可能是游学、求仕或者旅行，少妇无法阻止，所以迁怒于道路之不断绝。张籍一贯关心妇女命运，诗作中多有表现，盖因唐朝中期以后外有外族入侵、内有藩镇割据，战事频繁，民不聊生，妇女命运特别悲惨所致。这里的"莲叶团团荇叶折"，说明张籍对农村生活极为熟悉。

张籍另一首诗《送友人卢处士游吴越》写到荇花。诗曰：

美君东去见残梅，惟有王孙独未回。

吴苑夕阳明古堞，越宫春草上高台。

波生野水雁初下，风满驿楼潮欲来。

试问渔舟看雪浪，几多江燕荇花开。

此时首联"见残梅"谓时当盛春，"王孙未回"化用《楚辞·招隐士》"王孙游兮不归，春草生兮萋萋"，以谓春草茂盛，也含有诗人自己不能归苏州之意。中间四句想象卢处士游览吴越的情景，上城墙，登高台，望大雁北飞，潮水欲来。尾联是指钱塘江上春燕飞行，荇花盛开，还是想象。张籍生于乌江，青少年时期在祖籍地苏州度过，以后虽然举家迁居和县，但他对苏州怀有很深感情，借这首送别诗写出对苏州的怀念之情。荇花朵朵是思乡之情朵朵，哀而不伤，怨而不怒。如今，有女孩子以"朵朵"为名，是不是也含有对荇花的喜爱之情呢？

荇菜多与其他水生植物相伴生长，比如浮萍、菱叶、蒲草、蓑草等，犹如人爱独处，也爱热闹。这种现象，张籍诗中也有涉及。其诗作《祭退之》中写道：

> 籍时官休罢，两月同游翔。黄子陂岸曲，地旷气色清。
> 新池四平涨，中有蒲荇香。北台临稻畴，茂柳多阴凉。

这是张籍诗作中最长的一首诗，写于宝历元年（825），即韩愈去世的次年，张籍时年六十，也步入晚年时期。这首诗回忆他和韩愈相识、相知的过程，忧伤之烟云在吟唱中盘旋，使人不忍卒读。张籍一生朋友很多，这从他近百首唱和诗中可以看出，但是能够称为终生朋友的人屈指可数，韩愈就是极少数者之一。这其实也是人生的常态，现在每个人的通讯录中、微信朋友圈中都有很多人名，但是知心朋友能有几人？

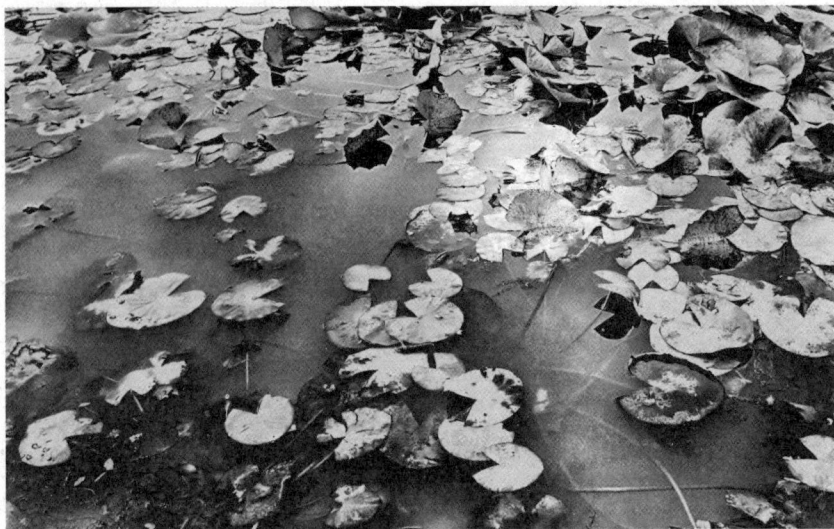

引用部分描写长庆四年（824），韩愈因病请假休养，而张籍逢水部郎中任职期满，两人赴城南庄，同游曲江的情景。"中有蒲荇香"句，描写蒲荇同生之景，散发清新之气，在我看来，又可表现出两人亲密无间

的关系。

唐代以降，时序更迭，张籍、韩愈、卢处士、思妇游子都不在了，但是荇菜仍然生命长青，真可谓时光易老，物是人非。如今，荇菜因为叶润花明，成为公园点缀水景的佳品。有些景区采摘荇菜茎叶做成莼菜似的羹汤，供给游人尝鲜，据说还有清热利尿、消肿解毒功效。

不知诗人马云再见荇菜作何感想。马云还是那么热情，还是那么热爱农村，还是那么热爱诗歌，一棵树能写一部诗集，颇得故乡先辈张籍遗风。执华兄弟三年前因病作古，从此与我阴阳两隔。前几日，我到城南钓鱼，看到荇花盛开，不禁悲从中来。

2020 年 4 月 23 日，世界读书日

71. 藻

藻泛指生长在水中的植物，亦包括某些水生的高等植物。藻类是隐花植物的一大类，无根、茎、叶等部分的区别，有叶绿素，可以自己制造养料。种类很多，海水和淡水里都有，极少数可生活在陆地的阴湿地方。

诗选：舟行寄李湖州[①]

客愁无次第[②]，川路重辛勤[③]。藻密行舟涩，湾多转楫频[④]。
薄游空感惠[⑤]，失计自怜贫。赖诵汀州句[⑥]，时时慰远人[⑦]。

校注：①《唐书·地理志》："湖州，吴兴郡，武德四年置。"吴胡考："李湖州为李锜。李锜任湖州刺史。"②无次第，谓羁旅而心绪行止皆乱也。③重辛勤，谓水路来谒，加倍辛苦。④按：行舟涩、转楫频，写舟行之难。⑤空感惠，谓难报恩惠也。⑥柳恽为吴兴太守，有"汀州采白苹"之句。⑦远人，张籍自谓也。按：此谓讽诵汀州之句，可慰远思。

读札：藻密行舟涩

2021年高考成绩揭晓。我所带的高三（八）班，一本达线7人，二本达线18人，在文科录取比例很低的背景之下，已算是骄人的成绩。可以想象，多年之后，达线的同学与落榜的同学可能会形成各自的圈子，所谓物以类聚人以群分。

这种情况自古而然，张籍所交往的人也多是名登进士第者。特别是到晚年，他们同游、联句，留下诸多诗篇。张籍涉及藻类的诗歌有 3 首，分别是《舟行寄李湖州》《赠海东僧》《城南》，都与友情有关。其《舟行寄李湖州》中，李湖州为李锜，李锜时任湖州刺史。据华忱之《孟郊年谱》，知贞元十二年孟郊登进士第，曾至和州，与张籍过从数日。其时张籍尚未成为乡贡进士，贞元十三年九、十月间，张籍因孟郊之荐，至汴州依韩愈。十四年在汴州，应乡贡进士试。由此推测，张籍舟行至湖州，当在贞元十三年九月之前。知张籍此行，意在求李锜荐为乡贡进士，然李锜口惠而实不至，故张籍称此行为"失计"。

"行舟涩，转楫频"，写舟行之难，亦喻求学之难、仕途之难。藻，即水藻、水草，有羁绊之意。

功夫不负有心人，又得贵人韩愈、高郢相助，张籍一举通过乡试、省试，进士及第，七年之后，释褐为仕。由于长居长安，往来应酬也多。其《赠海东僧》曰：

别家行万里，自说过扶余。学得中州语，能为外国书。
与医收海藻，持咒取龙鱼。更问同来伴，天台几处居？

海东僧，即日本僧侣。海东，即大海之东，唐代文献中多指高丽、新罗、百济、日本等国。扶余，古国名，又作夫余，所辖领土在今松花江流域。《魏志》："韩忠曰：'我辽东苍海之东，拥兵百万，又有夫余濊貊之用。'"中州语，中土之语，即汉语也。外国书，外国文字。海藻，即生于海中的藻类植物，如海带、紫菜、石花菜、龙须菜等，有的可以入药。龙鱼，龙和鱼，泛指水族。此写其有医技，且能奇术也。天台，山名，在今浙江天台县北；亦宗派名，佛教天台宗发源于此。

又有《城南》。开头写道：

漾漾南涧水，来作曲池流。言寻参差岛，晓榜轻盈舟。

万绕不再止，千寻尽孤幽。藻涩讶人重，萍分指鱼游……

罗联添认为诗作于穆宗长庆四年（824），时张籍在长安，任水部员外郎、主客郎中。徐礼节不同意这种观点，认为应在此之前，因为此时韩愈病重，当年冬天仙逝，同游乃是散心，不可能如此轻松。我觉得很有道理。

长安城南，有曲江池、乐游园等，为景物所会者。榜舟，泛舟也。孤幽，谓殊胜景致。藻涩，写水草错综交织。讶，迎接。重，谓行船阻力大。萍分，指浮萍被行船分开。指，引导。

由这三首诗作看来，藻在唐代是很普遍的。

其实藻类是所有植物中最古老的。大多数藻类生活在水中。它们的结构非常简单，每个可见的个体都没有根、茎、叶的区别——是一个叶状体。藻类的体形差异很大，如生活在海洋中的硅藻就非常小，它是浮游生物中的浮游植物，而海带属就是一群很大的海藻，这些褐色海藻可长达 4 米，而果囊马尾藻则可长达几十米。藻也有不同形状：一些呈简单的线状（直线的或有分支的），另一些是扁平的形状或球形，并有凸凹不平的边缘。我国学者一般将藻类分为 11 门：蓝藻、红藻、隐藻、甲藻、金藻、黄藻、硅藻、褐藻、裸藻、绿藻、轮藻。

不过，藻类的概念古今不同。我国古书上说："藻，水草也，或作藻。"可见我国古代所说的藻类是对水生植物的总称。张籍诗中的藻应该就是水生植物的总称吧。

藻也用来指华丽的文采。如藻思，指多彩的文思。另外，藻井指中国传统建筑物天花板上一方一方的彩画。玉藻指古代帝王冕上系玉的五彩丝绳。可是我不知道，藻作为水生植物，何以与文采建立关系，是因为藻有不同形状、不同色彩之故吗？

藻类 11 门中，蓝藻给我留下的印象最深。

蓝藻包括蓝球藻、颤藻、念珠藻和发菜。蓝藻在距今约33—35亿年前出现在地球上，已知蓝藻约2000种，我国已有记录的约900种。

蓝藻是最早的光合放氧生物，对地球表面从无氧的大气环境变为有氧环境起了巨大的作用。有些蓝藻可以直接固定大气中的氮，以提高土壤肥力，使作物增产。有些蓝藻为人们的食品，如著名的发菜和普通念珠藻（地木耳）、螺旋藻——这是西南旅游的推荐产品。

蓝藻大量出现时，附近水体一般呈蓝色或绿色，水面被厚厚的蓝绿色湖靛所覆盖，被风吹到岸边堆积，除了会发出恶臭味以外，含毒素的蓝藻细胞在水体中漂游，当与某些悬浮物络合沉淀，或被养殖对象捕食后随其排泄物沉淀，在鱼池池底富集，还会给无公害水产品生产带来巨大的负面影响。蓝藻毒素量多时可直接造成养殖对象中毒死亡；或者即使数量少，也可通过食物链积累效应危害养殖对象，直至危害人体。比如：

2010年11月29日，云南昆明滇池蓝藻大量繁殖，在昆明滇池海埂一线的岸边，湖水如绿油漆一般。绿浪翻滚的湖水涌向岸边，带来一阵阵腥臭气味。

2011年8月21日，受持续高温影响，安徽巢湖局部湖面出现较大面积蓝藻集聚。巢湖市高度关注城市集中式供水水源地水质状况，开展蓝藻拦截、打捞和自来水深度处理措施。

所以关注水资源不是一句空话，否则连生活都受到影响，哪有心情读诗。

2021年6月24日

335

藤本植物

72. 葛

葛，豆科，别称鹿藿、黄斤、鸡齐根，多年生草质藤本植物。茎长二三丈，缠绕他物上。蝶形花冠，花紫红色。茎可编篮做绳，纤维可织葛布。块根肥厚圆柱状。葛根全身都是宝，其根、茎、叶、花均可入药。

诗选：樵客吟①

上山采樵选枯树，深处樵多出辛苦。

秋来野火烧栎林，枝柯已枯堪采取。

斧声坎坎在幽谷②，采得齐梢青葛束③。

日西待伴同下山，竹担弯弯向身曲④。

共知路傍多虎穴，未出深林不敢歇。

村西地暗狐兔行，稚子叫时相应声。

采樵客，莫采松与柏，

松柏生枝直且坚，与君作屋成家宅⑤。

校注：①樵客，采樵者。②坎坎，拟声词。伐木之声。③青葛，绿色葛萝。④写樵客伐木之状。⑤此托物为喻，寄寓讽意。

读札：采得齐梢青葛束

青葛，即青色的葛藤，长可达十数米，缠结地面或攀缠在树上。韧性极好，可以捆扎物品。张籍《樵客吟》写道，农民砍了很多枯死的栎树，把枯枝码放整齐，用青葛捆扎起来，用竹扁担挑下山去。为什么砍栎树呢？因为它材质坚硬，烧山以后还能存在，宜作炭薪。长安冬天寒冷，多以炭火驱寒，白居易《卖炭翁》里，那位伐薪烧炭南山中的老人，大约用的就是这种栎树。实际上，藤蔓植物很多，比如葎草、爬山虎等，都可临时当绳子用，但韧性比葛藤要差得多。

葛藤用途极广。它是我国最早利用的纤维植物，夏天采其蔓茎，用热水煮烂，在流水中捶洗风干后供纺织葛布之用。古代上至天子下至庶人，都是穿葛衣，只不过贵族及有钱人穿细葛衣（谓之绤），而贫贱者穿粗葛衣（谓之绤）。《韩非子·五蠹》记载，尧的服装，是"冬日麑裘，夏日葛衣"。《越绝书》记载："勾践罢吴，种葛，使越女织治葛布，献于吴王夫差。"葛皮也用以制鞋，《诗经·魏风·葛屦》"纠纠葛屦，可以履霜"句中，葛屦即当时的葛鞋。1972年江苏吴县草鞋山出土的三块织物残片就是用葛纤维织造的。茎皮纤维可供造纸用。葛亦曾列入贡赋，有些地方以葛布代替赋税纳贡，可见古代葛藤的经济价值及葛布使用之广。

《诗经》里只提到过三种衣物纤维材料，即葛藤、绉麻（苎麻）、大麻。《周南·葛覃》曰："葛之覃兮，施于中谷，维叶莫莫。是刈是濩，为绤为绤，服之无斁。"《陈风·东门之池》曰："东门之池，可以沤绉。彼美淑姬，可与晤语。"绉即苎麻。同篇的"东门之池，可以沤麻"句中，沤的则是大麻，描述的是织布前的处理过程。这种绉麻和大麻纤维，近代亦有人使用，织成布帛或供为绳索。

等到帛即丝织品出现以后，只有贵族及50岁以上的老人才可以享用它。这是贵族特权的表现，也是人们尊重老人的表现。《孟子》里说得很明白："五亩之宅，树之以桑，五十者可以衣帛矣；鸡豚狗彘之畜，无失其时，七十者可以食肉矣；百亩之田，勿夺其时，数口之家可以无饥矣；谨庠序之教，申之以孝悌之义，颁白者不负戴于道路矣。七十者衣帛食肉，黎民不饥不寒，然而不王者，未之有也。"

到了隋唐，棉花传入我国，棉织衣物才渐渐多起来。但是穷人还有穿葛、麻的。如南宋辛弃疾《水调歌头》"一葛一裘经岁，一钵一瓶终日，老子旧家风"，如明代宋濂《送东阳马生序》"父母岁有裘葛之遗，无冻馁之患矣"。

葛的用途不止于此，除葛藤外，还有葛根、葛粉。葛根就是葛的块根，葛粉就是磨碎葛根滤干晾晒而成的淀粉。所以每次到山区旅行，几乎都会遇到推销它们的。据说葛根是原中国卫生部批准的药食同源植物，既有药用价值，又有营养保健之功效。

词典中与葛相关的词条有好几条，例如：葛纱，以葛的纤维织成的纱布；葛布，指以葛为原料制成的布；葛衣，用葛布制成的衣服；葛帔，用葛制成的披肩；葛巾，用葛布做的头巾；葛沟，远古时期埋葬尸体的一种方法。那时没有墓葬形式，人死以后用葛藤包裹严实，推下山崖。从头到脚，从活着到死去，几乎与葛相伴。

至于葛的得名，据说与葛洪有关。相传东晋升平年间（357—361），我国著名的道教理论家、医学家、养生家葛洪带领弟子在茅山抱扑峰结庐炼丹。炼丹的原料有丹砂、雄黄、雌黄、云母、硫黄、空青、戎盐、消石等八种，古人谓之为"八琼"。丹炉炼丹，终日烟熏火燎，紫烟漫卷，空气中弥漫着刺鼻的有害气体。时间一长，两弟子因修行不深，出现了毒火攻心、口臭牙痛、大便秘结、身上起红疹等症状。

葛洪用了许多草药，但效果都不理想。有次梦见三清教祖来到眼前，向他指点迷津："此山漫山遍野长有一种青藤，其根如白茹，渣似丝麻，榨出的白液清秀中略带甘甜，既可清热解毒，祛燥消疹，亦可煮之食用充饥，不妨寻来一试。"于是进山找到青藤，挖出藤根，切成片状，用锤敲碎，挤出白浆，煮熟了端给两个弟子喝。浆水一喝下，两个弟子便感到燥热的身体逐渐平静了下来，没几天，两弟子的病就全好了。青藤能解毒治病的消息一传十，十传百，人们纷纷按葛洪的指点，挖青藤根清凉解毒，食用充饥，织布遮衣，并大量采种繁殖，一时间，青藤传遍大江南北。而当时，人们还不知道这种青藤叫什么名字，只知是葛洪发现的，于是就将这青藤取名为"葛"。

说到葛姓，老演员葛存壮可说。1960年，他因在电影《红旗谱》中饰演冯兰池而被人熟识。1974年，出演北京电影制片厂摄制的影片《南征北战》。他和其子葛优共同占据了三代人的银幕回忆。

还有葛朗台，生拉硬拽，也姓葛吧。他是巴尔扎克小说《欧也妮·葛朗台》中的重要人物，是法国索漠城最有钱、最有威望的商人，但他为人却极其吝啬，在他眼里，女儿妻子还不如他的一枚金币。他对金钱的渴望和占有欲几乎达到了病态的程度：他半夜里把自己一个人关在密室之中，"爱抚、把玩、欣赏他的金币，放进桶里，紧紧地箍好""临死之前还让女儿把金币铺在桌上，长时间地盯着，这样他才能感到暖和"。这部作品出版于1833年，距今近200年，但是这样的吝啬鬼依然还有。

《樵客吟》这首诗读到后面，是有寓意的，这里不再赘述。

2021年4月3日

73. 藤

藤，指"白藤""紫藤"等。茎高达20米，树脂黄色。泛指匍匐茎或攀缘茎，藤本植物，如瓜藤、葡萄藤。用途广泛，可用作藤杖、藤框、藤椅、藤床等。

诗选：和李仆射秋日病中作①

由来病根浅，易见药功成②。晓日杵臼静③，凉风衣服轻。
犹疑少气力，渐觉有心情。独倚红藤杖，时时阶上行④。

校注：①吴胡考："李仆射为李绛。"②按：病根浅、药功成，这是希望李绛早日康复。③杵臼，捣药之药杵、药臼也。④通篇皆写仆射秋日病中之状。

读札：独凭藤书案

今天高三年级学生复课。早上六点半钟，就有学生背着书包来到学校，在大门口测体温、填健康卡、扫健康码等。虽然疫情形势还很紧张，防控警报并未解除，但是能回到久别的校园，他们异常兴奋，就像校园里盛开的樱花和紫藤萝。

我最早知道的樱花和紫藤萝都来自书。鲁迅散文《藤野先生》中，有句"上野的樱花烂漫时节，望去确也像绯红的轻云……"宗璞散文《紫藤萝瀑布》，题目中就有紫藤萝名，文中写道："只见一片辉煌的淡紫色，像一条瀑布，从空中垂下，不见其发端，也不见其终极。只是深深浅浅的紫，仿佛在流动，在欢笑，在不停地生长……"

后来，我自然留意它们了，未曾想我校南大门进门就是一株樱花树，右拐就是一架紫藤萝。每至四月，樱花满树，不是一朵一朵，而是一团一团，把树枝压成弓形。从树下经过的女生，仿佛变为身着和服、踏着细碎步子、低眉顺眼的日本姑娘。

紫藤萝又叫紫藤，其花朵如同稻穗，直直地披挂下来，重重叠叠，飞花溅玉，确实像宗璞所比方的瀑布。连它那浓浓的蓝色、浓浓的香气也像瀑布！我时常出神地看它，舍不得移步。在我看来，它们激情奔放，生机勃勃，具有"会当击水三千里，自信人生二百年"的生命豪情。

近年来，我的阅读兴趣转向地方文化研究。读我县中唐著名诗人张籍作品时，居然多次邂逅紫藤，为"藤"牵引缠绕，平添一份亲近。掩卷遐思，恍若看见老乡张籍的身影：或坐于藤蔓之下，吟赏春夏之景；或伫立藤案之前，临古碑抚古琴；或借藤杖之力，行于江湖大地。我始知道，在张籍的植物视野里，除了竹子、松柏、茶树、柳树，用情最深的可能就是紫藤。在他的诗中，我看到了紫藤的四季，看到了紫藤的成长，年复一年，就是一生。那紫藤一如诗人自己，由青春年少、风华正茂，到沧桑渐老、弯成藤杖。

其《太白老人》写春日道士的日常，其中有"藤"。诗曰：

日观东峰幽客住，竹巾藤带亦逢迎。
暗修黄箓无人见，深种胡麻共犬行。
洞里仙家常独往，壶中灵药自为名。
春泉四面绕茅屋，日日唯闻杵臼声。

太白即秦岭山脉主峰，海拔 3000 多米，也是秦岭的最高峰，是座名山。因山顶终年积雪，银光四射，故称太白。山上有洞，道家谓之第十一洞天。老人者，道士也，住日观峰，暗修黄箓，自为灵药。你看他的装束：头戴竹笠，用来系竹笠的是根藤带。藤的本义为植物的匍匐茎或攀缘茎，又属蔓生植物，比如紫藤。春天里，紫藤泛青抽芽，枝条柔软似线，用它系笠，不仅结实，也符合道士融于自然的朴素追求。

其《和李仆射西园》是首五言排律，全诗十六句，前八句曰：

> 遇午归闲处，西庭敞四檐。高眠著琴枕，散帙检书签。
> 印在休通客，山晴好卷帘。竹凉蝇少到，藤暗蝶争潜。

这首诗作于宝历元年（825）夏初。张籍时年60岁，任主客郎中，掌二王后及诸蕃朝聘之事，与李仆射即李绛同朝为官。李绛比张籍大两岁，是唐朝中期政治家、宰相。大和四年（830），就是张籍去世那年，山南兵变，他为乱军所害。这首诗写李绛西园的清静优美和李绛退朝后的闲静自适：闲处，高眠，散帙，燃香。那景色如何美？修竹环绕，紫藤蔽日，静谧凉爽，蝇蝶都少。初夏的紫藤茎多叶密，花繁如瀑，沿架攀缘，可防蚊虫，不仅能够装点庭院，而且可以怡情养性。

日月经天，时序更迭，转瞬已是秋天。紫藤如何呢？茎脉交缠，叶片厚绿，紫花落尽，果实如荚。曲江畅游，何其乐也。因写古风《城南》。全诗凡二十二句，其中写道：

> 藻涩讶人重，萍分指鱼游。繁苗毯下垂，密箭翻回辀。
> 曝鳖乱自坠，阴藤斜相钩。卧蒋黑米吐，翻芰紫角稠。

这八句写到水藻、浮萍、菰籽、菱角等水生植物，还写到游鱼在水底流动，晒太阳的鳖见到游人惊慌跃水。此情此景令人开心。其中"阴藤斜相钩"，盖写初秋绿叶茂盛，茎长相缠情景，很像亲密的友情。中国台湾罗联添先生认为此诗为张籍与韩愈同游之作，很有道理。

《和左司元郎中秋居十首》，也写秋景，第十首曰：

> 客散高斋晚，东园景象偏。晴明犹有蝶，凉冷渐无蝉。
> 藤折霜来子，蜗行雨后涎。新诗才上卷，已得满城传。

此诗作于元和十二年（817）秋，时张籍任广文博士。左司元郎中是指元宗简，长期为官京城，曾邀请张籍郊游赏花，张籍因患眼疾未能同行。元和十年（815）迁居城东升平坊，作《秋居十首》，张籍和之。诗中"藤折霜来子，蜗行雨后涎"两句，系"霜来藤折子，雨后蜗行涎"的倒装。藤折子，是指果实落了。紫藤初春孕蕾，四月盛花，花期三至五月。果实九至十月成熟，为特大扁长豆荚果，垂挂枝下，像大扁豆，

银灰色，有绒毛。内含种子三至四粒，扁圆形，深褐色，像大黑豆，可以育种。

北风吹来，冬天如期而至，紫藤萝删繁就简，徒剩粗细不一，屈曲盘绕的老茎。这茎可以锯下来，用水浸泡，刮去外皮，做各种用具。最常见的用具是藤杖，做起来也简单；还可编织藤篮、藤椅、藤床、书架、花架等等。张籍《赠太常王建藤杖笋鞋》，是其大和元年（827）冬天，以主客郎中身份出使襄阳回京所作。诗曰：

蛮藤剪为杖，楚笋结成鞋。称与诗人用，堪随礼寺斋。

寻花入幽径，步日下寒阶。以此持相赠，君应惬素怀。

蛮藤就是紫藤。古代南方曰蛮，此乃对长江中下游及其以南地区各民族的泛称。张籍出差襄阳，买了当地特产藤杖、笋壳鞋送给老朋友王建，便于老友寻花访胜。

藤杖虽是冬天所做，但是常年可用，于是频频出现在张籍诗中，除《赠太常王建藤杖笋鞋》以外，还有三首诗也写到它。如《答僧拄杖》中"灵藤为拄杖，白净色如银"句，《和左司元郎中秋居十首（其六）》中"醉倚斑藤杖，闲眠瘿木床"句，《题李山人幽居》中"划苔藤杖细，踏石笋鞋轻"句。时隔1000多年，如今人们还用藤杖，依然把它当作礼物赠送朋友。

紫藤还可作书案，但是工艺要复杂些。元和九年（814）至元和十二年（817）期间，诗人贫居寂寞，希望与王建同游骊山，作《寄昭应王中丞》。诗曰：

借得街西宅，开门渭水头。长贫唯要健，渐老不禁愁。

独凭藤书案，空悬竹酒钩。春风石瓮寺，作意共君游。

当时张籍住在街西明寺后延康坊，任太常寺太祝——九品上的闲官，俸禄很少，勉强解决温饱问题，又难以施展抱负，报国无门。才过不惑之年，居然感觉渐老，想约王建到石瓮寺散散心。"独凭藤书案"句中，藤显然是指紫藤书桌，只是这张书桌是用紫藤编织而成，还是用紫藤木料打制而成呢？我们校园里的几株紫藤栽植才15年，当初手指头粗的主茎，现在直径已有20厘米，完全可以开成木板了。

还有一个问题我也不懂。张籍诗中的"藤"，应该就是蔓生植物紫藤，可是怎么没有一首诗写到藤花呢？因为紫藤花如瀑布，气势磅礴，诗人不可能视而不见。据张籍诗作首位编者五代人张洎说，张籍诗作散失严重，"十不存一"，我想，张籍应该写过藤花，可惜未能存世流传。

2020 年 4 月 7 日高三复课，天朗气清

补记：

今晚写文章时，读到《上国赠日南僧》。诗曰："独向双峰老，松门闭两崖。翻经上蕉叶，挂衲落藤花。甃石新开井，穿林自种茶。时逢海南客，蛮语问谁家。"其中"挂衲落藤花"，明确写到藤花飘落。于是想到以前的感慨，哑然失笑。

2020 年 4 月 27 日

菌类植物

74. 紫芝

紫芝，即紫色的灵芝。其应用范围非常广泛，无论心、肺、肝、脾、肾脏虚弱，均可服用。紫芝所治病种涉及呼吸、循环、消化、神经、内分泌及免疫等各个系统；涵盖内、外、妇、儿、五官各科疾病。

诗选：赠同溪客①

幽居得相近，烟景每寥寥。共伐临溪树，因为过水桥②。
自教青鹤舞，分采紫芝苗③。更爱南峰住，寻君路恐遥④。

校注：①同溪客，谓栖居于同一山林者。②按：伐树、架桥，同溪游趣。③又言二事，所以写同游之乐。教青鹤、采紫芝，暗示此人为道家养生之徒。④《华山志》："南峰一名岱顶。"岱顶，又称玉皇顶，是泰山的高处，自然景观奇特，最为引人入胜的就是因特定地理气象出现的四大奇观：旭日东升、云海玉盘、晚霞夕照、黄河金带。

读札：分采紫芝苗

《赠同溪客》写诗人与友人隐居情谊，作于早年与王建求学河北"鹊山漳水"期间。据诗意推测，这位同溪客已经移住南峰，行止飘忽难寻。颈联：

自教青鹤舞，分采紫芝苗。

写同游之乐。教青鹤、采紫芝，暗示此人为道家养生之徒。

《张籍诗系年校注》释为："紫芝是真菌的一种，似灵芝，古人以为瑞草，道教以为神草。"陆龟蒙《新沙》："渤澥声中涨小堤，官家知后海鸥知。蓬莱有路教人到，应亦年年税紫芝。"李商隐《重过圣女祠》："白石岩扉碧藓滋，上清沦谪得归迟。一春梦雨常飘瓦，尽日灵风不满旗。萼绿华来无定所，杜兰香去未移时。玉郎会此通仙籍，忆向天阶问紫芝。"可见紫芝是上等药草。

因为有用，或以此比喻贤人。《淮南子·俶真训》："巫山之上，顺风纵火，膏夏紫芝，与萧艾俱死。"高诱注："膏夏、紫芝皆喻贤智，萧、艾，贱草，皆喻不肖。"《旧唐书·杨炎传》："丁忧，庐于墓前，号泣不绝声，有紫芝、白雀之称，义表其门闾。"有用的植物什么时候都会受到追捧，并且时常被赋予道德意义。我的母亲名讳"芝兰"，芝、兰都是优美的植物，母亲也是这样的人。只是她去世太早了。

其实，今人也以之为优质药材，其应用范围非常广泛。药店、药材市场甚至菜场都有兜售的。像花瓣似的，色如紫枣，非常好看。去年，我去参观高关气象树，在树根底下看见一棵，类似木质。只是今天没有古人分得细，多统称为灵芝。灵芝又称为紫灵芝、黑芝、芝、木芝、灵芝草。

灵芝味虽苦，但苦而香。灵芝的名贵在于它含有丰富的多糖和三帖，野生灵芝还富含许多微量元素；在不破坏灵芝天然活性地萃取后，蕴含于其中的大部分精华能释放出来，从而被人体吸收利用。灵芝可以做成灵芝茶、灵芝酒、灵芝汤等，后者与红枣、党参、枸杞子、人参须、猪排骨一起炖，再加点盐即可。清润提神，健脾开胃。或换作黄芪、薄荷、陈皮、蹄筋、老鸭等，都补。

灵芝有野生灵芝和人工培育灵芝两种。自然是野生的好，可是哪有那么多野生的，所以人工培育也正常。现在，水里游的鱼、虾、黄鳝、泥鳅、老鳖、黑鱼，天上飞的野鸡，地上跑的鹿、野猪都能养殖，种灵芝实在是太正常了。

灵芝具有神异性质。学者芦笛系统考究了道教文献中的"芝"，据他的研究论文，《道藏》中关于"芝"的专著达 21 种，可见中国古代社会崇拜灵芝的风气之盛。通过研究，芦笛总结道教中的"芝"有美好、神异、奇效等含义。因此唐五代的笔记小说中也常记录与芝有关的灵异事件。比如说：

> 句曲山五芝，求之者投金环二双于石间，勿顾念，必得矣。第一芝名龙仙，食之为太极仙；第二芝名参成，食之为太极大夫；第三芝名燕胎，食之为正一郎中；第四芝名夜光洞鼻，食之为太清左御史；第五芝名料玉，食之为三官真御史。(《酉阳杂俎》)

> 上因问曰："先生春秋既高，而颜色不老，何也？"玄解曰："臣家于海上，常种灵草食之，故得然也。"即于衣间出三等药实，为上种于殿前：一曰双麟芝，二曰六合葵，三曰万根藤。双麟芝色褐，一茎两穗，隐隐形如麟，头尾悉具，其中有子如瑟瑟焉……(《杜阳杂编》)

> 句龙弘道居梓潼山下偃武亭南，庐墓于官路之东，年逾八十，发长丈余。父母二坟各生紫芝一茎，高六七寸，驯伏猛兽以为常焉。(《录异记》)

"芝"就是灵芝，需要说明的是，写道观的唐诗提到的灵芝并不是真实存在的，道观之中生长灵芝的情形极为罕见。古人历来以灵芝为仙草，相信服食灵芝能够延年益寿甚至羽化升仙。灵芝的保健功效与中国古代神话、道教相联系，使之成为一种表示祥瑞的符号。"道教修炼的极终目标就是得道成仙，其中一个重要的修炼方式就是服用芝草"，灵芝因其"生长于不测之高，或涧溪壑谷，为人迹所罕至之处，轻易不可得之"，而尤为人所看重。

我国民间还认为灵芝有救命还魂之功效。戏曲电影《盗仙草》讲述了白素贞盗取灵芝仙草救活许仙的故事，该故事取材于清朝方成培的《雷峰塔》传奇。金山寺僧法海嫉恨许仙与白素贞的美满姻缘，警告许仙白为蛇妖所变。端阳节日，许听从法海之言，劝白饮雄黄酒，白现原形，许仙惊吓而死。白潜入昆仑山，盗取灵芝仙草，遭鹤鹿二仙阻止，白素贞被打败，恰在此时，南极仙翁出于同情而赠以灵芝，救活许仙。

昨天，凤林禅寺书画院举办庆祝建党 100 周年书画展及书画笔会，参加笔会的画家张晓得知我写了一本《张籍传》，特地为我画了一幅《张籍问僧图》。我很喜欢。不过，如果把题目改为"问道"似更准确。因为张籍一生崇尚儒学，但因身体不好，仕途艰难，经济困难，壮志难酬，亦时常趋寺庙入道观。"道"即"朝闻道夕死可矣"之"道"，含义更广。实际上，我国古代文人中很多人都有这三教思想，在这三教里徘徊，只是在某个时段偏重某教而已。张籍年轻时一度住在山里，看似倾向清静无为，实则不然。

还有一点体会，张籍所言"紫芝"可能即指灵芝，"紫"只是一个修饰词语。他喜欢用有颜色的词语，尤其偏爱紫色，使诗作有画面感、温暖感。

2021 年 6 月 26 日

竹类植物

75. 竹

竹，又称竹子。品种繁多。多年生禾本科竹亚科植物，茎为木质，是禾本科的一个分支。通常通过地下匍匐的根茎成片生长，也可以通过开花结籽繁衍，种子被称为竹米。有些种类的竹笋可以食用。

诗选：题僧院

闻师行讲青龙院[①]，本寺往来多少年？
静扫空房唯独坐[②]，千茎秋竹在檐前。

校注：①行讲，讲演宗教经典；青龙院，寺名，疑即青龙寺（今陕西西安市西南），为密宗根本道场。②独坐，谓禅坐以修定也。

读札：有地唯栽竹

自古文人多爱竹。最出名的人物，诗人当中可能要推苏轼，其名言"宁可食无肉，不可居无竹。无肉使人瘦，无竹使人俗"几乎妇孺皆知；画家当中可能要数郑板桥，竹子于他宛如知交，心有所想，梦有所见，笔有所画，诗有所吟。在他眼中，竹子不单是供人观赏的审美对象，而且是颇具个性的人格写照。

不过，阅读《张籍集系年校注》以后，窃以为张籍也可算作顶顶爱竹的文人。他流传下来的 400 多首诗中，写到竹子的诗篇竟然占到十分之一。梳理这些"竹诗",可以看到竹子的成长、竹子的用途、竹子的气质、竹子所营造的氛围,以及诗人丰富的阅历等等。可以说,张籍一生都在写竹,也几乎写尽竹子的一生。

你看,他是怎么写竹笋:

春日融融池上暖,竹芽出土兰心短。(《春日行》)
笋头齐欲出,更不许人登。(《和韦开州盛山十二首·竹岩》)
早蝉庭笋老,新雨径莎肥。(《酬孙洛阳》)
偏滋解箨竹,并洒落花槐。(《和李仆射雨中寄卢、严二给事》)

东方风来,新笋齐发,尤其春雨潇潇,如降甘霖之后,竹笋横空出世,直插云间,短短数日,其高度即超出老竹子一截。内人说:"下小雨时,坐在竹前,能听到竹笋拔节的声音。"内人年轻时曾在林场上班,春天看管竹园,怕人偷掰竹笋,也怕人到竹林里玩时一不小心踢断竹笋。我们坐在竹园边上静听风儿吟唱,爱情迎风生长,逐渐枝繁叶茂。竹林是直立的五线谱,每朵野花的开放、每只燕子的穿行,都是哒哒唱响的音符。

竹笋硬硬的外壳,与竹笋同步钻出泥土,叫箨,深褐颜色,上敷绒毛,像精瘦的小熊,随着竹笋爬高,后来逐层脱落,解除对竹笋的束缚,任其率性蹿高。我幼时慈母见背,每每顾影自怜。后读《增广贤文》,读到"笋因落箨方成竹,鱼为奔波始化龙"两句,始知人须经过磨炼方能成器,被动地获得无奈的安慰。

在这些诗句中,我还读到其他植物,例如幽香的兰草、朴实的莎草、洁白的槐花等等,它们共同装扮春天,书写生活的美好;还读到张籍友人,如韦处厚、孙洛阳、李绛等等,我仿佛随着张籍欣赏春景,会见朋友。

竹笋落箨，便为成竹。它们挺拔在张籍的日常和朋友圈里，蔚然而成文字的竹林。你看他写成竹的诗句：

晚到金光门外寺，寺中新竹隔帘多。（《寺宿斋》）

竹深村路远，月出钓船稀。（《夜到渔家》）

送客沙头宿，招僧竹里棋。（《寄友人》）

竹香新雨后，莺语落花中。（《晚春过崔驸马东园》）

独爱南关里，山晴竹杪风。（《和裴仆射朝回寄韩吏部》）

水鹤沙边立，山鼯竹里啼。（《送越客》）

无事焚香坐，有时寻竹行。（《题李山人幽居》）

色连山远静，气与竹偏寒。（《和户部令狐尚书喜裴司空见招看雪》）

门静山光别，园深竹影连。（《和令狐尚书平泉东庄近居李仆射有寄十韵》）

竹凉蝇少到，藤暗蝶争潜。（《和李仆射西园》）

闲房暂喜居相近，还得陪师坐竹边。（《赠道士宜师》）

竹间虚馆无朝讼，山畔青田长夏苗。（《赠李杭州》）

观里初晴竹树凉，闲行共到最高房。（《同韦员外开元观寻时道士》）

夜向灵溪息此身，风泉竹露净衣尘。（《宿天竺寺，寄灵隐寺僧》）

静扫空房唯独坐，千茎秋竹在檐前。（《题僧院》）

竹影冷疏涩，榆叶暗飘萧。（《雨中寄元宗简》）

竹月泛凉影，萱露澹幽丛。（《奉和舍人叔直省时思琴》）

开门移远竹，剪草出幽兰。（《和卢常侍寄华山郑隐者》）

旧宅谁相近，唯僧近竹关。（《经王处士原居》）

鱼动芳池面，苔侵老竹身。（《酬李仆射晚春见寄》）

竹树晴深寒院静，长悬石磬在虚廊。（《赠阎少保》）

高怀有余兴，竹树芳且鲜。（《三原李氏园宴集》）

寻师远到晖天观，竹院森森闭药房。(《寻徐道士》)

百神斋祭相随遍，寻竹看山亦共行。(《送元八》)

这些诗句通俗而美，由不得我不做文抄公。你读这些诗句，感觉诗人张籍的生活与竹形影不离。他观察竹露，聆听竹声，细嗅竹香，体味竹凉。他赠诗给越客，想到"山鼯竹里啼"；赠诗给将赴桂州任职的严大夫，想到"竹路九疑南"；赠诗给僧院，那里是"千茎秋竹在檐前""风泉竹露净衣尘"，僧人们好像"以竹设关"，把人生分成竹里竹外两个世界；赠诗给道观，那里是"竹院森森闭药房""观里初晴竹树凉"……总之，张籍的世界犹如竹山竹海，"蓬生麻中，不扶而直"，他因此成为正直而脱俗之人。我甚至怀疑，张籍数日不见竹，或许茶饭不思，以至于胸闷窒息。

这些年我到外地旅游，东南西北，遍地皆竹。看地图上的绿色，我感觉竹子占有半壁江山。比如扬州有何园、个园，以竹命名；舟山群岛移步皆竹，有紫竹林；北京香山植物园里，有曹雪芹故居，一座小四合院，竹篱草舍而已。但馆前有曹雪芹石像，石像四周皆竹，摇曳生姿，颇有些林黛玉的气质。它们是否就是潇湘竹呢？曹雪芹最爱的人物是林黛玉，住在潇湘馆里，竹香缭绕，眉眼芬芳。

张籍眼光向下，多写现实，所以多处写到竹子的用处。例如：

日观东峰幽客住，竹巾藤带亦逢迎。(《太白老人》)

独凭藤书案，空悬竹酒钩。(《寄昭应王中丞》)

日西待伴同下山，竹担弯弯向身曲。(《樵客吟》)

台殿曾为贵主家，春风吹尽竹窗纱。(《玉真观》)

黑纱方帽君边得，称对山前坐竹床。(《答元八遗纱帽》)

藤悬读书帐，竹系网鱼船。(《赠殷山人》)

竹船来桂浦，山市卖鱼须。(《送海南客归旧岛》)

瘴水蛮中入洞流，人家多住竹棚头。(《蛮州》)

为客烧茶灶，教儿扫竹亭。(《赠姚合少府》)

山开登竹阁，僧到出茶床。(《和陆司业习静寄所知》)

冷露湿茆屋，暗泉冲竹篱。(《山中秋夜》)

玉酒湛湛盈华觞，丝竹次第鸣中堂。(《楚宫行》)

旌幢独继家声外，竹帛新添国史中。(《送李仆射愬赴镇凤翔》)

你看，竹子早已全面参与人的生活：头上戴的竹笠，家里用的酒沟、扁担、窗纱、竹床，捕鱼用的竹船，晒渔网用的竹竿，住的房子竹亭、竹阁、竹棚、竹篱，以及用竹子做成的乐器、书籍等，当然还有吃的竹笋。竹子就是为人类而生，它的一生是奉献的一生。

直到今天，我们依然以竹为伴。看看我们的生产生活用品，还是少不了竹。我写过一本《尖叫的农具》，主要介绍传统农具，我发现即使如今塑料制品、金属制品越来越多，竹子还是不可或缺的角色。甚至觉得，缺少了竹的参与，日子的味道也会流于世俗。

张籍的爱竹写竹，更多的是关注竹子的象征性。唐德宗贞元十四年（798），他在汴州应试。其应试作品《徐州试反舌无声》（"徐州"应为"汴州"，系传抄错误）曰：

夏木多好鸟，偏知反舌名。林幽仍共宿，时过即无声。

竹外天空晓，溪头雨自晴。居人宜寂寞，深院益凄清。

入雾暗相失，当风闲易惊。来年上林苑，知尔最先鸣。

《礼记·月令》中曰："小暑至，螳螂生，鵙始鸣，反舌无声。"古人认为反舌指百舌鸟，说它能够"辨反其舌，效百鸟之鸣"，今人认为就是伯劳鸟。伯劳鸟在春季繁殖期间，既能吟咏，又能仿效别的鸟叫。叫声委婉，有时像笛声，有时像箫韵，韵律多变。在求偶时反舌有声，以吸引配偶注意；进入孵化哺育期后，就不需要仿效别的鸟叫，即所谓反舌无声。

诗的前四句说，夏树多好鸟，而反舌鸟最为知名；夏天过后，小鸟张嘴待哺，老鸟忙于觅食，口中衔着捕到的食物，自然就不能鸣叫了。中间六句是说，鸟声或以报晓，或以唤晴，没有了反舌鸟的叫声，天自己亮，雨自己停，深院凄清，居人寂寞，雾中相失，风来惊心。"竹外天空晓"，特别点到"竹外"，当指村庄之外，自然之中。最后两句子是指，到了来年，反舌鸟又会鸣叫。

唐制中试诗多用排律。全诗写反舌无声的凄清之境与诗人对"反舌"明春帝苑"先鸣"的期许，隐含着对贤能之人的期待，也是上韩愈书中，期望韩愈著书立说以弘扬儒学的一种持续呼唤。韩愈自然读出诗中之意，心领神会，以张籍为汴州乡试第一名，即"首荐"。次年张籍进士及第。

再读《夏日闲居》：

无事门多闭，偏知夏日长。早蝉声寂寞，新竹气清凉。

闲对临书案，看移晒药床。自怜归未得，犹寄在班行。

此诗作于元和十五年（820）冬天，张籍始任国子博士，参预朝班，地位明显提高，俸禄相应增加。然而短暂兴奋之后，他还是更向往安静自然的状态。其中"新竹气清凉"句，既是写新竹的自然特征，也是写新竹的精神气质。

《和左司元郎中秋居十首》（其二）是首和诗，借此状写自己生活，中有栽竹、养鹅、临帖、饮酒等生活细节，卒章显志：

有地唯栽竹，无池亦养鹅。学书求墨迹，酿酒爱朝和。
古镜铭文浅，神方谜语多。居贫闲自乐，豪客莫相过。

张籍自己确实种竹。他在《刘兵曹赠酒》中写道："一瓶颜色似秋泉，开向新栽小竹前。"又在《题韦郎中新亭》中写道："琴书著尽犹嫌少，松竹栽多亦称贫。"这几首诗都写于他人生的后半场，职位稳中有升，但其追求平淡、安贫乐道的生活态度更加明显。与他同期的许多著名诗人都曾被贬地方，其中包括他的朋友韩愈、白居易等，他却稳居京城，这与他的体弱多病有关，也与他的淡泊平易有关。竹的品质自然还有很多，曰正直、曰坚贞、曰虚心、曰清雅等。可以说，这些都是张籍的毕生追求。

掩卷遐想，意犹未尽。我在陪同内人看护竹园时，曾看到过许多刻在竹子上的爱情诗，那些年轻的名字和坚贞的誓言随着竹笋长高长大。我还听说竹子老了就会变黄，就会开花，然后悄然谢幕，退出人生舞台。如果哪一天，能发现张籍所有的诗作，或许里面会有这些内容吧。

2020 年 4 月 16 日

362

后记　我为故乡写本书

徐斌

　　张籍（766—830），字文昌，中唐诗人。生于乌江，迁居历阳，为官长安，终老他乡。其存世诗歌约450首，约占其所有作品的10%。阅读其诗，每每与植物邂逅，粗略统计，写到植物的诗歌约100篇，写到的植物除泛称植物（如树、草、谷、花）外，有特定植物（如艾、白草、车前子）或非特定的植物（如松、竹、杨）80余种。张籍用他的笔，营造了一个美妙的植物世界，令后世读者流连忘返，击节称叹。梳理、研究张籍诗歌中的植物，受益颇多，其乐无穷。

一、我酷爱草木乃至自然

　　子曰："小子何莫学夫诗。诗，可以兴，可以观，可以群，可以怨。迩之事父，远之事君；多识于鸟兽草木之名。"这里是说学《诗》的意义。可以激发志气，可以观察世界，可以汇聚民心，可以表达民意，还可以多知道一些鸟兽草木的名字。

　　我是热爱植物的人。我认识小区前面得胜河边所有的草木。遇到不认识的，或请教别人，或用各种软件来查，相似度高的，基本就是。推广开来说，爱草木就是爱自然、爱生活。张籍诗中的很多植物生长至今，还在积极参与人们的生活，遇到它们，就像遇见亲人或老朋友，感到非常亲切。

我想了解植物的种类、植物的变异、植物对于人类的影响等等。

这些植物构成了大自然，成为我们人类生活的家园，因而日益受到重视并得到保护。2013 年，第 68 届联合国大会决定将每年的 3 月 3 日设立为"世界野生动植物日"，呼吁关注野生动植物。这是因为，野生动植物是生态系统的重要组成部分，它们的生存状况必然会对维持生态平衡起决定性作用。保护野生动植物，就是在保护生态环境。保护生态环境，就是在保护人类自己！

二、我崇拜乡贤乃至家乡

每个民族都有自己的英雄，每个时代、每个地区也都有自己的英雄。自古至今，和县有很多名人，张籍可算乡贤。他像一颗明星停留于和县上空，照耀着我们，也提升了和县的知名度。张籍在两唐书及唐才子传中均有介绍，但是过于简略。张籍的现存诗作虽然只占其所有作品的十分之一，但可部分弥补他的经历，对于理解诗人大有裨益，也是深入诗人内心世界并与诗人交流沟通的一个管道。

张籍足迹遍布我国东部地区以及中部地区，北至今河北省北部，南至今广东广西，东至海边，西至四川。张籍"生平诗友很多，诸酬赠唱和者即有一百四十余人。其中王建与张籍同龄，有同窗之谊，皆以乐府见称后世。韩愈则为其谊兼师友之恩人。他如孟郊、贾岛、元稹、裴度、刘禹锡皆于其诗歌创作有重大影响"。读到他诗中的植物，可以验证他到过哪些地方，结交过哪些朋友，喜爱哪些植物等。

张籍一生为贫穷和疾病束缚，他的诗作中直接提到"病"的约有 30 处。他曾害眼病多年，以致被孟郊戏称为"西明寺后穷瞎张太祝"（《寄张籍》），而且由于贫困交加，患上了慢性疾病，身体常年羸弱。其《书怀寄元郎中》诗云"一离江坞病多年"，《雨中寄元宗简》诗云"秋堂羸病起",《早春病中》诗云"羸病及年初",《赠任道人》诗云"长安多病无生计，药铺医人乱索钱"等，多处提及病痛给他的身体和心理带来的折磨。《寄王六侍御》诗云：

渐觉近来筋力少，难堪今日在风尘。
谁能借问功名事，只自扶持老病身。
贵得药资将助道，肯嫌家计不如人。
洞庭已置新居处，归去安期与作邻。

王六侍御即王建。据《唐才子传校笺》，洞庭当指太湖中之洞庭山。此诗写尽了诗人暮年的落寞之情。积久的贫困和常年的病痛时时摧残着诗人疲惫的身心，他终究没有了却归去洞庭的夙愿，就匆匆走完了坎坷而贫病的一生，病逝于长安的荒郊。伴随他一生的，几乎形影不离的，其实就是中药。这在张籍诗中也是比比皆是。例如：

爱君紫阁峰前好，新作书堂药灶成。（《寄王侍御》）
合取药成相待吃，不须先作上天人。（《赠施肩吾》）
见我形憔悴，劝药语丁宁。（《卧疾》）
服药察耳目，渐觉如酒醒。（《卧疾》）
闲对临书案，看移晒药床。（《夏日闲居》）
药看辰日合，茶过卯时煎。（《夏日闲居》）
收拾新琴谱，封题旧药方。（《和陆司业习静寄所知》）
由来病根浅，易见药功成。（《和李仆射秋日病中作》）
作酒和山药，教儿写道书。（《寒食夜寄姚侍郎》）

特别是《答鄱阳客药名诗》，同时写出地黄、半夏、枝子、松桂等

365

中药：

> 江皋岁暮相逢地，黄叶霜前半夏枝。
> 子夜吟诗向松桂，心中万事喜君知。

中医是我国国粹，是指以我国汉族创造的传统医学为主的医学，是研究人体生理、病理以及疾病的诊断和防治等的一门学科，对汉字文化圈国家影响深远。2018年10月1日，世界卫生组织首次将中医纳入其具有全球影响力的医学纲要。中医离不开中药。中药在2020年以来的新冠肺炎疫情治疗中，发挥了极其重要的作用。研究诗中出现过的中药，尤其是中草药对于保障与促进人民健康极其重要。

三、我痴迷唐诗乃至所有读物

唐诗是中华文化的灿烂瑰宝，也是我们走向文学殿堂的路径。考察张籍诗歌中的植物书写，深入阐发文学中以植物为审美对象的精神领域当中的现象，有助于进一步拓宽文学研究的视野，丰富唐代文学的研究成果。

植物从《诗经》与《楚辞》的时代开始，就在文学中占有突出地位，广泛存在于诗词文赋甚至传奇、戏曲等多种体裁的文学之中，是中国古代文学中十分重要的意象。在满足了口腹之欲以后，人们对植物的心理感受发生变化，由依赖转向发现与玩味，逐渐将自身的审美心态寄予在植物客体之上，形成了中国古代独特的植物审美模式。

《诗经》始用植物喻人，如《氓》中的"桑之未落，其叶沃若""桑之落矣，其黄而陨"；《离骚》将人类社会的道德标准比附在自然界的植物上，"杂申椒与菌桂兮，岂惟纫夫蕙茝""余既滋兰之九畹兮，又树蕙之百亩""畦留夷与揭车兮，杂杜衡与芳芷""朝饮木兰之坠露兮，夕餐秋菊之落英""步余马于兰皋兮，驰椒丘且焉止息""制芰荷以为衣兮，集芙蓉以为裳"等等皆以香草恶草比喻君子小人。懂得这些，可以更加准确地解读和赏析作品。

四、我想解读唐朝社会生活

历史就是当代史。张籍的诗是三分之一唐史，涉及政治、经济、农村、教育、文化等。阅读张籍植物诗作，可以更形象更直观地了解他所处的时代。如和亲、税收、藩镇割据、各色人等、社会风俗等。

在诗歌欣赏方法中，有知人论世之法。这是一种要理解文本必须先了解作者为人及其所处时代的论文方法。"知人"是指鉴赏作品时必须了解作者的身世、经历、思想状况及写作动机等信息；"论世"是指联系作者所处的时代特征去考察作品的内容。

不过，这知人论世说，反过来说也行。读者从作品中，也可以了解作者和他所处的时代。这是一种双向活动。古典诗词通过文学的形式，反映过去丰富多彩的社会生活，构建的是生动、活泼、具体的生活图景。就创作者而言，一个写作者首先是一个时代最忠诚、最真诚、最热忱的观察者和记录者。读者从字里行间，可以看出作者生活和社会生活中生动的细节。

五、对于当代文化与心理建设的关注

此书可以带领大家走进陪伴我们成长的植物，走进草木的理想国，了解它们的智慧和美丽，跟随它们，重返童年的精神家园；此书对于林学、药学、园艺学等工作者，对植物学科普爱好者、生态学旅游者也将起到重要的参考作用。

现在很多城市建立"城市记忆博物馆"，展出物品为老物件、老票证、老照片等，多属于物质性展品。正如物质遗产之外，还有非物质文化遗产一样，通过精读张籍诗歌，对其涉及的花草树木进入梳理，力求还原中唐城市及乡村植物面貌，实现跨过千年的穿越，很有意义。从某种意义上说，张籍诗歌特别是涉及的植物是独特的非遗项目。

文化学者熊培云说："每个人的生命里都会有一些难以割舍的人与事。对于我来说，最能牵动故乡之思的，就是村边晒场上的那棵老树。在我眼里，晒场边上这棵高大挺拔的古树之于这个村庄的价值，无异于方尖碑之于协和广场，埃菲尔铁塔之于巴黎，即使是出于审美或者某种心理层面的需要，它也应该永远留存。"从远古走来的草木都是鲜活的历史记忆。

草木也可能成为人们的精神寄托。阿来在《云中记》中写道："人死后可以变成一棵树吗？要是可以变成一棵树，那他就变成一棵树好了。变成一棵云杉，冬天的针叶坚硬，春天的针叶柔软，就那样和山上那些树站在一起。变成一株在风中喧哗的树。变成一株画眉和噪鹛愿意停留在上面啼叫不休的树。变成冬天里一群血雉挤在茂密枝条间躲避风雪的树。变成一株如果得了病，啄木鸟愿意飞来医治的树。"这是书中人物阿巴的理想，也是作者阿来的理想吧。

2021年，我国已经全面脱贫，并且开始实施"乡村振兴"战略，农村环境明显改善，涌现许多"环境友好型"村镇。同时，由于城市生活节奏的加快，很多人有意识地拒绝奢华，向往简朴生活，愿与自然融为一体，于是乡村旅游开始出现并逐步发展起来。但是旅游追求的是个性化、特色化、原生态、唯一性等等，旅游村庄需要打破新农村建设中千村一面模式，呈现独特面貌。

而同样的花草树木，如果人文因素的植入，旅游价值将大为提升。张籍生于乌江，10岁左右到祖籍地苏州读书，18岁到河北求学，之后两次南下漫游，足迹遍布我国中东部地区。这些地区城市园林、美好乡村建设如果栽植张籍诗歌中涉及的植物，并作诗意解释，可以提高区域景观的文化含量，特别是乡村旅游基地的文化含量。我国台湾学者潘富俊曾在台北植物园开辟"诗经植物""成语植物"等贴近民众的专题植物展示区，颇受欢迎。现在与张籍行踪有关的地区，也可开辟"张籍诗歌植物"展示区。至于和县，是张籍的故乡，是张籍魂牵梦绕的地方，可以在此兴建张籍公园，宣传地方文化；开辟张籍草木园，特别是药物园，开发药疗项目，让植物研究发挥独特作用。

最后，我要感谢所有领导、专家、同事和朋友的关心和帮助，感谢家人的理解和支持。特别感谢南京林业大学严军教授、上海师范大学吴夏平教授、安庆师范大学王永兵教授、安徽工业大学陈光华馆长、著名画家穆庆东先生、著名画家沙鸥先生、摄影家庞雅琴女士、《草原》编辑杨瑛女士、特级教师俞仁凤先生、同事李功文老师、同事吕新锋老师，特别感谢马鞍山市政协领导、安徽省及马鞍山市作协领导、和县教育局领导、和县文旅体局领导、和县二中领导。没有你们的鼎力相助，就没有这本书。另，本书即将付印之时，特别邀请马鞍山师专董翠翠老师、和县功桥小学陈凌云老师帮助校对，查纠错误，在此一并表示感谢。

2022.8.8